KÜSSE NIEMALS EINEN SCHOTTEN

DIE LIGA DER SCHURKEN
BUCH X

LAUREN SMITH

Übersetzt von
CORINNA VEXBORG

ISBN: 978-1-958196-64-9 (E-Book-Ausgabe)

ISBN:978-1-958196-65-6 (Druckausgabe)

KAPITEL 1

uszug aus der *Quizzing Glass Gazette*, 30. Juni 1821, der Rubrik Lady Society:

*L*ADY *S*OCIETY HAT DIE KÖSTLICHSTEN *G*ESCHICHTEN *gehört. Man munkelt, dass Lord Kincade, ein schottischer Graf, und seine beiden Brüder vor kurzem nach Bath gekommen sind und die Fächer in Aufruhr und die Matronen in Aufregung versetzen. Ich bin versucht, Eheverbindungen für diese schottischen Schurken vorzuschlagen, aber wenn ich etwas über Schotten weiß, dann, dass sie sich nehmen, was sie wollen und wann sie es wollen. Meine Damen von Bath, wenn Sie sich einen von ihnen zum Ehemann wünschen, wünsche ich Ihnen viel Glück!*

. . .

HAMPSHIRE, JUNI, 1821

DER WILDE HOCHLANDLORD SCHLOSS DIE FRAU IN SEINE Arme und presste seine Lippen auf ihre. Der Wind zerrte an ihren Röcken, als sie auf dem höchsten Punkt des mit Heidekraut bewachsenen Hügels standen und sich umarmten. Nichts war so wundersam wie dies, nichts so erfüllend wie ein perfekter Kuss ...

»Ein perfekter Kuss?« Joanna Lennox starrte auf die letzte Seite ihres Gothic-Romans *Lady Jades wilder Lord*. »Den perfekten Kuss gibt es nicht.« Ein perfekter Kuss war ein Mythos. Sie war sich sicher, dass es den nicht gab, denn wenn doch, wäre sie schon geküsst worden und hätte es gewusst, oder? Und doch war sie hier, zwanzig Jahre alt, ungeküsst, nicht umworben und völlig *allein.*

Sie starrte in die Tiefen des Kamins in ihrer Bibliothek, ihr Herz war leer. Nach drei anstrengenden Saisons in London war sie ein Misserfolg, was die Standards des Heiratsmarktes anging. Die Gerüchteküche hatte begonnen, Geschichten zu spinnen, warum sie immer noch nicht verheiratet war. Die Londoner Gesellschaft liebte es, sich über eine Frau lustig zu machen, die sich keinen Mann angeln konnte, insbesondere eine Frau mit einer großen Mitgift. Verzweifelte Männer würden über viele Probleme mit einer Frau hinwegsehen, solange ihre Mitgift reichlich ist.

Was ist es also, das mir fehlt und selbst Glücksritter in die Flucht schlägt?

Es war nicht so, dass sie hoffte, um der Ehe willen zu heiraten oder um die dummen Erbsen vom Tratschen abzuhalten. Sie war eine unabhängige, intelligente und eigenwillige Frau. Doch irgendetwas fehlte in ihr, ein großes Geheimnis, in das nur ein Verliebter eingeweiht war. Zumindest, wenn die Bücher, die sie gelesen hatte, ein Hinweis darauf waren. Sie wollte lieben und von einem Mann geliebt werden, aber sie wusste, wie selten Liebesbeziehungen wirklich waren.

Sie versuchte, sich auf das Buch in ihrem Schoß zu konzentrieren, während sie ihren Schottenstoffschal eng um ihre Schultern zog. In der Bibliothek ihres alten Landhauses war es ein wenig kühl, auch wenn das Feuer brannte. Normalerweise konnte sie sich in einem Buch verlieren, aber nicht heute Abend. Ihr älterer Bruder Ashton war an der Grippe erkrankt, und seine Verlobte Rosalind kümmerte sich um ihn. Aber im Haus war es still, eine schreckliche Stille, die zu unruhigen Nächten und melancholischen Gedanken verleitete.

Joanna hatte miterlebt, wie Ashton seine frühere Kälte und die Lasten der Vergangenheit ablegte, damit er sich auf eine warme Zukunft mit seiner zukünftigen Braut einlassen konnte. Es war klar, dass ihr Bruder Rosalind sehr liebte, auch wenn er zu dickköpfig war, um es zuzugeben.

Wird mich jemals jemand auf diese Weise lieben? Sie stieß einen frustrierten Atemzug aus. Es war ja nicht so, dass sie nicht *versucht hätte*, den perfekten Gentleman zu finden. Sie war charmant, höflich und liebenswert. Die Männer liebten es, sie in ein Gespräch zu verwickeln, doch kein Mann besuchte sie, und keiner schickte ihr Blumen. Es gab nicht den geringsten Anflug von Hoffnung, dass sie umworben werden würde.

Die Sorgen quälten sie mehr und mehr, so dass sie nachts nicht mehr schlafen konnte und tagsüber gereizt war. Aber sie war nicht die Art von Frau, die Trübsal bläst, und deshalb fand sie ihre derzeitige Stimmung äußerst ärgerlich. Joanna wusste, dass sie mehr tun sollte, um sich von diesem Trübsinn abzulenken.

Vielleicht würde die Gesellschaft der rebellischen Damen ein weiteres Mitglied begrüßen.

Joanna kicherte bei dem Gedanken und schlug die letzte Seite ihres Buches auf. Das würde sie zumindest von ihrer erfolglosen Ehemannjagd ablenken. Die Gesellschaft war eine geheimnisvolle und zunehmend gefragte Gruppe für junge Damen des *ton*, und doch galt es als skandalös, ihr beizutreten - was einen Teil ihrer Anziehungskraft auf die Mitglieder ausmachte. Gerüchte besagten, dass die Gesellschaft immer inmitten von Plänen steckte, von denen einige sogar die Seiten der *Quizzing Glass Gazette* zierten, und sie schienen ganz glücklich darüber zu sein, ihre eigenen Abenteuer zu erleben, ohne dass Männer sie beschatteten. Ihre Ehemänner hatten nicht die geringste Ahnung, dass die Bälle, Tees und Abendessen oft nur ein Vorwand für die Aktivitäten der Gesellschaft waren.

Da Joanna keinen Mann hatte, der sie beschatten wollte, wäre sie die perfekte Kandidatin für die Gesellschaft. Es war bekannt, dass sie alleinstehende Frauen, verheiratete Frauen und sogar erklärte Jungfern in ihre

Reihen aufnahmen. Jedes Mitglied der Gesellschaft musste die Eigenschaften Willensstärke und Zielstrebigkeit besitzen, und sie mussten akzeptieren, dass die Loyalität zu den anderen Mitgliedern an erster Stelle stand.

Ein plötzliches Knarren des Holzbodens ließ sie aufschrecken. Um diese Zeit sollte niemand unterwegs sein, aber es gab eine ganze Reihe von Situationen, in denen dies möglich gewesen wäre. Immerhin war sie selbst ja auch noch wach. Langsam spähte sie über die Kante ihres Stuhls.

Ein großer, breitschultriger Mann in schwarzen Hosen und einem langen schwarzen Hemd stand in der Tür und starrte sie an. Seine Augen waren von lebhaftem Graublau und konzentrierten sich intensiv auf sie. Einen Moment lang hielt Joanna beim Anblick seines markanten Kiefers und seiner markanten Nase inne, sein dunkles Haar war ein wenig zu lang, um als anständig zu gelten.

Ein Hauch von Klarheit überkam sie. Ein fremder Mann hatte kurz vor Mitternacht die Bibliothek betreten – und sie war allein dort. Sie blieb ruhig. Wenn sie Hilfe brauchte, konnte sie schreien. Ein Diener würde sie sicher hören.

»Wer sind Sie?«, fragte sie. Er gehörte nicht zu den Freunden ihres Bruders. Ashton gehörte zu einer berüchtigten Gruppe englischer Adliger, die in manchen Kreisen als Liga der Schurken bezeichnet wurde. Sie kannte fast alle seine Freunde und auch die Mitglieder

der Liga, und dieser Mann war keiner von ihnen. Wer war er also?

»Es spielt keine Rolle, wer ich bin. Wer sind *Sie*?« Seine Stimme war tief und seidig, doch der Akzent war so stark, dass sie wusste, dass er Schotte sein musste. Hatte er vielleicht etwas mit Ashtons Verlobter zu tun? Sie war Schottin.

»Ich bin Joanna Lennox.« Sie klappte ihr Buch zu und legte es zusammen mit ihrem blauen Schottenkaroschal auf dem Stuhl ab, als sie aufstand.

»Ich kenne diesen Clan«, sagte der Mann und wies auf das Karomuster. »MacLeod. Sind Sie Schottin?«

»Was? Oh nein, in meiner Familie gibt es Verwandte, die das sind, aber nicht ich.« Sie dachte daran, wie sehr *nicht* schottisch sie war, und der Gedanke amüsierte sie. Sie musste zugeben, dass sie oft davon geträumt hatte, in den Highlands zu leben und sich keinen Deut darum zu scheren, was die Londoner Gesellschaft oder ihre verdammten Regeln über sie dachten. Sie schob diese Gedanken beiseite und konzentrierte sich auf den Fremden in Schwarz. Sie kam näher, um ihn besser sehen zu können. Logischerweise wusste sie, dass sie um Hilfe schreien sollte, aber sie hatte nicht das Gefühl, dass sie in Gefahr war. »Sie haben mir nicht geantwortet. Wer sind Sie?«

Der Mann blickte sich um, offensichtlich bemüht, eine Antwort zu finden.

»Ich ...« Er zögerte, dann verengten sich seine Augen. »Ist Lady Melbourne hier?«

»Aber ja, sie ist ... warten Sie einen Moment.« Da

wusste Joanna, warum sie so fasziniert von ihm war. Seine Augen hatten etwas sehr Vertrautes an sich, denselben ernsten, graublauen Farbton. Und die Art, wie er die Stirn runzelte, war so ähnlich wie bei Rosalind, die eine ziemlich ernste Frau war.

»Sind Sie einer ihrer Brüder? Sind Sie wegen der Hochzeit gekommen?« Das musste es sein. In der ganzen Aufregung über die unerwartete Verlobung ihres Bruders und seine plötzliche Krankheit hatten sie wohl vergessen, ihr zu sagen, dass Rosalinds drei Brüder aus Schottland zur Hochzeit eingeladen worden waren.

»Aye. Ich erhielt einen Brief von meiner Schwester und kam herunter, um an der Hochzeit teilzunehmen. Ich bin gerade erst angekommen und wollte den Haushalt nicht stören.« Er stellte sich breitbeiniger hin, eine seltsam aggressive Bewegung. Joanna hatte plötzlich die Befürchtung, dass er versuchen könnte, sie zu packen, aber das war dumm. Er war Rosalinds Bruder und kein Schurke, auch wenn er wie ein Wegelagerer gekleidet war. Vielleicht war er gerade erst angekommen und nicht darauf vorbereitet gewesen, sie zu treffen, was seine interessante Kleiderwahl erklären würde. Er würde von der Reise erschöpft sein und Zeit zum Ausruhen brauchen, und hier urteilte sie über ihn, als wäre er ein Mann, der geschickt worden war, um Ärger zu machen.

»Oh je, Sie müssen müde sein nach so einer langen Reise Haben die Diener schon Ihre Sachen in Ihre Gemächer gebracht?«

»Danke, Mylady, man hat sich bereits um mich gekümmert. Ich habe nur ein Zimmer gesucht, um mich vor dem Schlafengehen ein wenig aufzuwärmen.« Sein Blick suchte den ihren, und sie hatte den Verdacht, dass er erwartete, dass sie ihn herausfordern würde, aber sie hatte keinen Grund dazu. Er war Rosalinds Bruder und hier sehr willkommen.

»Na dann, kommen Sie, setzen Sie sich ans Feuer. Ich habe gerade meinen Roman beendet und wollte mich bald zur Ruhe legen. Ich leihe ihn Ihnen gerne aus - wenn Sie Romane mögen.« Sie kehrte zu ihrem Stuhl zurück und nahm ihr Buch auf, dann kehrte sie zurück und drückte es ihm in die Hand. »Es ist eines meiner Lieblingsbücher.«

Er starrte auf den Titel. »*Lady Jade's Wild Lord*? Ich danke Ihnen.«

Es war ein Roman von L. R. Gloucester, ein düsterer Schauerroman, und er starrte ihn mit einem ehrfürchtigen Blick an, der ihr am Herzen riss. Wie ein Mann, der seit Jahren kein Buch mehr in den Händen gehalten hatte.

»Ich fürchte, ich weiß immer noch nicht, wie Sie heißen. Welcher von Rosalinds Brüdern sind Sie?«

Seine sturmumwölkten Augen blickten durch den Raum, bevor sie zu ihr zurückkehrten. »Woher wissen Sie von uns?«

»Oh, sie hat mir alles über Sie drei erzählt. Lassen Sie mich raten ...« Sie tippte sich grinsend ans Kinn. »Sind Sie Aiden, Brodie oder Brock? Ich schätze mal ... Aiden.«

Er schnaubte. »Von wegen. Sehe ich aus wie ein junger Hund?«

Nein, ganz sicher nicht. Er sah eher aus wie ein

schottischer Highlander aus ihren mädchenhaften Fantasien.

»Dann eben Brock«, sagte sie. »Sie sehen aus wie ein Brock. Es ist ein sehr alter Name, Brock. Ich lerne gerne etwas über Namen und ihre Bedeutungen. Wussten Sie, dass Brock Dachs bedeutet?« Sie starrte auf seine Lippen und war überrascht, wie voll sie aussahen. Dann wollte sie sich selbst treten. Sie sollte nicht von den Lippen dieses Mannes träumen. Er war ein Gast, und sie musste sich wie eine anständige Dame benehmen, nicht wie eine lüsterne Kreatur, die von jemandes Mund besessen ist.

»Dachs?« Er legte den Kopf schief. »Das habe ich nicht gewusst.« Die vollen Lippen verzogen sich zu einem Lächeln, und sie konnte nicht anders, als zurückzugrinsen. Ihr Herz raste wie wild, als sie seinen Augen begegnete. Sein unbekümmertes Grinsen traf sie so hart, dass sie Mühe hatte, stehenzubleiben. Brock legte das Buch ab, packte sie plötzlich an der Taille und zog sie dicht an seinen Körper heran.

»In meinem Dorf ist es Brauch, denjenigen einen Kuss zu geben, deren Familien zusammengeführt werden sollen.«

Ein Kuss? Die Erregung schoss wie Quecksilber durch sie hindurch. Vielleicht würde sie endlich erfahren, ob ihre Gothic-Romane die Wahrheit über Küsse sagten.

»Wirklich? Ich habe über Teile von Schottland gelesen, aber ich habe nie ...«

Sein Arm um ihre Taille wurde fester, und sie drückte

sich an seinen Körper, spürte die harten Muskeln seines großen Körpers an ihren weichen Rundungen.

»Sei still, Mädchen, und lass mich bei der Tradition bleiben«, flüsterte er, neigte den Kopf und legte seinen Mund über ihren.

Sein Geschmack explodierte auf ihrer Zunge und verführte sie mit dunkler Erregung. Ein Hauch von Brandy lag noch auf seinen Lippen, und sie genoss ihn. Eine seiner Hände ließ von ihrer Taille ab, um ihren Po zu streicheln. Sie quietschte überrascht auf und stöhnte dann, als er seine andere Hand in ihrem Haar vergrub und ihren Kopf zurückzog, um den Kuss zu vertiefen. Ihre Knie knickten verräterisch ein, und sie versuchte zu denken, aber es war schwer, vernünftig zu sein, wenn ihr Magen von einem so wundervollen, schwankenden Gefühl erfüllt war. Sie küsste Rosalinds Bruder ...

Joanna zog sich so weit zurück, dass sich ihre Lippen trennten. Sie war erstaunt über die aufregenden Empfindungen, die ein einziger Kuss in ihr auslöste. Vielleicht konnten Küsse wirklich perfekt sein. Wie konnte sie etwas Unsichtbares und doch so Greifbares fühlen, wenn sie diesen Mann nicht einmal kannte? Es ergab keinen Sinn, und sie mochte es, wenn Dinge einen Sinn hatten.

Beherrsche dich, Joanna - du fällst bei Küssen nicht in Ohnmacht. Küsse können nicht annähernd so gut sein, wie sie auf dem Papier beschrieben sind.

Doch Brocks Kuss war genau das gewesen - verhängnisvoll perfekt. Natürlich konnte sie nicht wissen, ob alle Küsse so waren oder nur seine, denn es war ja ihr erster.

»Ist das da, wo Sie herkommen, traditionell?« Wenn

alle Damen in Schottland so geküsst wurden, wenn sie einem Mann zum ersten Mal begegneten ... *du lieber Himmel* ...

Seine Lippen zuckten. »Alt wie die Knochen in den Hügeln.«

Sie drückte ihre Handflächen auf seine Brust und wusste, dass sie ihn wegstoßen und sich wie die englische Lady verhalten sollte, zu der sie erzogen worden war. Aber ein Teil von ihr, ein viel stärkerer Teil, wollte die Regeln des guten Benehmens über Bord werfen und alles für nur einen weiteren Kuss tun. Sie sah auf und blickte in seine graublauen Augen.

»Und ich nehme an, es wäre unhöflich von mir, mit der Tradition zu brechen.«

Sein jetzt arrogantes Lächeln hätte sie dazu gebracht, ihn zu ohrfeigen, wenn sie nicht so verzweifelt gewesen wäre, sich wieder in seinem Kuss zu verlieren.

»Unglaublich unhöflich. Das wäre eine Beleidigung für meinen ganzen Clan.«

Ihr Puls flatterte, und sie saugte kurz an ihrer Unterlippe, während sie auf einen weiteren Kuss wartete. »Nun, Mutter hat mich dazu erzogen, andere Kulturen zu respektieren.« Sie ließ ihre Handflächen über seine Brust gleiten und krallte ihre Finger in sein schwarzes Hemd, als sich ihre Münder trafen und das süchtig machende Feuer erneut in ihr aufloderte. Sie schmiegte sich an Brock, erforschte seinen Mund mit ihrem, ihre Zungen berührten sich sanft, bevor der Kuss eindringlicher wurde.

Seine Hände wanderten zurück zu ihrer Taille und

zerrten an der blauen Schärpe über ihren Hüften, während seine andere Hand die Nadeln aus ihrem Haar löste, bis er ihr Haarband befreien konnte. Dann zog er ihre Handgelenke zusammen und wickelte die Schärpe um sie. Ihr Körper schmolz unter der plötzlichen Dominanz und dem Kitzel, den sie beim Fesseln verspürte, dahin, aber sie versuchte, rational zu reagieren.

»Was machen Sie da?«, fragte sie in einer atemlosen Mischung aus Wut, Angst und Erregung. »Das kann nicht traditionell sein.« Sie zerrte an ihren nun gefesselten Handgelenken und starrte ihn an, in der Hoffnung, er würde sich erklären.

»Es tut mir leid, Mädchen, aber ich kann nicht zulassen, dass du nach Lennox rufst.«

Lennox? Er musste ihren Bruder meinen, aber warum fesselte er sie?

»Nach …« Sie verstummte, als er ihr das Haarband zwischen ihre geöffneten Lippen schob und es an ihrem Hinterkopf verknotete, um sie zu knebeln. Mit sanften Händen führte er sie zu dem Stuhl am Feuer und drückte sie hinein. Mit einem dumpfen Schrei, der nicht aus Schmerz, sondern aus Empörung kam, fiel sie zurück. Wie *konnte er es wagen*, sie zu fesseln und …

»Wenn du dich in den nächsten Minuten von hier entfernst, wirst du es bereuen«, warnte Brock.

Sie versuchte, ihn zu verfluchen, aber der Knebel dämpfte das Geräusch. Er blickte noch einen Moment auf sie herab, ein scharfes Aufblitzen von Bedauern in diesen grauen Augen, das sie verstummen ließ. Er wollte sie nicht gefesselt zurücklassen. Dies war nicht Teil eines Verführungsspiels, warum also hatte er es getan? Und was noch wichtiger war: Was war es, was er im Begriff war zu tun, von dem er eindeutig nicht wollte, dass sie es sah? Eine kalte Welle des Schreckens durchfuhr sie, aber sie wagte nicht, sich zu bewegen, bis sie ihn durch die Bibliothekstür und auf den Korridor verschwinden sah.

Joanna wartete nur einen Moment, bevor sie vom Stuhl aufsprang und zur Tür eilte. Sie zog an der Türklinke und eilte in den Flur, wobei sie über eine Falte im Teppich stolperte und sich den Knöchel verdrehte. Sie schrie auf, als sie einen Schritt auf den verletzten Knöchel machte.

Als sie Schritte hörte, blickte sie auf und erwartete, Brock zu sehen, aber stattdessen war es Charles Humphrey, oder wie London ihn kannte, der Earl of Lonsdale. Charles war ein Mitglied der Liga der Schurken und einer der engsten Freunde ihres Bruders.

Er blieb ruckartig stehen, als er sah, dass ihre Hände gefesselt waren und ihr Mund geknebelt war. »Joanna? Was zum Teufel?« Er zerrte das Band von ihren Lippen und löste ihre Handgelenke. »Was ist passiert?«

»Es ist ein Mann hier ... einer von Rosalinds Brüdern ...«, versuchte sie zu erklären, aber sie hatte wirklich keine Ahnung, was wirklich los war.

»Du meinst, ein Schotte ist in diesem Haus?«, schnappte Charles.

»Ja, er sagte, er sei zur Hochzeit eingeladen, aber dann hat er mich gefesselt und ...«

»Er ist nicht eingeladen. Der verdammte Bastard

sollte gar nicht hier sein. Wir müssen es Ashton sofort sagen.«

»Was? Warum?«

»Weil Rosalinds Brüder verdammt gefährlich sind. Sie sind gekommen, um Rosalind zu ihrem Vater nach Schottland zurückzubringen. Er ist ein widerlicher Mensch.« Charles sah sie an. »Der Mann hat dich doch nicht angefasst, oder? Ich meine, abgesehen davon, dass er dich gefesselt hat?«

Joanna schluckte schwer und schüttelte den Kopf. Sie wollte nicht zugeben, dass sie einen gefährlichen Schotten leidenschaftlich geküsst hatte.

»Gott sei Dank. Dein Bruder würde nie zulassen, dass dir einer dieser Rohlinge etwas antut«, murmelte Charles, während er ihr den Korridor entlang half. Sie umklammerte die Seidenschärpe, die er um ihre Handgelenke geschlungen hatte, als sie den Flur hinuntergingen und nach ihrem Bruder riefen.

»Was für ein Mann ist ihr Vater?«

»Die Art von Mann, der seine eigene wehrlose Tochter schlägt.«

»Haben ihre Brüder Rosalind etwas angetan? Oder war es nur ihr Vater?«

»Nur ihr Vater, soweit ich weiß. Aber ich habe mich schon einmal mit ihnen angelegt. Einer der Bastarde hat einen Stuhl über meinem Rücken zerbrochen.«

»Mein Gott! Was sollte das denn?«

Charles zögerte mit seiner Antwort, aber nicht lange. »Wie du es von mir erwarten würdest. Eine Frau. Nimm mich beim Wort - du willst mit keinem von ihnen allein sein. Sie würden dich verführen, bevor du eine Chance zum Nachdenken hast.«

Joanna schluckte den plötzlichen Kloß in ihrem Hals hinunter. War Brock gefährlich? Das hätte sie nicht überraschen dürfen. Jeder Mann, der so küssen konnte, musste es sein. Es war ihr Glück, dass sie einen Mann gefunden hatte, bei dem sie sich lebendig fühlte, und er war jemand, den sie niemals heiraten durfte.

KAPITEL 2

ath, einen Monat später

B»Sie wird nie heiraten, die nicht, es sei denn, sie setzt ihre Ziele niedrig an, und vielleicht nicht einmal dann.« Eine Society-Mama schnalzte ein wenig zu laut mit der Zunge, als Joanna im Versammlungsraum an ihr vorbeiging.

»Sehe ich auch so«, flüsterte eine andere Frau zurück. »Niemand fordert sie jemals zum Tanzen auf. Mit ihr muss etwas nicht stimmen.« Die Worte trafen Joanna tief, denn sie wusste, dass die Frau über sie sprach, und sie wusste, dass die Frau Recht hatte.

Es gab nur einen Mann in England, der sich überhaupt für sie zu interessieren schien - ein eher langweiliger, aber recht attraktiver Mann namens Edmund Lindsey. Er war nur ein Gentleman, ohne Titel, aber mit viel Vermögen. Dennoch zögerte Joanna, ihn in Betracht zu ziehen. Sie spürte keine Leidenschaft für ihn, kein

Feuer in ihrem Bauch und kein Flattern in ihrer Brust. Sie wollte Edmund nicht heiraten, nur weil er ihre *einzige* Wahl war, aber was konnte sie sonst tun?

Der eine Mann, den sie heiraten wollte, hatte ihr einen wunderbaren, perfekten Kuss gegeben und war dann in der Nacht verschwunden, wie der Schurke, der er war. Es waren solche Dinge, die eine Frau für alle anderen Männer ruinierten, denn kein Mann würde jemals mit Brock Kincade vergleichbar sein. Und sie war eine Närrin gewesen, zu glauben, dass er zu ihr zurückkommen würde, nachdem der Streit zwischen Brock und ihrem Bruder beigelegt worden war, aber das hatte er nicht getan.

Weil etwas mit dir nicht stimmt ... Der Gedanke glitt von ihrem Gehirn tief in ihr Herz.

Sie versuchte, sich durch das Gedränge in der Nähe der Tanzfläche zu bewegen, nicht, dass es eine Rolle gespielt hätte. Auf ihrer Karte waren die nächsten drei Tänze leer, und die wenigen Tänze, die sie vergeben hatte, waren mit verheirateten Männern, die älter waren und Geschäftsfreunde ihres Bruders. Sie hätte heute Abend nicht kommen sollen, aber Ashton und seine Verlobte Rosalind wollten vor der Hochzeit noch etwas Zeit in Bath verbringen.

Joannas Mutter hatte es so gut wie aufgegeben, einen Mann zu finden, der ihrer Tochter ernsthaft den Hof machen würde, und hatte sie im Grunde allein gelassen. Das bedeutete, dass Joanna die meisten gesellschaftlichen Verpflichtungen meiden und sich stattdessen in den Ausleihraum von Meylers Bibliothek zurückziehen konnte - vor allem, um Edmund aus dem Weg zu gehen. Er hatte erfahren, dass sie zurückgekommen war, und tat sein Bestes, um ihr in jedem Teeladen, jedem Versammlungsraum und sogar auf der Straße zu begegnen, wenn sie versuchte, in Ruhe auszureiten. Das war frustrierend. Alles, was sie wollte, war, in Ruhe gelassen zu werden, um über ihre Optionen nachzudenken.

Es war ihr nicht entgangen, dass sie nicht die einzige junge Frau war, die die verborgene Magie der Bücher nutzte, um den gesellschaftlichen Veranstaltungen der Stadt zu entkommen. Erst gestern hatte sie eine Freundin aus London, Lydia Hunt, im Meyler's getroffen. Sie hatten sich über ihre gemeinsamen Probleme bei der Partnersuche beklagt. Lydias jüngere Schwester, Portia, war eine wahre Schönheit und machte ständig Ärger, so dass Lydia viel Zeit damit verbrachte, Einladungen von jungen Männern, die an ihr interessiert waren, abzulehnen, weil ihre kleine Schwester versuchte, sie ihr wegzunehmen. Da Lydias Vater Portias Wunsch, vor Lydia zu heiraten, offen unterstützte, hatte Lydia die Hoffnung auf eine Heirat aufgegeben, denn jeder Mann, den sie begehrte, würde sich stattdessen Portia zuwenden.

Joanna hatte jedoch nicht die Ausrede einer intriganten jüngeren Schwester. Sie wurde einfach von keinem Mann außer Edmund *gewollt*.

Eine Gruppe junger Männer stand um den Erfrischungstisch herum, trank Ratafia und lachte ausgelassen, trotz der Gruppe missbilligender Mütter, die aus der Ferne zusahen. Einer der Männer warf ihr einen

Blick zu und lächelte sie an, aber er tat sonst nichts, um sie zu ermutigen. Sie hatte sich noch nie in ihrem Leben unsichtbarer gefühlt.

Alles, was sie wollte, war, geliebt zu werden, die Leidenschaften des Lebens mit einem Mann zu teilen, doch niemand wollte sie in Betracht ziehen. Von dem Moment an, als ihre erste Saison vorbei gewesen war, hatte sie sich gefragt, ob die Schulden und Skandale, die ihr Vater vor seinem Tod verursacht hatte, ihren Namen irgendwie geschwärzt hatten. War es möglich, dass die Vergangenheit ihre Zukunft ruinierte? Welchen anderen Grund könnte es für Männer geben, sie auf diese Weise zu meiden?

Ashton hatte zwar das Familienvermögen wiederhergestellt, aber als Tochter eines Barons und nun Schwester eines Barons stand sie, um ehrlich zu sein, ganz unten auf der Leiter, wenn es um den Adelsstand ging. Die meisten Männer wollten durch Heirat in der Gesellschaft vorankommen und nicht nur ein Vermögen erwerben. Und Ashton würde die attraktiveren Glücksjäger nicht in ihre Nähe lassen - nicht, dass es viele versucht hätten. Die meisten Männer schienen sich damit zufrieden zu geben, mit ihr zu lächeln und zu reden, ein- oder zweimal zu tanzen, und das war alles. Selbst diejenigen, die an dem einen Abend noch Interesse zeigten, ignorierten sie am nächsten Abend, als hätten sie sie nie getroffen.

Es blieb nur Edmund Lindsey übrig, und ihr Bruder hatte ihm ins Gesicht gelacht, als er sein Interesse an Joanna bekundet hatte. Die offene Abneigung ihres

Bruders gegen Edmund hatte keinen Sinn ergeben, aber als sie ihn darauf ansprach, hatte Ashton ihr einfach gesagt, sie solle sich nicht mit Lindsey abfinden, es werde schon einen guten Mann geben, den sie eines Tages heiraten könne. Doch trotz der herzlosen und abweisenden Behandlung durch ihren Bruder, blieb Edmund hartnäckig.

Joanna machte sich eilig auf den Weg zum Korridor außerhalb der Aula und stützte sich mit einer behandschuhten Hand an der Wand ab, um Luft zu holen. Bislang hatte sie Edmund erfolgreich gemieden. Er war hier irgendwo, aber Bath war zu dieser Jahreszeit geradezu überfüllt, und heute Abend waren Hunderte von Menschen anwesend. Es war leicht, sich in der Menge zu verlieren, wenn man das wollte. Als sie Stimmen hörte, duckte sie sich um die Ecke in einen kleinen Korridor, der von den Haupträumen abzweigte, weil sie befürchtete, Edmund habe sie gefunden. Aber es waren nur zwei Damen, und ihre Stimmen hallten für sie deutlich hörbar den Flur hinunter.

»Hast du *sie* gesehen?«, flüsterte eine von ihnen.

»Sie? Wen?«

»Die Kincades - diese Schotten. Die Brüder von Lady Melbourne. Sie heiratet Lord Lennox in zwei Tagen, wissen Sie. Das ist alles sehr skandalös ...«

Joanna holte tief Luft, wartete und lauschte angestrengt. Könnte es sein ...?

»Warum ist das so skandalös?«, fragte die andere Frau.

»Lord Lennox ist einer dieser *Schurken*, meine Liebe,

Sie kennen doch auch die *Liga*. Aber wenn Sie mich fragen, sind die Kincade-Männer noch viel ruchloser.«

»Ja ... inwiefern *ruchlos*?« Die zweite Frau war sichtlich frustriert darüber, dass ihre Freundin Einzelheiten verschwieg.

Joanna hätte ihnen ja sagen können, wie *ruchlos* zumindest einer der Kincade-Brüder war.

Er hatte sie geküsst und war dann mit seinen Brüdern und seiner Schwester in die Nacht hinausgeritten. Ashton war den ganzen Weg nach Schottland gereist, um Rosalind von seiner Liebe zu überzeugen. Als das geklärt worden war, waren Brock und seine Brüder in Schottland geblieben, während Rosalind nach England zurückkehrte. Sie waren zur Hochzeit eingeladen worden, die schon in wenigen Tagen stattfinden sollte. Hatten sie die Einladung angenommen? Natürlich hatte ihr gegenüber niemand etwas davon gesagt, falls doch. In diesen Tagen schien sie niemand mehr zu bemerken. Ihre Mutter war damit beschäftigt, sich um Ashton und seine zukünftige Braut zu kümmern, und ihr anderer Bruder, Rafe, war ohne ein einziges Wort nach London abgereist, abgesehen von dem Versprechen, dass er zu Ashtons Hochzeit zurückkehren würde.

Der Schmerz in ihrem Herzen wurde nur noch größer. *Ich bin allein.*

»Nun, wenn Sie *es wissen müssen* ...« Die Stimme der ersten Frau wurde dann so leise, dass Joanna sie nicht mehr hören konnte. Leise fluchend spähte sie um die Ecke, um einen besseren Blick auf die beiden zu werfen. Die beiden Damen trugen Turbane, die mit Straußenfedern geschmückt waren, und wenn sie sich zum Klatschen vorbeugten, bewegten sich die Federn und tanzten in der Luft. Es wäre komisch genug gewesen, um Joanna zum Lachen zu bringen, aber sie wollte wirklich hören, was sie sagten.

»Nein. Sie glauben, dass es wahr ist? Dass er wirklich …?« Wieder löste sich das Gespräch im Flüsterton auf. »Und sie sind heute Abend hier?«, platzte die zweite Frau plötzlich heraus.

»Ja! In den Versammlungsräumen. Natürlich tanzen sie nicht, sondern sie streifen nur herum. Alle drei sind wie Wölfe. Ich werde meine Tochter nicht in ihre Nähe lassen.«

»Das sehe ich ganz genauso«, stimmte ihre Freundin zu. »Sind sie auf Frauenjagd?«

»Ehefrauenjagd? Diese Schurken? Das bezweifle ich. Es ist wahrscheinlicher, dass sie Röcke jagen. Die machen Ärger, merken Sie sich meine Worte.«

»Ärger, in der Tat«, stimmte Joanna murmelnd zu. Nachdem Brock Kincade ihr einen Kuss gestohlen hatte, war sie nicht länger in der Lage gewesen, an einen anderen Mann zu denken, schon gar nicht an einen so langweiligen wie Edmund Lindsey.

Verdammter Schotte! Die Verzweiflung in ihr verwandelte sich in Wut – Wut auf Brock. Sie hatten sich seit jener Nacht nicht mehr gesehen, und es war an der Zeit, dass sie das änderte. Sie hatte diesem unglücklichen Mann eine ganze Menge zu sagen. Man kann nicht um Mitternacht in Bibliotheken herumlaufen und Ladys küssen, ohne zu erwarten, dass die sich davon nicht beeindrucken ließen. Kein Wort und keine Entschuldigung danach - das war unverzeihlich.

Joanna straffte die Schultern und ging zurück zum Versammlungsraum, entschlossen, Brock zu finden und ihm eine ordentliche Standpauke zu halten. Das würde sie zumindest von diesen Gefühlen befreien, die sich in ihr aufgestaut hatten. Dann müsste sie ihn nur noch ein paar Tage während der Hochzeitsfeierlichkeiten ertragen, und sie wäre ihn los. Sie würde ihn wahrscheinlich nie wieder sehen, und das war ihr nur recht.

Die Aula war immer noch gut gefüllt; die Paare in der Mitte beendeten gerade einen Tanz. Sie suchte die Gesichter um sie herum ab, aber es waren mindestens hundert Gäste im Tanzsaal. Sie sah ihre Mutter und Rosalind, die sich mit Freunden unterhielten. Ashton und Charles unterhielten sich in der Nähe des Erfrischungstisches. Joanna biss sich auf die Lippe. Sie hatte das Gefühl, zu keiner der beiden Gruppen zu gehören, und dieser Gedanke trübte ihre Stimmung nur noch mehr.

Und dann entdeckte sie sie. Ein Trio hochgewachsener, dunkelhaariger Männer in einfachen Hirschlederhosen und -westen lehnte an einer Säule neben dem Orchester. Brock, Brodie und Aiden Kincade. Wenn die Gerüchte, die sie über sie gehört hatte, stimmten, waren sie allesamt berüchtigte Teufel.

Sie hatte noch nicht das Vergnügen gehabt, Brodie und Aiden kennenzulernen, aber es war nicht zu übersehen, dass es sich bei den Dreien um Brüder handelte. Alle hatten dunkles Haar, stürmische Augen und starke

Kiefer, die wie aus Marmor gemeißelt schienen. Es waren gut aussehende Männer, die jede Frau dazu verleiten würden, mit ihrer Tugendhaftigkeit leichtsinnig umzugehen.

Ich war ja immerhin auch selbst in Versuchung. Sie dachte dies mit einem finsteren Blick, während sie das Trio anstarrte.

Mehrere Paare wichen Joanna aus dem Weg, als sie auf die Schotten zuging. Doch noch bevor sie die Hälfte der Strecke zurückgelegt hatte, wurde sie von einer kleinen männlichen Gestalt aufgehalten, die sich ihr direkt in den Weg stellte.

»Meine liebe Miss Lennox! Was für eine Freude, Sie heute Abend hier zu sehen!«, rief Edmund Lindsey aus.

Du lieber Himmel! Joanna zwang sich zu einem Lächeln, als sie sich Edmund zuwandte. Er verbeugte sich vor ihr, und sie konnte nicht umhin, seine unmodische Frisur zu bemerken, die schon seit einem Jahrzehnt nicht mehr zeitgemäß war, und den ziemlich pompösen Stil seiner Kleidung. Sein Gesicht und seine Gesichtszüge galten zwar als schön und attraktiv, aber das ließ sich keineswegs auf seine Persönlichkeit ausweiten. Seine Krawatte war viel zu aufwendig gefaltet und verwelkte in der Hitze des Raumes wie eine Gewächshausblume, deren Blütezeit vorbei war. Er wirkte auf sie wie eine ziemlich erbärmliche Kreatur, und Joanna fühlte sich schuldig, weil sie es nicht übers Herz brachte, ihn zu mögen.

»Mr. Lindsey«, sagte sie seufzend. »Wie geht es Ihnen?«

»Mir geht es gut, jetzt, wo ich das Glück habe, Ihnen zu begegnen.« Er brüstete sich unter ihrem Blick, und sie widerstand dem Drang, die Augen zu verdrehen. Seine offenen Schmeicheleien, die einmal erträglich gewesen waren, waren inzwischen ziemlich irritierend. »Ich nehme nicht an, dass Sie noch freie Tänze haben?«

»Ähm ... nein. Es tut mir so leid.« Das war eine Lüge, aber sie wollte nicht mit ihm tanzen, auch wenn er der einzige Mann in England zu sein schien, der sie wollte. Ja, es war sehr unhöflich, so über seine Tänze zu lügen. Jeder wusste, dass eine junge Lady jeden angebotenen Tanz annehmen sollte, unabhängig davon, wer der Mann war und ob sie ihn mochte oder nicht, aber sie konnte sich nicht dazu durchringen, anzunehmen.

»Dann könnte ich Ihnen doch vielleicht ein Glas Ratafia holen?«

»Äh, ja, ich denke, das wäre in Ordnung.« So hatte sie wenigstens ein paar Minuten für sich, und sie konnte ihre Flucht aus dem Saal planen. Es wäre ein Leichtes, eine Droschke anzuhalten, wenn sie es nach draußen schaffen würde, ohne dass Edmund ihr folgte.

»Bin gleich wieder da, meine Liebe!« Edmund stürmte los und bahnte sich seinen Weg durch die Menschenmenge. Joanna seufzte erleichtert, bevor sie Brock in der Menge wiederfand und auf ihn und seine Brüder zuging.

Brock schien sie zu bemerken, als sie nur noch wenige Meter von ihm entfernt war, denn er stieß sich von der Säule ab und stand gerade, als sie auf ihn zukam. Er verbeugte sich nicht, neigte nicht den Kopf und grüßte auch auf keine anerkannt höfliche Weise. Ihr Herz pochte gegen ihre Rippen, als sie ihn anstarrte. Bei Gott, sie würde eine Antwort von ihm bekommen, Skandal hin oder her.

Was war das Schlimmste, was passieren konnte? Noch eine leere Tanzkarte? Keine Blumensträuße? Keine eifrigen Herren an ihrer Türschwelle? An solche Enttäuschungen war sie schon gewöhnt, abgesehen von diesem verdammten Edmund. Aber das war ein ganz anderes Problem, mit dem sie fertig werden musste.

Er war wohlhabend und in der Gesellschaft gut vernetzt, aber diese Eigenschaften interessierten sie wenig. Viele andere Frauen hatten deutlich gemacht, dass sie ihn heiraten würden, warum also konnte er seine Zuneigung nicht einer von ihnen zuwenden? Irgendetwas an Edmund - die Art, wie er sie ansah, wenn er dachte, sie würde nicht hinsehen - beunruhigte sie.

Da kam ihr eine Idee. Vielleicht könnte sie einen Skandal inszenieren, um ihn abzuschrecken? Zu diesem Zeitpunkt schien dies ihre einzige Option zu sein.

Lieber allein als Edmunds Braut. Der Gedanke drohte sie mit seinen düsteren Aussichten zu ertränken. Sie verstand, dass viele Frauen aus Sicherheitsgründen heirateten, aber sie konnte das nicht. Die Vorstellung, einen Mann zu heiraten, sein Bett zu teilen, an seinem Leben teilzuhaben, wenn sie keine Leidenschaft für ihn empfand ... Ihr Magen drehte sich wieder, aber sie behielt die Fassung.

»Sie sind also zurückgekehrt?«, fragte sie, ohne sich

darum zu kümmern, dass die Leute sich bereits umdrehten und in ihre Richtung schauten.

»Aye, das bin ich«, antwortete Brock mit dieser weichen, dunklen Stimme, die ihr das Herz aufgehen ließ. Es war die Stimme eines Liebhabers - nicht, dass sie so etwas wissen sollte.

»Und Sie haben nicht daran gedacht, dass Sie vielleicht meinem Bruder einen Besuch abstatten sollten ... oder *mir*?«, fügte sie hinzu und versuchte, anzudeuten, was er ihr angetan hatte, ohne ihren Schmerz und ihre Wut zu offen zu zeigen. Er hatte sie *geküsst*, um Himmels willen. Das Mindeste, was er hätte tun können, war zurückzukommen, um die Dinge zwischen ihm und Ashton wieder in Ordnung zu bringen und ... *mich noch einmal zu küssen.*

»Wir sind wegen der Hochzeit hier. Und ich habe Ihrem Bruder einen Besuch abgestattet, als wir vor zwei Tagen ankamen.«

»Sie sind bereits seit *zwei Tagen* hier?« Sie hasste es, wie schrill ihre Stimme klang.

»Ich wäre schon früher gekommen, aber ich kann mein Land nicht lange allein lassen. Es gibt viel, um das man sich kümmern muss.«

Er wollte sie also nicht. Nichts von ihrer Begegnung schien ihm im Gedächtnis geblieben zu sein. Der Kuss war für ihn nicht mehr als ein Mittel gewesen, sie zum Schweigen zu bringen, damit er seine Schwester retten konnte. Sie taumelte einen Schritt zurück, denn der frische Schmerz dieses Schlages kam nur allzu unerwartet. Brock trat dicht an sie heran, ergriff ihre Hand und hob ihre Tanzkarte hoch, so dass er sie und die kahlen Stellen, an denen die Namen von Gentlemen hätten stehen sollen, sehen konnte.

»Leer? Sind Sie zu spät gekommen?« Seine Augen suchten in ihren nach Antworten.

Sie verschluckte ein raues Lachen. »Die ist *immer* leer. Ich bin keinen Tanz wert.«

Ein Funke von Feuer leuchtete in seinen Augen. »Nicht einen Tanz wert?« Der scharfe Ton, den er dabei anschlug, war beunruhigend, so als ob ihn die Worte, die sie gesprochen hatte, beleidigt hätten. Dann ergriff er ihre Hand und zerrte sie zwischen all die Paare, die sich zum Tanzen aufstellten. Zu verblüfft, um abzulehnen, reihte sie sich bei den anderen Damen ein und starrte ihn immer noch an, als er sich zwischen zwei Herren hindurchdrängte, um mit ihr ein Tanzpaar zu bilden. Die Musik begann, und sie folgten den Schritten, wirbelten, klatschten, marschierten, aber ihre ganze Aufmerksamkeit galt ihm und der Art, wie er seine Augen nicht von ihr abwandte. Er war ein wunderbarer Tänzer, was sie überraschte.

Im letzten Monat hatte sie alle möglichen dummen Träume über ihn gehabt, und wie er vielleicht sein könnte. Ein verwegener schottischer Krieger, ein Rohling, sogar ein Wegelagerer, aber niemals ein guter Tänzer. Rosalind hatte Joanna ein wenig von ihrer Vergangenheit erzählt und von der grausamen Welt, die ihr Vater für sie und ihre Brüder geschaffen hatte. Joanna wusste, dass Brock oft Schläge für seine jüngere Schwester eingesteckt hatte, um sie zu schützen. Wie konnte er in einer so düsteren Welt wie dieser gelernt haben, wie ein Gentleman zu tanzen? Es war ein Rätsel, auf das sie wahrscheinlich nie eine Antwort finden würde.

Der Tanz endete, und die Paare um sie herum begannen, sich mit neuen Partnern zu verbinden, aber Brock blieb dicht bei ihr.

»Noch einen?«, fragte er.

»Aber ... das sollten wir nicht. Die Leute werden reden ...«

»Gerede macht mir nichts aus.« Und das wurde nur allzu offensichtlich. Seine Augen wichen nicht von ihrem Gesicht, auch wenn einige Leute sie jetzt mit großen Augen schockiert anstarrten. Es war absolut verboten, mit einem Mann mehr als einmal zu tanzen. Doch in diesem Moment war es ihr egal, welche Regeln sie für diesen Mann zu brechen bereit war. Seine Intensität und die Art und Weise, wie ihm nichts anderes als sie wichtig zu sein schien, gaben ihr das Gefühl, wild und rücksichtslos zu sein, wie damals, als sie als Kind einen Teil der Landschaft in der Nähe von Cornwall erkundet hatte. Sie hatte am Rande der Klippen gestanden und gespürt, wie der Wind ihren Körper so heftig schüttelte, dass sie fast in den Tod gestürzt wäre. Der Funke der Angst und Aufregung von damals und das, was sie jetzt empfand, waren fast dasselbe. Sie wollte nicht aufhören, sich so ... *lebendig* zu fühlen.

»Sehr gut.« Sie ließ ihn immer und immer wieder mit ihr tanzen, und dann, wenn der Tanz zu Ende war, *wieder*.

Nach dem fünften Tanz taten ihr die Füße weh, aber das war Joanna völlig egal. Der Tanz mit Brock hatte ihre schlechte Laune vertrieben. Sie lächelte, lachte und kümmerte sich nicht im Geringsten um die Aufmerksamkeit, die bei jedem Tanz auf sie gerichtet war. Erst als die Musik aufhörte, spürte sie die Hunderte von Augenpaaren auf sich gerichtet, ganz zu schweigen von dem Getuschel, das sich wie ein Lauffeuer in der Menge verbreitete.

»Kein Wunder, dass sie keine Partie gefunden hat. *Fünf* Tänze ...«

»... dürfte wohl seine Geliebte sein ...«

»Zu unangemessen, mit diesem Schotten zu tanzen ...«

»Ihre Mutter wird sich schämen ...«

Wohin Joanna auch schaute, überall wurde sie verurteilt, und ihre Gefühle wurden gefühllos missachtet. Was hatte sie sich nur dabei gedacht? Einen Skandal heraufbeschwören, indem sie mit ihm tanzte? Selbst wenn dies Edmund Lindsey endlich abschreckte, war es das wirklich wert? Was wäre mit dem Klatsch und Tratsch, der sie auf Schritt und Tritt verfolgen würde? Ein Mann wie Brock würde sie nicht heiraten. Sie war nur ein Spielzeug für einen rücksichtslosen Hochlandlord, mit dem er spielen konnte, wenn es ihm passte. Nur Küsse in Bibliotheken um Mitternacht und Tänze, um die Klatschmäuler bei Laune zu halten.

»Mädel ...«, flüsterte Brock und hielt ihr seine Hand hin.

Sie starrte ihn an, und ehe sie sich versah, hatte sie

eine Hand zurückgezogen und ihm eine Ohrfeige verpasst. In der Aula trat Schweigen ein, in dem sogar die Geigen zum Stillstand kamen, als die Spieler ihre Bögen unharmonisch über die Saiten zogen. Alle, so schien es, starrten sie an. Brock bewegte sich nicht, zuckte nicht einmal mit der Wimper, obwohl sich auf seiner Wange ein leichter roter Schimmer bildete.

Oh Gott, warum in aller Welt habe ich das getan?

Der Gedanke machte sie so hysterisch, dass sie zwischen Lachen und Weinen hin- und hergerissen war. Sie hatte Brock gerade vor dem halben *ton* geohrfeigt. Wenn sie schon nicht an der Spitze der Skandalblätter landen würde, weil sie zu lange mit ihm getanzt hatte, dann würde sie es jetzt sicher tun, weil sie ihn in der Öffentlichkeit geschlagen hatte.

Joanna drehte sich um und floh. Sie würde die Lachnummer von ganz England werden.

Sie flog die Treppe vor der Aula hinunter und auf die Straße, wobei sie ihr Täschchen umklammerte und betete, dass ihre Familie ihre Abwesenheit nicht bemerken würde. Aber wie könnten sie das nicht? Am Ende des fünften Tanzes hatten sie alle angestarrt, und dann hatte sie Brock vor allen Leuten eine Ohrfeige gegeben.

Sie winkte einem Droschkenkutscher zu, der ein paar Meter entfernt stand. Er nahm seine Peitsche in die Hand, gab seinen Pferden ein sanftes Zungenschnalzen und rollte auf sie zu. Ein erleichterter Seufzer entwich ihr.

Ich kann nach Hause zurückkehren und den heutigen Abend vergessen ... hoffe ich ...

In diesem Moment packte sie jemand von hinten und hielt ihr eine Hand vor den Mund. Sie schrie auf, als sie hochgehoben und in die Kutsche geschoben wurde, die sie herbeigerufen hatte.

»He! Was machst du da?«, rief der Fahrer.

»Bringen Sie uns einfach zur Finchley Street! Ich zahle das Doppelte des normalen Fahrpreises«, sagte der Mann, der sie festhielt. Joanna erstarrte für einen kurzen Moment, als sie erkannte, dass der Mann, der sie gepackt hatte, Brock war.

»Wie *können Sie es wagen?*« Sie versuchte zu entkommen, aber Brock versperrte ihr den Weg und drängte sich hinter ihr in den Wagen.

»Immer mit der Ruhe, Mädchen. Ich werde dir nicht wehtun, das ist mehr, als du vorhin für mich getan hast«, schnauzte Brock. Er ergriff ihre Hände und drückte sie auf links und rechts ihres Kopfes gegen die gepolsterte Rückenlehne.

»Lassen Sie mich sofort los, Lord Kincade«, forderte sie. Sein gutaussehendes Gesicht war eine Maske aus Mondlicht und Schatten im schummrigen Wageninneren, während sich seine Lippen zu einem Grinsen verzogen.

»Noch nicht. Wir müssen uns unterhalten.« Das Lächeln verblasste, und er sah jetzt todernst aus. Hätte er sie nicht an den Handgelenken festgehalten, hätte sie ihn erneut geohrfeigt.

»*Reden?* Sie hätten schon vor einem Monat mit mir

sprechen sollen. Aber nein, Sie haben mich gefesselt in einer Bibliothek zurückgelassen und die Verlobte meines Bruders entführt!«

»Ich habe sie nicht entführt. Ich habe sie *gerettet*«, korrigierte er.

»Nun, sie haben Sie vielleicht gerettet, aber mich haben Sie dort zurückgelassen«, knurrte sie. »Man kann nicht einfach so herumlaufen und Frauen küssen, ohne Rücksicht auf ihre Gefühle zu nehmen. Und dann haben Sie mich zum Tanzen überredet, und Sie haben so wunderbar getanzt, dass ich vergessen habe, aufzuhören, und jetzt *reden alle*, weil Sie ein bekannter Schürzenjäger und Schurke sind, und dann habe ich Sie geohrfeigt, und morgen wird es in allen Zeitungen stehen. Ich bin ruiniert, und das ist ganz allein Ihre Schuld ...« Sie kämpfte, um sich zu befreien, die Wut tobte in ihr, aber sie konnte ihn nicht dazu bringen, sie endlich loszulassen.

»Lassie, du redest zu viel.« Das war die einzige Warnung, die sie von ihm bekam, bevor sich sein Mund über ihren schob und die Welt um sie herum zum zweiten Mal in ihrem Leben in köstlichem sündigem Feuer explodierte.

KAPITEL 3

Brock lächelte gegen Joannas Lippen, als sie sich an ihn schmiegte. Sie war genauso wunderbar, wie er sie in Erinnerung hatte. Er hielt ihre Handgelenke noch einen Moment lang gegen die Rückwand des Wagens gedrückt, bis er spürte, wie sie sich seinem Kuss hingab. Als er sie losließ, schlang sie ihre Arme um seinen Hals. Jedes Mal, wenn sein Mund den ihren berührte, konnte er sich nicht sattsehen an ihrer natürlichen Süße oder an der träumerischen Intimität, die sie umgab, wenn sie sich umarmten. Sein Magen drehte sich vor jungenhafter Erregung, als er sich an sie presste. Er hatte seine schöne Engländerin wieder in seinen Armen, wo sie hingehörte.

In all den Monaten, seitdem er ihr zum ersten Mal begegnet war und sie sofort wieder hatte zurücklassen müssen, um seine Schwester zu retten, hatte er diese hitzige Begegnung in der Bibliothek von Joannas Landhaus immer wieder in Gedanken durchlebt. Er hatte geschworen, zu ihr zurückzukehren, um sie zu sich zu holen.

Endlich war der Zeitpunkt gekommen.

Er sehnte sich nach einer Braut, die mit ihm das Bett teilen konnte, die ihn mit ihrer lebhaften Stimme und ihrem brillanten Verstand zum Lachen und Lächeln brachte und deren Mitgift ihm helfen würde, sein bröckelndes Schloss zu reparieren. Joanna war diese Frau. Aber es gab ein Problem: Ihr Bruder würde ihn töten, wenn er um ihre Hand anhielte. Nach der Sache mit Rosalind gingen sie zwar inzwischen zivilisiert miteinander um, aber sie konnten nicht als Freunde betrachtet werden.

Wie also sollte er seine schöne blonde Sirene von ihrem schützenden Wachhund von einem Bruder und seiner verdammten Bande von Schurken wegbringen?

Vielleicht ein Durchbrennen? Ja, das würde passen. Ein Rennen nach Schottland. Er kannte die Straßen besser als jeder Engländer und konnte schneller reisen, sogar mit Joanna im Schlepptau, vorausgesetzt, er konnte sie überzeugen, ihn zu heiraten.

»Brock«, flüsterte Joanna zwischen zwei Küssen gegen seinen Mund. »Du bist ... der verruchteste Mann, den ich je getroffen habe.« Ihre atemlose Anschuldigung enthielt kein wirkliches Gift, sondern nur sinnliche Freude und Überraschung.

»Ich habe noch nicht einmal angefangen, dich richtig zu küssen«, sagte er kichernd und strich mit dem Handrücken über ihre Wange.

Sie blickte zu ihm auf. »Hast du nicht?« Diese blauen Augen, tief und geheimnisvoll wie der See bei seinem Schloss zu Hause, waren so verdammt schön und groß und unschuldig.

Jedes Mal, wenn er sie ansah, wuchs in ihm ein knochentiefer Schmerz. Das war nicht einfach nur Lust; sie erfüllte ihn mit einer Sehnsucht nach Dingen, von denen er seit seiner Jugend nicht zu träumen gewagt hatte. Sie war ein Sonnenstrahl, ein herzhaftes Lachen, ein Augenzwinkern und ein Lächeln in einem. Sie war alles Gute und Reine im Leben, und er *wollte* sie - wollte sie mehr, als er jemals zuvor etwas gewollt hatte.

Sie muss mir gehören, koste es, was es wolle. Es war ein gieriger Gedanke, das wusste er, zu glauben, er könne sie besitzen, obwohl er einen solchen Lichtblick in seinem Leben nicht verdiente, und sobald sie merkte, dass sie einen verdammten Teufel küsste, würde sie ihn hassen. Doch er konnte sich dieser Wahrheit noch nicht stellen.

Die Grausamkeit seines Vaters hatte so viel in ihm zerstört, dass sogar sein Herz zu Stein geworden war.

»Wenn ich dich richtig küsse, Mädel, wirst du es wissen.« Er knabberte an ihrem Hals, bevor er ihr einen langsamen, trägen Kuss auf das Schlüsselbein drückte. Sie holte tief Luft und wehrte sich gegen seinen Griff, aber es war kein Versuch, sich zu befreien, sondern ein Versuch, ihm näher zu kommen.

»Wohin fahren wir?«, fragte sie zwischen zwei Atemzügen, als er seine Lippen wieder an ihren Hals drückte.

»Zu mir nach Hause, zumindest im Moment. Meine

Brüder und ich wohnen für die Dauer der Feierlichkeiten gemeinsam in der Finchley Street.«

»Dein ... Zuhause?« Etwas von der schläfrigen Lust in ihrer Stimme verblasste. »Nein, das dürfen wir nicht ...«

Als sie sich dieses Mal gegen seinen Griff wehrte, erlaubte er ihr, sich zu befreien. Sie wich auf der Bank, die sie sich teilten, vor ihm zurück. »Du musst mich sofort nach Hause bringen.«

»Joanna«, flüsterte er. »Du musst doch wissen, warum ich gekommen bin.«

»Für Rosalinds Hochzeit«, sagte sie kühl.

»Das ist nur einer der Gründe. Der andere bist *du*.« Er griff nach ihr, aber sie schlug ihm die Hand weg.

»Du hast mich einen Monat lang allein gelassen! Du hast mich geküsst und mich ohne ein Wort verlassen! Und jetzt soll ich glauben, dass du für mich gekommen bist? Ich bezweifle, dass du überhaupt an mich gedacht hast, bevor du mich auf der Versammlung gesehen hast.«

Der Schmerz in ihren Augen verletzte ihn, aber es gab keine Möglichkeit, sie zur Vernunft zu bringen. Die Nacht, in der sie sich getroffen hatten, war gefährlich gewesen, und er hätte nicht mehr tun können, als sie zu küssen. Er hätte es nicht geschafft, mit Joanna *und* seiner Schwester nach Schottland zurückzukehren. Und er hätte ihr nicht schreiben oder eine Nachricht schicken können, denn ihr Bruder hatte sie zweifellos seit jener Nacht beobachtet.

Brock hatte sich selbst davon überzeugt - oder es versucht -, dass es besser war, sie allein zu lassen, dass sie einen Mann finden würde, der sie lieben konnte. Aber er war ein verdammter Narr gewesen zu glauben, dass er sich von ihr fernhalten könnte, sobald er sie wiedersah.

»Heirate mich«, platzte er heraus.

Ihre Augen weiteten sich. »Was?«

»Lass mich dich nach Schottland bringen und dich zu einer richtigen Braut machen.«

Sie starrte ihn stumm an und versuchte, seine Worte zu verarbeiten. »Aber ...« Er konnte die Unentschlossenheit in ihren Augen sehen.

»Wir haben noch zwei Tage bis zur Hochzeit. Du musst dich nicht sofort entscheiden.« Er öffnete das Fenster der Kutsche und rief dem Fahrer die Adresse ihres Bruders zu. Sobald die Kutsche umgedreht hatte, setzte er sich wieder auf den Sitz ihr gegenüber und versuchte sich daran zu erinnern, dass sie Zeit brauchte. Sie für einen weiteren Kuss in seine Arme zu nehmen, würde sie nicht unbedingt umstimmen. Frauen brauchten mehr als Leidenschaft in ihrem Leben; sie brauchten Stabilität, eine gemeinsame Basis. Das konnte er nicht bieten. Seine Vergangenheit war ganz anders und viel härter gewesen als ihre. Aber das hielt ihn nicht davon ab, sie so sehr zu begehren, dass es ihm innerlich weh tat, daran zu denken, sie gehen zu lassen.

Als er und seine Brüder zur Hochzeit gekommen waren, hatte er gehofft, sie schon eher zu sehen, aber ihr verdammter Bruder hatte sie jedes Mal, wenn er versucht hatte, sie zu besuchen, sicher ferngehalten, wobei er es immer wie einen Zufall erscheinen ließ. Auch wenn ihre Differenzen beigelegt waren, gab es ein Katz-und-Maus-Spiel der Höflichkeit zwischen ihnen.

Es war nur ein Glücksfall gewesen, dass er Ashton aus der Aula hatte verschwinden sehen, als Joanna auf ihn zugekommen war, um ihn um einen Tanz zu bitten. Sonst hätte er nie die Gelegenheit gehabt, mit ihr zu sprechen, geschweige denn fünf Tänze mit ihr zu teilen. Er hatte erwartet, dass ihr Bruder jeden Moment hereinstürmen und sie wegzerren würde, aber das hatte er nicht. Der überfürsorgliche Narr hatte einen Fehler zu Brocks Gunsten gemacht, aber Brock war nicht so dumm zu glauben, dass Ashton nicht herausfinden würde, wohin seine Schwester gegangen war und wer ihr nachgestellt hatte.

Er weiß, dass ich sie will, und er beschützt sie, so wie ich versucht habe, meine Schwester vor ihm zu schützen. Brock war noch nie ein Freund von Ironie gewesen, und in dieser Situation wollte er gegen eine Steinwand schlagen.

»Warum willst du mich heiraten?«, fragte sie nach einem langen Schweigen.

»Warum?«, wiederholte er verwirrt.

»Ja. Warum? Liebst du mich?«

Er stolperte bei seiner Antwort. »Nun ... Ich meine ...«

»Stimmt, das tust du nicht, weil wir uns nicht einmal *kennen*. Die Ehe sollte auf Liebe beruhen, nicht auf Lust.«

Er lachte. »Liebe? Mädel, du bist viel zu unschuldig. Ich habe nur wenige Menschen getroffen, die aus Liebe geheiratet haben, und diese Ehen sind nicht gut ausgegangen.« Seine Eltern hatten aus Liebe geheiratet, aber die Machtgier seines Vaters war stärker gewesen als seine

Liebe, und das hatte seiner Mutter das Herz gebrochen. Er würde nie vergessen, was sie ihm nur wenige Tage vor ihrem Tod gesagt hatte.

»Die Liebe, die wahre Liebe, füllt das Herz so vollständig aus, dass kein Platz mehr für Hass oder Gier ist. Ich dachte, ich wäre genug für deinen Vater, aber ich war es nicht ...«

Brock glaubte nicht, dass er jemals jemanden so sehr lieben könnte - nicht, weil er es nicht gewollt hätte, sondern weil sein Herz durch Hass und Wut verhärtet war. Es war mit Steinen aus der Vergangenheit beschwert. Es gab eine Dunkelheit in ihm, die er nicht vertreiben konnte. Ein Mann wie er konnte nie mit Liebe und nichts anderem erfüllt sein. Denn wenn er voll und ganz liebte, würde diejenige, der sein Herz gehörte, ihn dafür teuer bezahlen lassen. Sie würde ihn zerquetschen, so wie seine Mutter zerquetscht worden war. Sein Geist würde gebrochen und sein Lebenswille zerstört werden, wenn er nicht zurückgeliebt werden würde. Joanna war eine Gefahr für ihn, und sie wusste es nicht einmal. Sie könnte Schottland verlassen, zu ihrer Familie und ihren Freunden nach London zurückkehren und sein Schloss leer und sein Herz in Stücke gerissen zurücklassen. Nein ... wenn sie heiraten würden, hätte er ihr Herz und ihren Körper, und sie hätte seinen Körper und seine Zuneigung, aber keine Liebe. Es war zu gefährlich.

»Ich werde dich nicht heiraten.« Ihre sanfte Antwort stach schlimmer als jede Klinge, die sich in seine Brust hätte bohren können. Er hatte nicht erwartet, dass sie ihn zurückweisen würde.

Er hatte heute Abend in der Aula zugehört, hatte das spöttische Geflüster gehört, dass sie nie einen Ehemann finden würde, dass mit ihr etwas nicht stimmte.

Mit Joanna war *alles in Ordnung*. Das, was nicht stimmte, war, dass die verdammten *Sassenachs* glaubten, ihre Frauen müssten sanftmütig wie Lämmer und dumm wie Gänse sein. Die süße Joanna war kämpferisch, intelligent und hatte ihren eigenen Kopf, und diese verdammten englischen Narren wussten das.

»Ich werde dich nach der Hochzeit noch einmal fragen«, sagte er, als die Kutsche vor dem Haus von Lord Lennox hielt.

Sie runzelte die Stirn, und die Furche zwischen ihren Brauen ließ sie umso liebenswerter aussehen. »Ich werde meine Antwort nicht ändern.«

Er lächelte. »Vielleicht doch. Ein Mann kann hoffen.« Er öffnete die Kutschentür und half ihr beim Aussteigen, wobei er sie festhielt, während er sie auf die Füße stellte. Sie starrte zu ihm auf, ihre blauen Augen waren wie dunkle Wasserbecken im gedämpften Licht der Straßenlaternen. Eine einzelne Locke blassblonden Haares streifte die Spitzen ihrer Brüste, und er strich mit seinen Fingern langsam die seidenen Strähnen zurück. Ihre Brüste hoben sich daraufhin, als sie scharf einatmete.

»Schlaf gut, schöne Joanna, und träum heute Nacht von mir.«

Sie schaute finster drein. »Das werde ich ganz sicher nicht.«

Er umfasste ihr Kinn, legte ihren Kopf zurück und drückte ihr einen lang anhaltenden Kuss auf die Lippen, bevor er zurücktrat und in die Kutsche stieg. »Aye, das wirst du.«

Sie würde ihre Meinung ändern. Brock hatte zwei Tage Zeit, sie davon zu überzeugen, dass sie ihn heiraten wollte. Er würde ein guter und treuer Ehemann sein und dafür sorgen, dass sie gut umsorgt und zufrieden wäre, im Bett und außerhalb.

Solange ich sie vor der Vergangenheit meiner Familie bewahren kann.

Er hatte nicht vergessen, was Rosalind mit ihm geteilt hatte. Ihr Vater, Montgomery Kincade, hatte seine schottischen Landsleute verraten, indem er einem englischen Spion bei der Ermordung der Anführer einer Rebellion mehr als zwanzig Jahre zuvor geholfen hatte. Dieser Spion war noch am Leben, und Brocks Vater hatte ihm vor seinem Tod damit gedroht, die Beweise für ihre Geschäfte öffentlich zu machen. Rosalind hatte diesen Beweis gefunden und ihn Ashton gegeben, um ihn gegen ihren Erzfeind zu verwenden. Stattdessen hatte Ashton beschlossen, diesen Beweis zu verbrennen, um sie zu schützen.

Brock glaubte nicht, dass das genug war. Er traute den Engländern nicht und glaubte fest daran, dass die Familie Kincade und alle, die ihnen etwas bedeuteten, in großer Gefahr schweben würden, wenn die Wahrheit über ihren Vater jemals ans Licht käme. Er musste einen Weg finden, um seine Familie und seine zukünftige Braut vor den blutigen Händen zu schützen, die durch die Nebel der Zeit griffen, in der Hoffnung, ihn in die Dunkelheit zu ziehen. Aber wie sollte er einen mächtigen englischen Spion oder seine eigenen Landsleute aufhalten, wenn diese nach Rache schrien?

Ich bin nicht mein Vater. Ich werde Joanna nicht wehtun. Ich werde sie mit allem beschützen, was ich habe.

EDMUND LINDSEY HIELT SEIN GLAS RATAFIA IN DER Hand und suchte stirnrunzelnd nach einem Anzeichen von Joanna Lennox im Ballsaal. Er hatte sich in den letzten Monaten daran gewöhnt, sie in einer Menschenmenge schnell zu finden. Sie war hochgewachsener als die meisten Damen, und ihr blassblondes Haar strahlte wie ein Leuchtfeuer unter den Kronleuchtern.

»Lindsey, Sie enttäuschen mich immer wieder«, sagte eine kalte Stimme hinter ihm. Edmund drehte sich und sah sich einem gut aussehenden Aristokraten mit dunklem Haar und noch dunkleren Augen gegenüber. Der Mann war aus einer schattigen Ecke des Ballsaals aufgetaucht, unbemerkt von den umstehenden Gästen. Edmund blickte sich um, in der Erwartung, eine Tür oder einen Weg zu entdecken, der das plötzliche Auftauchen des Mannes erklären könnte, aber es gab keinen. Es erinnerte ihn daran, wie geschickt der Mann war und dass man mit ihm nicht spaßen durfte.

»Sir Hugo.« Er verneigte sich vor dem Mann, der ihm in den letzten drei Monaten seine Aufträge erteilt hatte. Die Befehle waren klar gewesen: Er musste Joanna Lennox verführen und heiraten. Wie er sich in diese

Lage gebracht hatte, darüber wollte er lieber nicht nachdenken.

»Ich habe nicht meine Zeit und meine Mittel darauf verwendet, die geeigneten Junggesellen des Landes davon zu überzeugen, Miss Lennox zu meiden, nur damit Sie sie dann doch wieder verlieren würden.«

Edmund versuchte, sich aufzublasen und stolz auf seine Fähigkeiten zu sein. »Ich bin kurz davor, sie für mich zu gewinnen. Eigentlich wollte ich sie gerade um einen Moment allein bitten, damit ich ihr einige unserer gemeinsamen Interessen beichten kann - die Sie mir freundlicherweise zur Verfügung gestellt haben.«

»Das wird schwierig sein, da sie nicht mehr hier ist. Sie floh mit diesem schottischen Biest, Kincade. Es sind drei Monate vergangen. Man hat mir gesagt, dass Sie die Frauen für sich gewinnen können, aber es scheint, dass diese Gerüchte nur Gerüchte sind.«

Die verbale Beleidigung verfehlte nicht ihre Wirkung. Jedem anderen Mann hätte Edmund die Ratafia ins Gesicht geworfen, aber nicht Hugo Waverly. Waverly hatte weit mehr Macht, als sein Titel vermuten lassen könnte. Ohne die hervorragende Finanzierung, die er von dem Mann erhalten hatte, hätte Edmund diese Aufgabe nie übernommen.

»Vielleicht hätte ich mir einen aggressiveren Mann aussuchen sollen, um sie zu umwerben«, sagte Hugo und sah Edmund von oben bis unten an. »Und auch größer. Aber ich dachte, dass sie inzwischen verzweifelter sein würde. Ich hatte sehr gehofft, sie so in Selbstmitleid versinken zu sehen, dass sie schließlich Ihren Antrag annehmen würde. Anscheinend habe ich entweder ihre Verzweiflung oder Ihre Effektivität falsch eingeschätzt.«

Edmund wusste es besser, als auf eine solche Beleidigung zu reagieren. Er wusste, dass er attraktiv war, und obwohl er nicht besonders muskulös war, bereitete er jeder Frau in seinem Bett Vergnügen. Viele Frauen hatten schnell genug gelernt, dass er das, was ihm an Größe fehlte, auf andere Weise wettmachte. Doch Joanna hatte ihm nicht einmal die Gelegenheit gegeben, ihr seine Reize zu zeigen. Die kleine Schlampe konnte ihre offene Abneigung gegen ihn kaum unterdrücken, und das erfüllte ihn mit einer Frustration, die er mit seinen höflichen Umgangsformen kaum verbergen konnte. Eine solche ständige Ablehnung war nicht gut für das Selbstwertgefühl.

»Es ist klar, dass sie sich nicht für mich entscheiden wird«, gestand Edmund. Merkwürdigerweise war es eine seltsame Erleichterung, diese Worte laut auszusprechen. »Vielleicht sollten Sie den Schotten bestechen?«

Waverlys grausamer Mund verzog sich zu einem boshaften Lächeln.

»Ich fürchte, der Schotte wird sich nicht kaufen lassen. Aber Sie haben mich auf eine ausgezeichnete Idee gebracht. Ich hatte mir vorgenommen, dass Sie sie als Ehemann unglücklich machen sollten, aber vielleicht waren meine Pläne nicht ehrgeizig genug. Aber der Vater dieses Mannes und ich haben eine gemeinsame Vergangenheit. Das eröffnet gewisse ... Möglichkeiten.«

Edmund unterdrückte ein weiteres Erschaudern. Jetzt war er dankbar für Miss Lennox' Zurückweisungen.

Hugos Plan hätte sie zweifellos beide unglücklich gemacht, und Geld konnte im Leben nur wenig ausgleichen.

Was immer Waverly auch vorhatte, Edmund wollte nichts mehr damit zu tun haben. Er zog es vor, am Leben zu bleiben. Waverly stand zwar unter dem Schutz der Krone, aber Edmund hatte diesen Luxus nicht. Und wenn jemand durch Waverlys Spiele zu Tode käme, dann könnte Edmund derjenige sein, der dafür gehängt wird.

»Soll ich annehmen, dass unser Geschäft damit abgeschlossen ist?«, fragte Edmund leise.

Waverly strich sich über das Kinn, seine schwarzen Augen blickten auf etwas in der Ferne, das Edmund nicht sehen konnte, und einen Moment lang fürchtete er, seine Frage wiederholen zu müssen.

»Ja, ich bin fertig mit Ihnen. Mein Büro wird morgen früh eine Abschlusszahlung leisten, und dann werde ich Sie nicht mehr sehen.«

Edmund war mit dem letzten Punkt voll und ganz einverstanden. Er zog sich eilig in die Menschenmenge zurück und lächelte über sein Glück. Weitere tausend Pfund würden in seine Tasche wandern, und alles, was er getan hatte, war, Joanna Lennox in die Arme eines anderen zu treiben. Wenigstens lächelte die Glücksgöttin ihm endlich auch einmal zu.

Er versuchte, nicht daran zu denken, ob Fortuna Miss Lennox nicht bald die Stirn bieten würde.

HUGO STAND AM RANDE DES BALLSAALS UND LAUERTE in dem Schatten, den eine unbeleuchtete Lampe in seiner Ecke des Raums bot. Er beobachtete die ahnungslosen Paare beim Tanzen. Seine Frau war heute Abend da draußen und tanzte zweifellos mit einem Dummkopf. Es war ihm egal, dass verheiratete Frauen nur mit ihren Ehemännern tanzen durften. Seine Frau tanzte gern, und da er ihr keine Zeit für einen Tanz erübrigen konnte, weil er sich um seine Pläne kümmern musste, begnügte er sich damit, ihr das Vergnügen zu überlassen, wo immer sie es finden konnte.

Ein Aufblitzen von blassblondem Haar erregte seine Aufmerksamkeit, und er musste sein Herz zügeln, als er Ashton Lennox auf der Tanzfläche sah, seine schottische Braut im Arm.

Meine Beute ... so nah. Er musste sich davor hüten, nach der kleinen Klinge zu greifen, die er immer bei sich trug. Der Dolch, von dem er fast jede Nacht träumte, wie er ihn in das Herz jedes einzelnen Mitglieds der Liga der Schurken stoßen würde.

Noch vor wenigen Tagen hatten sie den Schlüssel zu seiner Vernichtung in den Händen gehalten, und doch hatten sie sich entschieden, diesen Schlüssel lieber zu verbrennen. Er konnte sich immer noch nicht erklären, warum. Nicht, dass es darauf ankam. Er würde nicht aufhören, er würde keine Gnade zeigen.

Ich werde euch, einen nach dem anderen, mit einem Tod durch tausend Schnitte zur Strecke bringen. Und einer dieser Schnitte wird Joanna Lennox sein.

Er musste nur den richtigen Highland-Clans verraten, dass Lord Kincades Vater seine Landsleute verraten hatte und dass der Engländer, der ihm geholfen hatte, Ashton Lennox war. Und er wusste, welche Clans über Generationen hinweg ihren Groll hegten.

Sie würden Joanna, Lord Kincade und wahrscheinlich auch Ashton töten. Selbst wenn Ashton das Recht des Hochlandes irgendwie überleben sollte, würde der Verlust seiner Schwester ihn zerstören. Die süße Ironie dabei würde sein, dass Ashton selbst gerade die Beweise vernichtet hatte, die sie vielleicht hätten retten können.

Und niemand wird jemals erfahren, dass ich dabei eine Rolle gespielt habe.

Es war manchmal so einfach, der Teufel zu sein - sehr einfach.

KAPITEL 4

Joanna schlüpfte in das stille, ruhige Haus. Wahrscheinlich waren alle noch auf dem Ball. Ihre Schultern sanken vor Erleichterung herab. Sie würde etwas Zeit allein haben, um sich nach dem Desaster zu sammeln, das sie nach dem letzten Tanz mit Brock angerichtet hatte. Sie bedankte sich bei dem Diener, der ihr die Tür geöffnet hatte, und schlich hinunter in die Küche, wo ihre Köchin, Mrs. Copeland, Brotteig für den nächsten Tag knetete. Das dunkelbraune, grau melierte Haar der Köchin steckte unter einer weißen Haube, und ihre Wangen waren rot von der Anstrengung des Knetens.

»Miss Joanna!« Die Köchin grinste und nahm ein kleines feuchtes Tuch, um sich das Mehl von den Händen zu wischen, bevor sie Joanna umarmte. Mrs. Copeland war für sie wie eine Lieblingstante. Sie hatte sich immer gut um die Lennox-Kinder gekümmert und war seit mehr als fünfzehn Jahre lang die Köchin des Haushaltes.

»Mrs. Copeland, haben Sie auch Pfirsichtörtchen?« Joanna sah sich in der aufgeräumten Küche um, in der Hoffnung, vor dem Schlafengehen wenigstens eine Kleinigkeit zu essen zu finden. Wie viele andere Damen war es ihr oft zu peinlich, auf einem Ball zu essen. Sie war beileibe nicht dick, aber sie war sich ihrer Figur sehr bewusst, und es schien ihr unangenehm zu sein, sich vor den Augen der Männer um die Erfrischungen herumzutreiben.

Mrs. Copeland gluckste. »Habe ich Pfirsichkuchen?« Sie ging zum Kühlregal hinüber und hob ein blau-weiß kariertes Tuch von einer Platte, so dass mehrere glitzernde, zuckrige Pfirsichtörtchen zum Vorschein kamen.

»Nehmen Sie, soviele Sie wollen.« Mrs. Copeland zwinkerte ihr zu. »Und in einem der Schränke steht eine Flasche Sherry, falls Sie vor dem Schlafengehen noch einen Schluck trinken möchten.«

Joanna grinste und holte die Flasche. »Nur, wenn Sie ein Glas mit mir trinken.« Sie holte ein paar kleine Sherrygläser und füllte sie. Mrs. Copeland protestierte nur kurz, bevor sie ihr Glas nahm, ihre haselnussbraunen Augen funkelten. Es war ein Ritual für sie beide, nach dem Ball gemeinsam ein Stück Kuchen zu essen und ein Glas Sherry zu trinken.

»Nun denn, wie war das Tanzen?«, fragte Mrs. Copeland, nachdem Joanna zierlich mit einer Gabel in das Törtchen gepiekt hatte.

»Es war ...«

Göttlich.

Unglücklich.

Mit Brock zu tanzen, war einfach wundervoll gewesen, aber was danach passiert war ... Scham brannte in ihrer Kehle, und sie blinzelte die Tränen weg.

»Was ist denn los, meine Liebe?« Mrs. Copeland tätschelte eine ihrer Hände. »Sie sehen ja aus, als würden Sie gleich weinen. Ich dachte, Bälle sind etwas Wunderbares.«

Joanna verdrängte die Tränen. Das Letzte, was sie wollte, war, dumm zu erscheinen. Auch wenn sie mit Mrs. Copeland schon die meiste Zeit ihres Lebens befreundet gewesen war, hatte sie sich nicht getraut, ihr oder irgendjemandem im Haus von ihren Problemen mit Verehrern - oder dem Fehlen solcher - zu erzählen.

»Glauben Sie an perfekte Küsse, Mrs. Copeland?«, fragte sie.

Das war etwas, was sie ihre Mutter nicht zu fragen wagte. Regina Lennox war eine reizende Frau, das gab Joanna bereitwillig zu, aber die Vorstellung, ihre Mutter nach solchen Dingen zu fragen, erschien ihr schrecklich. Ihre Mutter würde sie wahrscheinlich heftig ausfragen, was sie damit meinte und ob es da draußen einen Gentleman gäbe, den man Ashton als Ehemann vor die Nase setzen sollte.

»Perfekte Küsse?« Mrs. Copelands Augen verengten sich leicht. »Haben Sie einen jungen Bock geküsst, Miss Joanna?«

»Ich ... nein«, log sie. »Ich habe nur nachgedacht,

wissen Sie. Es ist ja nicht so, dass ich einen Verehrer hätte, mit dem ich üben könnte.«

»Übung?« Die Köchin schnaubte. »'Nur die Männer brauchen *Übung*. Wenn der Kuss nicht perfekt ist, ist der Mann schuld, sage ich.«

Sie konnte Brock überhaupt keine Schuld geben. Seine Küsse *waren* perfekt. Und genau das war das Problem.

»Mrs. Copeland, haben Sie Mr. Copeland aus Liebe geheiratet?« Der verstorbene Ehemann der Köchin war Pferdepfleger auf dem Landgut der Familie Lennox gewesen. Nach seinem Tod hatte Ashton darauf bestanden, dass die Köchin mit ihnen in die Stadt kommen würde. Joanna hatte vermutet, dass es daran lag, dass Mrs. Copeland ihren Mann vermisste und das Landhaus sie fast überall an ihn erinnerte.

»Liebe? Mein Albert? Gott nein, nicht am Anfang. Er war einfach ein hübscher Junge mit geraden Beinen, dunklem Haar, und er hatte gesunde Zähne. Und wenn er lächelte«, sagte die Köchin mit einem Seufzer, »fühlte ich mich beinahe wie ein Topf Butter, der in der Sonne schmolz.« Mrs. Copeland fügte mit weicherem Tonfall hinzu: »Aber die Liebe, die kam erst später.« Sie lächelte, und ihre Augenwinkel kräuselten sich.

Joanna klammerte sich an diese Worte. »Die Liebe kam erst später?« War es möglich, jemanden erst zu heiraten und die Liebe später mit ihm zu erfahren? Sie glaubte, dass es für sie vielleicht möglich sein könnte, aber sie war sich nicht sicher, ob Brock sich ebenfalls in sie verlieben könnte.

»Als ich jung war, habe ich geheiratet, weil es meine Pflicht war, da ich meine jüngeren Geschwister unterstützen musste, da meine Eltern tot waren. Albert war stark, hatte eine gute Stellung bei Ihrer Familie, und Ihre Mutter und Ihr Vater hatten kein Problem damit, dass ihre Köchin mit ihrem Stallknecht verheiratet war. Es war eine Verbindung, die allen in den Kram passte. Albert war gutaussehend, wie ich schon sagte, und das machte das Schlafengehen sehr angenehm. Aber es waren die kleinen Dinge, die später kamen, die Dinge, die man auf den ersten Blick vielleicht nicht bemerkt, wo er anfing, seine Liebe zu mir zu zeigen und ich zu ihm.«

Joanna nahm einen weiteren Bissen von ihrem Kuchen und starrte Mrs. Copeland an. »Was für kleine Dinge?«

Die Köchin nippte an ihrem Sherry. »Er schlich sich in unser Zimmer, bevor ich in der Küche fertig war, und legte einen Fußwärmer unter die Bettdecke, und er ließ ein schönes Feuer brennen, um unser Zimmer im Winter warm zu halten. Ich sorgte dafür, dass seine Stiefel jeden Abend, wenn er ins Bett kam, geputzt waren. Sie sind in den Ställen immer so staubig geworden. Kurz vor dem Schlafengehen kuschelte er sich an mich und flüsterte: ,Träum süß, meine Nellie‘, dann küsste er mich auf die Schläfe.« Mrs. Copeland seufzte, ihre Augen waren voller Tränen und ihre Stimme ein wenig rau.

Diesmal war es Joanna, die Mrs. Copeland über den Handrücken streichelte.

Die Köchin wischte sich die Augen und räusperte sich. »Und nun sagen Sie endlich, was soll das Gerede von Küssen und Liebe? Haben diese dummen Herren endlich gemerkt, wie hübsch und intelligent Sie sind?«

»Nein«, sagte Joanna. Das war die Wahrheit, soweit sie wusste. Brock hatte ihr ganz beiläufig einen Heiratsantrag gemacht, aber das bedeutete nicht, dass er sie für hübsch oder intelligent hielt. Er wollte sie, ja, aber er war dabei so impulsiv, dass sie sich nicht sicher war, warum.

»Was zum Teufel ist mit diesen Männern los?«, sagte die Köchin verärgert. »Sie sind hübsch, Sie sind intelligent und Sie sind viel zu süß.« Mrs. Copeland winkte mit dem Sherryglas, um ihre Aussage zu unterstreichen.

Joanna aß ihren Kuchen auf und war hinsichtlich Brock und seinem Heiratsantrag dennoch keinen Schritt weitergekommen. Sie hatte gehofft, dass, wenn ein Mann, der ihr etwas bedeutete, sie endlich fragen würde, es ... Trompetenstöße geben würde, nahm sie an, Schwüre unsterblicher Liebe, etwas, das des Versuchs, ihr Herz zu gewinnen, würdig wäre. Ein Heiratsantrag hätte nicht mitten in einem Streit in einem dunklen Wagen mit einem Mann, den sie gerade vor ganz Bath geohrfeigt hatte, abgelehnt werden dürfen.

Müdigkeit erfüllte sie mit einem schweren Nebel, während sie versuchte, darüber nachzudenken, was sie tun sollte, nicht nur wegen Brock, sondern auch wegen ihrer Zukunft.

»Warum gehen Sie nicht ins Bett? Sie sehen todmüde aus, meine Liebe.« Mrs. Copeland nahm ihren Teller und gab ihr einen sanften Schubs in Richtung der Tür, die aus der Küche führte. Joanna hielt nur lange genug inne, um sich umzudrehen, als Mrs. Copeland den Sherry wegstellte und sich kurz über die Augen wischte.

Was für ein Glück für Mrs. Copeland, eine solche Liebe erlebt zu haben. Joanna wandte sich ab und suchte mit schleppenden, geschlagenen Schritten Zuflucht in der Bibliothek. Manchmal war sie zu erschöpft, um zu schlafen, und ein gutes Buch würde ihr helfen, sich zu entspannen. Die Bibliothek in ihrem Stadthaus in Bath war kleiner als die in ihrem Herrenhaus auf dem Lande, aber immer noch groß genug, dass sie zwischen den hohen Regalen umherwandern und sich in der Welt der Bücher verlieren konnte. Als Kind hatte sie sich oft vorgestellt, dass sich eine Tür zwischen den Regalen öffnete und sie in die Seiten einer Geschichte eintreten konnte. Jetzt wünschte sie sich mehr denn je, dass sie genau das tun könnte. In eine andere Welt eintreten und ihre Sorgen vergessen zu können.

Joanna nahm eine Kerze vom Tisch neben der Tür und zündete sie an einem Span aus dem Kamin an. Dann sah sie sich die Regale an und studierte die verschiedenen Titel. Nichts erregte sofort ihre Aufmerksamkeit, aber sie sah sich weiter um, als sie tiefer in die Regale im hinteren Teil des Raumes vordrang. Wenn sie ehrlich zu sich selbst war, konnte sie nur daran denken, wie sie von dem Mann, der sie jetzt in Gedanken verfolgte, bis Delirium geküsst worden war. Sie berührte den Rücken eines der Bücher, als ob es die Antworten enthielte, nach denen sie sich sehnte, zum Beispiel, warum Brock jetzt wieder in England war und kaltschnäuzig einen Heiratsantrag zum ungünstigsten, unromantischsten Zeitpunkt machte. Außerdem liebte er sie nicht, glaubte nicht an Liebespaare. Was, zum Teufel, sollte sie dazu sagen? Sie glaubte an Verbindungen aus Liebe und alles Wunderbare, das damit einherging.

Keines dieser Bücher würde sie ablenken können. Verdammter Schotte! Wie konnte er es wagen, einen schönen Abend zu ruinieren! Sie könnte genauso gut einfach ins Bett gehen. Sie machte sich auf den Weg zurück zur Kante des nächsten Bücherregals, erstarrte aber, als sie Stimmen in der Nähe hörte.

Als sich die Tür zur Bibliothek öffnete, hallten die Stimmen von den Buchrücken wider. Ihr Atem bewegte die Flamme der Kerze, die sie dicht vor ihr Gesicht hielt.

»Ashton, wir müssen reden«, sagte Regina, ihre Mutter. »Bitte hör auf, vor mir wegzulaufen. Es ist wichtig.«

»Mutter.« Ashtons gequälter Seufzer hätte Joanna ein Lächeln entlockt, aber die nächsten Worte ihrer Mutter zwangen sie, zu schweigen und sich hinter dem Regal zu verstecken.

»Ich mache mir Sorgen um Joanna. Du hast sie heute Abend gesehen, wie unverantwortlich. So viele Tänze mit Lord Kincade ...«

»Ich habe davon gehört«, sagte Ashton verbittert.

»Und ihn dann zu ohrfeigen? Wenn sie vor heute Abend eine Chance auf eine Ehe gehabt hätte, hat sie jetzt keine mehr.«

Ashtons Schritte in seinen leichten Stiefeln klangen, als würde er vor dem Feuer auf und ab gehen.

»Ich mache mir auch Sorgen, aber nicht wegen heute Abend. Joanna wurde bis an ihre Grenzen getrieben - ihre Frustration über ihre Situation ist unübersehbar. Ich werfe ihr nicht im Geringsten vor, dass sie Kincade geschlagen hat. Er hatte nicht die Absicht, sie für den Rest dieser Tänze zu einem anderen Mann gehen zu lassen. Meine Sorge besteht darin, dass kein Mann sie jetzt nehmen wird, so wie sie ist. Ich mache den besten Herren diskrete Angebote, aber sobald ich ihren Namen ausspreche, ergreifen die Männer die Flucht. Ich habe in meinem Club schon ganze Kartenräume geleert. Ich verstehe das nicht.«

Joanna biss sich schmerzhaft auf die Zunge und schloss die Augen, weil sie sich sehr klein und nutzlos fühlte. Ihr eigener Bruder wollte sie verkaufen, und nicht einmal dann würde sie ein Gentleman nehmen. Die Scham schnürte ihr die Kehle zu, und Tränen brannten in ihren Augen.

»Wenn sie unverheiratet bleiben will, ist das völlig in Ordnung. Ich bin durchaus dafür, dass Frauen ein unab-hängiges Leben führen sollten, wenn sie das wollen, aber Joanna wollte schon immer verliebt sein. Es ist so klar, dass sie unglücklich ist.« Die Stimme ihrer Mutter war näher an dem Regal, hinter dem sich Joanna jetzt versteckte, und Joanna hielt den Atem an, aus Angst, ihre Position zu verraten. Die Schande würde sich nur verdoppeln, wenn sie sie beim Lauschen erwischen würden.

»Was wäre, wenn ...«, begann ihre Mutter. »Was wäre, wenn sie Lord Kincade heiraten würde? Er sah ganz bezaubert von ihr aus. Ich wage zu behaupten, dass fünf Tänze ein gutes Zeichen für das Interesse eines Gentlemans sind.«

Joannas Herz hüpfte vor verbotenen Hoffnungen. Hatte ihre Mutter in Brocks Verhalten heute Abend etwas gesehen, das darauf hindeutete, dass er sich tatsächlich für sie interessierte? Oder lag es einfach in seiner Natur, Skandale zu verursachen und Herzen zu brechen? Sie wünschte sich sehnlichst, dass es Ersteres wäre, aber wie sollte sie das sicher wissen?

»Gentleman? Hast du etwa vergessen, dass er meine Verlobte entführt hat? Und das auch noch mitten in der Nacht, während ich an der Schwelle des Todes lag?« Der Tonfall von Ashton war hart.

»Ashton, mein Lieber, du übertreibst. Die Schwelle des Todes, in der Tat. Und muss ich dich daran erinnern, dass du selbst Lady Essex entführt hast, bevor sie Lady Essex wurde?«

Ashton schnaubte. »*Godric* hat sie entführt.«

»Mit *deiner* Hilfe.« Der Tonfall der Mutter war amüsiert und ein wenig abwertend. Joanna rümpfte die Nase und runzelte die Stirn. Ashton hatte dem Herzog von Essex tatsächlich geholfen, seine zukünftige Frau zu entführen, und er sollte sicherlich nicht mit Steinen werfen, wenn sein eigenes Haus aus Glasgespinst bestand.

»Vielleicht bin ich verrückt, Mutter«, antwortete Ashton. »Aber ich möchte meine jüngste Schwester nicht in die Hände eines unverantwortlichen Tieres geben. Ich war noch nicht alt genug, um Thomasina zu beschützen, als sie Lord Reddington heiratete, und er hatte damals einen ziemlichen Ruf als Schurke. Zum Glück hat diese Sache sich gut entwickelt. Aber Lord Kincade? Er ist unverantwortlich und rücksichtslos. Was, wenn Rosalind krank geworden wäre, nachdem er und ihre anderen Brüder sie entführt hatten, weil sie sich um mich gekümmert hatte? Sie schliefen in verdammten Schlafsäcken auf dem Boden. Wenn sie krank geworden wäre, hätte sie ohne angemessene Pflege sterben können. Ich möchte mir gar nicht vorstellen, wie Kincade eine Ehefrau behandeln würde.«

»Ashton ...«

»Und vergiss auch nicht den Zustand des Schlosses. Es zerbröselt. Wenn Joanna dort leben sollte, würde sie sich im Winter den Tod holen, weil es so zieht.«

Joanna nutzte die Gelegenheit, um einen Blick über den Rand des Bücherregals zu werfen. Ashton ging vor dem Kamin auf und ab, hatte seinen Mantel abgelegt und die Ärmel hochgekrempelt. Ihre Mutter stand in der Nähe und spielte untätig mit dem Fächer, der an ihrem Handgelenk hing. Beide sahen verärgert aus.

Joanna runzelte die Stirn. Wenn hier jemand das Recht hatte, verärgert zu sein, dann ja wohl nur sie selbst. Die anderen waren nicht diejenigen, die keine sichere Zukunft vor sich hatten und keine Chance auf Liebe.

»Warum hältst du ihn für einen Rohling?«, fragte

Regina, ihr Tonfall war ruhig und eher von Sorge geprägt. »Du denkst, er ist wie Rosalinds Vater?«

Es gab ein kurzes, schweres Zögern, bevor Ashton antwortete. »Das glaube ich nicht, nein. Aber er und die anderen, sie scheinen nicht *zivilisiert* zu sein. Abgesehen von Edinburgh ist Schottland ein Land mit tiefen Wäldern, bewaldeten Hügeln und Flüssen, bevölkert von wilden Menschen. Joanna ist kultiviert und belesen. Was für ein Leben würde sie dort führen? Sie würde einsam sein in diesem feuchten Schloss. Keine Bälle mehr, keine Partys mehr, keine Gesellschaft mehr.« Ashton hatte jetzt aufgehört, auf und ab zu gehen.

Für Joanna klang das alles sehr schön, aber wenn Brock sie nicht liebte, konnte sie nicht zustimmen, ihn zu heiraten.

»Daran habe ich nicht gedacht«, sagte ihre Mutter mit leisem Bedauern. »Aber wenn nicht Kincade, wer dann? Ich will nicht, dass mein Kind einsam ist. Du hast Rosalind, Rafe ist …« Regina seufzte und kicherte. »Rafe wird wahrscheinlich für immer ein Junggeselle bleiben und damit zufrieden sein. Aber Joanna ist wie ich, eine Frau, die sich nach Liebe sehnt. Ich möchte sie einfach nur glücklich sehen.«

»Ich auch«, stimmte Ashton zu. Er fuhr sich mit der Hand über den Kiefer, und seine Schultern sackten unter der Last seiner Verantwortung als Oberhaupt der Familie Lennox zusammen. »Komm, es ist spät, und wir sollten uns beide ausruhen.«

»Ja. Es gibt so viel zu tun«, stimmte Regina zu. »Die

Hochzeit ist schließlich schon übermorgen. Alle werden kommen. Und ich meine *alle*.«

Ashton lachte, und Joanna hörte die Wärme darin, und trotz ihres eigenen Kummers war sie froh. Ashton und ihre Mutter hatten endlich eine kaputte Brücke zwischen ihnen repariert. Brocks Schwester, Rosalind, hatte viel damit zu tun.

»Hoffentlich nicht *alle*«, erwiderte Ashton, immer noch kichernd. »Mrs. Copeland hat nicht die Kapazität, die gesamte Stadt durchzufüttern.«

»Oh, pst, lass sie das nicht hören. Sie wird es als Herausforderung sehen.«

Joanna hörte das Knarren der Bibliothekstür, als ihr Bruder und ihre Mutter den Raum verließen. Sie blieb noch eine Weile im Verborgenen, ihr Herz schlug hart, aber langsam, und jedes Geräusch hallte in ihrem Kopf nach. Sie starrte auf die kleine gelb-orangefarbene Flamme der Kerze, die sie in der Hand hielt.

War sie einsam? Sie hatte es sich selbst nicht eingestehen wollen, aber sie war es. Alle ihre Freundinnen waren inzwischen verheiratet, einige hatten sogar schon Kinder, aber Joanna nicht. Sie fühlte sich wie erstarrt, und doch spürte sie, wie sie jeden Tag älter wurde, ohne Mann, ohne Kinder, ohne etwas vorzuweisen zu haben. Ihre Freundin Lysandra Russell war anscheinend zufrieden damit, allein zu bleiben. Sie war von der Astronomie besessen und hatte nie Lust, an Bällen oder Dinnerpartys teilzunehmen. Joannas Leidenschaft war das Lesen. Vielleicht könnte sie wie Jane Austen Schriftstellerin werden und den Rest ihres Lebens mit dem

Schreiben von Büchern verbringen. Das wäre doch gar nicht so schlimm, oder?

Die Erinnerung an Brocks Mund auf ihrem, das Mischen ihres Atems in der stillen Dunkelheit der Kutsche und das Gefühl seiner großen, starken Hände, die ihre Hüften berührten, schickten eine schnelle, starke Flut von Hitze durch sie von Kopf bis Fuß. Sie wollte das, die wild flatternde Erregung und das darauf folgende berauschende, schwindelerregende Gefühl, in den Armen eines Mannes zu liegen, aber nicht irgendeines Mannes. Sie wollte Brock. Das musste sie sich eingestehen, auch wenn nichts dabei herauskam. Aber vielleicht ja doch? Hatte er wirklich ernsthaft vorgehabt, ihr einen Antrag zu machen? Konnte sie ihm vertrauen, oder war es ein Trick gewesen, um sie zu umwerben, damit er mit ihr ins Bett gehen und sich am nächsten Tag eine andere Frau suchen konnte, um seine Begierde zu stillen?

Nein ... das glaubte sie nicht. In seinem Blick hatte ein Hauch von Ehrlichkeit gelegen, der ihr zu sagen schien, dass er seinen Antrag tatsächlich ernst meinte, wenn auch vielleicht ungeplant.

Zwei Tage. Sie hatte zwei Tage Zeit zu entscheiden, was sie tun wollte.

Joanna gab ihre Suche nach einem Buch auf, da sie wusste, dass sie jetzt keine Gelegenheit zum Lesen haben würde. Sie würde die ganze Nacht damit verbringen, alle möglichen Entscheidungen über ihr Leben und ihre Zukunft durchzugehen. Sie blies ihre Kerze aus und sah zu, wie der Rauch in geisterhaften Ranken vom geschwärzten Docht aufstieg. Dann machte sie sich auf den Weg in ihr Schlafgemach, mit Gedanken an Brock und die Berührung seiner Lippen auf ihren.

Sie wusste, dass es eine sehr lange Nacht werden würde.

KAPITEL 5

Brock wachte spät auf, die Sonne schien durch die Fenster seines Schlafzimmers. Ihm gefiel das vielgeteilte Fensterglas. In England waren sie gang und gäbe, aber nicht bei im zuhause. Er blinzelte, als ihm einfiel, dass er nicht in Schottland war. Er war wegen Rosalinds Hochzeit in England. Er zuckte zusammen, als er sich an den vergangenen Abend und an den Ball erinnerte. Joanna. Sie hatte ihm eine Ohrfeige verpasst, und dann hatte er sie in eine Kutsche geworfen und sie fast bis hierher gebracht.

Wenn Rosalind jemals herausfinden würde, was er versucht hatte, würde sie ihn und seine Brüder an den Ohren in den Schnee zerren. Sie hatte ihm und ihren beiden jüngeren Brüdern, Brodie und Aiden, geholfen, dieses Stadthaus zu erwerben. Sie nannte es *anständig*. Er nannte es extravagant. Es wäre in der Tat ein guter Ort gewesen, an den er Joanna vergangene Nacht hätte bringen können, aber leider hatte er sich dagegen entschieden, sie zu kompromittieren, um zu bekommen, was er wollte - sie als seine Frau.

Brock lag still und starrte auf den dunkelgrünen Brokatbaldachin des teuren Bettes, in dem er geschlafen hatte. Die Einrichtung war neu und modern, das Haus war gut ausgestattet, und die Zimmer waren groß und warm. Es war überhaupt nicht das, was er gewohnt war. Obwohl Schloss Kincade riesig war, bewohnte er nur einen kleinen Teil davon, und die verbliebenen Möbel waren in schlechtem Zustand. Der Gedanke daran ließ ihn zusammenzucken.

Brock setzte sich auf und bemerkte, dass er dummerweise eine Handvoll Decken ins Bett geschleppt hatte, weil er Zugluft erwartet hatte, nur um sie dann mitten in der Nacht auf den Boden zu werfen, als ihm zu heiß wurde. Die letzte Nacht war geradezu erdrückend gewesen. *Verdammtes englisches Wetter.*

Dieses Haus in der Finchley Street war kein Zuhause. Es war bequemer, sauberer, weniger *zerbröselnd*, aber es war nicht *Zuhause*. Brock schlüpfte aus dem Bett und ging zum Waschbecken auf seiner Kommode hinüber. Er spritzte sich kaltes Wasser ins Gesicht und strich sich mit den Fingerknöcheln über den Kiefer, wobei er spürte, wie rau sein Bart war, oder zumindest das Gestrüpp, das über Nacht gewachsen war. Es war genug, um seine Haut zu zerkratzen. Das ging so nicht.

Er hatte die feste Absicht, Joanna Lennox heute in irgendeiner Ecke zu fangen und zu küssen, und er wollte, dass seine Haut so glatt wie ein Kinderpopo war, falls er die Chance hatte, einen weiteren Kuss zu stehlen. Wenn er sich nicht rasierte, würde die Rötung ihrer Wangen verraten, dass er sie geküsst hatte. Das Letzte, was er brauchte, war ein weiterer Streit mit Lennox vor Rosalinds Hochzeit. Seine Schwester würde ihm nie verzeihen.

Er klappte die Lederhülle auf der Kommode auf und enthüllte seinen Topf mit Rasierschaum, seinen Pinsel und sein Rasiermesser. Dann machte er sich daran, sich zu rasieren. Er hatte erst zwei Striche mit dem Messer gemacht, als die Tür seines Schlafzimmers aufsprang und Brodie grinsend hereinstürmte.

»Ach, gut, du bist wach, Mann. Ich hatte schon Angst, du würdest den Tag verschlafen.«

Brock, dessen Rasierklinge noch immer wie eingefroren in seiner Hand und an seiner Wange lag, war froh, dass er als Ältester gelernt hatte, sich nicht so leicht zu erschrecken. Er hatte sich nicht geschnitten.

»Brodie, du weißt doch, dass es Türen aus einem bestimmten Grund gibt - also klopfen jüngere Brüder an. Was wäre, wenn ich nicht allein gewesen wäre?«

Sein Bruder gluckste, seine graublauen Augen funkelten. »Aber du *bist* allein. Zweifellos hast du die ganze Nacht über diese kleine Joanna geflennt.«

»Ich flenne nicht«, knurrte Brock und kniff die Augen zusammen, als sein Bruder zum Bett hinüberging und sich auf die Kante setzte, wobei er viel zu selbstgefällig für sein eigenes Wohl aussah.

»Aye, das tust du.« Brodie verschränkte die Arme vor

der Brust. »Oooh, Joanna, süße, hübsche Joanna«, spottete er mit alberner, hochtöniger Stimme.

Brock begegnete dem Blick seines Bruders im Spiegel hinter ihm, während er sich weiter rasierte.

»Es ist nicht klug, einen Mann mit einer Klinge zu verspotten, Bruder.«

Brodie gluckste und ignorierte die Drohung. »Und? Hast du sie eingeholt?«

»Wen?« Brock bewegte sein Rasiermesser auf die andere Seite seines Gesichts, auf die Seite, die Joanna geschlagen hatte - und zwar ziemlich hart. Es gefiel ihm, dass sie ein starkes Mädchen war, aber er wollte ihr keinen Anlass geben, ihn ein zweites Mal zu schlagen. Obwohl er zugeben musste, dass er es beim ersten Mal verdient hatte.

»Joanna!«, rief Brodie verzweifelt aus. »Mein Gott, hörst du mir überhaupt zu? Ich habe gesehen, wie du ihr nachgelaufen bist, als sie vom Ball floh. Alle haben darüber gesprochen. Du hast zu viel mit ihr getanzt, wie es scheint. Offenbar halten die Engländer das für einen Skandal.« Brodie grinste, und Brock kannte dieses Lächeln nur zu gut. Ehe Brodie etwas als skandalös empfand, müsste es für einen normalen Mann oder eine normale Frau katastrophal sein.

Er hatte nicht genug mit ihr getanzt, aber sobald sie verheiratet waren, würde er das ändern. Er würde jeden Abend mit ihr tanzen, wenn er die Gelegenheit dazu hätte.

»Und ... hast du sie erwischt?« Brodie blieb hartnäckig.

Brock beendete die Rasur seiner Kehle und nickte. »Aye, wir haben uns kurz unterhalten, aber sie ist immer noch verärgert über unser erstes Treffen.«

Sein Bruder grinste wieder. »Als du sie geküsst und dann gefesselt zurückgelassen hast? Ich kann mir *keinen* Grund vorstellen, warum eine adlige Lady über so etwas immer noch verärgert sein sollte.« Brodies amüsierter Sarkasmus ließ Brocks Temperament auflodern.

»Was willst du, Brodie? Wenn es darum geht, mich den ganzen Tag zu nerven, hast du sicher Besseres zu tun.«

»Wir trinken Tee in Lennox' Haus. Du ziehst dich besser an und bist in einer Stunde fertig.« Brodie stand vom Bett auf und ließ Brock allein, der sich das Gesicht abwischte.

Tee in Lennox' Haus. Es würde Himmel und Hölle bedeuten, zu versuchen, das schwache Vertrauen, das er und Lennox zueinander aufgebaut hatten, wiederherzustellen, und vor allem war es eine Gelegenheit, Joanna wiederzusehen. Dies brachte ein Lächeln auf seine Lippen, dann aber runzelte er die Stirn. Lennox würde dort sein, zweifellos ein Auge auf ihn haben und Pläne schmieden, um Joanna fernzuhalten. Brock hatte die feste Absicht, etwas dagegen zu unternehmen.

Brock zog sich allein an, sehr zum Leidwesen des Dieners, den seine Schwester für ihn bereitgestellt hatte. Er hatte sich daran gewöhnt, auf Schloss Kincade mit nur wenig Personal zu leben. Sie hatten nur eine Köchin, einen Verwalter, zwei Lakaien, ein Dienstmädchen, einen Pferdepfleger und einen Kutscher. Es war genug für ein Stadthaus, aber nicht für ein altes Schloss. Aber sobald er Joanna geheiratet hatte, würde er gerne mehr Personal einstellen, sofern sie damit einverstanden sein würde.

Er holte seinen Hut und seinen Mantel und verließ sein Schlafgemach. Brodie war anscheinend vorausgegangen, aber Aiden wartete in der Halle neben der Eingangstür auf ihn. Aiden war der Jüngste, und er war sowohl ruhiger als auch weniger ungestüm als Brodie. Er hatte am meisten unter ihrem misshandelnden Vater gelitten, und da der Mann noch nicht wirklich lange im Grab lag, war Aiden immer noch ruhig - nicht wirklich mürrisch, sondern eher melancholisch.

Brock tat sein Bestes, um seinen Bruder aufzuheitern, wenn er konnte, aber Aiden zog es vor, in Ruhe gelassen zu werden. Nur die Gesellschaft der von ihm geretteten Wildtiere zog ihn in diesen Tagen in ihren Bann. Brock fragte sich oft, ob Aidens Besessenheit mit den Biestern aus dem Glauben resultierte, er müsse diese Kreaturen retten, weil *ihn* niemand hatte beschützen können. Der Gedanke ließ Brock mit einem dumpfen Schmerz in der Brust zurück. Sobald er Joanna zur Frau hatte, würde er sich Aiden zuwenden und sehen, ob er seinen Bruder nicht aufmuntern konnte.

»Bereit für den Tee?«, fragte Brock.

Aiden zuckte mit den Schultern. »Tee ist Tee, nicht wahr? Aber ich werde mich freuen, unsere Schwester zu sehen.«

Sie stiegen in die Kutsche, nachdem sie dem Fahrer Anweisungen über ihr Ziel, Lennox' Stadthaus, gegeben hatten. Als sie ankamen, war Brock überrascht, Dutzende von anderen Kutschen entlang der Straße aufgereiht zu sehen und mindestens ein Dutzend Leute, die auf Lennox' Haustür zuliefen.

»Trinkt der Mann Tee oder hält er Hof?«, scherzte Brodie, der an der Tür zum Foyer auf sie wartete, aber niemand lachte.

Aiden wich zurück, und Brock stieß ihn sanft in den Rücken.

»Es wird schon gut gehen. Du kannst hineingehen, Rosalind begrüßen und dann in die Gärten gehen. Es werden wahrscheinlich weniger Menschen dort sein.«

Aiden straffte die Schultern und nickte. Sie folgten der Menge zur Tür und traten hinter mehreren Damen in feinen bunten Teekleidern ein. Aiden errötete, als eine der jungen Damen einen Blick zu ihm warf und lächelte, dann flüsterte sie ihren Freundinnen etwas zu, woraufhin diese in ein kaum verhohlenes Kichern ausbrachen.

»Komm schon.« Brock führte Aiden an den Damen vorbei, die sich im Eingangsbereich aufhielten, und lächelte seinen kleinen Bruder immer noch an.

»Das sind so viele von ihnen«, murmelte Aiden. »Genau wie gestern Abend. Sie machen mich nervös.«

»Frauen haben es an sich, das zu tun, egal wo man ist«, sagte Brock lachend. Er und Brodie waren eher an den Umgang mit Frauen gewöhnt, da sie beide viel Zeit in Edinburgh verbrachten, aber Aiden mied die Gesellschaft und zog die Felsen, Hügel, Bäume und Tiere vor, um mit der Natur in Kontakt zu kommen.

»Brock!« Rosalind kam die Treppe heruntergerauscht, strahlend in einem leuchtend orangefarbenen Kleid mit einer blaugrünen Schärpe, die sie wie einen bunten Singvogel aussehen ließ. Er fing sie auf und schwang sie in seinen Armen herum, bevor er sie absetzte, damit sie Aiden umarmen konnte. Ihr breites Lächeln war voller Freude, und Brocks eigenes Herz zersprang beim Anblick des Glücks seiner kleinen Schwester. Wenn Lennox dafür sorgte, dass sie so glücklich war, konnte er kein schlechter Kerl sein. Das bedeutete aber nicht, dass er dem Mann völlig vertraute.

»Aiden, die Herzogin von Essex ist mit ihrem Foxhound, Penelope, im Garten. Könntest du ihr vielleicht einen Ratschlag zur Ausbildung ihres Hundes geben?«

»Das würde ich gerne tun.« Aidens Erleichterung war unübersehbar, als er in Richtung der hinteren Gärten davon eilte. Rosalind sah ihm hinterher und wandte sich dann wieder Brock zu.

»Wie geht es ihm?«, fragte sie, wobei ihr Tonfall leiser wurde, um nicht von einem der Gäste in der Nähe mitgehört zu werden.

»Nicht schlimmer. Besser aber auch nicht«, gab Brock zu. »Vater hat bei uns allen Wunden hinterlassen - seine sind tiefer als unsere.«

Rosalind biss sich auf die Lippe. Die Freude, die er kurz zuvor in ihr gesehen hatte, begann zu schwinden.

Brock überblickte die Menge. »Also, wo ist Lennox?«

»Im Speisesaal. Wir hatten so viele Gäste, dass wir

den Tee dort servieren lassen mussten. Seine Freunde sind schon da.«

Lennox' Freunde? Brock unterdrückte ein Aufstöhnen. Die Zeitungen nannten sie die Liga der Schurken, und das waren sie auch. Verdammte aufdringliche *Sassenachs*. Er hatte einige von ihnen vor ein paar Jahren in einem Pub außerhalb von Edinburgh kennengelernt. Diese Begegnung hatte beide Seiten einiges an Geld gekostet, um die zerbrochenen Möbel nach der Schlägerei reparieren zu lassen. Die Erinnerung daran zauberte ein plötzliches, unerwartetes Lächeln auf sein Gesicht. Es war eine prächtige Prügelei gewesen.

»Wenn du auch nur *einen* Stuhl kaputt machst ...«, warnte seine Schwester.

Brock hob seine Hände in gespielter Kapitulation. »Ich schwöre, dass ich mich von meiner besten Seite zeigen werde.«

»Apropos beste Seiten.« In Rosalinds graublauen Augen loderte ein Feuer. »Was hast du dir gestern Abend gedacht? Joanna versucht schon ganz verzweifelt, einen Ehemann zu finden. Nach dem, was du getan hast, mache ich mir Sorgen, dass sie keine Hoffnung mehr hat.«

»Gut«, sagte Brock und lachte fast über den ungläubigen Blick auf Rosalinds Gesicht.

»Gut? Warum, bitte schön, ist das *gut*?«, zischte sie. »Joanna ist eine liebe Frau und eine meiner besten Freundinnen. Ich will nicht, dass du ihr weh tust.«

»'Das ist gut, denn ich habe vor, das Mädel zu heiraten.« Er grinste, als sich der Mund seiner Schwester öffnete, aber kein Wort herauskam. Sie blinzelte mehrmals, und dann schlug sie ihm ohne Vorwarnung kräftig auf die Schulter.

»Au!«, schnappte er und war überrascht, dass der Schlag tatsächlich schmerzte.

»Brock Angus Kincade, du solltest mich besser auf den Arm nehmen.«

»Mache ich aber nicht.« Er wurde ernst. »Sie ist alles, was ich mir von einer Frau wünsche, und es ist Zeit, dass ich heirate. Was ist daran falsch?«

»Aber ...«, Rosalind starrte ihn weiter an. »Kennst du sie denn überhaupt? Ich meine, wirklich? Ihre Lieblingsfarbe, ihre Lieblingsblume, was sie gerne tut, um sich zu vergnügen?«

Das tat er nicht, und als ihm das klar wurde, runzelte er die Stirn. Er *wollte* all diese Dinge wissen.

»Ich werde es herausfinden«, versprach er Rosalind.

»Du kannst aber nicht einfach zu ihr hingehen und *fragen*. Du musst es natürlich fließen lassen.«

Brock sah seine Schwester finster an. »Was ist mit der Frau, die du erwähnt hast, die Herzogin? Ich habe gehört, dass ihr Werben alles andere als natürlich war.«

»Ja, nun, das ist etwas anderes.«

»Und ich glaube mich zu erinnern, dass dein Werben um Lennox nicht *natürlich* verlief.«

Rosalinds Wangen färbten sich feurig rot. »Ja, nun, bei Ashton und mir war das anders. Wir hatten immer ...« Sie rang nach einem Wort. »Ein Funke, ein Feuer, das heiß zwischen uns brannte. Das gegenseitige Kennenlernen kam danach.«

»Für Joanna und mich ist es dasselbe«, sagte Brock und dachte daran, dass, als er die Frau in seinen Armen hielt, so viel mehr als nur ein einfacher Funke zwischen ihnen aufgeflammt war. Es war ein unkontrollierbarer Brand gewesen.

»Brock.« Rosalind ergriff seinen Arm, ihr Gesicht war ernst, ihre Brauen zusammengezogen. »Du musst vorsichtig sein, besonders mit Joanna. Sie ist die jüngste Schwester von Ash und meine Freundin. Ich will nicht, dass sie verletzt wird.«

»Du bist *meine* Schwester, und Lennox hat dich genommen.«

»Ist es das, worum es dir dabei geht? Rache für die Heirat mit Ashton?«

»Natürlich nicht.« Er sträubte sich wie ein wütender Dachs. »Ich weise nur darauf hin, dass Lennox dich glücklich gemacht hat, und ich bin bereit, ihn dich heiraten zu lassen. Warum kannst du das nicht auch für mich tun?«

Rosalinds Augen leuchteten auf. »Liebst du sie? Sie *braucht* Liebe, Brock. Sie ist wie ich - sie will geliebt werden, wie verrückt, wie wild. Ich kann mich mehr als vage daran erinnern, dass du immer gesagt hast, du würdest nie lieben, weil die Liebe dich verletzlich machen würde. Aber Vater ist tot. Vom Grab aus kann er uns nicht erreichen. Du musst in der Lage sein, sie zu lieben.«

Brocks Kehle schnürte sich zu. Er wollte Rosalind nicht anlügen, wollte nicht sagen, dass er Joanna lieben würde. Sie würde ihm etwas bedeuten, das tat sie in gewisser Weise ja jetzt schon, aber lieben? Das konnte er nicht versprechen, weil er nicht wusste, ob er dazu noch in der Lage war. Sicherlich nicht die Art von Liebe, von der Joanna zweifellos in ihren Gothic-Romanen gelesen hatte. Liebe war nicht etwas, das einen in Ohnmacht fallen und seufzen ließ. Liebe zerstörte Menschen. Sie brannte in ihnen, bis Enttäuschungen ihnen den letzten Atemzug raubten. So, wie die Liebe seine Mutter getötet hatte.

Ich werde nicht zulassen, dass mir das passiert. Ich werde es mir nie erlauben, jemanden so zu lieben.

»Sie wird mir immer wichtig sein, Rosalind.« Das war alles, was er sagen konnte. Seine Schwester runzelte die Stirn in einer Weise, die ihn mit einem Stich an ihre geliebte Mutter erinnerte. Seine Mutter hatte immer gespürt, wenn er nicht ehrlich war, und sie hätte jetzt genau denselben Gesichtsausdruck gemacht wie Rosalind.

»Brock ...«, sagte sie wieder, mit Sorge in ihrem Ton. Bevor sie weitersprechen konnte, rief Regina Lennox Rosalinds Namen und winkte sie zu einer zwitschernden Schar von Damen hinüber, die sich um Brodie versammelt hatten.

Er grinste teuflisch und erzählte den Ladys zweifellos die eine oder andere skandalöse Geschichte. Brodie hatte noch nie eine Frau getroffen, die er nicht mochte. Während Aiden Tiere den Menschen vorzog und Brock eine Steinmauer um sein Herz errichtet hatte, hatte Brodies Umgang mit ihrem misshandelnden Vater dazu geführt, dass er sich danach sehnte, von allen geliebt zu werden, ohne im Gegenzug jemanden wirklich zu lieben. Wenn Brodie nicht aufpasste, würde er sich schon bald vor der Mündung einer Duellpistole wiederfinden.

In dem Moment, in dem Rosalind ihn allein ließ, umrundete Brock die Gästegruppen und suchte mit seinen Augen nur ein Gesicht in der Menge. Als er die Tür zum Speisesaal öffnete, war er sich durchaus bewusst, dass er zufällig auf Lennox und seine Freunde hätte stoßen können. Mehrere Herren, darunter auch Lennox, tummelten sich um einen Beistelltisch und füllten Teetassen. Brock unterdrückte ein Schnauben. Die kleinen blau-weiß gemusterten Tassen in ihren Händen sahen lächerlich aus. Tee war in Ordnung, aber Brock würde sich nicht dabei erwischen lassen, aus einer so zierlichen Tasse zu trinken, zumindest nicht hier. Da er Joanna nicht entdecken konnte, wollte er sich aus dem Raum zurückziehen, doch jemand rief seinen Namen.

»Ah, Kincade«, sagte der Earl of Lonsdale, und in seinen grauen Augen blitzte Humor auf. »Wenn Sie den Drang verspüren sollten, Möbel zu zerschlagen, versuchen Sie doch einfach, sich an die Stühle in der Küche zu halten. Lennox mag sie nicht, also würden Sie ihm damit ihm einen Gefallen tun, alter Junge.« Die Männer kicherten alle. Lonsdale verschränkte die Arme vor der Brust und lächelte herausfordernd.

Der arme Bastard denkt, er kann mich vor den Gästen ärgern.

»Wenn ich mich recht erinnere, waren Sie es, der einen Stuhl über *meinem* Rücken zerbrochen hat, und das hat mich nicht besonders lange aufgehalten. Ich dachte sogar, eine Bardame hätte mich mit einem nassen Tuch geschlagen, bis ich mich umdrehte und sah, dass Sie es waren. Ich hätte nicht gedacht, dass die Engländer so schwach sind, aber ... nun denn ...« Er brach ab und ließ die milde Beleidigung in der Luft schwelen.

Lonsdales Grinsen wurde schwächer, und er blickte zu seinen Freunden, als hoffte er, dass einer von ihnen ihn verteidigen würde.

»Nach dem, was ich von Bardamen in Schottland gesehen habe, ist das ein Kompliment, Charles. Einige dieser Weiber sehen stark genug aus, um einen Baumstamm zu werfen.« Der Duke of Essex schnaubte in seine Teetasse.

Völlig unbeeindruckt gluckste Brock. »Ja, unsere Frauen müssen so gebaut sein, um uns dienen zu können. Ich habe kein Problem mit einem starken Mädchen. Mit euren zierlichen englischen Mädels kann ich nichts anfangen.« Wenn das keinen Mann von seinen Plänen für Joanna ablenken würde, wäre er schockiert.

»Kincade, kommen Sie zu uns«, bot Lennox an und beendete damit die widerspenstigen Kommentare. Er nickte in Richtung einer Teetasse auf der Anrichte, die noch nicht in eine Hand genommen worden war.

»Ich danke Ihnen, aber ich fürchte, ich suche jemanden.« Lennox' Augen verengten sich, und Brock beeilte sich, hinzuzufügen: »Aiden, mein Bruder.« Brock hatte keine Skrupel, Lennox anzulügen.

»Ah ...« Lennox' finsterer Blick hellte sich auf. »Er ist draußen in den Gärten.«

»Danke.« Brock überließ Lennox und die anderen ihrem Tee und schlich sich wieder in den Korridor zurück. Er befürchtete, dass er das ganze Haus durchsuchen müsste, um Joanna zu finden. In diesem Moment sah er einen flatternden grünen Stoff in einem Raum am Ende des Korridors verschwinden. Er verfolgte das Aufblitzen der Farbe und öffnete kurz darauf die Tür.

Die Bibliothek. Ja, natürlich. Sie liebte es zu lesen. Joanna studierte die Regale. Die ausladenden Hüften und das hellgrüne, mit Wildblumen bestickte Satinkleid ließen sie wie eine verführerische Gartennymphe erscheinen. Blonde Locken tanzten den Hang ihres schwanenhaften Halses hinunter und ließen seinen Mund trocken werden, als er sich vorstellte, wie er sanfte, heiße Küsse auf ihre Haut drückte, während er sich von hinten an ihrer Taille festhielt. Guter Gott, die Frau hatte eine Art, ihn zu verzaubern.

Er bewegte sich leise. Die jahrelange Jagd auf Hirsche in den nur spärlich bewaldeten Hügeln hatte ihn gut trainiert. Sie war nur noch wenige Zentimeter entfernt, als er ihre Schulter berührte. Joanna kreischte und sprang in die Luft.

»Still, Mädel«, warnte er und drehte sie sofort um.

»Oh! Du bist es!« Sie legte eine Hand auf ihre Brust und atmete schwer. Die Anstrengung ließ ihre Brüste gegen ihr enges Mieder anschwellen. »Was machst du hier?«, verlangte sie zu wissen, als sie wieder zu Atem gekommen war.

Brock starrte sie an. »Ich bin gekommen, um dich zu sehen ... und Rosalind natürlich.«

»Natürlich. Ich meinte, was machst du in der *Bibliothek*.« Sie glitt zur Seite und entkam ihm, als er sich mit einer Handfläche auf das Regal neben ihr stützte.

»Wie ich schon sagte, bin ich gekommen, um dich zu sehen.« Er wollte nicht, dass sie ihm entkam. Er streckte die Hand aus, griff in den Faltenwurf ihres Rocks, knapp über ihrem Po, und zog daran, sodass sie stehenblieb. Sie drehte sich um und blickte auf seine in den Stoff gekrallte Hand hinunter. Sie zog eine Augenbraue hoch, forderte ihn heraus und verlangte gleichzeitig im Stillen, dass er loslassen sollte.

Das würde er ganz sicher nicht tun. Er blickte in ihre blauen Augen und beobachtete, wie ihre Wangen langsam rot wurden, als er näher kam und einen Arm um ihre Taille schlang.

»Ist das deine Lieblingsfarbe?«, fragte er und zog spielerisch an ihren grünen Röcken.

»Was?« Sie sah zu ihm auf, und ihre Wimpern senkten sich halb, als sie sich auf seine Lippen konzentrierte. Er wusste, dass sie daran dachte, ihn zu küssen, und er wollte ihr diesen Wunsch erfüllen, aber seine Schwester hatte recht - er musste mehr über sie erfahren.

»Grün, ist das deine Lieblingsfarbe?«

»Ich ... Nein, eigentlich nicht.«

»Was ist es dann?« Er umfasste ihre Wange und bewegte ihre Körper nach hinten, so dass er sie gegen die Wand neben dem Fenster drückte.

»Es ist Gold.«

»Gold? So wie das hier?« Er ließ seine Finger unter

die feine Goldkette um ihren Hals gleiten, bis der einsame blaue Saphirstein-Anhänger im Licht glitzerte. Ihre Haut fühlte sich unter seinen Fingerknöcheln warm an, und für einen Moment vergaß er, worüber sie sprachen.

Joannas Atem stockte ein wenig. »Nein. Gold wie die Farbe der Blätter im späten Oktober oder die Art, wie das Sonnenlicht die Blätter beleuchtet, kurz bevor sie fallen.«

»Wie glitzernder Regen?«, fügte er hinzu. Er wusste genau, welche Farbe sie meinte, und sie war tatsächlich spektakulär.

Joanna nickte. »Das ist das Schönste, was ich je gesehen habe.« Sie senkte den Kopf und errötete erneut. »Was ist mit dir? Was ist deine Lieblingsfarbe?« Sie legte eine Hand auf seine Brust, ihre eleganten Finger strichen über die schlichte, rubinfarbene Seide seiner Weste.

Einen Moment lang schämte er sich fast, dass er nicht wie die anderen Männer hier in feinere Kleidung gekleidet war. Sie dürfte von einem Gentleman erwarten, dass er wie ein Gentleman aussah. Im Moment fühlte er sich in seiner einfachen Kleidung wie ein Landarbeiter. Aber mehr konnte er sich nicht leisten. Zu Hause war es ihm nicht peinlich, aber hier in der feinen Ausstattung von Lennox' Haus in Bath schämte er sich, obwohl es bei Gott nichts war, dessen er sich schämen müsste. Er verkrampfte sich, wollte einen Schritt zurücktreten, aber sie hob ihren Blick wieder zu ihm.

»Brock?« Sein Name auf ihren Lippen schien wie eine

ferne Glocke zu läuten und ihm Frieden und Klarheit zu geben.

»Rot, wie das Fell eines Fuchses, dieses rötliche Orangerot.«

Sie legte den Kopf schief, als würde sie über seine Worte nachdenken.

»Das ist eine schöne Farbe.« Sie ließ ihre Hand über seine Brust zu seiner Schulter gleiten, ihre Finger waren leicht gekrümmt, als ob sie sich danach sehnte, ihn zu halten. Er erwiderte diese Geste, indem er ihre Taille umfasste.

»Ich möchte dich kennenlernen, Joanna. Ich möchte alle deine Geheimnisse erfahren.« Brock strich mit den Fingerknöcheln über ihre Wangen, und ihre Wimpern zuckten als Antwort. Sein Körper brannte für sie auf eine Weise, die ihn unsicher machte, als hätte er ein paar Schlucke Whiskey zu viel getrunken. Ein köstlicher Schauer durchfuhr ihn, als er langsam den schweren blauen Vorhang des Fensters zurückzog und sie dahinter schob. Jetzt waren sie vom Rest der Welt abgeschirmt, und es gab nur noch sie beide.

»Was machen wir hier?«, flüsterte Joanna.

»Wir lernen uns gegenseitig kennen, Mädel.« Er zog den Vorhang um sie herum zu. Sie blickten auf das Glas des Fensters und konnten die dicken Blüten der Rhododendren sehen, die die Fensterscheiben mit Lavendelfarben inmitten der grünen Blätter bedeckten. Vom Garten aus konnte sie niemand sehen, außer vielleicht seinen Kopf, aber nicht den von Joanna. In dieser kleinen heimlichen Welt waren sie sicher.

»Reitest du gerne?«, fragte Brock, als er eine ihrer Hände anhob und die blauen Adern studierte, die unter ihrer hellen Haut wie Linien auf einer Landkarte verliefen. Er wollte sich das Muster einprägen, es in sein Gedächtnis ritzen, weil es ein Teil von ihr war. Seine zukünftige Frau.

»Das tue ich. Ich bin nicht besonders gut darin, nehme ich an. Pferde machen mich nervös, wenn ich alleine reite, aber wenn ich mit jemandem zusammen bin, macht es mir Spaß.« Sie berührte wieder seine Schulter, erkundete sie, ihre Finger streichelten die Muskeln unter dem Hemd, das er trug.

»Ich reite auch gerne.« Brock presste seine Lippen auf ihre Hand, auf das betörende Muster dieser Adern, und sie zitterte ein wenig.

»Und liest du gern?«, fragte sie.

Er nickte. »Aye. Wann immer möglich. Meine Mutter liebte Bücher, genau wie ich.«

»Das ist gut«, murmelte Joanna, bevor ihr Blick wieder zu seinen Lippen wanderte.

»Ich habe noch mehr Fragen«, versprach er. »Aber wenn ich dich jetzt nicht küsse, werde ich vielleicht verrückt.«

Er gab ihr Zeit, sich zu wehren, ihn wegzustoßen. Als sie stattdessen ihre Arme um seinen Hals schlang, senkte er seine Lippen auf die ihren und fühlte eine Flut des Sieges in sich, die seine kriegerischen Vorfahren stolz gemacht hätte.

Meine süße kleine Sassenach *hat sich mir hingegeben.*

KAPITEL 6

Das war Wahnsinn. Joanna wusste, dass sie protestieren und Brock wegstoßen sollte, aber alles, was sie hörte, war das Gespräch ihrer Mutter und ihres Bruders vom letzten Abend, das sie verfolgte. Ihre melancholischen Gedanken verblassten bald unter dem Summen des Blutes unter ihrer Haut, als sie sich Brocks Kuss hingab.

Sie war nicht gewollt, nicht begehrt ... und doch war da ein Mann, der *sie wollte*. Er wollte sie nicht nur haben, sondern auch kennenlernen. Und sie wollte ihn kennen lernen, diesen stillen, grüblerischen Mann, der ihr bei jeder Berührung eine Welt voller Leidenschaft zeigte. Vielleicht könnte sich die Lust mit der Zeit in Liebe verwandeln?

Sie schloss die Augen, als sich ihre Münder zu einem sanften, langsamen Kuss trafen. Sie umfasste seine breiten Schultern und bewunderte die Art und Weise, wie er den Mantel, den er trug, dehnte. Er überragte sie, und sie konnte nicht anders, als sich klein und zerbrechlich zu fühlen, auf eine rein weibliche Art, die ihr sehr gefiel.

Die Herren auf dem Ball gestern Abend waren nichts im Vergleich zu ihm. Er bewegte sich mit einer maskulinen, lässigen Anmut, die davon zeugte, dass er jahrelang jeden Teil seines Körpers trainiert hatte, anstatt an Kartentischen oder in Billardzimmern herumzulungern. Die Umrisse seiner Muskeln spannten sich gegen den Stoff seiner Weste, und sie fragte sich, ob er in den letzten Jahren aus dem Kleidungsstück herausgewachsen und noch muskulöser geworden war. Der Gedanke daran ließ den Puls direkt in den Kern ihrer Weiblichkeit rasen.

Brock ließ seinen Mund gekonnt über ihren gleiten und küsste sie mit großer Sanftheit, was ihre Befürchtungen zerstreute, dass er sie mit seiner Kraft überwältigen könnte. Sie strich mit einer Hand über die kantige Linie seines Kiefers und fühlte die glatt rasierte Haut. Ihre Münder trennten sich, und sie verlor sich in seinem Blick, erstaunt über die Kraft in seinem Gesicht und diesen scharfen, prüfenden Blick, der weicher wurde, wenn er ihr nahe war. Sie fragte sich, ob sie in gewisser Weise den wilden, ungezähmten Mann vor ihr milderte.

»Mädel ... was du mir antust ...« Seine Stimme war heiser, und sie bekam eine Gänsehaut.

»Was tue ich dir denn an?«, fragte sie mit atemloser Stimme, weil sie unbedingt seine Antwort wissen wollte.

War er von diesem wunderbaren Wahnsinn genauso angegriffen wie sie?

Er strich mit der Daumenkuppe über ihre Unterlippe. »Du lässt mich ... vergessen«, sagte er, und sein warmer Atem umspielte ihr Gesicht. Wie konnte sich das so intim anfühlen? Diese Nähe, das Teilen des Atems? Er senkte seinen Kopf wieder, um sie zu küssen.

»Was vergessen?«, fragte sie zwischen Küssen.

»Wie man sich verhält. Ich sollte das nicht hier tun, aber ich will dich so sehr.«

»Ich will dich auch.« Sie zerrte an seinen Schultern, weil sie mehr wollte.

Brocks Hand wanderte ihr Bein hinauf, zog ihren Rock bis zum Oberschenkel hoch, und sie wimmerte vor Vorfreude und ein bisschen auch vor Furcht. Seine Handfläche war rau und heiß wie eine Feuersbrunst an ihrem Schenkel. Noch nie hatte ein Mann sie dort berührt ...

Beim Geräusch der sich öffnenden Bibliothekstür erstarrten beide. Es waren Stimmen zu hören. Stimmen, die sie wiedererkannte.

»Ash, was ist los?«, fragte Charles.

Joanna glitt in Brocks Armen näher an ihn heran, während er sie hinter sich abschirmte. Sie standen vom Vorhang verdeckt, so dass sie sicher niemand sehen würde. Vor allem, so hoffte sie, ihr Bruder und sein Freund.

»Irgendetwas beunruhigt mich. Ich kann nicht sagen, was das ist«, sagte Ashton. Seine Stimme kam immer näher. Joanna spürte noch immer Brocks Hand auf ihrem Oberschenkel, seine Finger gruben sich in ihre Haut, während sie beide stillhielten.

»Es sind die Schotten, nicht wahr? Seit sie in Bath sind, hast du ... Zuckungen.« Charles gluckste.

»Habe ich nicht.« Ashtons Stimme war voll von Frustration.

Ein weiteres Lachen ertönte, wurde aber abrupt unterbrochen. »Sa mal ... sollten Vorhänge eigentlich Stiefel unter sich haben?«

Joanna hatte nur einen Augenblick Zeit, um nach unten zu schauen und festzustellen, dass der Vorhang Brocks Füße nicht verdeckte und seine Stiefel deutlich zu sehen waren. Der Stoff zerriss, als er zur Seite geschleudert wurde.

»Beim Blut Gottes!«, brüllte Ashton, als er sie erblickte. Ein paar Meter hinter ihm stand Charles und beobachtete sie mit offenem Mund. Joanna beeilte sich, ihr zerzaustes Haar zu glätten, während Panik sie ergriff.

»Ash ...«, begann Joanna, aber ihr Bruder hatte bereits einen Schlag ausgeführt, der Brock direkt am Kiefer traf. Er taumelte, stürzte aber nicht.

»Nein!« Joanna versuchte, um Brock herumzukommen, um zwischen ihn und ihren Bruder zu treten, aber es gelang ihr nicht. Er streckte einen Arm aus und hielt sie hinter sich fest.

»Ich wusste, dass ich dir nicht trauen kann!«, brüllte Ashton und schwang eine weitere Faust. Brock wich aus. Joanna versuchte, Brock zu packen, aber ihre Hände fuhren durch die Luft, und sie stürzte zu Boden und wimmerte, als ihre Hüfte und ihre Arme den Aufprall auf dem Hartholzboden abfingen. Sie drückte sich flach an die Wand neben dem Fenster, während Ashton sich auf Brock stürzte und ihn um die Taille packte. Die beiden stolperten zurück und stießen gegen ein stabiles Bücherregal, doch der Schwung ließ das Regal erbeben, und einige Bücher fielen zu Boden.

Brock bemühte sich, eines der Bücher aufzufangen, bevor es auf dem Boden landete, aber dadurch öffnete er nur den Weg für einen scharfen Schlag von Ashtons Faust direkt in seinen Magen. Er ließ das Buch nicht fallen, aber er stöhnte und knickte in der Mitte zusammen.

Charles kniete neben ihr und reichte ihr die Hand, die sie dankbar annahm. Sie stand auf und wollte auf die kämpfenden Männer zugehen, aber Charles hielt ihr Handgelenk fest.

»Warte kurz, wenn du ihnen zu nahe kommst, kriegst du nur selbst was ab. Sollen sie das doch selbst regeln.«

»Aber er tut Brock weh!«, rief sie und riss sich von Charles' Hand los. Es war ganz klar, dass Ashton der Angreifer war, und Brock tat sein Bestes, um Schläge abzuwehren, ohne selbst welche auszuteilen.

»Wenn du meine Schwester noch einmal anrührst«, rief Ashton nach jedem Schlag, »bringe ich dich um!«

»Brock!« Joanna rief seinen Namen, wollte, dass er sich ein wenig wehrte.

»Sei still, Joanna!«, befahl Ashton, und sie zuckte zurück. So hatte er noch nie mit ihr gesprochen, mit einem Ton voller Enttäuschung und Verärgerung.

»So wirst du nicht mit ihr reden«, knurrte Brock und

versetzte Ashton einen Schlag in den Magen. Der Angriff überraschte Ashton, und er stolperte zurück und holte schmerzhaft Luft.

Joanna sprang vor und warf sich vor Brock, während Ashton versuchte, sich zu sammeln. Ihr Bruder kam ins Schleudern, und seine Faust streifte ihre Wange, als er verzweifelt versuchte, seinen Schlag zurückzuziehen, aber es war zu spät. Er streifte Joanna, und sie schrie vor Schmerz auf. Brock bewegte sich schnell, hob sie sanft in seine Arme und trug sie zu einem Sessel. Sie schätzte seine Sanftheit mehr, als sie sagen konnte. Der Sturz auf den Boden hatte sie erschüttert und mit blauen Flecken zurückgelassen.

Brock strich ihr über die Wange. »Tut es weh, Mädel?«

»Nicht sehr«, sagte sie und fühlte sich seltsam schüchtern, da ihr Bruder sie beobachtete.

Ashton kam herüber, seine Schritte langsam, vorsichtig, sein Gesicht blass.

»Joanna, es tut mir so leid. Ich wollte nicht ...« Er fuhr sich mit der Hand über den Kiefer, als er neben ihr kniete. Brock ließ sie nicht aus den Augen, während er schützend in ihrer Nähe blieb. Er nahm eine ihrer Hände in seine und ließ sie nicht mehr los.

»Sollen wir den Arzt rufen?«, fragte Charles sie.

Ihre Wangen flammten vor Verlegenheit auf. »Mir geht es gut. Wahrhaftig.« Sie drückte Brocks Hand, und ihre Blicke trafen sich. Sie hatte sich so gut mit ihm amüsiert, bis ihr Bruder alles ruiniert hatte. »Ashton, bitte geh.« Sie blickte zu ihrem Bruder.

Seine besorgte Miene wandelte sich in Missbilligung. »Joanna, ich werde dich nicht mit ihm allein lassen. Ihr habt gerade …«

»Gerade was? Wenn du sagen willst, dass er mich kompromittiert hat, dann denk lieber sorgfältig über die Konsequenzen nach. Außerdem hast *du* mich geschlagen.« Es war das erste Mal, dass sie so eindringlich mit ihrem Bruder sprach. Sie wusste, dass er sie nicht schlagen wollte, aber sie musste ihm klar machen, dass nur ein Mann in diesem Raum wirklich versucht hatte, sie zu beschützen, und das war nicht Ashton.

Die Stirn ihres Bruders legte sich in Falten. »Wenn ich gehe, geht er auch. Ich werde ihn nicht mit dir allein lassen. Das ist endgültig.« Ashtons Antwort war hart, und Joanna spürte, dass sie diesen Kampf nicht gewinnen würde. Sie drückte noch einmal Brocks Hand und nickte ihm kurz zu, um ihm zu zeigen, dass es ihr nichts ausmachte, wenn er jetzt ging.

»Komm, Kincade. Ich begleite Sie hinaus. Ich halte es für das Beste, wenn Sie noch heute die Heimreise antreten.«

Brock erhob sich, seinen Blick immer noch auf Joannas Gesicht gerichtet. »Und die Hochzeit?«

Einen Moment lang dachte Joanna, er würde von ihr sprechen.

Die beiden Männer starrten sich einen langen Moment lang an, immer noch schwer atmend. Dann wurde Ashtons Blick weicher.

»Sie können bis morgen bleiben, um Rosalind zum Altar zu führen«, räumte Ashton ein.

Brock nickte Ashton einmal zu, und die beiden Männer verließen die Bibliothek, ohne einen Blick zurückzuwerfen. Charles blieb an ihrer Seite, seine Lippen zuckten.

»Du und der Schotte, ja?« Er pfiff leise, seine grauen Augen funkelten.

Joanna stand von ihrem Stuhl auf, ihre Hüfte schmerzte. »Ja … Ich meine, nein … Nein, ich weiß es nicht.«

»Jo, er hatte seine Hand unter deinem Rock«, sagte Charles ernster.

Sie wurde wieder rot. Es war lange her, dass Charles sie Jo genannt hatte. Vor Jahren hatte sie einmal geglaubt, in ihn verliebt zu sein, bevor sie begriff, dass die Liebe zu Charles wie die Liebe zu einem fernen Gott war. Er würde niemals einer Frau sein Herz öffnen. Sobald sie das erkannt hatte, ließ sie ihre mädchenhaften Fantasien über ihn verblassen. Aber sie war immer noch beschämt, dass er und Ashton sie beim Küssen von Brock erwischt hatten.

»Ich habe nicht viele Möglichkeiten, Charles«, sagte sie leise, den Blick auf die Bücher gerichtet, die zu Boden gefallen waren. Sie bückte sich, um eines aufzuheben, und seufzte, weil die Seiten geknickt waren. Ihr war nicht entgangen, dass Brock sein Bestes gegeben hatte, um die Bücher zu fangen, und dabei ein paar Schläge von ihrem Bruder einstecken musste.

Charles gesellte sich zu ihr und sammelte ein paar Bücher ein, die wie verletzte Vögel aufeinandergefallen waren. »Natürlich hast du die.«

»Versuche nicht, meine Gefühle zu schonen, Charles. Ich kenne die Wahrheit. Ashton hat versucht, einen Partner für mich zu finden. Es gibt keinen Mann in England, der mir einen Antrag machen würde. Ich verstehe nicht, warum.« Sie konnte nichts für den pathetischen, verzweifelten Ton in ihrer Stimme, aber nach allem, was geschehen war, war sie kurz davor, zusammenzubrechen und zu weinen. Oder vielleicht jede verdammte Teetasse im Haus zu zerschlagen. Aber nichts von alledem würde bedeuten, dass sie sich danach besser fühlte.

»Also hast du dich stattdessen mit dem Schotten eingelassen?« Charles' Lippen zuckten. »Eine wunderbare Art, deinen Bruder in den Wahnsinn zu treiben.«

Joanna stieß einen frustrierten Atemzug aus. »Ich habe mich nicht *mit ihm eingelassen*.« Er hatte ihr einen Antrag gemacht, ganz beiläufig, das stimmte natürlich. Aber das war kein *echter* Heiratsantrag, jedenfalls nicht, wenn man sie fragte.

»Hmm ... du hast dich also vielleicht nicht mit ihm eingelassen, aber ich glaube, du hast ihn *an dich herangelassen*.«

Der Unterschied entging ihr nicht, und sie musste zustimmen, zumindest im Stillen. Sie war in der Tat sehr angetan von dem großen, grüblerischen Schotten. Joanna wusste, dass dieses Thema eine gefährliche Wendung nehmen würde. Sie wollte nicht, dass Charles ihrem Bruder erzählte, dass sie bereit war, mit Brock nach Gretna Green durchzubrennen.

»Es gab eine Zeit, da war ich von dir angetan.«

Charles' Augen leuchteten auf. »Ach, tatsächlich?« Er lehnte sich arrogant gegen das Bücherregal, und sie holte die letzten Bücher vom Boden.

»Das war ich, und dann bin ich aus dieser Verliebtheit herausgewachsen. Ich bin sicher, dass es mit Lord Kincade genauso sein wird.«

Charles lachte. »Da bin ich mir nicht sicher. Dieser Kerl scheint das Glück gehabt zu haben, dich zu küssen, wo andere es nicht getan haben.« Er zwinkerte ihr zu und ließ sie dann allein.

Joanna schaute sich in der Bibliothek um und fühlte sich lustlos. Ihr Gefühl der Geborgenheit in diesem Raum war zerstört, zumindest für den Moment. Als sie schließlich die Bibliothek verließ, konnte sie sehen, dass der Tee bereits in vollem Gange war, aber sie wollte sich nicht dazu gesellen. Ashton hatte Brock hinausgeworfen, und sie wollte nicht ohne ihn in einem Zimmer sitzen. Stattdessen ging sie die Treppe hinauf in ihr Schlafgemach. Nachdem sie die Tür geschlossen hatte, warf sie sich ziemlich unbehaglich auf das Bett und vergrub ihr Gesicht in dem Durcheinander von Kissen. Sie war kein Kind mehr. Sie weinte nicht, egal wie sehr sie sich quälte. Sie schlief ein und wurde einige Stunden später durch ein Klopfen an ihrer Tür geweckt.

»Wer ist da?« Sie setzte sich auf und versuchte, das Durcheinander in ihrem Haar zu ordnen, das sich während ihres Nickerchens teilweise gelöst hatte.

»Dein Bruder.«

Joanna versteifte sich. Ashton wollte reden. Natürlich wollte er das. Zweifellos hatte er den ganzen verdammten Nachmittag damit verbracht, einen Vortrag oder eine Rede über ihr Verhalten vorzubereiten. Bevor sie ihn abweisen konnte, öffnete er die Tür und trat ein. Er schloss die Tür hinter sich und lehnte sich dagegen.

»Joanna, wegen dem, was heute passiert ist …«

Sie hielt eine Hand hoch. »Nein. Du hast nicht das Recht, mich zu belehren. Nicht nachdem, wie du dich verhalten hast. Du hast Lord Kincade rausgeworfen.«

Ihr Bruder knurrte vor sich hin. Sie war eine der wenigen Personen, die Ashtons natürliches, gelassenes Verhalten durchdringen konnten.

»Er hat *dich geküsst*! Was wäre, wenn es unsere Mutter oder einer der anderen Gäste gewesen wäre, die euch ertappt hätten? Du wärst ruiniert! Du müsstest ihn heiraten, und eine Wolke der Schande würde auf dich fallen, auf uns alle, wie …«

»Wenn du sagst, wie Vater, dann warne ich dich …« Sie war nicht wie ihr Vater. Er hatte gezockt und ihr Vermögen verloren, als sie noch jung gewesen war. Die Schande und der Skandal hatten ihren Vater in ein frühes Grab getrieben. Es hatte Jahre gedauert, bis ihre Mutter ihr gesellschaftliches Leben wieder in den Griff bekommen hatte, und Ashton hatte die Aufgabe übernommen, ihr Vermögen mit allen ihm zur Verfügung stehenden Mitteln wiederherzustellen. Das hatte ihn in der Geschäftswelt etwas rücksichtslos gemacht, und manchmal verfolgte ihn diese Rücksichtslosigkeit bis nach Hause.

»Ich weiß, du bist nicht wie Vater, aber Joanna, du musst es aus meiner Sicht sehen. Du hast einen Fremden geküsst, und seine Hand war unter deinem Rock und ...« Ashtons Gesicht wurde rot, als ihm klar zu werden schien, dass er zu sehr in unnötige Details über ihre Begegnung mit Brock ging.

»Ich kann tun und lassen, was ich will.« Eis tropfte von Joannas Worten, obwohl sich ihr ganzer Körper bei dem Gedanken daran anspannte, dass ruinierte Damen kein richtiges Leben hatten. »Es ist ja nicht so, dass ich wirkliche Aussichten auf eine Heirat habe, oder?«

»Warum in aller Welt sagst du das?«

»Weil es die Wahrheit ist. Du hast versucht, Männer von hier bis Paris mit einer hohen Mitgift zu bestechen, und es reicht nicht, oder? Ich bin unverheiratbar.« Obwohl die Worte ruhig von ihren eigenen Lippen kamen, schmerzten sie dennoch. Ashtons widerhallender Blick des Entsetzens und des Bedauerns besiegelte den Sarg ihrer eigenen Träume.

»Das ist nicht wahr«, sagte er.

»Ist es das nicht? Drei Saisons, Ashton. *Drei*.« Sie hakte sie an ihren Fingern ab.

»Du wirst also zu einem bockigen Kind, weil du keinen passenden Mann gefunden hast?«, schoss er zurück und verlor die Kontrolle.

»Bockiges Kind?«, zischte sie und hüpfte vom Bett, um ihrem Bruder auf Augenhöhe zu begegnen.

»Ja. Du regst dich auf, weil du keinen Ehemann hast.« Sein Blick verengte sich. »Gut, warum heiratest du ihn nicht? Geh mit ihm nach Hause in sein bröckelndes Schloss in der kalten Zugluft und lass dich von diesem Rüpel für dein Geld ausnutzen.«

Rüpel? Der Mann, der sie so zärtlich gehalten, der sie geküsst hatte, als wäre sie das zarteste Schneeglöckchen, das im frühen Frühling blühte? Dieser Mann war alles andere als brutal.

»Nur weil er größer ist als du ...«

»Er ist nicht *gesellschaftsfähig*, Joanna. Du verdienst einen sanften Ehemann.«

Nicht gesellschaftsfähig? Er hatte mit ihr geschmeidiger und eleganter getanzt als jeder andere Mann, mit dem sie zuvor getanzt hatte. Seine Füße schienen zu schweben, und sie schwebte mit ihm, drehte sich in schwindelerregenden Kreisen und lächelte, als sie es zum ersten Mal in ihrem Leben wirklich genoss, zu tanzen. Er hatte ihr das Gefühl gegeben, sie selbst zu sein, etwas wert zu sein. Das hatte ihr *alles* bedeutet. Sie konnte nicht verstehen, wie Ashton so abweisend zu ihm sein konnte.

»Raus aus meinem Zimmer«, knurrte sie. »Raus! Oder ich werde morgen nicht zu deiner Hochzeit kommen.«

Ashton starrte sie fassungslos an. Joanna hatte sich noch nie so sehr gehasst wie in diesem Moment. Sie war tatsächlich ein bockiges Kind. Aber es war so ungerecht. Ein Mann küsste eine Frau und wurde für seine Verführungskünste gelobt, aber eine Frau wurde für ihre Sünde gezüchtigt, Leidenschaft zu wollen, geliebt werden zu wollen.

»Es tut mir leid«, flüsterte sie. »Ich habe es nicht so gemeint.«

Ashton räusperte sich. »Ich weiß. Ich könnte nicht heiraten, wenn du nicht dabei wärst, kleine Schwester.«

Er umfasste ihr Gesicht und beugte sich vor, um ihr einen Kuss auf die Stirn zu drücken. »Wir haben uns beide von unseren Gefühlen leiten lassen. Ich will nur, dass du glücklich bist, und Kincade ist nicht die Lösung. Gib mir mehr Zeit, um hier in England einen guten Mann für dich zu finden.«

Joanna schniefte. Die Welle der hilflosen Verzweiflung schien wieder über sie hereinzubrechen, so stark, dass sie sie zu Boden drückte. Als Ashton ging, hatte Joanna sich entschieden.

Er mag mich jetzt noch nicht lieben, aber Brock wird mich mit der Zeit lieben lernen. Dessen bin ich mir sicher.

Morgen, nach der Hochzeit in Hampshire, während alle feierten und Ashton und Rosalind inmitten ihres Eheglücks schwebten, würden sie und Brock nach Gretna Green fahren.

KAPITEL 7

Brock sah zu, wie die Regentropfen an der Glasscheibe des Kutschenfensters hinunterliefen, als er und Rosalind zur Kapelle in Hampshire fuhren. Sie sah prächtig aus in ihrem feinen Kleid, während sie nervös ihre Finger verkrampfte und wieder löste. Brock griff hinüber und bedeckte ihre Finger mit einer seiner Hände.

»Du musst das nicht tun, Rosalind. Ich kann dir zur Flucht verhelfen.«

Sie lachte, und ihre Augen leuchteten plötzlich auf. »Ich will das tun, Brock. Ich habe keine Zweifel daran, Ashton zu heiraten. Ich bin allerdings nervös. Was ist, wenn er seine Meinung ändert? Was ist, wenn er mich nicht will?«

»Wenn er versucht, aus der Kirche zu fliehen, werden Brodie, Aiden und ich ihn zur Strecke bringen.« Er lächelte, als er dies sagte, aber es war ihm völlig ernst. Er wäre mehr als glücklich, diesen blonden Bastard mit einer Pistole vor den Altar zu zerren, um Rosalind zu heiraten, wenn sie das wollte.

»Ich bin sicher, das wird nicht nötig sein.« Rosalind kicherte, wurde dann aber ernst. »Ich habe gehört, dass du dich gestern mit Ashton gestritten hast, während wir im Salon den Tee einnahmen. Worüber habt ihr gestritten?«

Brock schob einen Finger unter seinen Kragen und zupfte daran, weil der sich plötzlich eng anfühlte.

»Äh ... Also ... Joanna.«

»Joanna? Was hast du getan?«, verlangte Rosalind zu wissen.

»Ich habe nichts getan.« Nun, nichts, was er seiner Schwester beichten müsste. Sie brauchte diese Art von Einzelheiten nicht.

»Warum habt ihr euch dann gestritten?«

»Lennox will, dass ich Joanna in Ruhe lasse. Er hält mich für einen Rohling und denkt, dass ich ihrer nicht würdig bin.« Brock lehnte sich gegen die Kissen der Bank zurück und versuchte, sich seine Verlegenheit nicht anmerken zu lassen.

Rosalinds Stirn runzelte sich. »Sicherlich nicht.«

»Aye, das tut er.«

»Nun, ich werde mit ihm sprechen«, sagte sie.

»Nein, lass es sein«, warnte Brock. »Du hast heute an andere Dinge zu denken, wie die Heirat mit diesem *Sassenach*.«

Rosalind lachte über seinen finsteren Blick, aber das war ihm egal. Er wollte, dass sie glücklich war, und er wollte, dass sie sich keine Sorgen um ihn oder Joanna machte.

Die Kutsche hielt vor der kleinen Kirche in der Nähe von Lennox House. Es regnete immer noch, als Brock die Kutsche verließ und sich vom Kutscher einen Regenschirm auslieh, um Rosalind und ihr hübsches Hochzeitskleid zu schützen. Dann betraten sie gemeinsam Arm in Arm die Kirche.

Die Kirchenbänke waren mit Menschen gefüllt, die Brock vom Tee am Vortag wiedererkannte. Die Hochzeitsgesellschaft und ihre Gäste waren am Abend zuvor von Bath nach Hampshire gereist. Brodie und Aiden saßen in der ersten Kirchenbank links und lächelten, als er und Rosalind auf Ashton zugingen. Brock drückte den Arm seiner Schwester sanft, um ihr zu versichern, dass alles in Ordnung war. Lennox, verdammt noch mal, sah so zufrieden aus wie eine Katze, die gerade eine Schüssel Sahne gefunden hatte.

Brock übergab Rosalind an Lennox, nickte dem Mann kurz zu, um zu zeigen, dass er der Heirat zustimmte, und ging dann zu seinen Brüdern. Rafe, Joannas anderer Bruder, stand in der ersten Kirchenbank und beobachtete das Geschehen. Er und Brock nickten einander höflich zu. Im Gegensatz zu Ashton kamen Rafe und Brock recht gut miteinander aus. Ein rücksichtsloser Engländer würde sich mit einem wilden Schotten immer gut verstehen, zumindest nach Brocks Ansicht.

Nach der Hälfte der Zeremonie erblickte er Joanna auf der rechten Seite der Kirchenbänke. Sie trug ein tiefgoldenes Kleid, genau wie das, das sie gestern beschrieben hatte. Sein Körper summte, als die Erinnerungen an diese süßen, gestohlenen Küsse in ihn zurückfluteten. Ja, er war gestern wegen dieser Angelegenheit aus Lennox' Haus »eskortiert« worden, aber es war es wert gewesen, ein paar Augenblicke mit Joanna allein zu sein.

Sie warf ihm einen Blick über die Schulter zu, und ihre Augen trafen sich. Ihr Gesicht färbte sich hellrosa, was ihre fein geschnitzten Züge betonte, einschließlich der verführerischen Rundung ihres Mundes. Lose Ranken aus blassblondem Haar umspielten ihre Schultern und ihren Nacken auf eine sorglose Art und Weise, die sein Blut bei dem Gedanken, seine Lippen auf dieselben Stellen zu legen, in Wallung brachte.

Sie warf ihm einen seltsamen Blick zu, intensiv und konzentriert, aber er konnte ihre Gedanken nicht lesen. Dann drehte sie sich zurück, um den Rest der Zeremonie zu beobachten, und Brock tat dasselbe.

Nachdem das Brautpaar an den Gästen vorbeigegangen und in die wartende Kutsche gestiegen war, blieb Brock zurück und schickte seine beiden Brüder voraus. Joanna stand an der Seite ihrer Mutter, aber sie bewegte sich langsam auf ihn zu, begrüßte und bedankte sich beiläufig bei den Gästen, die an ihr vorbeigingen, bis sie und Brock zu den letzten Menschen in der Kirche gehörten.

»Geht es dir gut, Mädel?«, fragte er leise, als sie einigermaßen allein waren. »Ich wollte dich gestern nicht verlassen, aber ich hatte keine andere Wahl.«

»Ich weiß«, flüsterte sie. »Mir geht es gut.« Sie hielt inne, und ihr Gesicht wurde rot, als sie seinem Blick begegnete. »Ich habe meine Meinung geändert, Lord Kincade. Wenn das Angebot noch gilt, würde ich dich gerne heiraten.«

Brock wurde von ihren unerwarteten Worten fast erschlagen. Er brauchte einen Moment, um sich zu sammeln. In dieser Zeit füllten sich Joannas Augen mit Tränen, und sie wandte ihr Gesicht ab.

»Wenn du mich nicht mehr heiraten willst, verstehe ich das«, sagte sie mit einem Tonfall, der von Demütigung geprägt war und ihn verletzte.

Ob er das nicht wollte? Er wünschte sich nichts sehnlicher, als sie zu heiraten.

»Nach dem, was mein Bruder getan hat ...«

Er umfasste ihre Taille, zog sie an sich und drückte seine Stirn an ihre. »Mädel, nichts kann mich davon abhalten, dich zu meiner Frau zu machen, solange du es auch willst. Ich war nur überrascht, weil du vorher nein gesagt hast.«

Ihre Wimpern flatterten, und sie zitterte an ihm. »Ich möchte es jetzt tun.«

Er umfasste ihre Wange und hob ihr Gesicht an, so dass er ihre Augen sehen konnte. »Und du bist ganz sicher?«

»Ja. Ich möchte Sie heiraten, Lord Kincade.«

»Brock«, korrigierte er sanft.

»Dachs«, sagte sie lächelnd und schniefend. Er kicherte und erinnerte sich daran, wie sie ihm bei ihrer ersten Begegnung gesagt hatte, sein Name bedeute *Dachs*.

»Ja. *Dein* Dachs«, schwor er. Was würde sie wohl denken, wenn sie erfuhr, dass Aiden einen Dachs als Haustier auf dem Schloss hielt? Es war einer, den er als Jungtier gerettet hatte. Der Dachs trieb sich nun im Schloss herum, als wäre er der wahre Herr des Hauses, nistete in verschiedenen Räumen und wurde mürrisch, wenn er gestört wurde. Aiden hatte mehrmals versucht, es wieder auszuwildern, aber das sture Tier hatte sich nicht unterkriegen lassen. Brock lächelte und stellte fest, dass er seinem Namensvetter sehr ähnlich war. Er würde nicht zulassen, dass Lennox ihn von Joanna vertreiben würde.

»Wie sollen wir das machen?«, fragte sie ihn. »Ashton wird seine Erlaubnis nicht geben. Ich nehme an, wir müssen nach Gretna Green durchbrennen.«

»Aye«, seufzte Brock. »Es wird nicht leicht sein, Joanna. Wir werden mit leichtem Gepäck reisen müssen. Keine Kutschen, keine Dienerschaft. Sobald wir verheiratet sind, können wir deine Zofe und deine Kleider holen lassen.«

»Keine Kutsche?« Joannas Augen wurden groß, und er erinnerte sich daran, was sie über das Reiten gesagt hatte. Es gefiel ihr, aber allein auf einem Pferd zu sitzen, machte sie ein wenig unruhig.

»Ich werde bei jedem Schritt bei dir sein. Habt ihr hier ein starkes Pferd? Ich habe meins im Stall, und wir könnten deines für dich nehmen, wenn du ein Tier hast, das du reiten kannst.«

Sie biss sich auf die Unterlippe. »Ich habe eine Stute namens Kaylee. Sie läuft gleichmäßig und ist schnell.«

»Gut.« Brock konnte sich um zwei Pferde kümmern, solange Joanna ihr Pferd reiten konnte. »Wir werden zwei oder drei Tage zu Pferd unterwegs sein, sofern das Wetter hält und wir nicht noch mehr Regen bekommen.«

Er schaute aus der Kirchentür und wünschte sich, dass die Wolken verschwinden würden. Das Letzte, was er wollte, war, Joanna in Gefahr zu bringen, indem er riskierte, dass sie sich im Regen den Tod holte.

»Er wird uns verfolgen«, sagte Joanna. »Sobald er merkt, dass wir weg sind.«

»Ich weiß. Er ist hartnäckig, dein Bruder, aber wenn wir heute Nacht aufbrechen, während er sich auf Rosalind konzentriert, wird er nicht merken, dass wir fehlen, bis es zu spät ist.«

»Heute Abend? So bald?« Ihre Stimme wurde immer lauter, und er spürte, wie sie in seinen Armen zitterte. Das Mädchen war verängstigt, das konnte er jetzt sehen.

»Wir müssen nicht heute Abend gehen, aber es wäre der einfachere Weg. Dein Bruder ist mit seiner neuen Braut abgelenkt, so dass wir immerhin ein wenig Zeit haben.«

»Ja, ich verstehe.« Joanna grub sich fast in ihn hinein, und plötzlich schmiegte sich ihr Körper auf wunderbare Art und Weise an seinen. Er nahm den Duft von Blumen wahr, als er seine Lippen auf ihren Scheitel presste. Er strich mit seinen Handflächen über ihren Rücken und versuchte, ihr Wärme und Trost zu spenden.

»Es wird alles gut werden«, flüsterte er. »Ich werde auf dich aufpassen.«

Sie nickte gegen seine Brust und zog sich zurück. »Wir sollten gehen. Ich werde mich vorbereiten müssen. Es muss doch etwas geben, das ich mitbringen kann?«

»Aye, du kannst einen kleinen Beutel mitnehmen, etwas, das ich an die Sättel binden kann. Wenn alle mit dem Essen fertig sind, sollten wir uns verabschieden. Wenn sie sich für die Nacht zurückziehen, können wir uns in die Ställe schleichen und gehen.«

»Werden deine Brüder mit uns kommen?«, fragte sie.

»Nein, ich werde sie hier lassen. Brodie wird jedem, der fragt, erzählen, dass ich erkältet bin.«

»Ich werde meiner Mutter sagen, dass ich Frauenprobleme habe. Ashton würde mich nicht belästigen, wenn er der Meinung sein muss, dass das der Fall ist.« Joannas Augen leuchteten wieder, während sie eifrig Pläne schmiedete.

»Das reicht völlig aus«, versicherte Brock ihr. »Jetzt lass uns zum Haus zurückkehren, bevor wir bemerkt werden.« Er führte sie zu der letzten Kutsche vor der Kirche, in der zum Glück keine anderen Gäste saßen.

Als sie Lennox' Herrenhaus erreichten, sah er hinterher, als Joanna die Treppe hinauf eilte. Sie riskierte einen Blick zurück zu ihm und lächelte. Er traf ihn in den Magen und schickte einen Schwall von Schmetterlingen nach oben. Was für eine Schönheit sie war. Und bald würde sie ihm gehören.

Er ging auf die Suche nach seinen Brüdern und fand sie im Billardzimmer mit einigen von Ashtons Freunden.

»Kincade, da sind Sie ja«, sagte Lonsdale, wobei seine Worte von einem allwissenden Grinsen begleitet wurden.

»Da bin ich ja«, erwiderte er und lächelte Lonsdale an, ohne dem englischen Grafen etwas zu verraten.

Brodie und Aiden begegneten seinem Blick, und er blinzelte in Richtung des Kamins. Sie nahmen seine stumme Botschaft auf und spielten weiter Billard, während er sich ein Glas Whisky einschenkte und am Feuer wartete. Aiden kam zuerst und tat so, als wolle er selbst ein Glas. Sie nippten eine Zeit lang schweigend, bevor Brock das Wort ergriff.

»Ich reise heute Abend ab und nehme Joanna mit. Du und Brodie, ihr müsst hier bleiben. Ich sage Brodie, er soll jedem, der fragt, sagen, dass ich erkältet bin und im Bett bleibe.«

Aidens Augen weiteten sich bei Brocks geflüsterten Plänen, aber er nickte nur kurz, um zu zeigen, dass er verstanden hatte. Aiden ging ruhig zum Fenster hinüber, und einige Minuten später kam Brodie zu Brock und erhielt dieselben Anweisungen.

»Das ist ein ziemliches Risiko, Bruder«, sagte Brodie. »Ist das Mädchen es wert? Wir wissen beide, dass Lennox dich erschießen wird, wenn sie auch nur eine halbe Gelegenheit dafür ergibt.«

»Aye, das würde er, aber das ist nur gerecht. Er hat unsere Schwester geheiratet. Ich werde seine heiraten.«

Brodie gluckste. »Ich glaube nicht, dass die Engländer das so sehen.«

»Wahrscheinlich nicht. Sie sind nicht so zivilisiert wie wir.«

»Du magst das Mädel wirklich?«, drängte Brodie. »Wir haben sie kaum gesehen, seit wir hier sind.«

»Ich habe genug von ihr gesehen«, versicherte Brock ihm. »Sie ist perfekt.« Perfekt in jeder Hinsicht, die sich ein Mann von einer Frau wünschen konnte. Sie war intelligent, amüsant, zärtlich, aber auch kämpferisch und liebenswert. Er räusperte sich, damit Brodie seine Schwäche nicht sah, und fügte hinzu: »Sie hat auch Geld. Geld, das nicht einfach eine Mitgift ist - sie hat ihr eigenes Geld, es wird treuhänderisch verwaltet.«

Sein Bruder verengte die Augen. »Du denkst doch nicht daran, sie wegen ihres Geldes zu heiraten, oder?«

»Nein, ich will *sie*. Aber eine reiche Frau zu haben, wäre eine gute Sache.«

»Hmm.« Brodie nippte an seinem Getränk, anstatt zu diskutieren.

Brock blieb im Billardzimmer und unterhielt sich bis zum Abendessen mit den Männern, dann entschuldigte er sich und sagte, er fühle sich unwohl.

Joanna würde dem Abendessen beiwohnen, während er dafür sorgte, dass ihre Kleidung und ihre Habseligkeiten in den Stall gebracht wurden. Es war wichtig, dass sie mit den Gästen gesehen wurde, während er abwesend war. Das würde ihre Geschichte untermauern und auch jeden Verdacht von ihnen fernhalten, dass sie zusammen weggelaufen waren. Wenn sie beide beim Abendessen fehlten, würde Lennox das bemerken und möglicherweise ihren Plan erraten. Aber wenn er ohne jeden

Verdacht in sein Ehebett ging, würde ihn die neue Ehe sicherlich beschäftigen. Es ärgerte Brock, sich vorzustellen, wie seine Schwester mit Lennox das Bett teilte, aber er war erleichtert, dass der Mann abgelenkt sein würde.

Als er den Billardraum verließ, ging er die Treppe hinauf, um Joannas Zimmer zu suchen und die Taschen zu holen, falls sie sie bereithielt. Sie hatten eine lange, kalte und regnerische Nacht vor sich.

KAPITEL 8

Joanna starrte auf die Tasche auf ihrem Bett. Das Leder war von einem der Lakaien geölt worden, um zu verhindern, dass der Regen hindurchdringen und den Inhalt der Tasche beschädigen würde.

»Reicht das, Miss?«, fragte das Dienstmädchen. Julia hatte diskret mit einem der Lakaien, den sie ein wenig besser kannte, gesprochen und ihn nach einer Tasche gefragt, die sich auch bei schlechtem Wetter gut transportieren ließ. Der junge Mann hatte klugerweise darauf bestanden, die Tasche für den Fall von Regen vorzubereiten, und Joanna war unglaublich dankbar dafür.

»Ich glaube schon.« Joannas Herz machte einen nervösen Sprung, als sie die Tasche weiter öffnete, um den Inhalt noch einmal zu überprüfen. Kleider für drei Tage mit knöchellangen Röcken, um Schlamm und Staub auszuweichen, und ein Reitkleid, das sie heute Abend zusammen mit ihrem besten Mantel tragen würde. Auch wenn es ein warmer Sommer war, konnte Regen jeden unterkühlen. Zwei Paar vernünftige Stiefel, ein Paar schwarze Pantoffeln, drei frische Paar Strümpfe und zwei Paar Unterhemden und Unterröcke. Sie konnte mit einem einzigen Korsett auskommen, bis sie Schottland erreichten, und dort ein neues kaufen, sobald sie verheiratet waren. Sie packte auch ihre perlenbesetzte Haarbürste und ihren Kamm ein, mehrere Bänder, Haarnadeln und ein Buch, *Lady Jades wilder Lord*. Es schien passend, das Buch mitzunehmen, das vor einem Monat zu einem so wilden und unerwarteten Kuss zwischen ihr und Brock in der Bibliothek geführt hatte. Sie würde endlich ihren eigenen wilden Lord haben.

»Oh, Miss, ich kann nicht glauben, dass wir das tun«, flüsterte Julia.

Joanna lächelte über die Verwendung des Wortes *wir*. Als sie zum ersten Mal ihren Plan, nach Gretna Green zu gehen, gestanden hatte, hatte sie erwartet, dass ihr junges Dienstmädchen versuchen würde, sie aufzuhalten oder ihr zu widersprechen. Immerhin war Julia nur vier Jahre älter als Joanna. Aber Julia war fast in Ohnmacht gefallen, als sie Joannas Plan hörte.

»Ich glaube, es ist an der Zeit, dass ich mein eigenes Glück mache, Julia. Ashton hatte kein Glück, einen Ehemann für mich zu finden, und ich bin es leid, darauf zu warten, dass meine Zukunft zu mir kommt.«

Julia grinste. »Und Sie hätten sich keinen passenderen Mann als Ehemann aussuchen können, wenn ich das sagen darf. So ein hübscher Mann.«

Joanna stimmte zu. Brock war in der Tat einer der

attraktivsten Männer, die sie je gesehen hatte. Aber was sie vielleicht am meisten liebte, war der Hauch von Wildheit, der ihn umgab, als wäre er ein Krieger aus alten Zeiten, einer jener großen Männer, die in Culloden dafür gekämpft hatten, das ihre Kultur nicht unterging.

Joannas Herz schmerzte bei dem Gedanken. Sie hatte Verständnis für die Notlage der Schotten - schließlich hatte die Familie schottisches Blut in sich. Wie könnte sie nicht Stolz und Trauer empfinden, zu wissen, dass sie so tapfer gekämpft hatten? Brock erinnerte sie an diese Geschichten, an die Männer und Frauen, die sich mutig für ihre Lebensweise und ihre Freiheit eingesetzt hatten. Genau wie sie es nun tat.

Sie wollte nicht in einer lieblosen Ehe mit einem Gutsherrn vom Land gefangen sein, den ihr Bruder hätte bestechen müssen, damit er sie überhaupt heiraten würde. Nein, wenn sie schon nicht geliebt werden würde, dann wollte sie wenigstens selbst den Mann wählen, der sie zum Altar führte. Und sie hoffte, dass sie mit Brock eine Chance hatte, seine Liebe mit der Zeit zu gewinnen. Zumindest wäre sie in Schottland frei. Sie würde Herrin eines Schlosses und Ehefrau eines Fürsten sein. Sie müsste nicht die Beleidigungen der Londoner Gesellschaft ertragen oder die gnadenlose Folter endloser Bälle, auf denen niemand mit ihr tanzen wollte.

»Ich werde nach dem Abendessen aufbrechen. Sobald ich auf Schloss Kincade bin, werde ich nach dir schicken, und du kannst den Rest meiner Garderobe mitbringen.«

»Ja, Miss.« Julia half ihr, die Tasche zu verschließen.

Als es an der Tür ihres Schlafzimmers klopfte, hielten beide inne.

»Mach auf«, flüsterte sie und verbarg ihre Tasche sorgfältig vor den Blicken, falls derjenige an der Tür nicht Brock war. Julia öffnete die Tür, und Brock schlüpfte herein.

»Hast du deine Tasche, Mädel?«, fragte er leise.

Joanna nickte und drehte sich, um ihre Tasche zu ergreifen. Angesichts des dicht gepackten Inhalts war das Ding ziemlich schwer, aber Brock nahm ihr die Tasche leicht mit einer Hand ab. Er zwinkerte Joanna zu und ging ohne ein weiteres Wort davon. Sie konnten nicht riskieren, heute Abend zusammen gesehen zu werden. Sie zog sich früh für das Abendessen an, da sie sich nervös und unruhig fühlte.

»Vergessen Sie nicht zu atmen, Miss«, erinnerte Julia sie, während sie Joannas Haar zu einem vernünftigen Knoten hochsteckte. Für die Reise würde das sehr praktisch sein.

Die Angst bildete einen festen Knoten in ihrem Bauch und nagte an ihrem Selbstvertrauen, bis es Zeit war, zum Abendessen hinunterzugehen. Sie saß am Tisch, umgeben von Freunden und ihrer Familie, alle mit Ausnahme von Rafe, der nicht anwesend war. Er hatte Hampshire verlassen, um nach London zurückzukehren. Er war kurz nach der Trauung abgereist, Richtung Norden, nur der Himmel wusste, wohin. Er konnte tun und lassen, was er wollte, und als sie daran dachte, war sie fest entschlossen, mit Brock durchzubrennen. Sie versuchte, sich nicht von der Romantik ihres Plans ablenken zu lassen.

Er will eine Frau, ich brauche einen Mann. Es geht nicht um Liebe. Zumindest noch nicht.

Sie schaute am Tisch entlang und spürte einen plötzlichen Anflug von Stolz, weil sie ihren Plan geheim halten konnte. Niemand wusste, dass sie in drei Tagen selbst eine Braut sein würde. Für einen kurzen Moment überkam sie Wehmut. Sie würde ganz allein, abgesehen von ein paar einheimischen Zeugen, in einem weit entfernten schottischen Dorf verheiratet werden. Ihre Mutter und ihre Brüder würden nicht da sein, um sie zu sehen, und Ashton würde nicht da sein, um sie ihrem Mann zu übergeben.

Aber welche Wahl hatte sie denn? Sie konnte nicht länger hier bleiben und das Leben an sich vorbeiziehen lassen.

Sie musste handeln, und sie wollte Brock als Ehemann haben. Wenn das bedeutete, die Hochzeit zu opfern, die sie sich immer vorgestellt hatte, dann würde sie einen Weg finden, es zu ertragen. Brock würde auch allein sein, da seine Brüder und seine Schwester hier bleiben würden. Zumindest würden sie ihre Einsamkeit teilen.

Nach dem Essen verweilte Joanna mit den Damen im Salon, während die Männer Portwein tranken und Zigarren rauchten. Sie warf einen Blick auf die Uhr auf dem Kaminsims und sah, dass es halb zehn war. Brock hatte gesagt, dass sie um zehn Uhr in den Ställen sein sollte. Joanna wandte sich an ihre Mutter, die mit der schönen jungen Herzogin von Essex und der Marchioness von Rochester ein angeregtes Gespräch führte.

»Mama«, unterbrach sie sanft, als das Gespräch in eine natürliche Ruhephase verfiel.

»Ja, Liebes?« Regina lächelte sie an. Sie war heute sehr glücklich, da ihr ältestes Kind endlich verheiratet war.

Was wird sie denken, wenn sie erfährt, dass ich weg bin? Dass ich ohne sie geheiratet habe? Sie kämpfte hart, um die Tränen zu unterdrücken.

»Ich fürchte, ich fühle mich nicht wohl.« Sie legte eine Hand auf ihren Unterleib und hoffte, dass ihre Mutter die Vermutung anstellen würde, die sie anstrebte.

»Oh je! Dann solltest du gehen und dich ausruhen.« Ihre Mutter berührte sie sanft an der Schulter und nickte.

Joanna wollte sich umdrehen, aber sie konnte nicht ohne eine letzte Umarmung gehen. Sie drehte sich um und umarmte ihre Mutter heftig.

»Meine Güte, was um Himmels willen ...?«

»Hab eine gute Nacht«, murmelte sie und wollte so gerne mehr sagen, wusste aber, dass sie es nicht durfte.

»Gute Nacht, meine Liebe.« Regina erwiderte ihre Umarmung und ließ sie dann los. Joanna versuchte, nicht aus dem Salon zu rennen. Sie weinte, als sie ihr Reitkleid anzog, aber sie wischte sich die Tränen weg. Sie musste jetzt tapfer sein.

Dies ist meine Entscheidung, meine Zukunft. Es ist Zeit, erwachsen zu werden.

Sie wartete in den Schatten, während Julia ihr half,

sich ungesehen von ihrer Familie und den anderen Hochzeitsgästen aus dem Haus zu schleichen.

Sie erreichte die Ställe und geriet in Panik, als sie Brock nicht sah. Hatte er seine Meinung geändert? Hatte er beschlossen, dass er sie doch nicht wollte? Ihr Herz zersplitterte, und ein Schwindelgefühl überkam sie. Sie war verlassen worden?

»Brock!«, rief sie, den Mantel fest um sich geschlungen, und betete, dass er antworten würde, dass er sie nicht einfach im Stich gelassen hatte.

»Hier, Mädchen!« Brock trat aus einem leeren Verschlag, und sie brach vor Erleichterung fast zusammen. Tränen stachen ihr in die Augen, als sie versuchte, sich zu beruhigen und auf ihn zu konzentrieren. Wenn sie es nicht täte, könnte die Welt wieder anfangen, sich zu drehen.

Er trug dunkle Kleidung, einen schweren Mantel und einen Hut und verschmolz mit den Schatten der Ställe. Er kam auf sie zu, griff nach ihren Händen und führte sie an seine Lippen. Brocks zärtliche Berührung warf sie in diesem Moment fast aus der Bahn. Er hatte sie nicht verlassen.

»Du hast geweint«, sagte er, als er sie im Schein der Lampe musterte.

»Mir geht es gut«, log sie. Sie wollte nicht, dass er sie für ein dummes junges Mädchen hielt, das Angst hatte, das Haus zu verlassen. Er schlang seine muskulösen Arme um sie und hielt sie fest, so wie er es zuvor in der Kirche getan hatte.

»Ich frage dich noch einmal, Mädchen. Bist du sicher, dass du mit mir gehen willst?«

Sie studierte den großen dunkelhaarigen Mann vor ihr - Augen, die Verständnis versprachen, Hände, die Zärtlichkeit versprachen, und Lippen, die wilde Leidenschaft versprachen. Ja, sie war sich ganz sicher.

Sie stellte sich auf die Zehenspitzen und drückte ihre Lippen auf seine. Ein gewundenes Licht ging zwischen ihnen hin und her, und eine neue Dringlichkeit trieb sie dazu, ihn noch tiefer zu küssen und ihre Zunge an seiner zu reiben. Er stöhnte auf und zog sie fester in seine Arme. Sie fühlte sich fast schwerelos, wenn er sie festhielt, als ob sie vor Vergnügen in den Himmel schweben könnte, wenn er sie nicht festhielte. Als sich ihre Lippen trennten, vergrub sie ihr Gesicht an seinem Hals und atmete den sanften Duft von Pferden, Heu und Mann, von *ihrem* Mann.

»Ich bin sicher«, flüsterte sie.

»Gott sei Dank«, sagte er lachend. »Nach so einem Kuss wäre es nicht leicht, dich gehen zu lassen.«

Sie lächelte, als sie sich schließlich voneinander trennten.

»Die Pferde sind bereit. Ich habe deine Tasche an meine geschnallt.« Er führte sie nach draußen zu den Pferden. Sie waren nass vom nebligen Regen und bewegten sich unruhig in der Dunkelheit. Joanna holte tief Luft, als Brock ihre Taille umfasste und sie in den Sattel hob. Sie versuchte, sich seitlich zu setzen, wie sie es gewohnt war, aber sie merkte, dass der Sattel dafür nicht gemacht war.

»Du musst fest sitzen und schnell sein. Du wirst rittlings reiten.« Er führte eines ihrer Beine über den Körper des Pferdes, damit sie gleichmäßiger reiten konnte, und ihre Röcke rutschten zu ihren Knien hinauf.

»Oh ...« Sie spürte einen Anflug von Verlegenheit und war erleichtert, dass es zu dunkel war, als dass er es hätte sehen können. Sie rutschte herum, um es sich bequemer zu machen, und fühlte sich auf diese Weise, mit einem Bein auf jeder Seite ihres Reittiers, tatsächlich stabiler. Sie nahm die Zügel in die Hand und wartete darauf, dass Brock ebenfalls aufsaß. Dabei fiel ihr Blick auf seinen breiten Rücken und seine muskulösen Beine in der Reithose, und ihr Herz begann vor Vorfreude heftig zu klopfen. Dieser Mann, dieser starke, schöne Mann, sollte bald ihr gehören. Mit ihr ein Bett zu teilen. Ihr ganzer Körper wurde von einem plötzlichen Hitzeschub erfasst.

»Bleib dicht bei mir, Mädchen. Wir wollen heute Abend so viel Abstand wie möglich zwischen uns und deinen Bruder bringen.«

»Ich verstehe.« Sie lenkte ihr Pferd vorwärts, und als sie neben ihm war, verfielen sie in einen schnellen Trab, bis sie Lennox' Land verlassen und die Hauptstraße nach Norden erreicht hatten. Sie nutzten den Wald, um sich abzuschirmen, und hielten ihre Reittiere am Rand der Straße, wo das Gras teilweise über die Erde wuchs und ihre Spuren ein wenig verdeckte.

Als sie an dem Punkt waren, der am weitesten von ihrem Haus entfernt war und sie trotzdem noch zurückblicken und das Haus sehen konnte, tat sie das. Es war ein entfernter, blasser, steinerner Schatten in der Dunkelheit mit goldenen Lichtern von Kerzen in den Fenstern.

Das Bedauern drückte auf ihr Herz, aber sie zögerte nicht, mit Brock zu gehen. Sie wünschte sich, sie würde nicht allein in einer schottischen Stadt ohne ihre Familie heiraten. Brock wurde langsamer, um neben ihr zu reiten. Ihre Blicke trafen sich, und er neigte den Kopf, als wolle er leise fragen, ob es ihr gut ginge. Sie antwortete mit einem festen Nicken, und er lächelte sie stolz an.

Dann verfielen sie wieder in einen schnellen Trab. Joanna wickelte die Zügel um ihre behandschuhten Hände und hielt sich gut fest, während sie Brocks natürliche Reitkünste nachahmte und sich über den Hals des Pferdes beugte. Ihr Pferd Kaylee hielt mit Brocks Pferd Schritt, und sie spürte einen Anflug von Stolz, dass ihre englische Stute genauso schnell war wie sein schottischer Hengst.

Vier Stunden später tat ihr der Rücken weh, und ihre Schultern waren starr vor Anspannung. Sie fühlte sich ein wenig schwindlig, wagte aber nicht, Brock zu rufen. Sie musste beweisen, dass sie mit ihm mithalten konnte und ihn nicht aufhielt. Ihre Finger brannten, weil sie die ledernen Zügel zu fest umklammert hatte. Der Regen fiel weiter und machte ihre Kleidung so schwer wie Blei, und auf ihren Wimpern sammelten sich Tropfen, die ihr ständig in die Augen rennen, aber sie konnte es nicht riskieren, sie wegzuwischen, denn dazu hätte sie die Zügel loslassen müssen.

Brock verlangsamte plötzlich sein Reittier zum Gehen, und sie schrie fast vor Erleichterung auf, als sie Kaylee neben ihm abbremste.

»Wir werden die Pferde ausruhen lassen. Es ist weit nach Mitternacht.« Er nickte in Richtung einer Baumgruppe in einiger Entfernung von der Straße. Sie folgte ihm, als sie ihre Pferde in Richtung des Hains lenkten.

Brock stieg ab und kam dann zu ihr herüber. Regenwasser rann von ihm herunter, und seine Kleidung war kalt, aber sein Gesicht strahlte einen männlichen Elan aus, der der Natur trotzte. Ihre Blicke verfingen sich miteinander, und sie zitterte vor Erregung, als er sie an der Taille packte und auf den Boden fallen ließ. Sie waren allein, und niemand würde ihn jetzt aufhalten, wenn er beschloss, sie zu küssen. Sie hätte ihn sicher nicht aufgehalten, wenn er es getan hätte. Sie stöhnte fast auf bei dem herrlichen Gefühl, seinen großen, warmen Körper an ihrem zu spüren.

»Kommst du einen Moment allein zurecht, während ich mich um die Pferde kümmere?«, fragte er.

»Ja«, flüsterte sie, ohne zu wissen, warum sie das Gefühl hatte, leise sein zu müssen. Vielleicht lag es an der Art ihrer Flucht, der Gefahr, der Aufregung, aber sie wollte nicht zu laut sprechen.

Er trat zurück und führte die Pferde tiefer unter die niedrigen Bäume, wo er ihre Zügel an einem Ast festband. Er zog zwei Äpfel aus den Taschen seines Mantels und gab jedem von ihnen einen. Die Pferde mampften ihre Leckerbissen, und nachdem Brock sie kurz gestreichelt hatte, kehrte er zu Joanna zurück und führte sie zu einem großen Baum. Sie setzten sich langsam auf den Boden. Er zog seinen Mantel aus und zog sie an sich, als er sich zwischen den riesigen Wurzeln ausstreckte. Sein Mantel bildete eine gute Decke für sie, doch Joanna fröstelte und drückte ihr Gesicht an seine Brust.

»Das wird eine harte Nacht«, flüsterte er. »Das tut mir leid. Ich wünschte, ich könnte dir ein warmes Bett und ein gemütliches Feuer bieten.«

»Mir geht es gut«, betonte sie, aber ihr Zähneklappern brachte ihn zum Lachen.

»Ich werde dich warm halten.« Er strich mit einer Hand beruhigend über ihren Rücken. Sie glaubte nicht, dass sie einschlafen könnte, so kalt und ungemütlich war ihr, aber bald hörte sie Brock ein Lied summen, und der angenehme Klang lenkte sie ab.

»Was ist das?«, fragte sie schläfrig.

»Ein altes Lied. *The Mist-Covered Mountains*, soll ich es singen?«

Joanna lächelte. »Du kannst singen?« Der Gedanke, dass er das tun würde, erfüllte sie mit unerwarteter Freude.

Er lachte, und der satte Klang durchfuhr sie, als er antwortete. »Jeder richtige Schotte kann singen.«

»Ja, bitte sing für mich.« Zögernd schlang sie einen Arm um seine Taille, während er sie noch fester hielt.

O chi, chi mi na morbheanna

O chi, chi mi na corrbheanna

O chi, chi mi na coireachan

Chi mi na sgoran fo cheo.

Chi mi gun dail an t-aite ,s an d'rugadh mi

Cuirear orm failt's a' chanain a thuigeas mi
Gheibh mi ann aoidh abus gradh ,n uair ruigeam
Nach reicinn air thunnaichean oir.

Sein Gälisch war süß und melancholisch.

»Was bedeutet das?«, fragte sie und gähnte ein wenig. Seine Hand fuhr fort, ihren Rücken zu reiben, und seine Körperwärme schien sich in ihren eigenen kalten Gliedern auszubreiten. Diesmal sang er das Lied noch einmal, nur auf Englisch, damit sie es verstand.

Oh, roe, soon shall I see them, oh,
Hee-roe, see them, oh see them.
Oh, roe, soon shall I see them,
the mist-covered mountains of home!
There shall I visit the place of my birth.
They'll give me a welcome the warmest on earth.
So loving and kind, full of music and mirth,
the sweet-sounding language of home.
There shall I gaze on the mountains again.
On the fields, and the hills, and the birds in the glen.
With people of courage beyond human ken!
In the haunts of the deer I will roam.
Hail to the mountains with summits of blue!
To the glens with their meadows of sunshine and dew.
To the women and the men ever constant and true,
Ever ready to welcome one home!

Seine tiefe Stimme, der Bariton, der so sanft war wie Brandy, wiegte sie in einen leichten Schlaf und ließ sie von nebligen Bergen und heidebedeckten Feldern träumen.

Mein neues Zuhause ...

KAPITEL 9

Brock wachte kurz nach Sonnenaufgang auf. Mit einem langsamen Lächeln schaute er an seinem Körper hinunter. Joanna drückte sich eng an ihn, ihre weiblichen Kurven schmiegten sich so an seinen Körper, dass der sich vor Hunger zusammenzog, aber er verdrängte die natürliche Erregung, die sich einstellte, wenn er eine schöne Frau in seinen Armen hielt. Dafür würde später, wenn sie verheiratet waren, noch genug Zeit sein. Sie war immer noch nervös, und er auch. Er schwor sich, dass sie, wenn er Joanna mit in sein Bett nehmen würde, viel vertrauter und angenehmer miteinander umgehen würden. Bald würden sie für den Rest ihres Lebens aneinander gebunden sein, obwohl sie sich kaum kannten. Natürlich waren solche Ehen keine Seltenheit, aber Rosalind hatte Recht gehabt. Er wollte seine Frau kennenlernen, wollte sie wirklich verstehen, und er hoffte, dass sie genauso über ihn dachte.

Vorsichtig löste er sich aus ihren Armen und wickelte sie in den Rest seines Mantels ein, bevor er wegging, um sich zu erleichtern. Als er in den Hain zurückkehrte, band er die Pferde los und führte sie auf die Wiese, um dort zu grasen. Nachdem er sich vergewissert hatte, dass die Pferde satt waren, band er sie wieder an und kramte in der Satteltasche, die er am Vorabend gepackt hatte, bis er den Flachmann mit Bier und das Stück Brot und den Käse fand, die er in ein Tuch eingewickelt hatte.

Er behielt seine zukünftige Braut im Auge und kicherte, während er ihr beim Schlafen zusah. Ihre Nase rümpfte sich, und sie murmelte etwas im Schlaf, wobei sich ihre Lippen zu einem kleinen Lächeln verzogen. Wovon auch immer sie geträumt hatte, es musste gut gewesen sein. Der Gedanke erfüllte ihn mit Erleichterung. Er hatte sie nicht zwingen wollen, so auf dem kalten, harten Boden zu schlafen, aber sie hatten keine andere Wahl. Sie bewies so viel Mut und Tapferkeit, dass er seinen Stolz kaum zügeln konnte.

Er aß ein wenig von seinem Frühstück und versuchte, Joanna so viel Zeit wie möglich zum Ausruhen zu geben. Als er das Gefühl hatte, nicht länger warten zu können, rüttelte er sanft an ihrem Arm, woraufhin sie sich seufzend auf den Rücken rollte und ihre Wimpern zuckten, als sie erwachte. Verdammt, er wollte sie küssen, wollte spüren, wie sie in seinen Armen weich wurde, während er sie so weckte, wie ein Ehemann seine Frau wecken sollte - mit Leidenschaft und Inbrunst.

»Guten Morgen«, begrüßte er sie sanft und hielt ihr das Fläschchen, den Käse und das Brot hin. Wenn sie aß, würde ihn das vielleicht davon ablenken, wie sehr er sie auf den Rücken rollen und küssen wollte. Dafür war noch keine Zeit, noch nicht. Sie mussten in Bewegung bleiben.

Joanna blinzelte eulenhaft gegen die Morgensonne an, die die Bäume über ihnen in leuchtende Rottöne tauchte. »Morgen«, antwortete sie, bevor sie das Essen und das Bier entgegennahm.

»Nun, Mädel, du hast deine erste Nacht unter den Sternen überlebt«, sagte Brock, während er sich neben ihr an den Baum lehnte.

»Das habe ich doch, oder?« Sie sah stolz auf sich aus, und ihr Stolz amüsierte ihn.

Er wusste, dass sie eine adelig geborene Frau war, die es nicht wie er und seine Brüder gewohnt war, gelegentlich im Freien zu schlafen. Die Tatsache, dass sie sich nicht beschwert hatte, während sie versuchte, bei leichtem Regen unter einem Baum zu schlafen, ohne weiche Kissen oder warmes Feuer, beeindruckte ihn.

Er stand mit dem Rücken an den Baum gelehnt, während er sie ihr Frühstück beenden ließ, aber nach ein paar Augenblicken kam sie näher und lehnte ihre Schulter an sein Bein, wo er stand, und er konnte nicht widerstehen, ihr über das Haar zu streichen. Es schien ein solcher Luxus zu sein, sie zu berühren, zu wissen, dass sie bald ganz ihm gehören würde, dass er derjenige sein würde, der auf sie aufpasste und sie in Ehren hielt. Der Gedanke erfüllte ihn mit einem jungenhaften Schwindelgefühl, das er seit Jahren nicht mehr verspürt hatte.

Brock blieb wachsam, seine Augen auf der Straße, um sicherzustellen, dass niemand sie aufspürte. Er konnte nicht ahnen, wie schnell Lennox merken würde, dass Joanna weg war. Und sobald der es bemerkte, wäre die Frage, was Lennox glaubte, welchen Weg sie nahmen.

Als er Rosalind vor einem Monat nach Schottland zurückgebracht hatte, hatte er weder die Great North Road noch diese weniger befahrene Straße benutzt. Er hatte seine Schwester über Land mitgenommen, weil er wusste, dass sie es verkraften konnte, mehrere Tage lang auf Bettrollen auf dem Boden zu schlafen. Aber mit Joanna musste er auf der eigentlichen Straße bleiben, weil das für sie als unerfahrene Reiterin sicherer war. Solange er Lennox über ihren Weg im Unklaren lassen konnte und es ihnen gelang, ihm voraus zu sein, konnten sie Gretna Green ohne Schwierigkeiten erreichen.

Joanna stand auf und reichte ihm seinen Mantel zurück. Sie richtete ihren eigenen Mantel, bevor sie sich umsah.

»Ähm ... ich müsste ...« Sie errötete, und er wusste sofort, was sie brauchte.

»Nicht weit von hier gibt es ein Dickicht. Da kannst du dich um deine Bedürfnisse kümmern. In ein paar Stunden erreichen wir einen Bach, wo wir uns ein wenig waschen und die Pferde ihren Durst löschen können.«

Joanna nickte und eilte dann in die Richtung, die er ihr gezeigt hatte. Kurze Zeit später kehrte sie zurück, und er half ihr, ihre Stute zu besteigen.

Sie ritten drei Stunden lang und kamen an mehreren

Bauern vorbei, die ihr Vieh auf den Feldern weideten. Eine Schafherde überquerte die Straße, und ein Bauer und sein übermütiger Collie trieben sie zu einer Weide auf der anderen Straßenseite. Joanna schien den Anblick zu bewundern und lachte, als der Collie sich an die Fersen der störrischeren Schafe heftete. Brock liebte die Art, wie ihr Lächeln ihr Gesicht zum Strahlen brachte. Die Schatten und der Schmerz, die er letzte Nacht in ihr gesehen hatte, waren heute nicht da. Sie stellte sich tapfer ihrem neuen Leben mit ihm, und er war verdammt stolz darauf, dass er diese Frau bald *seine* Frau nennen würde.

Sie erreichten eine kleine Holzbrücke, unter der ein Bach hindurchfloss. Brock trieb sein Pferd zuerst über die Brücke. Sie ritten mit ihren Pferden eine Viertelmeile flussabwärts durch die Untiefen, wo sie ungesehen von der Straße rasten konnten.

»Ich kümmere mich um die Pferde, wenn du baden willst.« Brock ergriff die Zügel ihres Pferdes und trieb es zusammen mit seinem eigenen zum Bachufer. Die beiden Pferde waren dankbar für das Wasser, und er ließ sie sich satt trinken. Als er sie in den Schutz der Bäume am Bach zurückbrachte, fand er Joanna, die ihre Stiefel und Strümpfe ausgezogen hatte und knietief im Wasser watete. Sie hielt ihre Röcke sorgfältig fest, und er erhaschte nicht nur einen verlockenden Blick auf ihre nackten Knöchel, sondern auch auf die Rundungen ihrer Waden. Sie hatte schöne Beine. Brock holte gemessenen Atem, als er sich vorstellte, wie diese Beine sich um seine Taille schlingen würden.

»Brock, geht es dir gut?«, rief Joanna ihm zu.

»Aye, mir geht's gut. Warum?«

»Oh, es ist nur, dass dein Kiefer verkrampft war und ...« Sie beendete den Satz nicht.

Er wagte nicht, ihr zu sagen, in welche Richtung seine Gedanken gingen. Es würde sie wahrscheinlich erschrecken, wenn sie herausfand, wie tief sein Verlangen ging.

»Mir geht es gut«, versicherte er ihr erneut und zwang sich, sich zu entspannen.

Sie plätscherte im seichten Wasser herum, warf Wasser auf und tanzte auf den flachen, glatten Felsen, die groß genug waren, um als Trittsteine zu dienen. Er hatte sich so sehr an sie als feine, gefasste englische Dame gewöhnt, dass es eine überraschende Freude war, sie jetzt so verspielt zu sehen.

»Hier sind winzige Fische drin.« Sie drehte sich in seine Richtung und zeigte mit einem freudestrahlenden Gesichtsausdruck auf den Bach.

Unfähig zu widerstehen, gesellte sich Brock zu ihr ins seichte Wasser, seine Stiefel waren robust genug, um ein wenig Wasser zu vertragen.

»Hast du noch nie Fische gesehen?«, stichelte er sie und hielt sie an der Taille fest, als sie auf einem wackeligen Stein wankte.

»Natürlich habe ich das, aber ...« Sie runzelte die Stirn, als sie seinem Blick begegnete. »Es ist nur so, dass ... meine Mutter mich nie wirklich nach draußen gehen ließ, nicht so. Ich durfte nur gehen, sitzen oder fahren. Ich durfte nicht schwimmen, nicht herumlaufen, nicht fischen - nicht wie meine Brüder.«

Brocks Herz tat bei der Vorstellung weh. Jedes Kind sollte die Freiheit haben, die Welt um sich herum zu erkunden.

Er umfasste ihr Gesicht mit seinen Händen. »Als meine Frau und die Herrin von Castle Kincade darfst du in den Wäldern herumlaufen und in unserem See planschen, so viel du willst. Ich werde dir sogar zeigen, wie man angelt.« Er konnte sich nichts Schöneres vorstellen, als mit ihr in einem kleinen Boot aufs Wasser hinauszufahren, während die Sonne auf den Wellen glitzerte und er ihr die Freuden des Angelns zeigte.

»Würdest du das wirklich tun?« Ihre Augen weiteten sich, und in ihrer Stimme lag ein Hauch von Schüchternheit, bei dem er ihren Kopf anheben und sie wie von Sinnen küssen wollte.

Er strich mit einer Fingerspitze über die Linie ihrer bezaubernden Nase. »Natürlich.« Sein Körper summte vor Erregung, aber auch vor etwas Weicherem, Süßerem. Er konnte nicht leugnen, dass er eine starke Zuneigung zu seiner zukünftigen Frau hegte.

»Frauen in Schottland haben mehr Freiheiten«, erklärte er. »Du kannst alles tun, was du willst. Ich möchte, dass unsere Ehe eine gleichberechtigte ist.« Es war wichtig, dass sie das verstand. Er hatte keine Lust, sie herumzukommandieren oder ins Schloss zu sperren und sie so zu kontrollieren, wie sein Vater seine Mutter kontrolliert hatte. Allein der Gedanke daran ließ seinen Magen vor schmerzhaften Erinnerungen flau werden.

Ihre Augen verdunkelten sich, als sie sich auf Zehenspitzen erhob und ihn küsste. Es war kein Kuss, um das Verlangen zu entfachen, und er wollte es auch nicht. Es war ein Ausdruck der Dankbarkeit. Dennoch entflammte der Kuss das Verlangen in ihm, und er konnte der Versuchung nicht widerstehen, die sie darstellte. Er packte sie an der Taille, hob sie aus dem seichten Wasser und trug sie in den Schutz der Bäume, wo er sie an eine kräftige alte Eiche drückte. Dann küsste er sie so, wie er es wollte, so wie ein Mann es tun kann, wenn niemand zuschaut. Mit Feuer und Hunger und Sehnsucht. Er erforschte die zarte Form ihres Mundes, die Ohrmuscheln und die Rückseite ihres Halses und ließ sie in seinen Armen erzittern und stöhnen.

Bevor er sich zurückhalten konnte, glitt er mit einer Hand ihren Oberschenkel hinauf und suchte eifrig nach der süßen Stelle zwischen ihren Beinen. Als er ihre Mitte fand, schob er einen Finger in sie hinein. Sie zuckte zusammen und grub ihre Finger in seine Schultern. Sie war nass und heiß und bereits unerträglich eng.

Sie zischte und warf erschrocken den Kopf zurück, als er seinen Finger sanft in sie hineinschob und wieder herauszog. Er wollte, dass sie das erfuhr, dass sie ihn in sich spürte, wenn auch vorerst nur in dieser begrenzten Form. So würde sie sein, wild und lüstern, nach ihm krallend, während Leidenschaft in ihr explodierte.

»*Brock!*« Sie schrie seinen Namen vor Überraschung und Erschrecken, als ihre Leidenschaft sie so abrupt überkam, dass es sie beide überraschte.

Er drückte sie an den Baum, hielt sie fest, aber er hielt auch sich selbst fest. Ihr Kanal verschloss sich in kleinen Nachbeben um seinen Finger, und sie wimmerte, als er seinen Finger zurückzog und ihn an seine Lippen führte. Er saugte seinen Finger sauber und stöhnte, als ihr Geschmack ihm zu Kopf stieg.

»Mein Gott, Mädel«, sagte er heiser. Das hätte er nicht tun sollen. Sein Körper war jetzt starr vor Verlangen, aber er musste sich beruhigen, sonst würde er heute nicht mehr reiten können.

»Das ... du ...« Ihre blauen Augen suchten seine, als versuchte sie zu begreifen, was sie gerade miteinander geteilt hatten.

»Das waren wir, zusammen, Mädchen. Bald wird es noch besser sein, das kann ich dir versprechen.« Dann küsste er sie, sanft und zärtlich, so wie sie es kurz zuvor bei ihm getan hatte, bevor er sich hatte hinreißen lassen.

Sie und ich werden uns bald im Bett und außerhalb des Bettes kennen. Das war für ihn genauso wichtig wie eine starke Leidenschaft zwischen ihnen im Bett.

Mit zitternden Beinen wich sie von ihm zurück und kehrte zum grasbewachsenen Ufer zurück, wo sie ihre Füße trocknete und ihre Strümpfe und Stiefel wieder anzog.

Er stand da und beobachtete sie. Sein Blut summte süß, und seine Hände schmerzten von der Sehnsucht, sie wieder in seine Arme zu ziehen. Aber er musste widerstehen. Es würde noch genug Zeit für all die Dinge sein, die sie miteinander teilen könnten.

»Können wir los?«, fragte er, als sie fertig war.

»Ja.« Sie rieb sich den Nacken, während eine wilde Röte ihre Wangen färbte, aber sie protestierte nicht, als er ihr wieder auf ihr Pferd half. Sie kamen gut voran. Wenn sie nicht trödelten, würden sie Gretna Green vielleicht schon am nächsten Tag erreichen.

Sie ritten mehrere Stunden und machten nur kurze Pausen, um die Pferde ausruhen zu lassen. Als die Dämmerung hereinbrach, kamen sie in eine hügeligere Landschaft, und Brock hielt Ausschau nach einem guten Platz, um für die Nacht Schutz zu finden. Er entdeckte einige Felsen, und sie verließen die Straße und tauchten in das dichtere Unterholz bei den Felsen. Brock stieg ab und half Joanna herunter.

»Bleib einen Moment hier.« Er ließ sie die Zügel der beiden Pferde halten, während er die Gegend kurz untersuchte. Er fand eine kleine Höhle auf der anderen Seite der Felsen, ideal für die Nacht. Er kehrte zu Joanna zurück und zeigte ihr, wo sich die Höhle befand. Dann versorgte er die Pferde, während sie sich um ihre persönlichen Bedürfnisse kümmerte. Dann teilte er das Brot und den Käse zwischen ihnen auf, und sie teilten sich wieder die Bierflasche. Er konnte an ihren Augen und ihrem Gesicht erkennen, dass sie von der Reise müde war, aber sie protestierte nicht, nicht einmal wimmerte sie.

Brock baute aus seinem Mantel ein bequemes Nest. Er hatte nicht daran gedacht, zusätzliche Decken mitzunehmen, außer denen, die er über die Pferde legte, nachdem er sie abgesattelt hatte.

Ich bin ein verdammter Narr, dass ich nicht vorausschauend denke. Er hatte sich so sehr darauf konzentriert, Ashton aus dem Weg zu gehen und sicher vom Anwesen wegzukommen, dass er sich nicht um die Grundbedürfnisse seiner Frau gekümmert hatte. Er schwor sich, etwas Besonderes für sie zu tun, wenn sie sein Haus erreichten, um es wieder gut zu machen.

»Komm und ruh dich aus.« Er winkte sie zu sich, als die Nacht über sie hereinbrach. Joanna konnte ihn in der Dunkelheit kaum sehen, aber es gelang ihr, ihn zu finden und sich neben ihn zu legen. Er schlug den Mantel über sie und zog sie fest an sich. Er war noch nie so dankbar für einen sonnigen Tag gewesen, nachdem es in der Nacht zuvor geregnet hatte.

Joanna ließ eine Hand über sein Hemd gleiten, dicht unter seiner Kehle, und ihre Finger zwirbelten den Stoff seines Hemdes, bevor sie in einen tiefen Schlummer fiel. Brock lächelte in die Dunkelheit, ohne Angst, seine Zuneigung zu zeigen, denn die einzigen Zeugen waren die Sterne und die beiden Pferde. In ihm war der Wunsch erwacht, diese Frau auf eine Weise zu beschützen, wie er es bei niemandem sonst getan hatte. Es war beängstigend, sich so um sie zu sorgen, aber er wusste, dass er nie wieder derselbe werden könnte, der er früher gewesen war. Er konnte diese Gefühle in seinem Inneren nicht auslöschen.

Er begann, selbst in den Schlaf zu fallen, und sein Verstand pendelte zwischen Träumen und bewussten Gedanken hin und her.

Plötzlich war er hellwach, seine Augen blitzten auf. Sein Herz schlug schnell, und er tastete mit seinen

Augen die Dunkelheit ab, um herauszufinden, was ihn gestört hatte. Der Vollmond warf sein milchiges Licht über die Bäume außerhalb ihres Verstecks. Die Silhouetten der Pferde am Eingang der Höhle hatten sich nicht verändert. Was hatte ihn geweckt? Brock beobachtete die Bäume und bemerkte das schattige Wiegen der Äste in der nächtlichen Brise. Er schloss wieder die Augen.

Seine einzige Angst war, von Lennox erwischt zu werden, und er war sicher, dass Lennox die Straße nicht verlassen würde, um sie zu finden.

Knack! Beim deutlichen Geräusch eines brechenden Zweiges ließ er Joanna sanft aus seinen Armen gleiten, damit er aufstehen konnte. Er drückte seinen Körper flach gegen die Wand der Höhle, auf der Seite, die dunkler war, mit Schatten. Wenn jemand hereinkäme, würde man ihn nicht so leicht sehen, und das würde ihm einen kurzen Vorteil verschaffen, wenn er kämpfen müsste.

Eine schier unendliche Stille verging, bevor er ein zweites Knacken und ein Flüstern hörte, das fast zu leise war, um gehört zu werden. Ein Trio von Gestalten bewegte sich am Eingang der Höhle. Es waren Männer von ordentlicher Größe, und ein Kampf mit ihnen würde nicht leicht sein. Er sprang den letzten Mann von hinten an und stieß ihn gegen die gegenüberliegende Wand der Höhle. Der Mann stöhnte, wehrte sich und trat Brock hart in den Magen. Die Luft entwich aus seinen Lungen, er stolperte und kämpfte gegen eine kurze Schmerzwelle an. Ihm blieb nur eine Sekunde, bevor sich die beiden anderen Männer auf ihn stürzten. Er brüllte und warf einen von ihnen von seinem Rücken, aber nicht bevor er Joannas erschrockenen Schrei hörte.

»Brock, Hilfe!«, schrie sie. Der Schrei riss ab. Der Schrecken schoss durch seinen Körper, und er schlug den Mann weg, der versuchte, ihn von hinten zu würgen.

»Halt ihn!«, zischte der erste Mann.

»Ich versuche es!«, fauchte der Mann hinter Brock und drückte fester zu. Brock krallte sich in die Finger, die seinen Hals umklammerten, seine Atmung war gefährlich flach. Er warf sich nach hinten und rammte den Mann mit dem Rücken gegen die Höhlenwand. Der Mann fluchte vor Schmerz, und Brock wiederholte die Bewegung ein zweites Mal. Seine Sicht verschwamm bereits. Schatten huschten über seine Augen, als er sich darauf vorbereitete, den Mann, der ihn zu würgen versuchte, an der Wand zu zerquetschen.

Joanna braucht mich.

»Hör sofort damit auf, oder deine Frau stirbt.« Einer ihrer Angreifer kam am Eingang der Höhle in Sicht. Er drückte Joanna an seine Brust. Ihr Mund war geknebelt, und ihre Handgelenke wurden von den Fingern einer Hand des Mannes umklammert, während er die Schneide eines Messers auf die verletzliche Säule ihres Halses drückte.

Joanna gab keinen Laut von sich, keinen Schrei, keinen Versuch, durch den Knebel zu flehen. Nur ihr schweres Atmen verriet ihre Angst. Sein Mädchen war verdammt tapfer, aber er hatte keine andere Wahl, als sich zu ergeben.

Das Gefühl der Niederlage traf ihn hart, und er zwang sich, sich zu entspannen. Er hob die Hände in die Luft. Der Mann, der seinen Hals umklammerte, lockerte seinen Griff, aber nur, damit er Brock in die Kniekehlen treten konnte. Brock ging in die Knie, nur wenige Meter von Joanna und ihrem Entführer entfernt.

»Gut. Gehorche mir, und es wird ihr nichts geschehen.«

Der Mann hinter Brock packte seine Hände und fesselte sie hinter seinem Rücken mit einem Seil, dann wurde Joanna freigelassen, aber im nächsten Moment wurden ihre Handgelenke vor ihrem Körper zusammengebunden.

»Holt ihre Sachen«, befahl der Mann, der Joanna festgehalten hatte. Die anderen Männer nahmen schnell ihre Satteltaschen und warfen sie den Pferden über den Rücken, dann begannen die Männer, die Pferde aus der Höhle zu führen.

»Auf die Füße. Ihr kommt mit uns«, befahl der Anführer. Er hielt Joanna an der Schulter fest und hielt sein Messer mit der Klinge voran. Sie gingen etwa eine Meile tiefer in den Wald hinein. Brocks Angst, dass sie diese Begegnung nicht überleben würden, wuchs mit jedem Schritt. Wenn es sich um einen einfachen Raubüberfall handeln würde, wäre die Sache schon längst erledigt. Nein, da war noch etwas anderes im Spiel.

Plötzlich erstrahlten Lichter in der Dunkelheit und erleuchteten eine Jagdhütte, als sie näher kamen. Brock und Joanna wurden nach drinnen gezwungen, ihre Reittiere wurden von einem der anderen Männer in einen kleinen Stall gebracht. Brock hatte nun einen besseren Blick auf die beiden Männer, die sie gefangen hielten. Sie waren groß, kräftig gebaut und gut gekleidet. Sie trugen Hüte und schwarze Masken, die ihre Gesichter verbargen.

Verdammte Wegelagerer.

Der Mann, der Joanna festhielt, begann, sie in einen Raum zu ziehen.

»Bitte ...«, murmelte Brock. Der zweite Mann drückte ihm eine Pistole in den Rücken zwischen die Schulterblätter, aber Brock machte einen weiteren Schritt auf Joanna zu. »Bitte, tut dem Mädchen nicht weh.«

Der Mann, der Joanna festhielt, runzelte die Stirn. »Was ist sie für dich?«

»Sie ist meine zukünftige Frau.« Er hoffte, dass diese Schurken noch ein kleines Stückchen Menschlichkeit in sich tragen würden.

Joanna gab einen leisen Laut von sich, ihr Blick begegnete seinem, und es brach ihm das Herz.

»Bitte«, versuchte er es erneut, seine Stimme war heiser vor Angst. »Ich gebe euch alles, was ihr haben wollt.« Er machte einen kleinen Schritt auf Joanna zu. Der Mann, der sie festhielt, nickte Brock zu, was ihn verwirrte. Eine Sekunde später erkannte er, dass das Nicken nicht für ihn bestimmt war.

Der Schmerz explodierte in seinem Hinterkopf, und das letzte Gefühl, das er hatte, war das eines Sturzes.

KAPITEL 10

Joanna schrie und kämpfte gegen ihren Peiniger, während Brock zu Boden sackte. Der Mann, der ihn niedergeschlagen hatte, steckte seine Pistole zurück in seinen Mantel.

»Ich gebe gerne zu, dass ich diesen Kerl bewusstlos lieber mag«, brummte der Mann, und dann sah er Joanna mit seinen dunkelbraunen Augen neugierig an.

»Hübscher Vogel«, kommentierte er, während er Joanna immer noch begutachtete. Sie zitterte.

»Und nicht für dich.« Der Mann, der sie festhielt, zerrte sie jetzt gewaltsam in den Raum hinter ihnen und schlug die Tür zu. Sie wurde auf einen Stuhl am Feuer geschoben, und ihre Handgelenke wurden von dem Seil befreit. Dann schenkte der Mann ihr ein Glas Wein ein und drückte es ihr in die zitternden Hände. Sie nahm es, starrte auf den Inhalt und wollte das Glas hochheben, um ihm diesen Inhalt ins Gesicht zu werfen, doch dann sprach er.

»Trink einfach, Joanna, um Himmels willen. Du hast mich heute Abend durch die Hölle gehen lassen.«

Sie blinzelte, ihr Blick erstarrte voller Verwirrung, als der Mann seinen Hut und seine Maske abnahm. Ihr stand der Mund offen.

»Rafe?«

Ihr Bruder grinste, als hätte ihn ein Magier aus dem Nichts hervorgezaubert.

»Was zum Teufel hast du dir dabei gedacht? Du hättest Brock und mich töten können!«

»Unsinn. Alles war unter Kontrolle. Ich bin eigentlich ziemlich enttäuscht, dass von meinen Lektionen, die ich dir vor drei Jahren darüber erteilt habe, wie man sich gegen einen Mann verteidigt, anscheinend nichts hängen geblieben ist. Du bist weich geworden, altes Mädchen.« Er blitzte sie mit dem selbstgefälligen Grinsen an, das sie als Kind wütend gemacht und gleichzeitig verzaubert hatte. Es war ziemlich schwierig, als jüngere Schwester von Ashton und Rafe aufzuwachsen. Ihre Umgangsformen hätten nicht unterschiedlicher und ihr Aussehen nicht ähnlicher sein können.

»Ich bin nicht weich geworden, ich habe nur nicht erwartet, in einer Höhle angegriffen zu werden! Warum hast du dich im Wald versteckt?«, drängte sie, und die Anspannung in ihrem Körper ließ nach, als sie merkte, dass sie nicht mehr in Lebensgefahr schwebte.

»Es ist eigentlich nur ein kleiner Spaß.« Er antwortete ein wenig zu schnell, und sie wusste, dass er dem

Thema auswich. »Nun, wie geht es dir, Schwester?« Er gluckste und nickte ihrem Glas zu. »Trink. Du siehst aus, als könntest du es brauchen.«

Sie hob das Glas an ihre Lippen, ihre Hand zitterte noch immer.

»Aber du bist nach Ashtons Hochzeit gegangen. Ich dachte, du wärst zurück nach London geritten.«

»Ich bin gegangen, aber nicht nach London.« Er schenkte sich ein Glas Wein ein und nahm einen großen Schluck. »Also, was zum Teufel machst du hier, und warum warst du mit diesem verdammten Schotten in einer Höhle?«

»Nun, wir ...« Sie überlegte, ob sie ihm die Wahrheit sagen sollte, und entschied sich dafür. Rafe war nicht Ash. Es bestand die Möglichkeit, dass er ihre Notlage verstehen würde. »Wir fliehen nach Gretna Green.« Sie nahm einen Schluck und wartete auf seine Reaktion.

Rafe war einen langen Moment still. »Mutter und Ashton wissen es nicht?«

Sie schüttelte den Kopf. »Nein, aber das werden sie bald. Wenn wir bis morgen Abend in Schottland ankommen, können wir vielleicht heiraten, bevor sie uns aufhalten können.«

Ihr Bruder lehnte sich mit dem Rücken an die Wand neben dem Tisch, auf dem ein paar Flaschen Wein und etwas Essen standen. Sie fragte sich, ob er oft hierher kam. Vielleicht lebte er ja hier, während er ...

»Rafe ... Was machst du denn hier? Wer sind die Männer da draußen, und was ist das für ein Ort?« Sie winkte mit der Hand in Richtung des kleinen Schlafzimmers.

»Ich bin ein Wegelagerer, oder hast du das nicht geahnt?«, antwortete er in einem leicht sarkastischen Ton.

Sie verengte ihre Augen. »Ja, das habe ich mir schon gedacht, aber warum?«

Er zuckte mit einer Schulter. »Es ist amüsant, und meine Taschen sind gut gefüllt. Wie du selbst gut genug weißt, hält Ash seine Brieftasche fest geschlossen.«

»Nur für dich. Ich habe einen Fonds und einen Bankier, der mir Geld schickt, wann immer ich es brauche.« Man hatte ihr vor langer Zeit ihr eigenes Mitgiftvermögen und ein Jahreseinkommen anvertraut. Ash wusste, dass sie gut damit haushielt. Wenn sie heiratete, wäre er natürlich wütend, dass diese Gelder von ihrem Ehemann verwendet würden, aber Brock müsste ihre Zustimmung einholen, um etwas aus dem Treuhandvermögen abzuheben.

»Ja, nun, der liebe Ash lässt mir keine Kontrolle, also gehe ich meinen eigenen Weg in der Welt.«

»Mutter und ich dachten, du versuchst dich als Börsenspekulant.«

»Nun, ich bin ein Spekulant, gewissermaßen. Ich spekuliere lediglich darüber, welche Kutschen das meiste Geld haben. Warum zum Teufel willst du Kincade heiraten? Ihr kennt euch kaum, und er ist ... nun, er ist ein verdammter Schotte. Sag mir nicht, dass du in einem tristen Schloss im Norden leben willst?«

»Und wenn ich das tue?« Sie blickte ihn herausfordernd von oben herab an.

Rafe lachte wieder und sah so amüsiert aus, dass auch Joanna sich ein Lächeln nicht verkneifen konnte.

»Wer bin ich dann schon, dass ich dich aufhalte?« Rafe nahm noch einen Schluck von dem Wein. »Wenn er derjenige ist, den du willst, dann bei allem, was mir heilig ist, geh.«

»Du wirst nicht versuchen, uns aufzuhalten?« Sie war daran gewöhnt, dass Rafe, was die Beschützerrolle betraf, entspannter war als Ashton, aber das überraschte sie trotzdem. Der Herr allein wusste, dass Ashton genug Schutz für ein Dutzend Brüder bot, aber sie dachte, Rafe könnte trotzdem protestieren. Während ihrer ersten Saison hatte Rafe sie sogar noch mehr beschützt als Ashton, und er hatte ihr sogar gezeigt, wie man sich rudimentär verteidigt. Natürlich war sie heute Abend nicht darauf vorbereitet gewesen, und sie kam sich wie eine Närrin vor, weil sie die Fähigkeiten, die er ihr beigebracht hatte, nicht genutzt hatte.

Rafe seufzte und setzte sich neben sie auf das Bett. »Joanna, wenn du mit einem Mann durchbrennen willst, kennst du sicher dein eigenes Herz in dieser Angelegenheit.«

»Ich kenne mein eigenes Herz«, stimmte sie zu. »Es war schwer, Rafe. Du warst im letzten Jahr nicht oft zu Hause. Ich hatte keine Tänze, keine Umwerbung, kein Interesse. Ich war auf dem besten Wege, eine alte Jungfer zu werden. Ash war schließlich sogar gezwungen, versuchen zu müssen, Männer zu bestechen, damit sie mich heiraten, und selbst die Verzweifeltsten haben abgelehnt. Aber nicht Brock - er will mich.«

»Will er dein Geld, Joanna, oder dich? Hast du mit ihm gesprochen?«

»Ich bin sicher, dass ihn das bis zu einem gewissen Grad beeinflusst hat, aber wenn er mich küsst, ist es, als ob ...«

Rafe hielt eine Hand hoch. »Jetzt warte mal, ich will nicht hören, wie es ist, wenn du jemanden küsst. Auch ich habe meine Grenzen.« Er sagte dies mit einem neckischen Lächeln.

Sie errötete. »Ich meinte nur, dass ich mich wunderbar fühle, Rafe. Ich fühle mich umsorgt und begehrt. Es ist vielleicht keine Liebesheirat, aber besser als jemanden zu heiraten, für den Ash ein Vermögen hinblättern musste, um mich überhaupt in Betracht zu ziehen.«

Rafe starrte in die Ferne. »Nun ... wenn es das ist, was du willst, werde ich tun, was ich kann, um euch zu helfen. Ihr könnt heute Nacht beide hier bleiben, euch am Feuer aufwärmen und unser Essen teilen.«

»Danke.« Sie küsste ihren älteren Bruder auf die Wange. »Ich muss mich jetzt um Brock kümmern. Dein Kumpan hat ihn schwer getroffen, und ich will sicher sein, dass es ihm gut geht.« Joanna verließ das Schlafgemach und fand Brock immer noch bewusstlos auf dem Boden. Die beiden anderen Wegelagerer sprangen auf, die Masken noch auf. Sie versuchten, ihre Flucht zu verhindern.

Rafe kicherte in der Tür zum Schlafzimmer. »Ruhig,

Männer. Das ist meine kleine Schwester, Joanna. Es tut mir leid, dass ich euch das nicht gleich gesagt habe. Ich war mir nicht sicher, warum sie mit diesem Mann zusammen reist, und wollte ihn überraschen. Keine Sorge, sie wird unser Geheimnis bewahren.« Er lehnte sich mit einem unbekümmerten Grinsen gegen den Türpfosten. Joanna hätte beinahe die Augen verdreht.

»Schwester?« Derjenige, der sie einen *hübschen Vogel* genannt hatte, schaute auf Brock hinab. »Was ist dann mit dem Schotten? Wer ist er?«

»Ihr Verlobter. Es scheint, dass wir ein Rennen nach Gretna Green unterbrochen haben. Mein älterer Bruder Ashton wird ihnen bald auf den Fersen sein, oder ist es vielleicht schon. Ich habe ihnen eine Unterkunft und Essen für heute Abend angeboten.«

Die beiden anderen Männer nahmen ihre Masken ab, und Joanna keuchte auf. Sie erkannte beide. Lord Falworth, ein junger Viscount, dessen Familie Geld brauchte, und der andere war ein Gentleman namens William Amberly. Sie hatte Gerüchte gehört, dass es in seinem Haus, Amberly Hall, spuken würde, weshalb er die meiste Zeit des Jahres in einer Junggesellenresidenz in London wohnte. Viele junge Damen sprachen im Flüsterton davon, dass sein schönes Haus unbeaufsichtigt blieb, und erzählten von den Geistergeschichten, die den attraktiven Mann begleiteten, wann immer er einen Ballsaal betrat. Beide Männer waren etwa im gleichen Alter wie Rafe und waren mit ihm in Eton und Cambridge zur Schule gegangen.

»Es ist uns eine Freude, Sie kennenzulernen, Miss

Lennox«, sagten sie und verbeugten sich höflich. Fast alle Spuren ihrer Wegelagerer-Persönlichkeiten verschwanden, nachdem ihre Identitäten enthüllt worden waren.

Auf dem Boden stöhnte Brock leise auf. Joanna kniete sich neben ihn und reichte ihrem Bruder die Hand.

»Dein Messer, bitte.« Sie wollte Brock von seinen Fesseln befreien.

Rafe nahm die Klinge aus seinem Mantel, gab sie ihr aber nicht. »Ich werde ihn losschneiden, sobald er sich beruhigt hat und weiß, dass wir dir nichts Böses wollen. Er könnte uns umbringen wollen, wenn er wütend aufwacht und Angst um dich hat. Ich nehme nicht an, dass wir ihn davon überzeugen könnten, dass eine *andere* Bande von Straßenräubern ihn überfallen hat?«, stichelte ihr Bruder.

Joanna strich mit ihren Fingern über das Gesicht ihres Verlobten. »Brock, bitte, wach auf.«

Seine dunklen Wimpern, um die sie ihn beneidete, flatterten, bevor er schließlich blinzelte und sich umsah.

»Joanna«, murmelte er. Dann versuchte er blitzartig, sich zu befreien und auf die Beine zu kommen. »Stell dich hinter mich, Mädchen!«

»Mir geht es gut! Bitte, beruhige dich. Schau dich um. Die Männer aus der Höhle sind Rafe und zwei seiner Freunde.«

Brocks Blick huschte von Rafe zu den anderen Männern, bevor er zu Joanna zurückkehrte.

»Sie haben dir nicht wehgetan?«, fragte er.

»Nein«, versprach sie ihm.

»Lennox? Was zum Teufel sollte das, uns im Dunkeln anzugreifen?« Brock sprach zu Rafe und schaute sich im Raum um.

»Ich bitte um Entschuldigung, Kincade. Ich wusste nicht, warum Sie meine Schwester hatten. Ich hielt es für das Beste, die Kontrolle zu übernehmen, damit ich mit ihr reden kann, ohne dass du dabei bist, falls sie gerettet werden musste.«

Brock starrte ihn an. »Du hättest ihr nicht die Klinge an die Kehle setzen sollen. Sie hätte verletzt werden können.«

Rafe schwenkte seinen Wein und gluckste. »Sie ist nicht die erste Frau, die ich so gehalten habe. Ich wusste genau, was ich tat. Der Winkel der Klinge war nach unten gerichtet, und sie hätte sich in ihren Mantel gebohrt, wenn du versucht hättest, gegen mich zu kämpfen. Außerdem war es keine scharfe Klinge.« Er streckte die Klinge aus und zog die Schneide an seiner Handfläche entlang, um zu zeigen, dass sie ihn nicht schneiden konnte.

»Das ist tatsächlich stumpf«, murmelte Brock.

»Der hier allerdings ...« Rafe zog einen zweiten Dolch aus seinem Mantel und kniete sich neben Brock, um die Seile zu durchtrennen. »... ist mein gefährlicher.« Dann reichte er Brock die Hand und zog ihn auf die Füße.

»Und diese Männer?« Brock nickte Falworth und Amberly zu.

»Das sind Viscount Falworth und Mr. Amberly.« Er zuckte mit dem Kopf in Richtung seiner beiden Freunde, die einen klugen Abstand zu Brock hielten.

»Freunde von Ihnen?«, fragte Brock.

»Ja, seit wir Jungs waren. Meine Herren, dies ist Lord Kincade. Ihm gehört eine der schottischen Grafschaften«, erklärte Rafe.

Brock nickte ihnen zu.

»Das alles tut mir leid. Rafe hat uns bis vor einem Moment nicht gesagt, dass er einen von Ihnen kennt«, sagte Falworth.

Brock fuhr sich mit einer Hand über den Hinterkopf und zuckte zusammen.

»Wie ich Joanna bereits sagte, könnt ihr beide heute Nacht hier bleiben. Ihre Pferde sind in unseren Ställen sicher. Wir haben reichlich zu essen und zu trinken.«

»Danke.« Brock warf Joanna einen Blick zu, und sie nickte ihm aufmunternd zu, als er von Falworth einen Flachmann entgegennahm. Brock nahm einen Schluck. »Feiner Whisky.«

Falworth grinste. »Ich habe das Zeug einem Gentleman abgenommen, den wir vor ein paar Wochen auf der Straße angehalten haben. Ein hässlicher Kerl, aber er kennt sich mit Alkohol aus.«

Brock gluckste, aber er betrachtete die Jagdhütte sorgfältig.

»Wir haben zwei Schlafräume. Joanna, du kannst mein Zimmer haben.« Rafe deutete auf den Raum, in dem sie gerade noch gewesen war. »Ich schlafe hier draußen auf einem Schlafsack.«

»Hat Joanna Ihnen gesagt, warum wir …«, unterbrach Brock ihn mit einem besorgten Blick in den Augen.

»Das hat sie. Und Sie werden bei mir keinen Widerstand finden. Aber Sie *werden* heute Nacht hier draußen bei mir schlafen. Ich bin vielleicht nicht der beste Bruder, aber ich bestehe darauf, dass sie alleine schläft.«

Brock lachte und begann sich zu entspannen. »Ich bin mit diesen Bedingungen einverstanden.«

Joanna verdrehte die Augen und seufzte. »Du weißt, dass ich genau hier stehe. Was ist, wenn ich nicht allein schlafen möchte?«

Falworth und Amberly richteten ihre Blicke woanders hin, und Amberly pfiff leise.

»Nein«, sagte Rafe zur gleichen Zeit wie Brock, »nicht heute Abend, Mädchen.«

Joanna funkelte sie an. »Du bist nicht mehr mein Lieblingsbruder, Rafe.« Sie wollte, dass Brock bei ihr blieb. War es möglich, nach nur zwei Nächten einen Mann so heftig zu brauchen, wie sie ihn brauchte?

Rafe schnaubte. »Ich werde immer dein Lieblingsbruder sein, weil ich derjenige bin, der dich nach Schottland hat weglaufen lassen. Vergiss das nicht.«

Brock lachte wieder, auch wenn ihm der Kopf wehtat. »Wir wissen die Hilfe zu schätzen. Ich will nicht riskieren, sie auf der Great North Road mitzunehmen. Euer Bruder würde von mir erwarten, dass ich sie unterwegs in Gasthäusern unterbringe. Wir haben uns stattdessen unter den Sternen schlafen gelegt.«

»Joanna? Meine Schwester hat unter freiem Himmel geschlafen?« Plötzlich musste Rafe lachen. »Ich kann es nicht glauben, aber ich nehme an, du hast Recht, immerhin haben wir euch in einer Höhle gefunden.«

Joanna sträubte sich, weil sie es hasste, dass Rafe sie für ein so zartes Geschöpf hielt.

»Sie ist ein starkes Mädchen. Seit wir aufgebrochen sind, hat sie sich nicht ein einziges Mal beschwert.« Brock lächelte sie so stolz an, dass eine Welle der Hitze ihren Körper durchflutete und sie schüchtern wegschauen musste.

»Nun, wollt ihr essen? Oder schlafen?«

»Im Moment geht es mir gut. Joanna?«, fragte Brock.

Sie hatte vorhin mit Brock reichlich gegessen und wollte nicht, dass er glaubte, er hätte ihr nicht genug gegeben. Männer konnten ziemlich dumm sein, wenn es um Fragen des Stolzes ging.

»Ich bin bereit, mich für den Abend zurückzuziehen.«

»Dann nimm mein Zimmer, wann immer du willst.« Rafe holte mehrere Schlafsäcke und legte sie auf den Boden. Falworth und Amberly würfelten, wer das andere Schlafgemach bekommen würde. Falworth gewann, und Amberly schlich sich brummelnd zu seinem Schlafplatz. Dann arrangierten Brock und Rafe ihre Schlafplätze, wobei Rafe am nächsten zur Tür zu Joannas Zimmer liegen würde. Sie sehnte sich danach, mit Brock zu sprechen, ihm etwas zu sagen, aber alles, was sie zu flüstern wagte, war eine gute Nacht.

Sie wandte sich dem kleinen Bett im Schlafgemach zu und zog ihren Mantel aus. Da sie kein Dienstmädchen hatte, das ihr zur Seite stand, würde sie wieder einmal in ihrem Kleid schlafen. Heute Abend war sie zu müde, um sich darum zu kümmern, aber morgen würde sie ziemlich mürrisch sein, wenn sie nicht die Möglich-keit hätte, ein Bad zu nehmen und sich umzuziehen.

Sie zog das Bettzeug hoch und ließ sich auf die fest gestopfte Matratze fallen, ohne sich darum zu kümmern, dass das Feuer im Schlafgemach erlosch. Sie hatte nur noch eine weitere Nacht vor sich, und dann würden sie und Brock Mann und Frau sein. Sie könnten in einem gemütlichen Gasthaus übernachten, ohne befürchten zu müssen, von Ashton aufgehalten zu werden. Sie vergrub sich tief in die Decken, ihre Augenlider waren zu schwer, um dem Schlaf zu widerstehen.

Draußen hörte sie das Gemurmel männlicher Stim-men, darunter Brocks verführerischer Akzent. Seltsa-merweise fühlte sie sich in einer Jagdhütte voller Wegelagerer unglaublich sicher. Sicher genug, um schnell in einen traumlosen Schlaf zu fallen.

KAPITEL 11

Brock nahm einen kleinen Bissen Hammelfleisch von einem Teller auf dem Tisch. Er hatte beschlossen, etwas zu essen, als er und Rafe anfingen zu reden. Er war immer noch zu aufgeregt, um sofort zu schlafen, obwohl er wusste, dass er seine Ruhe brauchte, wenn sie ihren rasanten Ritt nach Gretna Green glücklich zu Ende bringen wollten.

»Morgen solltet ihr euch beeilen«, sagte Rafe, als hätte er seine Gedanken gelesen.

Brock lehnte sich in seinem Stuhl zurück. »Aye. Ich rechne damit, dass Ihr Bruder uns dicht auf den Fersen sein wird. Wenn wir eine Kutsche gehabt hätten, hätte ich alle vier Stunden die Pferde gewechselt und wäre ansonsten durchgefahren, aber ich konnte es nicht riskieren, die Hauptstraße zu nehmen.«

Rafe gluckste. »Sie sind schlauer, als ich erwartet

hätte.« Brock fielen die Ähnlichkeiten zwischen Rafe und Ashton auf. Allein vom Aussehen her waren sich die beiden Männer so ähnlich, dass sie Zwillinge hätten sein können, doch trotz der Jahre, die zwischen ihnen lagen, hätten sie in ihren Umgangsformen und Gedanken nicht unterschiedlicher sein können.

»Ich fasse das als Kompliment auf, Lennox.« Brock lächelte Rafe an, und sie tranken noch einen Schluck von dem guten Whisky, den Falworth erworben hatte.

Rafe stupste sein Glas mit einem Finger auf das raue Holz des Tisches und schien tief in Gedanken versunken zu sein, bevor er sprach.

»Sie mögen sie wirklich, nicht wahr? Ich muss wissen, dass es nicht nur ums Geld geht.«

Brock wusste, dass die Wahrheit wichtig war, und er hatte nicht vor zu lügen.

»Ich gebe zu, es hilft, zu wissen, dass sie Geld hat. Männer in unserer Position können gar nicht anders, als an so etwas zu denken. Aber als ich sie zum ersten Mal sah, konnte ich nur denken, dass sie das schönste Mädchen ist, das ich je gesehen habe.« Er dachte an jene erste Nacht mit ihr zurück und lächelte. »Ich wollte Rosalind retten, bevor wir merkten, dass sie nicht gerettet werden musste, aber stattdessen finde ich diesen kleinen blonden Engel in einer Bibliothek, der einen Schottenschal trägt und mit rosigen Wangen am Feuer sitzt. Bei ihrem Anblick ging mir das Herz auf. Ich wusste nicht, dass sie Ihre Schwester ist, ich wusste nur, dass ich sie wollte. Das änderte sich nicht, als ich erfuhr, wer sie war.«

»Es ist also ihr Aussehen, das Sie interessiert? Das Aussehen verblasst, alter Junge«, stellte Rafe scharfsinnig fest.

»Das ist richtig, aber die Güte des Herzens vergeht nicht. Sie bot mir ihr Buch an, wollte wissen, ob ich hungrig sei und ob ich möchte, dass sie mir ein Schlafgemach bereiten lassen soll. Sie wusste nicht, wer ich war oder warum ich dort war, nur dass ich Rosalinds Bruder war. So viel Freundlichkeit, so ein offenes Herz. Das will ich von einer Frau.« Während er sprach, kam er zu einer plötzlichen Erkenntnis. Was ihn zu Joanna hingezogen hatte, war in der Tat ihr Herz, ihre Güte, die der seiner eigenen Mutter so ähnlich war.

»Joanna ist süß. Sie war schon immer so. Aber sie kann jähzornig werden, wenn man sie bedrängt.« Rafe gluckste. »Seien Sie vorsichtig damit. Wenn Sie es zu weit treiben, werden Sie dafür bezahlen.«

»Aye. Ich habe gesehen, wie sie ein bisschen wütend wurde.« Er dachte an die Ballnacht zurück und daran, wie sie ihn geschlagen hatte, aber diese Wut war gerechtfertigt gewesen. Er hatte sie zu weit getrieben, sie verletzt. Er schwor sich, dass er so etwas nie wieder tun würde.

»Solange Sie Ihnen wichtig und Sie sie mit Respekt und Ehre behandeln, werde ich Sie gerne in der Familie willkommen heißen. Ich kann nicht vorhersagen, ob Ashton ebenso verständnisvoll sein wird, aber wenn Sie an unseren Vater denken und dann an Ihren,, können Sie sich denken, warum er sie so beschützt.«

»Das kann ich«, stimmte Brock feierlich zu. Die Erde

auf dem Grab seines Vaters war noch frisch, und die Erinnerungen an die Jahre des Schmerzes durch die Hand seines Vaters würden viel länger brauchen, um zu heilen. Er wollte nie so sein wie dieser Mann. Er wollte die, die er liebte, nie mit Fäusten oder grausamen Worten niederschlagen.

»Was ist mit Ihrem Vater? Joanna hat nicht viel über ihn gesprochen.«

»Er war freundlich genug, nehme ich an«, sagte Rafe. »Aber er hat sich nicht so um uns gekümmert, wie er es hätte tun sollen. Er verspielte unser Vermögen, brach unserer Mutter das Herz und überließ Ashton die Verantwortung für den Wiederaufbau unserer Familie und unseres Vermögens. Diese Belastung für meinen Bruder macht ihn distanziert und kontrollierend.«

»Ich hatte mich schon gefragt, warum er so ist«, überlegte Brock, aber jetzt konnte er es verstehen. Joannas ältester Bruder behielt die Kontrolle über alles, was in seiner Macht stand, weil er sich dadurch sicher fühlte. Er brauchte Joanna nicht zu kontrollieren. Brock würde sie jetzt beschützen, so wie es ein Ehemann tun sollte.

»Wir sollten ein bisschen schlafen«, sagte Rafe. »Sie müssen früh los.«

»Aye«, seufzte Brock und trank seinen Whisky aus, bevor er sich zu seinem Schlafsack begab. Er war eingeschlafen, lange bevor die Kerzen heruntergebrannt und gelöscht waren.

ES WAR KURZ VOR MITTERNACHT, ALS ASHTON DURCH das verzweifelte Klopfen seiner Mutter an der Tür aus dem Schlaf geweckt wurde. Er küsste seine Frau auf die Stirn, nahm seinen Morgenmantel vom Stuhl und wickelte ihn um seinen Körper. Als er die Tür einen Spalt öffnete, stand sie wie ein Gespenst vor ihm und hielt eine Kerze in die Höhe, die ihre weiße Haube über dem Haar erleuchtete.

»Es tut mir sehr leid, Ashton, aber ich muss mit dir sprechen.«

»Es ist alles in Ordnung, Mutter. Was ist denn los?« Er fuhr sich mit der Hand durch die Haare, um sie aus den Augen zu bekommen, als er mit ihr in den Flur trat.

»Joanna hat sich vor zwei Nächten nicht wohl gefühlt. Sie ging zu Bett, und ihr Dienstmädchen sagte mir gestern, dass Joanna den ganzen Tag im Bett bleiben wollte. Ich wollte heute Abend nach ihr sehen, aber als ich das tat, war ihr Zimmer leer.«

Ashton gefror das Blut in den Adern. »Leer?«

»Ja. Ich habe ihr Dienstmädchen geweckt, und nachdem ich gedroht hatte, sie zu entlassen, erfuhr ich die Wahrheit.«

Ashtons Herz stotterte vor Angst. Sicherlich würde sein Feind, Hugo Waverly, nicht hinter Joanna her sein. Aber natürlich würde er das tun. Nichts war diesem Mann zu niedrig.

»Sie ist mit Lord Kincade durchgebrannt«, zischte seine Mutter. »Sie fliehen in diesem Moment nach Gretna Green und haben mindestens zwei Tage Vorsprung.«

Ashton hätte nicht behauptet, dass er diese Nachricht mit Erleichterung aufnahm, sondern nur, dass sich seine Befürchtungen von einem Unglück zum anderen verschoben.

»Bist du sicher, dass sie mit Kincade weggelaufen ist?«

»Ich bin mir sicher. Nachdem ich mit Julia gesprochen hatte, ging ich direkt in sein Zimmer. Auch er ist verschwunden. Sein Bruder Brodie sagte, Lord Kincade sei in den letzten zwei Tagen erkältet gewesen, aber das war nur ein Vorwand. Lord Kincades Zimmer ist genauso leer wie ihres. Ash, du musst ihnen folgen!«

»Das werde ich.« Er öffnete wieder seine Zimmertür und blickte zu seiner Mutter zurück. »Ich reite mit der Liga los, sobald die Herren breit sind.« Er schlüpfte zurück in sein Zimmer und begann, sich im Schein des erlöschenden Feuers anzuziehen.

Rosalind rührte sich, als er sich die Stiefel anzog. »Ashton? Was ist denn los?« Sie strich sich das Haar aus dem Gesicht. Sein Herz schlug ihm bis zum Hals, als er den schönen Anblick seiner frischgebackenen Frau sah. Er wollte sie nicht beunruhigen, aber sie hatten sich geschworen, keine Geheimnisse mehr voreinander zu haben.

»Joanna ist mit deinem Bruder durchgebrannt.«

»Brock?« Sie schob das Bettzeug zurück und begann, aus dem Bett zu klettern. »Oh je ...«

»Bleib im Bett.« Er ging zu ihr und nahm ihr Gesicht in seine Hände, um ihr einen langen Kuss zu geben.

»Aber sollte ich nicht mitkommen? Er ist ja schließlich mein Bruder.«

Ashton schüttelte den Kopf. »Ich muss wissen, dass du hier sicher bist. Hugo schmiedet immer noch Pläne gegen uns, und ich brauche die Überzeugung, dass du hier in Sicherheit bist. Außerdem kann ich nicht ganz sicher sein, dass Hugo nicht seine Hand im Spiel hat.«

Rosalind erbleichte. »Du glaubst doch nicht etwa, dass Brock ...?«

Ashton schüttelte den Kopf. »Nein. Hugo ist genauso sein Feind wie unserer. Aber ich habe mich in letzter Zeit oft gefragt, warum sich kein Mann für Joanna interessiert hat, und ich beginne, Hugos Hand im Spiel zu sehen. Ich frage mich, ob er sie auf irgendeine Weise in die Arme deines Bruders getrieben haben könnte. Und wenn dem so ist, dann hat er es nicht mit den besten Absichten getan.«

»Ich finde trotzdem, dass ich mitkommen sollte.«

»Nein, Liebes. Die Chancen, Brock und Joanna rechtzeitig zu erreichen, sind gering, und es gilt, die Situation zu klären. Meine Mutter wird furchtbar traurig sein, wenn sie die Hochzeit ihres jüngsten Kindes verpasst. Du bist die einzige Person, der ich zutraue, sie zu trösten.«

Rosalind lächelte ein wenig. »Ich vermute, es liegt auch daran, dass du wahrscheinlich wieder mit Brock kämpfen wirst und du nicht willst, dass ich das sehe.«

»Kluge Frau.« Er kicherte, als er seinen Mantel vom Haken nahm.

»Kein Duellieren. Das ist alles, worum ich bitte.«

»Ja, mein Schatz.« Sie lachten einen Moment lang zusammen, bevor sie ernst wurde und er auch.

»Ich habe ihn gewarnt, Ashton. Ich wusste, dass er sich für sie interessiert, aber ich dachte, er würde ihr den Hof machen, wenn er es ernst meint.« Rosalind seufzte schwer.

»Ich weiß, dass du das getan hast. Ich fürchte, es könnte meine Schuld sein. Joanna wollte unbedingt beweisen, dass die Gesellschaft keinen Grund hat, sie auszulachen, weil sie keinen Ehemann gefunden hat. Sie hat mehr Stolz, als mir bewusst war. Sie ist mehr wie Rafe als wie ich.«

Rosalind gluckste. »Mein lieber Mann, du leidest auch an Stolz, oder muss ich dich daran erinnern, wie wir zu unserer Hochzeit gekommen sind?«

»Daran muss ich sicher nicht erinnert werden.« Er wusste, dass sein eigener Stolz im Laufe der Jahre viele Probleme verursacht hatte, vor allem als er Rosalind zum ersten Mal begegnet war.

»Sei aber bitte vorsichtig, wenn du sie findest. Brock ist ein guter Mann. Er wird Joanna nicht wehtun.«

Ashton zog es vor, ihr nicht zu sagen, dass er sich aus anderen Gründen Sorgen machte. Was, wenn Brock später zu dem Monster wurde, das sein Vater gewesen war? Er konnte nicht zulassen, dass seine Schwester einen Mann heiratete, der vielleicht eines Tages seinen Charme verlieren und sich gegen sie wenden würde. Er gab Rosalind noch einen Kuss, bevor er ihr Schlafgemach verließ und seine Freunde wecken ging. Sie würden sofort losreiten und die Great North Road nach Gretna Green nehmen. Joanna war keine von Natur aus begabte Reiterin, was Brock verlangsamen würde. Wahrscheinlich würden sie eine Kutsche nehmen und alle vier Stunden die Pferde wechseln.

Einen nach dem anderen weckte er seine Freunde, Godric, Lucien, Cedric, Jonathan und schließlich Charles, der murrte, als sie sich alle bei den Ställen trafen.

»Wir brechen mitten in der Nacht auf, um einen verdammten Schotten zu jagen?« Lucien blickte schläfrig drein.

»Ja«, schnappte Ashton. »Er hat meine Schwester.«

Charles warf einen Blick auf die anderen. Godric unterdrückte ein Gähnen, und Cedric rieb sich müde die Augen. »Ash, wenn Joanna mit ihm gegangen ist, ist sie vielleicht ...«

»Vielleicht nichts.« Ashton zog seine Reithandschuhe an, als ein Stallknecht die benötigten Pferde herbeibrachte. »Sie ist meine Schwester, und sie ist noch nicht einmal einundzwanzig Jahre alt. Nach dem Hardwicke-Gesetz darf sie erst in einem Jahr ohne Genehmigung in England heiraten. Wahrscheinlich macht sie etwas Dummes, das sie bereuen wird, und ich möchte wenigstens die Chance haben, mit ihr zu reden, bevor sie sich für immer an diesen verdammten Schotten bindet.«

Cedric gluckste hinter einer behandschuhten Hand. »Ist es nicht das, was du gerade getan hast? Dich an einen Schotten binden?«

Ashton presste den Kiefer zusammen. »Ich bitte jeden von euch, diese Sache ernst zu nehmen.«

Seine Freunde wurden ernst und nickten zum Zeichen, dass sie einverstanden waren. Dann führte er sie zu ihren Pferden. Es würde für sie alle eine lange Nacht werden.

KAPITEL 12

Joanna streckte sich träge im Bett und vergaß für einen kurzen Moment, wo sie sich befand und wie sie dorthin gekommen war. Beim Klang einer polternden Männerstimme in der Nähe schlug sie die Augen auf, richtete sich auf und starrte in das spärlich eingerichtete Schlafzimmer der kleinen Jagdhütte. Die Ereignisse der vergangenen Nacht kamen ihr wieder in den Sinn. Jemand klopfte an ihre Tür.

»Zeit zum Aufwachen, Joanna«, rief Rafe. »Kincade kümmert sich um eure Pferde. Du hast noch Zeit zu frühstücken, dann solltet ihr aber los.«

»Ich bin wach«, rief sie und kletterte aus dem Bett. Zum ersten Mal seit zwei Tagen war ihr Körper nicht mehr steif, und dafür war sie dankbar, aber sie spürte auch einen Anflug von Enttäuschung darüber, dass sie nicht mehr so leicht im Freien schlafen konnte.

Vielleicht bin ich zu weich geworden. Was wäre, wenn

Brock sie heiratete und später beschloss, dass er eine stärkere, widerstandsfähigere Schottin wollte, eine, die mit ihm draußen unter den Sternen schlafen könnte, ohne sich zu beschweren?

Nein, so darfst du nicht denken. Er hat dich gewählt, er will dich.

Sie putzte sich die Zähne, wusch sich das Gesicht und kümmerte sich um ihre Bedürfnisse, bevor sie zu den Männern in den Gemeinschaftsraum ging. Rafe hatte einen Teller mit Apfelspalten und Käse sowie ein wenig Aufschnitt vorbereitet. Sie aß schnell und leckte sich die Finger ab, da es keine Stoffservietten gab, an denen sie sich die Hände hätte abwischen können. Rafe beobachtete sie, ein süffisantes Lächeln auf den Lippen.

»Was?« Es gefiel ihr nicht, dass er sich über ihre Situation so amüsierte.

»Ihr beide habt wirklich vor, das durchzuziehen, nicht wahr?« Aber das klang nicht wie eine Frage.

»In der Tat. Ich habe es satt, keine Wahl bei meinem Schicksal zu haben. Ich habe Brock gewählt, und er hat mich gewählt.«

»Ich glaube dir ja. Ich glaube, ich habe nur noch nie erlebt, dass du irgendetwas ernst nimmst. Ich möchte nur, dass du glücklich bist.«

Sie drückte sanft seine Hand. »Ich werde glücklich sein, und ich hoffe, dass du eines Tages dein eigenes Glück findest.« Sie wollte, dass Rafe glücklich wurde, dass er ein Leben voller Freude führen konnte und dass die Dunkelheit in ihm verschwinden würde. Sie befürchtete jedoch, dass es noch Jahre dauern könnte, bis es endlich so weit war.

Die Tür der Jagdhütte öffnete sich, und Brock trat ein. Sein Mantel wirbelte um seine Knie, und die Brise spielte mit seinem Haar. Er lächelte, als er sie sah. Dieses Lächeln beseitigte jeden Zweifel, den sie an ihrer Entscheidung hatte, hier bei ihm zu sein. Bei seinem Lächeln schlackerten ihr die Knie, und gleichzeitig hatte sie das Gefühl, fliegen zu können. Er gab ihr das Gefühl, die einzige Frau auf der ganzen Welt zu sein, und sie war das Einzige, was für ihn zählte.

»Mädel, du siehst morgens wirklich hübsch aus.« Er schritt auf sie zu, Hitze brannte in seinen Augen, aber er wurde langsamer, als er sah, wie Rafe die Arme verschränkte und die Stirn leicht runzelte. Joanna stieß ihrem Bruder einen Ellbogen in die Rippen und erhob sich vom Tisch. Es wäre schön gewesen, noch einen Kuss von Brock zu bekommen, aber Rafe könnte seine Meinung über ihre Pläne ändern. Rafe und seine Freunde waren ihr und Brock zahlenmäßig überlegen.

»Ich bin bereit zum Aufbruch.« Sie vergewisserte sich, dass ihr Mantel gut saß, nahm ihre Reithandschuhe aus den Taschen und zog sie an.

»Sei vorsichtig, Joanna.« Rafe umarmte sie fest, und einen Moment lang wollte sie sie nicht loslassen. Sie war nicht schwach, und sie würde sich nicht von kindlichen Ängsten aufhalten lassen. Sie ließ Rafe los, blinzelte schnell, um das Brennen der Tränen zu verbergen, und wandte sich Brock zu. Er beobachtete sie genau, und seine Augenbrauen zogen sich vor Sorge zusammen.

»Geht es dir gut?«

Sie nickte und nahm die Hand an, die er ihr hinhielt. Sie winkte Rafe zum Abschied zu, als er ihnen aus dem Jagdhaus folgte. Sie ließ sich von Brock auf ihr Pferd helfen und zuckte zusammen, als sie sich in den Sattel setzte.

Brock legte eine Hand auf ihren Oberschenkel, die Berührung war eher süß als verführerisch. »Es ist nicht mehr weit. Kannst du es noch ein paar Stunden aushalten?«

»Ich kann«, versicherte sie ihm. Selbst wenn sie danach mehrere Tage lang nicht sitzen konnte, würde sie alles tun, um es nach Gretna Green zu schaffen, bevor Ashton sie einholte.

Als sie das Jagdhaus hinter sich ließen, wurde Joanna immer starrer, da ihre Nerven überhand nahmen. Mit jeder Minute, die verging, kamen sie Schottland näher, und sie würde bald verheiratet sein. Sie warf einen Blick auf Brock, den beeindruckenden Mann, der ein Stück vor ihr ritt und den Weg anführte. Sie zitterte ein wenig bei dem Gedanken an das, was folgen würde, denn sie kannte die Gerüchte über das, was auf diese überstürzten Hochzeiten folgte. Sie mussten sofort vollzogen werden, um zu verhindern, dass ein männlicher Verwandter die Gültigkeit der Ehe anzweifelte und versuchte, sie für ungültig zu erklären. Ashton würde ihre Ehe anzweifeln, was bedeutete, dass sie und Brock an diesem Abend mehr tun würden, als nur das Bett zu teilen. Sie würden ... Sie errötete bei dem Gedanken und war erleichtert, dass er ihr Gesicht nicht sehen konnte, während er vor ihr ritt.

Zwei Stunden später hielten sie an, um die Pferde auszuruhen.

»Wir sind bald in Headless Cross«, sagte Brock.

»Kopfloses Kreuz?« Joanna lehnte sich an ihre Stute, während ihr Pferd aus dem kleinen Bach trank, zu dem Brock sie geführt hatte.

»Hier treffen fünf Poststraßen aufeinander, und es ist auch das Herz des Dorfes Gretna Green. Die Schmiede ist der erste Ort, den du bei unserer Ankunft bemerken wirst. Das ist der Grund, warum Paare oft dort heiraten. Sie haben nicht immer Zeit, tiefer ins Dorf zu gehen.«

»Ist das der Ort, an dem wir heiraten werden?«, fragte Joanna.

Er nickte und hielt jedem Pferd ein paar Apfelscheiben hin, bevor er mit der Zunge schnalzte, die Aufmerksamkeit der beiden Pferde erregte und sie vom Bach wegzog.

»Es gibt dort einen Mann, David Lang, der uns miteinander verheiraten wird.« Er half Joanna in den Sattel, und schon waren sie wieder schnell unterwegs. »Dann müssen wir die Ehe in einem der Gasthäuser vollziehen, damit dein Bruder sie nicht anfechten und für ungültig erklären lassen kann.«

Als sie die Hauptstraße an der südlichen Grenze zwischen Schottland und England erreichten, ritten sie durch Longtown, die letzte englische Stadt vor der Grenze zu Schottland. Brock verlangsamte sein Pferd nicht, sondern beschleunigte es ein wenig, als sie die

Straße hinunter trabten. Joanna bemerkte, dass die Einwohner der Stadt ihnen aus dem Weg gingen, da sie zweifellos daran gewöhnt waren, dass die Straße von rasenden Kutschen befahren wurde.

Eine weitere kurze halbe Stunde verging, und Brock wurde langsamer, als ein Dorf in Sicht kam. Joanna zog die Zügel ein wenig an, tätschelte Kaylees Hals und warf einen besseren Blick auf das, was Gretna Green sein musste. Es war ein sehr kleines Dorf mit nur ein paar Lehmhäusern. In der Ferne war die malerische Pfarrkirche zu sehen. Alte Steine wurden zu einer respektablen Kirche aufgestapelt worden. In der Nähe der Kirche befand sich das Haus eines Pfarrers, aus dessen Schornstein Rauchschwaden aufstiegen, während jemand das Abendessen kochte. Joannas Magen grummelte. Sie sah auch ein ziemlich großes Gasthaus, an dessen Lage sie erkannte, dass es einen schönen Blick auf Solway, Carlisle und die Cumberland-Hügel bieten dürfte. Das Gebäude, das sich in unmittelbarer Nähe befand, war jedoch ein Backsteinbau mit einer offenen Schmiede an der Vorderseite.

Die Schmiede.

»Warte hier, Mädel.« Brock hielt vor dem Haus an, stieg ab, band sein Pferd an einem Ring in der Wand fest und ging durch die Hintertür hinein. Einen Moment später kam er mit einem großen Mann in schwarzen Hosen und einer schwarzen Weste zurück. Er sah aus wie ein Mittsechziger und hatte ein kluges, geschäftsmäßiges Auftreten.

»Joanna, das ist Mr. Lang. Er hat eingewilligt, uns miteinander zu verheiraten.«

Sie begrüßte Lang mit einem Lächeln, trotz der Nervosität, die in ihr aufstieg.

»Kommt mit«, sagte Lang und winkte Joanna und Brock, ihm in den hinteren Teil des Ladens zu folgen. Sie betraten einen erstaunlich aufgeräumten Raum. Die Wände waren frisch weiß gestrichen, und mehrere Fenster ließen das Sonnenlicht herein, so dass der Raum recht fröhlich wirkte. Es gab zwei Stühle im Raum. In dem einen saß ein älterer Mann, der sie anlächelte, in dem anderen eine Frau mittleren Alters, die einen Schal strickte. Sie stand auf, als sie Brock und Joanna sah.

»Dies sind eure Zeugen, Mr. Gregory und Mrs. Wilcox.«

Joanna und Brock schüttelten den beiden die Hand, und dann nahm Mrs. Wilcox Joanna mit in einen kleinen Raum abseits von Brock, um unter vier Augen mit ihr zu sprechen.

»Bist du aus freien Stücken hier, Mädel?« Die Rolle von Mrs. Wilcox hier schien es zu sein, jede junge Frau zu retten, die entführt oder zu einer überstürzten Heirat gezwungen wurde.

»Ja.«

»Und du willst heiraten, diesen ... äh ... Wie heißt er?«

»Brock Kincade.«

»Kincade?« Mrs. Wilcox blinzelte. »Ich habe seinen Namen zuerst nicht verstanden. Kind, wir kennen die Kincades hier.« Mrs. Wilcox legte Joanna sanft die Hand auf die Schulter. »Bist du sicher, dass du ihn heiraten willst? Man sagt, sein Vater war ein ziemlicher Rohling.«

»Ich bin mir ganz sicher. Lord Kincade kommt nach seiner Mutter, nicht nach seinem Vater.« Zumindest glaubte sie, dass er das tat. Sie wusste nicht viel über seine Mutter, aber der Brock, den sie in den letzten Tagen kennen gelernt hatte, war alles andere als ein Monster.

»Na gut, wenn du ganz sicher bist.«

»Ich bin mir ganz sicher.« Joanna und Mrs. Wilcox kehrten in den Hauptraum zurück, und Joanna blickte zu Brock, der neben einem schwarzen Amboss auf einem Sockel stand. Er holte ein rosa Band aus seiner Tasche, das verdächtig nach einem der Haarbänder aus ihrer Tasche aussah. Es weckte eine Welle heißer Erinnerungen an die erste Nacht, in der sie sich kennengelernt hatten, als er ihre Hände mit ihrer Schärpe gefesselt und sie mit einem Haarband geknebelt hatte. Obwohl das ein beängstigender Moment gewesen war, war er sanft und freundlich gewesen und hatte im Nachhinein nur versucht, seine Schwester zu schützen.

»Wir sind bereit«, verkündete Mrs. Wilcox und begleitete Joanna bis zum Amboss.

Joanna empfand plötzlich einen Moment der Verzweiflung und des Herzschmerzes angesichts der Einsamkeit. Nur Fremde waren hier, um einen der wichtigsten Momente in ihrem Leben mitzuerleben. Ihre Mutter und ihre Brüder, ihre ältere Schwester, ihre Freunde ... nicht einer von ihnen würde das sehen.

Sie blickte zu ihrem zukünftigen Ehemann. Brocks

Augen blickten feierlich. Vielleicht sah sie dieselbe Trauer in seinen Augen, dass seine Geschwister bei einem so bedeutsamen Ereignis weit weg waren.

»Ich wünschte, unsere Familien wären hier«, flüsterte sie. Er streckte seine Hand aus, um ihre Wange zu berühren, und strich mit dem Daumen über ihre Lippen.

Seine graublauen Augen wurden weicher, als er ihr ins Gesicht blickte. »Das wünschte ich auch, aber wir haben keine andere Möglichkeit.«

Nein, die hatten sie nicht.

»Bist du bereit, Joanna?« Er sagte ihren Namen so sanft, dass sie mit den Tränen kämpfte und nickte.

»Das bin ich.«

Mr. Lang räusperte sich, als er sich vor sie beide hinstellte. »Wie sind eure Namen?«

»Brock Kincade.«

»Joanna Lennox.«

»Wo wohnt ihr derzeit?«, fragte Lang.

Sie antworteten beide, und dann fragte Lang, ob sie beide alleinstehend seien.

»Aye«, sagte Brock, und Joanna antwortete gleichzeitig: »Ja.«

»Und seid ihr beide aus freien Stücken und aus eigenem Antrieb hierher gekommen?« Lang wartete auf eine bejahende Antwort, dann legte er eine gedruckte Heiratsurkunde vor und trug die Namen der beiden auf einem Teil der Seite mit dem Stift ein, den Mr. Gregory ihm reichte.

»Lord Kincade, wollen Sie diese Frau zu Ihrer rechtmäßig angetrauten Ehefrau nehmen, allen anderen entsagen und ihr treu bleiben, solange ihr beide lebt?«

Brock lächelte Joanna an. »Das tue ich.«

»Miss Lennox, wollen Sie diesen Mann zu Ihrem rechtmäßig angetrauten Ehemann nehmen, allen anderen entsagen und ihm treu bleiben, solange Sie beide leben?«

Joanna starrte in Brocks stürmische Augen, sah darin die Hoffnung und die Sehnsucht, und ihr Herz flatterte wild.

»Ja, das will ich.«

Mr. Lang hielt Brock einen Ring hin, der ihn entgegennahm. Es war ein silbernes, schlichtes Band.

»Stecken Sie diesen Ring auf den vierten Finger der linken Hand und sprechen Sie mir nach. *Mit diesem Ring heirate ich dich. Mit meinem Körper bete ich dich an. Mit all meinen weltlichen Gütern will ich dich beschenken.* Im Namen des Vaters, des Sohnes und des Heiligen Geistes, Amen.«

Brock steckte ihr den Ring an den Finger und sprach die Worte, seine Stimme war kräftig und sein Akzent besonders ausgeprägt, während er sie intensiv anschaute.

»Jetzt haltet euch an den Händen.« Lang nahm das Band von Brock entgegen. Sobald sie sich die Hände reichten, machte er bei jedem von ihnen mit einer Klinge einen kleinen Schnitt in die Handflächen. Joanna zuckte zusammen, als sie den Schnitt spürte, aber sie drückte ihre Handfläche mit Brocks Handfläche zusammen. Lang legte das Band zum Zeichen der Ehe um ihre Handgelenke. Sie wusste, dass es nicht nötig war, da ihre

Hochzeit bereits rechtskräftig war, aber Brock schien sich einen älteren Brauch gewünscht zu haben, um ihre Verbindung zu repräsentieren. Das gefiel ihr.

»Nun, Miss Lennox, sprechen Sie mir nach. *Was Gott zusammengefügt hat, soll der Mensch nicht trennen.*«

Joanna sprach die Worte, und etwas in ihrem Inneren veränderte sich. Sie fühlte sich mit ihm verbunden, gebunden durch eine uralte Magie, die nie mehr rückgängig gemacht werden konnte, und das wollte sie auch nicht.

Lang sprach lauter. »Denn so wie dieser Mann und diese Frau durch das Geben und Empfangen eines Ringes eingewilligt haben, zusammenzugehen, so erkläre ich sie vor Gott und diesen Zeugen zu Mann und Frau, im Namen des Vaters, des Sohnes und des Heiligen Geistes, Amen.«

Brocks Lächeln wurde zu einem breiten Grinsen, und er beugte sich über den Amboss und presste seine Lippen auf ihre. Ein plötzliches Knallen ließ beide aufschrecken, und sie sprangen so weit auseinander, wie es ihre gefesselten Hände zuließen. Lang gluckste und steckte seinen schweren Schmiedehammer weg.

»Wir müssen nur noch eure Urkunde ausfüllen, dann könnt ihr beide gehen.« Lang winkte die beiden Zeugen herbei, und sie unterschrieben nach Brock und Joanna. Lang strich ein Blatt Papier über die nasse Tinte auf der Urkunde, damit sie trocknete, dann rollte er die Urkunde mit einem schwarzen Band zusammen und reichte sie Brock.

»Glückwunsch, Mylord. Ich schlage vor, Sie mieten

sich im Queen's Head Inn ein, versorgen die Pferde und dann ... Ihre Braut.« Er zwinkerte Brock zu, der gluckste. Als Joanna und Brock die Schmiede verließen, hielt sie inne.

»Was hat er gemeint, als er sagte, du sollst mich versorgen?«

Ihr Mann - wie seltsam und aufregend es war, sich in Gedanken so zu bezeichnen - lachte, riss sie in seine Arme und küsste sie.

»Er meint den Vollzug der Ehe, Mädchen. Wir haben eine lange Nacht vor uns, aber keine Sorge, ich werde ein guter und fürsorglicher Ehemann sein.«

Bevor sie etwas erwidern konnte, zerrte er sie mit sich, die gefesselten Hände immer noch ineinander verschränkt, während sie ihre Pferde zu den Ställen neben dem Gasthaus brachten. Brock reichte dem wartenden Stallknecht eine Handvoll Münzen, und nachdem sie die Pferde verlassen hatten, gingen sie zum Eingang des Gasthauses.

Das Queen's Head war ein großes Gasthaus, und im Gemeinschaftsraum herrschte reges Treiben. Joanna rechnete damit, dass man sie anstarren würde, weil sie frisch verheiratet waren, aber die Leute, die dort speisten, waren wohl schon an den Anblick neuer Paare gewöhnt, denn sie wurden praktisch ignoriert. Brock mietete ein Zimmer und bat darum, Essen aufs Zimmer gebracht zu bekommen. Er eilte mit Joanna die Treppe hinauf, und sie prallte Brock in den Rücken, als sie an der Tür zu ihrem Zimmer stehen blieben. Er öffnete die

Tür und führte sie hinein, und sie schluckte schwer, als sie versuchte, ruhig zu bleiben.

»Ich lasse unser Gepäck aus den Ställen holen und ein heißes Bad für dich vorbereiten«, sagte Brock. »Ich weiß, dass du seit drei Tagen das gleiche Kleid trägst.«

Joanna errötete vor Scham. Sie muss inzwischen furchtbar aussehen und riechen. Sie war so sehr auf die Fahrt nach Gretna Green konzentriert gewesen, dass sie an nichts anderes hatte denken können.

»Ich danke dir. Das würde mir gefallen.«

Er griff zwischen sie und zog sanft an den Fesseln des rosafarbenen Satinbandes, bis es sich lockerte, dann löste er seinen Griff um ihre gefesselten Handgelenke. Blut verschmierte ihre beiden Handflächen, und Brock untersuchte ihre Hand.

»Wenn ich zurückkomme, kümmere ich mich um deine Hand.« Er führte dieselbe Hand an seine Lippen und küsste zärtlich ihre Fingerknöchel. »Mein tapferes, hübsches Mädchen.« Er verließ schnell den Raum, um sich um ihr Gepäck zu kümmern.

Joanna stand in der Mitte des Raumes und zitterte trotz des warmen Wetters.

Ich bin verheiratet. Es ist vollbracht.

Ashton hatte sie nicht mehr rechtzeitig erreicht. Sie hatte das ja auch nicht gewollt, aber sie fühlte sich schuldig, weil sie wusste, dass er bald hier sein und wütend werden würde, wenn er sie fand.

Während Brock weg war, zog sie ihren Mantel aus und untersuchte ihr Aussehen in dem kleinen Spiegel auf dem Waschtisch. Ihr Haar war ein einziges Durcheinander. Mit einem Seufzer begann sie, die Nadeln zu entfernen und mit den Fingern durch die Strähnen zu kämmen. Sie zupfte sich noch immer die Nadeln aus dem Haar, als Brock zurückkam und die Ledertaschen auf den Boden stellte. Er kniete neben Joanna, und sie erkannte die Tasche, in der er kramte, als ihre. Er fand ihre silberne Haarbürste mit dem Perlengriff und hielt sie ihr hin.

»Danke.« Sie nahm die Bürste und hielt sie einen Moment lang an ihre Brust, weil sie sich schüchtern fühlte, jetzt, wo sie mit ihm allein in einem Schlafzimmer war.

»Ein Junge ist auf dem Weg nach oben mit Eimern voll heißem Wasser für das Bad.« Er deutete auf eine Kupferwanne in der Ecke. Dann stand er auf, ging zum Waschtisch und goss Wasser in die Porzellanschüssel. »Lass mich mal nach deiner Hand sehen.«

Joanna hielt ihm ihre verletzte Handfläche hin, und er wusch das Blut vorsichtig ab. Dann zog er einen kleinen Flachmann aus seiner Manteltasche und sah sie an.

»Das wird ein bisschen brennen«, warnte er, bevor er Whisky über die Wunde goss. Joanna biss sich auf die Lippe, aber sie weigerte sich, einen Laut von sich zu geben. Dann tupfte er die Wunde ab und kehrte zu seiner Tasche zurück, aus der er ein kleines schwarzes Glasgefäß holte. Er öffnete es, tauchte einen Finger in die weiße Salbe und rieb sie über die Wunde.

»Das wird bei der Heilung helfen.« Dann riss er ein

Stück eines weißen Taschentuchs aus seiner Tasche und band es fest um ihre Handfläche.

»Was ist mit dir?« Sie ergriff das Handgelenk seiner eigenen verletzten Hand.

Er zuckte mit den Schultern. »Ich kümmere mich später darum.«

»Nein, bitte, lass mich dir helfen. Ich bin jetzt deine Frau. Wir haben uns doch versprochen, füreinander zu sorgen, oder?« Ihr Herz klopfte heftig, als sie auf seine Antwort wartete.

Brocks Lippen verzogen sich zu einem spielerischen Lächeln. »Aye, das haben wir.« Er streckte seine aufgeschnittene Handfläche über die Schüssel. Sie säuberte die Wunde, übergoss sie mit Whisky, trocknete sie, rieb die Wunde mit seiner Salbe ein und verband sie mit dem Rest des Taschentuchs. Sie hielt seine Hand in ihrer eigenen verletzten Handfläche, ein weiteres Band zwischen ihnen. Sie begegnete seinem Blick, und sie sah eine Einladung in den brennenden Tiefen seiner Augen.

»Joanna«, flüsterte er, das einzige Wort verriet seine ganze Leidenschaft, und sie zitterte, als er nach ihr griff.

Jemand klopfte an die Tür. Mit einem Fluch trat Brock zurück und öffnete. Drei Jungs kamen herein, jeder trug ein Paar Eimer. Sie schütteten das Wasser in die Wanne und verschwanden wieder, nachdem Brock ihnen ein paar Münzen zugesteckt hatte.

»Jetzt kannst du baden, und ich sorge dafür, dass wir ein Feuer bekommen, damit du dich nicht erkältest.«

Sie nickte, ihr Körper summte noch immer vor Aufre

gung über das, was beinahe passiert wäre. Sie drehte ihm den Rücken zu und begann, sich auszuziehen. Sie trug ein Kleid, das vorne geknöpft wurde, und ihr Korsett saß ein wenig locker, so dass sie es notfalls selbst öffnen konnte.

Brock kümmerte sich um das Feuer und hielt ihr den Rücken zu, bis sie völlig nackt in die Wanne geschlüpft war. Sie tauchte ihren Kopf unter die Wasseroberfläche und seifte ihr Haar ein. Als sie wieder auftauchte, war Brock immer noch auf der anderen Seite des Zimmers, aber sie sah, dass er eine Flasche Rosenöl neben der Badewanne stehen gelassen hatte. Er musste es in ihrer Tasche gefunden und für den Fall, dass sie es brauchen würde, dorthin gestellt haben.

Für einen brutalen Highlander war er seltsam fürsorglich und gedankenvoll. Sie hielt das Rosenöl an ihre Nase und atmete den süßen Blütenduft ein, nicht zu stark und nicht zu schwach. Perfekt. Genau wie er.

Alle irren sich in ihm. Aber ich nicht. Ich weiß, was für einen Mann ich geheiratet habe.

KAPITEL 13

»Willst du auch baden, Brock?«, fragte sie. »Das Wasser ist noch warm.« Sie hatte darauf geachtet, sich schnell zu waschen, damit er warmes Wasser haben konnte, wenn er es wollte. Sie fürchtete sich bereits davor, aus der Wanne zu steigen, weil sie wusste, dass ihre feuchte Haut kalt werden würde. Bald würde sie einen Morgenmantel anziehen können und vielleicht die Wärme des Körpers ihres Mannes spüren, wenn er sie an sich zog.

Brocks Augen fixierten die ihren, als er ihren Morgenmantel aufhob und zu ihr kam. Ihre Sinne wurden wach, als sie merkte, dass sie gleich völlig nackt vor ihm aus der Badewanne aufstehen würde.

»Äh ... ja. Ich danke dir«, antwortete er. Er hielt ihr den Mantel hin und drehte dann den Kopf. Sie kletterte aus der Wanne und schlüpfte in den Morgenmantel, dann bewegte sie sich vorsichtig um ihn herum, in Richtung der Wärme des Feuers und weg von der ganz anderen Hitze zwischen ihnen. Als sie begann, sich die Haare zu kämmen, lauschte sie auf jede seiner Bewegungen und hielt ihr Gesicht aus Respekt vor der Privatsphäre, die er ihr gewährt hatte, abgewandt. Aber oh, wie sehr sie sich danach sehnte, einen Blick auf ihn zu werfen.

Er planschte ein wenig herum, und sie lächelte, als sie ihn ein Lied vor sich hin summen hörte. Ihr Mann mochte Musik. Sie biss sich auf die Lippe und versuchte, ein übermütiges Lachen zu unterdrücken. Es würde noch eine Weile dauern, bis sie sich daran gewöhnt hatte, verheiratet zu sein.

Er gehört zu mir, und ich zu ihm. Der Gedanke war willkommen, so seltsam er auch schien. Sie kämmte ihr Haar zu Ende und sprach dann.

»Wo ist dein Morgenmantel? Ich werde ihn für dich holen.«

»In der großen Tasche neben der Tür. Er ist dunkelrot«, sagte er.

Vorsichtig kramte sie in seiner Kleidung und fühlte sich seltsam erregt, als sie die weichen Hirschlederhosen, die bestickten Westen und sogar seine Strümpfe berührte. Sie kicherte fast bei dem dummen Gedanken, dass sie die Kleidung ihres Mannes holte, eine so häusliche, intime Aufgabe. Joanna fand ihn bald und hob den schweren roten Morgenmantel aus der Tasche.

Sie drehte sich zu ihm um und blieb wie erstarrt stehen. Sie tat ihr Bestes, um ihn nicht anzustarren, aber er war so groß, dass er in der kleinen Wanne fast in der

Hälfte zusammengefaltet war. Seine langen, muskulösen Beine ragten aus dem Wasser, wo er die Knie beugte, und sahen aus wie zwei bergige Inseln. Unfähig, sich zurückzuhalten, wanderten ihre Augen über den Rest von ihm. Seine Brust war glatt, bis auf einen Fleck mit dunklem Haar, der die Mitte bedeckte. Sie starrte ihn fasziniert an. Sie hatte gewusst, dass Männer anders waren als Frauen, aber es so deutlich zu sehen, zu wissen, dass Brock ihr Mann war, dass sein Körper ihr gehörte, dass sie ihn erforschen durfte ... Sie schluckte schwer, als ihr klar wurde, dass das auch für ihn galt. Er konnte sich an ihr satt sehen und ihren Körper genauso gut erkunden.

Ein Anflug von Angst erfüllte sie. Er hatte gesagt, er würde zärtlich sein, aber sie hatte gehört, dass es weh tun konnte, mit einem Mann zusammen zu sein, und dass Männer ihr Vergnügen oft schneller hatten als Frauen und das Bett verließen, sobald sie fertig waren. Im Laufe der Jahre hatte sie solche Gerüchte gehört und manchmal zwischen den Zeilen lesen müssen.

Wie würde Brock im Bett sein? Würde er sie benutzen, wenn auch nur sanft, und sie dann verlassen? Das würde er sicher nicht tun. Sie mussten sich ein Bett teilen, zumindest hier. Was würde geschehen, wenn sie sein Schloss erreichten? Zum ersten Mal, seit sie ihr Zuhause verlassen hatte, wurde sie von Zweifeln geplagt.

»Ist alles in Ordnung?«, fragte Brock. Seine Augen hatten sich vor Sorge geweitet.

»Ja.« Sie legte seinen Morgenmantel neben die

Wanne und flüchtete zu ihrem Stuhl am Feuer. Es klopfte erneut an der Tür, und sie erstarrte.

»Es wird der Junge mit dem Essen sein. Mein Geldbeutel liegt neben dem Waschbecken. Kannst du ihm einen Schilling geben, Liebes?«, fragte Brock. Joanna wandte ihren Blick ab und öffnete hastig die Tür, gerade so weit, dass sie das Tablett mit dem Essen, die Flasche Wein und die Gläser an sich nehmen konnte, bevor sie dem Jungen sein Geld gab. Der Junge schmunzelte, als er sah, wie sie ihren Morgenmantel am Hals festhielt. Sie warf ihm einen finsteren Blick zu, um ihn in die Flucht zu schlagen.

Brock plantschte hinter ihr und stand auf, als sie das Essen neben den Kamin stellte. Ihre Hände hatten ihre liebe Mühe mit dem Tablett, als das Bild von ihm, wie er nackt und prächtig direkt hinter ihr stand, ihre Vernunft übermannte. Gott, sie konnte es sich fast vorstellen, wie das Wasser an seinem muskulösen Körper herunterrann, aber sie wagte nicht hinzusehen. Noch nicht.

»Brock, möchtest du jetzt ein spätes Mittagessen oder ...« Sie schluckte schwer und versuchte, die Teller auf dem Tablett zu ordnen, ihre Finger waren ungeschickt und ihre Haut heiß.

Dann spürte sie ihn direkt hinter sich, die Wärme seines Körpers dicht an ihrer kaum bekleideten Haut. »Aye. Wir sollten noch etwas essen, bevor ...« Brock räusperte sich, sprach aber nicht weiter.

»Ja«, stimmte sie zu, ihr Körper zitterte. »Oh!« Sie stieß mit der Hand gegen die Weinflasche auf dem Tisch, aber er griff um sie herum und fing sie auf, bevor sie fallen konnte. Sein sauberer, männlicher Duft umhüllte sie, und sie wollte schnurren wie eine zufriedene Katze.

»Ganz ruhig, Mädel, ich weiß, dass du ein bisschen nervös bist. Lass mich mal.« Er stellte sich neben sie und goss den Wein in zwei Gläser. Joanna war neidisch, wie gelassen er zu sein schien, seine Hände waren ruhig, während ihre nicht aufhörten zu zittern. Sie setzte sich auf den Stuhl, während sie das Essen unter sich aufteilten. Sie war zu nervös, um wirklich hungrig zu sein, aber sie musste essen, sonst wäre sie zu schwach für das, was jetzt kommen würde.

Sie aßen schweigend, und Joanna schenkte sich ein zweites Glas Wein ein und trank es hastig. Brock sah zu, sagte aber nichts. Dennoch fühlte sie sich gezwungen, es zu erklären.

»Es tut mir leid. Ich möchte nur ruhiger werden, bevor wir ...« Wie dumm sie aussehen musste, stammelnd und zitternd wie eine verdammte Jungfrau. Nun ja, sie war eine, aber sie wollte für ihn weltgewandter und selbstbewusster erscheinen, und sie enttäuschte sich selbst.

»Es ist alles in Ordnung, Joanna. Wir müssen das nicht jetzt machen, wenn du nicht willst ...«

»Doch, das müssen wir. Ashton könnte jeden Augenblick hier sein, und ich will nicht, dass er einen Grund hat, unsere Ehe zu annullieren.« Sie hielt inne und nahm ihren Mut zusammen, ihm die Wahrheit zu sagen. »Und ich möchte mit dir zusammen sein. Es ist einfach nur nervenaufreibend, wenn man an sein erstes Mal denkt.

Ich weiß so wenig über all das. Mama sprach nie mit mir, und meine ältere Schwester Thomasina war damit beschäftigt, Kinder großzuziehen und ein eigenes Leben zu führen. Rafe und Ashton kamen einfach nicht in Frage, wenn es darum ging, Antworten zu bekommen.« Sie hoffte, er würde sie nicht für dumm halten.

Brock lachte, und der satte Klang beruhigte sie. »Das kann ich mir gut vorstellen, Mädel. Rafe würde dir viel zu viel erzählen, und Ashton würde gar nichts sagen.«

»Genau«, sagte sie und stimmte mit einem Kichern ein. Doch dann sah er sie ernster an.

»Es kann beängstigend sein. Als ich das erste Mal mit einer Frau schlief, dachte ich, ich würde gleich sterben - es war ein gutes und ein schreckliches Gefühl zugleich. Das geht vorbei. Beim nächsten Mal wirst du keine Angst mehr haben.«

Sie legte ihre Hand in seine, als er sie vom Stuhl hochzog und sie in seine Arme nahm, sie einfach an sich drückte und umarmte.

»Beim ersten Mal sollte das Liebesspiel zärtlich und sanft sein. Später, wenn ein Mann und eine Frau sich miteinander wohlfühlen und sich besser kennen, kann es wild, heftig, *kraftvoll* sein.« Er wickelte seine Hand in ihr feuchtes Haar und zog leicht an ihrem Nacken, so dass sie ihren Kopf zurücklehnte und zu ihm aufblickte.

»Vergiss alles, was du von anderen Frauen gehört hast. Wenn du und ich ein Bett teilen, wird es um gegenseitiges Vergnügen gehen.« Seine Stimme war tief und hypnotisierend und lullte sie in eine sinnliche Trance ein. »Verstehst du, Mädel?«

Joanna nickte, gebannt von der sanften Anziehungskraft seines Blicks und seiner vollen, grollenden Stimme.

»Gut.« Er senkte seinen Kopf, und als seine Lippen die ihren berührten, pochte ihr Herz in den Ohren und ihr Puls beschleunigte sich in einem unregelmäßigen Rhythmus. Ihre weichen Kurven schmiegten sich an die harten Linien seines Körpers, als sie in seine Arme sank. Sein Mund bedeckte ihren hungrig, seine Lippen waren verführerisch und brachten ihren Körper in Wallung. Sie nahm kaum wahr, wie seine Hände ihr den Morgenmantel abnahmen und wie die kühle Luft ihre nackte Haut streichelte, bevor sie wieder von der zärtlichen Verführung seines Mundes verschlungen wurde. Der Stoff seines Morgenmantels war weich und kitzelte an ihr. Beinahe hätte sie enttäuscht aufgeseufzt, als auch der zu Boden fiel, doch dann durchfuhr sie die sengende Hitze ihrer nackten Körper, die sich berührten, wie Schockwellen. Er überschüttete sie mit Küssen auf Lippen und Kiefer, hob sie hoch und trug sie zum Bett.

Brock legte sie auf den Rücken, und sie zitterte, als er auf ihren nackten Körper hinunterblickte. Sie wollte sich bedecken, sich vor ihm verstecken, aber sie befürchtete, dass er dann aufhören würde, und das wollte sie nicht, egal wie nervös sie war.

»Mädel«, flüsterte er heiser. »Du bist wunderschön. So sehr, dass es mir fast weh tut, wenn ich dich ansehe.« Er umfasste ihr Gesicht und fuhr mit einer Hand an ihrem Körper hinunter, wobei eine Fingerspitze ihre Brustwarzen und dann ihren Bauchnabel erkundete, bevor er über ihrem Schamhügel innehielt.

Joanna stockte der Atem, als er sich am Fußende des Bettes hinkniete und ihre Beine sanft auseinander drückte. »Brock, was...«

Er drückte ihr einen Kuss auf den Schamhügel, und sie keuchte. Das Gefühl seines warmen Atems dort unten war ... *schockierend.*

»Habe ich dir wehgetan?«, fragte er. Sie stützte sich auf die Ellbogen, um ihm bei dem zuzusehen, was er vorhatte.

»Nein, es ist nur ... Ich wusste nicht, dass Männer so etwas tun.«

Brocks Glucksen ließ sie erröten. »Nicht alle Männer, aber die besten Liebhaber tun das. Es ist ein angenehmer Punkt für eine Frau.« Er küsste sie erneut, diesmal näher an ihrer empfindlichen Knospe, und sie zappelte, versuchte zu entkommen und gleichzeitig näher zu kommen. Er griff nach ihren Schenkeln und drückte sie auf, während er seinen Mund noch tiefer bewegte. Joanna schoss fast vom Bett, als seine Zunge über ihre empfindlichen Falten strich. Die pure, exquisite Lust durchströmte sie und ließ ihre Beine zittern. So etwas hatte sie noch nie gefühlt.

»Das fühlt sich ... *gut* an«, keuchte sie und begann, ihre Schüchternheit zu verlieren, als die Empfindungen sie zu überwältigen begannen. Brock leckte sie erneut, dann saugte er die Perle zwischen seine Lippen, und sie schrie auf, als heftige Lust in ihr explodierte. Jeder Muskel in ihr spannte sich an und wurde dann ganz locker, und sie sank tief in das Bett, seltsam euphorisch. Ihr Mann war mit einem magischen Mund ausgestattet.

»Wie war das?«, fragte Brock kichernd, als er sich zwischen ihren Schenkeln aufrichtete.

»Wunderbar«, seufzte sie, und dann keuchte sie, als sie spürte, wie er ihre Schenkel wieder weit aufschob. Sie öffnete die Augen und sah zu, wie er seinen Schaft packte und an ihren Eingang stieß. Sie wollte sich nicht verkrampfen, aber sein Anblick, massiv und erigiert, war gelinde gesagt entmutigend.

»Versuch, dich zu entspannen«, murmelte er, als er sich über sie lehnte und einen Arm um ihren Kopf legte, um sie zu küssen. Sie krallte sich in die Laken an ihren Schenkeln und versuchte instinktiv, ihre Beine an ihn zu pressen, aber alles, was sie tun konnte, war, mit ihren Knien seine Hüften zu drücken. Er drückte tief, der Schaft drang hart ein, und etwas brannte in ihr. Sie wimmerte gegen seine Lippen, als er sich ein wenig zurückzog und wieder eindrang, und dann schrie sie auf, als der Schmerz erneut aufflammte und er ganz in sie eindrang. Ihre Körper waren eng aneinander gepresst, und sie wand sich unter ihm und versuchte, dem unangenehmen Schmerz zu entkommen, den er verursachte.

»Küss mich, Joanna«, flüsterte er sanft und ließ seine Lippen über ihre gleiten.

Sie küsste ihn, denn sie wollte unbedingt von seinen berauschenden Küssen abgelenkt werden. Sie löste ihre Finger von den Laken und schlang langsam ihre Arme um seinen Hals. Ihr Atem vermischte sich mit seinem, als sie ihre Lippen für seine forschende Zunge öffnete, und die Panik legte sich. Der Schmerz ließ nach einem Moment nach, und als er sich bewegte, indem er sich leicht zurückzog, bevor er zurückglitt, fühlte es sich besser an. Es tat immer noch weh, aber jetzt gab es neue Empfindungen. Das Vergnügen von vorher kehrte zurück, doch es fühlte sich seltsam an, irgendwie intensiver, jetzt, wo es mit der Macht, von ihm ausgefüllt zu werden, verbunden war. Das Gefühl, mit ihm verbunden zu sein, sie ein Teil von ihm und er ein Teil von ihr, war etwas, das sie sich nie hätte vorstellen können. Ihre Küsse wurden etwas rauer, und es war aufregend, verrucht und wunderbar.

Sie schob ihre Beine höher an Brocks Körper hinauf, die Fersen ihrer Füße drückten in seinen unteren Rücken. Ihre Münder trennten sich, als er seine Stöße verstärkte. Ihre Blicke trafen sich, während er mit einer Hand ihre Hüfte umfasste und sie festhielt, damit sie nicht auf dem Bett nach oben rutschte. Brock ächzte, und Joanna fand den Urlaut sowohl erregend als auch erotisch.

Sie sprachen nicht - sie klammerte sich nur an ihn, ihre Finger gruben sich in seine nackten Schultern, während er immer wieder in sie eindrang, ihren Körper in Besitz nahm und sie auf die älteste Art und Weise der Menschheit zu seiner Frau machte. Seine Augen verschlangen sie, und sie fühlte sich, als könne sie ihren Körper nicht mehr festhalten. Sie brach auseinander, ihre Augen wurden vorübergehend von einem Funkenflug geblendet, als eine neue Welle der Lust durch sie hindurchraste.

Er murmelte etwas Weiches und Verführerisches auf Gälisch, stieß noch zweimal zu und hielt dann inne, wobei sich sein Körper schwer an ihren presste. Es machte ihr nichts aus, dass sein Gewicht auf ihr lastete, aber sie wusste, dass er sich immer noch schwer über sie lehnte, was nicht bequem sein konnte. Joanna streichelte sein Gesicht und lächelte verwirrt.

»Kannst du dich bewegen, Brock?«

Er hob den Kopf, immer noch schwer atmend. »Bin ich zu schwer?«

Sie schüttelte den Kopf. »Nein, aber es muss doch unangenehm sein, deine Haltung. Warum ziehen wir nicht die Decke zurück und legen uns richtig ins Bett?«

»Diese Idee gefällt mir.« Er stieß sich von ihr ab, und sie zuckte ein wenig zusammen, als er sich aus ihrem Körper zurückzog. Sein Schaft war blutverschmiert, das war ihr Blut. Es war ihr ein wenig peinlich, aber sie war auch froh, dass es vorbei war. Sie hatte ihre Ehe mit ihrem Mann vollzogen. Sie waren jetzt wirklich verheiratet.

Brock machte einen Lappen am Waschbecken nass und reinigte sich. Er kehrte zum Bett zurück und küsste sie, während er ihr sanft mit dem Tuch über die Schenkel strich. Dann half er, die Decke zurückzuziehen, und sie schlüpften gemeinsam unter die Laken. Die mit Federn gestopfte Matratze war ein wenig alt und klumpig. Als sich sein größerer Körper neben ihr niederließ, rollte sie mit einem erschrockenen Keuchen gegen ihn. Er fasste sie an der Taille und lachte leise. Sie lachte ebenfalls, dann neigte sie schüchtern den Kopf.

»Immer noch alles gut?«, fragte er.

»Ja. Zuerst war es ein Schock, aber am Ende ...« Sie

konnte nicht zu Ende sprechen, sondern presste ihre Lippen auf seine Kehle. Er war so köstlich warm.

»Es war schön, hoffe ich?« Er klang ein wenig verletzlich, was so gar nicht dem Brock entsprach, den sie gewohnt war. Der Brock, der sonst so voller ruhiger Zuversicht war.

»Ja«, versicherte sie ihm. Sie strich mit den Fingerspitzen über die dunkle Haarpartie auf seiner Brust und war erneut von seinem Körper fasziniert. Er wickelte seinerseits eine Locke ihres Haares um seinen Finger.

»Musst du dich ausruhen? Wir können hier schlafen, wenn du willst. Das Zimmer ist für die ganze Nacht bezahlt.«

Sie wollte gerade *nein* sagen, aber dann gähnte sie und vergrub sich noch tiefer in ihm.

»Ruh dich aus«, befahl er mit einem leisen Kichern. »Wir werden noch etwas essen, wenn du aufwachst.«

Sie hätte nicht geglaubt, dass sie würde schlafen können, nackt in den Armen ihres Mannes, nach dem, was sie gerade getan hatten, aber irgendwie schlief sie einfach ein, ohne es zu merken.

KAPITEL 14

Brock hielt seine frischgebackene Frau in den Armen, und eine stille Ruhe erfüllte ihn. Es war ihnen gelungen, als Mann und Frau eine ruhige Nacht im Gasthaus zu verbringen. Das Sonnenlicht des späten Morgens drang ins Zimmer. Brock wusste, er hätte aufstehen und Joanna aus ihrem Schlummer wecken sollen, aber sie waren in den letzten Tagen so viel gereist, dass sie es verdient hatte, sich auszuruhen. Und er konnte nicht widerstehen, sie auf diese Weise zu genießen.

Sie schmiegte sich an ihn, und er hatte seine Arme um sie gelegt und zog sie fester an sich. Nachdem er in ihr gewesen war, sich mit ihr geteilt hatte und sie sich mit ihm, war der Gedanke, jetzt irgendeinen Abstand zwischen sie zu bringen, unvorstellbar. Sie einfach nur *zu halten*, während seine Lippen gelegentlich Küsse auf ihren Scheitel drückten, erfüllte ihn mit einem Frieden,

den er noch nie zuvor erlebt hatte und von dem er sich nicht hatte vorstellen können, dass er ihn einmal empfinden würde.

Die Narben, die die Gewalt seines Vaters hinterlassen hatte, waren immer noch da und verunstalteten ihn innerlich und äußerlich. Er fürchtete tief in seinem Inneren immer noch, dass er so enden würde wie sein Vater, dass auch er diese Grausamkeit in sich trug. Er fürchtete, was passieren würde, wenn er jemals seine Wachsamkeit vernachlässigte, wenn er aufhörte, diese Gefühle zu unterdrücken. Doch irgendwie, wann immer er mit Joanna zusammen war, hatte er keine Angst mehr vor sich selbst.

Die Wut, die sein Leben lang unter der Oberfläche brodelte, verblasste, wenn sie in der Nähe war, und zurück blieb nur ein schwaches Kribbeln, als ob etwas Giftiges entfernt worden wäre. Sie war auf ihre eigene Art und Weise eine Art Magie, die die Dunkelheit aus ihm heraussaugte. Er würde ihr niemals wehtun - das war für ihn jetzt unmöglich. Es war richtig, mit ihr zusammen zu sein, sie zu beschützen und für sie zu sorgen, es war tief in seinen Knochen vergraben, tiefer als jede Wut und Gewalt es erreichen könnte.

Er betrachtete ihr Gesicht, die Art, wie ihre dunkelgoldenen Augenbrauen weich wurden, wenn sie entspannt war, und doch erinnerte er sich daran, wie sie sich herrisch wölben konnten, wenn sie jemanden herausfordern wollte. Ihre Lippen waren nicht zu voll, und sie hatte auch nicht den begehrten Amor-Schmollmund, den viele Männer als schön empfanden. Es waren einfach küssbare Lippen, die sich zu einem atemberaubenden Lächeln verzogen, wenn sie glücklich war. Ihre Augen, auch wenn sie hinter geschlossenen Lidern verborgen lagen, waren wie kleine Seen, in denen er baden wollte, um tief einzutauchen und die Tiefen ihrer Seele zu erforschen, wenn sie ihn ließ. Er hätte ihre schlafende Gestalt jahrhundertelang anstarren können. Sie holte ihn aus der Dunkelheit heraus, in der er sich so gefangen fühlte.

Er fürchtete, was passieren würde, wenn ihr Bruder sie einholte. Brock wollte nicht noch einmal gegen Lennox kämpfen, vor allem nicht, wenn er wusste, dass es Joanna verärgern würde. Was, wenn er die Kontrolle verlor, wenn er einen Schlag zu viel von dem Engländer einsteckte? Er hatte schon einmal die Beherrschung verloren, vor Jahren, als er sich mit dem Earl of Lonsdale und dem Duke of Essex um eine Bardame geprügelt hatte, die für Brodie schwärmte. Sie hatten das Gasthaus zerstört, aber zum Glück nicht sich gegenseitig.

Er küsste Joanna auf die Stirn und glitt aus dem Bett, bevor er die Bettdecke fest um sie schloss. Er zog sich frische Kleidung aus einer der Satteltaschen an und rasierte sich, bevor er Joanna allein im Zimmer zurückließ. Er wollte nach den Pferden sehen und noch etwas Wein kaufen. Joanna würde zu Mittag essen müssen, und er wollte sicherstellen, dass sie einen vollen Bauch hatte. Castle Kincade lag mehr als einen ganzen Tagesritt von Gretna Green entfernt, und sie würden es erst am Abend des nächsten Tages erreichen. Für den Rest der

Reise würden sie eine Kutsche mieten und ihre Pferde hinten anbinden.

Er fand die Pferde in den Ställen in gutem Zustand vor und durchsuchte die zusätzlichen Satteltaschen nach Decken. Dann striegelte er beide und kicherte, als Joannas Pferd Kaylee an seiner Schulter knabberte, während er mit der Bürste über ihr Fell strich und es zum Glänzen brachte.

»Das hast du gut gemacht«, lobte er sie. »Du hast deine Herrin sicher nach Gretna Green gebracht, und du brauchst dir keine Sorgen um ein weiteres wildes Rennen zu machen.« Er bürstete ihre Mähne aus und entfernte die Verfilzungen, die der nordenglische Wind verursacht hatte. Dann kümmerte er sich um sein eigenes Pferd, das an solche verrückten Reisen weitaus mehr gewöhnt war. Die ganze Zeit über spürte Brock eine Wärme in seiner Brust, als ihm bewusst wurde, wie sehr sich sein Leben verändert hatte. Bald würde er in seine Zimmer zurückkehren und seine Frau vorfinden, die warm und süß in ihrem Bett auf ihn wartete.

Ich bin ein glücklicher Mann, dass ich sie als meine Frau bekommen habe.

Er verließ den Stall und blieb einen Moment stehen, um das Treiben im Dorf zu beobachten, die Kutschen, die vor der Schmiede auf der anderen Straßenseite anstanden. Mr. Lang stand vor der Schmiede und hieß ein neues Paar willkommen. Als er Brock sah, winkte er und nickte ihm zu, was Brock erwiderte. Die Gerüche, die von dem Fleisch und den Gewürzen in der Küche des Gasthauses ausgingen, ließen seinen Magen knurren.

Bald würde es Zeit für das Mittagessen sein, und sie konnten beide eine weitere Mahlzeit gebrauchen, nachdem sie in den letzten beiden Tagen so spärlich gegessen hatten.

Er war gerade auf dem Rückweg von den Ställen, als das Donnern von Hufen seine Aufmerksamkeit auf sich lenkte. Es war ungewöhnlich, so viele Reiter in einer Gruppe zu erleben. Gretna wurde in der Regel nur von einzelnen Reitern oder Kutschen angestrebt. Brock bürstete Stroh von seiner Hose ab und riskierte einen Blick auf die Männer.

Verdammte Scheiße! Da war Lennox, mit einem donnernden Ausdruck im Gesicht. Fünf seiner Begleiter ritten in einer Phalanxformation hinter ihm her. Brock runzelte die Stirn, und ihm wurde flau im Magen. Er hatte gehofft, mehr Zeit mit Joanna verbringen zu können, bevor er sich ihrem Bruder stellen musste. Er fragte sich, ob die verdammten *Sassenachs* in den letzten paar Tagen überhaupt geschlafen hatten.

Lennox schwang sich vom Pferd und ging direkt in die Schmiede. Die anderen stiegen ab und warteten in der Nähe. Brock beobachtete sie ungesehen von seinem Aussichtspunkt an der Tür der Ställe aus. Er war versucht, Joanna zu wecken, sie anzuziehen und in die nächstbeste Kutsche zu verfrachten, aber das würde den aufkommenden Sturm nicht aufhalten, sondern nur verzögern. Er würde sich Lennox stellen müssen. Am besten wäre es, wenn er ihr den Schmerz ersparen würde, Zeugin der Auseinandersetzung zu werden.

Lennox stürmte aus der Schmiede, wohl wissend,

dass er zu spät gekommen war. Brock trat aus der Tür des Stalls. Jonathan St. Laurent, einer von Lennox' Freunden, war der erste, der ihn sah. Er pfiff scharf auf den Fingern, was die Aufmerksamkeit der anderen auf ihn zog. Innerhalb von Sekunden war Brock von der Liga der Schurken umzingelt.

»Du ... verdammter *Bastard*!«, brüllte Lennox, stürzte sich auf Brock und schleuderte ihn gegen die Außenwand des Stalls. Er stöhnte, als ihm die Luft aus den Lungen gepresst wurde. Brock begann sich zu fragen, ob jede Begegnung mit Lennox von nun an in einem Kampf enden würde.

»Wo ist sie?«, forderte Lennox und verpasste ihm einen rechten Haken, der ihn hart am Auge traf. Er konnte spüren, dass das ein Matschauge geben würde.

Er knurrte und stieß Lennox hart gegen die Schulter, so dass dieser zurückstolperte. »Sie ist in Sicherheit.«

»Mit dir verheiratet? In Sicherheit? Das denke ich nicht.«

Das brachte Brock in Rage, aber er beherrschte sich und weigerte sich, zurückzuschlagen. Als er in das Gesicht des Mannes blickte, sah er Joannas leuchtend blaue Augen, die sich in seine bohrten. Lennox zu schlagen wäre so, als würde er seine eigene Frau schlagen. *Unmöglich*.

»Wo ist sie? Ich will sie sehen!«, forderte Lennox.

»Beruhige dich erst einmal. Ich will nicht, dass du meine Frau verstörst.« In dem Moment, in dem das Wort über seine Lippen kam, wusste er, dass es ein Fehler war. Aber er akzeptierte die Schläge, die kommen würden, weil er es verdient hatte, sich von Lennox schlagen zu lassen. Er hatte die Schwester des Mannes ohne dessen Segen entführt.

»Wage es nicht, sie so zu nennen!« Lennox schlug ihn erneut, dieses Mal auf den Kiefer. Er schmeckte Blut, als sich seine Zähne in seine Wange bohrten.

»Ich nehme an, da du in der Schmiede warst, weißt du, dass wir gestern geheiratet haben«, sagte Brock, während er sich mit dem Handrücken das Blut vom Mund wischte.

»Ash, beruhige dich«, sagte Godric, der Duke of Essex. »Dir war doch klar, dass wir sie nicht rechtzeitig erreichen würden. Es gibt nichts mehr zu tun.«

»Gibt es nicht?«, schnappte Lennox. »Wenn wir Joanna jetzt nach Hause bringen, können wir die Ehe immer noch annullieren.«

»Das kannst du nicht«, sagte Brock. »Wir sind jetzt Mann und Frau.« Er konnte die Erleichterung, die er in diesem Moment empfand, nicht leugnen. Er hatte Joanna nicht zum Vollzug der Ehe drängen wollen, aber aus eben diesem Grund hier hatten sie es getan. Gott sei Dank hatte ihre Leidenschaft sie so schnell übermannt.

»Oh Gott«, murmelte Lucien, der Marquess of Rochester. »Ihr habt die Ehe vollzogen, nicht wahr?«

Brock antwortete mit einem Nicken.

Lennox schlug nicht mehr zu, sondern wurde plötzlich ganz ruhig. »Ich sollte dich erschießen.« Die kalte Bedrohung in seinem Tonfall würde jedem anderen Mann Angst einjagen, aber nicht Brock. Er war bei einem misshandelnden Vater aufgewachsen. Es gab sehr wenig, was Lennox tun oder sagen konnte, um ihn zu erschrecken.

»Ich schwöre dir, ich werde ihr ein guter Ehemann sein«, antwortete Brock leise. »Es wird ihr an nichts fehlen.«

»Weil du ihr Vermögen nutzen wirst«, sagte Lennox. »Weiß sie, dass du sie wegen ihres Geldes geheiratet hast?«

»Es ging nicht um das Geld«, versicherte Brock ihm. »Ich wollte sie für sie.«

Lennox schnaufte. »Natürlich musst du das jetzt sagen.«

Wut stieg in Brock auf, er konnte nichts dagegen tun. »Nennst du mich gerade einen Lügner?«

»Die Zeit wird es zeigen. Wenn sie mit einem gebrochenen Herzen nach Hause kommt ...«

»Das wird sie nicht.« Wenn jemand ein gebrochenes Herz riskierte, dann war er es. Joanna könnte beschließen, dass er und sein Haus ihr nicht genügten, und sie könnte nach England zurückkehren. Das war der Grund, warum er so entschlossen war, sie nicht zu lieben. Er würde sich um sie kümmern, aber sie niemals lieben. Sie würde ihm die Seele brechen, wenn er es wagen würde, ihr sein Herz zu schenken.

»Ich möchte sie sehen. Jetzt.«

Dieses Argument war nicht zu gewinnen. Brock seufzte und ging zurück zum Gasthaus, Lennox und seine Freunde folgten ihm, nachdem sie ihre Pferde in die Ställe gebracht hatten.

»Warte hier. Ich bringe sie runter. Du wirst sie nur

verstören, wenn du ins Zimmer platzt.« Er nickte in Richtung eines großen leeren Tisches im Schankraum. Die Männer nahmen alle Platz, bis auf Lennox, der mit verschränkten Armen am Fuß der Treppe stand und auf seine Schwester wartete.

Brock stieg die Treppe hinauf und lief schweren Herzens zu dem Zimmer, das er mit Joanna geteilt hatte. Sie hatte sich in der Zeit, in der er weg gewesen war, auf den Rücken gedreht, und er konnte nicht widerstehen, zum Bett hinüberzugehen und sich zu ihr zu beugen, um sie zu küssen. Sie seufzte verträumt und erwiderte seinen Kuss, bevor sie die Augen öffnete und sich wie eine zufriedene Katze ausstreckte. Herrgott, warum musste er diesen Moment ruinieren, indem er ihr sagte, dass Lennox sie eingeholt hatte? Hätte er die Zeit anhalten können, sie in diesem Moment einfrieren können, in dem er seine Frau in den Armen hielt und sie küsste ...

Aber er war kein Magier, kein Hüter der Zeit, und er war machtlos gegen das, was als Nächstes kommen würde.

Sie betrachtete seinen bekleideten Körper. »Du bist gegangen?«

»Ja, ich wollte nach den Pferden sehen.«

»Was ist passiert? Dein Auge ist rot, und dein Mund ... Ist das Blut?« Sie richtete sich ruckartig im Bett auf und wurde sich bewusst, dass sie ihm ihre perfekten Brüste präsentierte, als die Decken bis zu ihrer Taille fielen. »Er ist hier, nicht wahr?«

»Aye. Lennox und seine Freunde sind im Erdgeschoss. Du solltest dich anziehen und mit ihm sprechen.«

»Oh Gott ...« Sie sprang aus dem Bett, eilte zu ihrer Satteltasche und holte einen Satz sauberer Kleidung.

»Hat er dir wehgetan?«, fragte sie, während sie sich anzog.

»Ich habe schon Schlimmeres erlebt.« Er konnte nicht umhin, das bezaubernde Wiegen ihres runden Hinterns zu beobachten, als sie in ihre Petticoats hüpfte und ihre Strümpfe anzog. Er half ihr mit ihrem Korsett und dem Kleid, obwohl er sich mit den Knöpfen des Kleides etwas ungeschickt anstellte. Sie fuhr sich mit einem Kamm durch die Haare und band sich mit einem ihrer rosa Haarbänder, die sie auch bei der Hochzeitszeremonie benutzt hatten, die Haare im Nacken zusammen. Es ließ sie auf eine Weise jung und verletzlich aussehen, die an ihm riss. Brocks Herz schmerzte bei dem Gedanken, wie sie sich fühlen musste, weil sie wusste, dass sie bald einem sehr wütenden Bruder gegenüberstehen würde.

»Er ist unten im Schankraum«, sagte Brock, als sie sich zu ihm umdrehte, um zu gehen. Sie folgte ihm die Treppe hinunter und umklammerte seinen Arm, als sie sah, dass Lennox und seine Leute auf sie warteten.

»Joanna, geht es dir gut?«, fragte ihr Bruder mit einer starren Stimme, die zu seiner Haltung passte.

»Natürlich geht es mir gut.« Sie ließ Brocks Arm los und stellte sich wie ein Schutzschild vor ihn. Wärme erfüllte ihn, als er bemerkte, dass sie ihn schützen wollte, nicht, dass er das gebraucht hätte. Oder vielleicht doch, nur nicht so, wie sie es sich vorstellte.

»Ich möchte mit dir *allein sprechen*«, sagte Lennox.

»Was immer du mir zu sagen hast, mein Mann kann es auch hören.«

Lennox warf ihm einen Blick zu, dann konzentrierte er sich wieder auf seine Schwester. »Sehr gut. Du hast ihn also geheiratet, und soweit ich weiß, kann diese Ehe nicht annulliert werden.«

»Nein, das kann sie nicht.« Diesmal wich sie unter Ashtons missbilligendem Blick nicht zurück. Sie schien anders zu sein. Nicht, weil sie mit Brock geschlafen hatte, sondern weil sie ihr Schicksal selbst in die Hand genommen und getan hatte, was *sie* wollte. Brock stellte sich vor, dass es sich für sie sehr ermutigend angefühlt haben musste. Zumindest hoffte er, dass sie sich gestärkt fühlte.

Lennox blickte sie immer noch finster an. »Und du kommst nicht nach Hause, auch wenn ich dich anflehe?«

»Nein, und ich weiß, dass du nicht betteln würdest, du würdest mir einfach befehlen. Aber das kannst du jetzt nicht mehr. Ich bin eine verheiratete Frau, wie Thomasina.«

»Thomasina hat einen sichereren Ehemann gewählt als du.«

Brock versuchte, Lennox nicht finster anzuschauen. Der Mann schien kein Problem damit zu haben, ihn zu beleidigen. Es war sehr gut, dass er sein Temperament unter Kontrolle hatte, denn nach seiner Rechnung schuldete er Lennox noch ein paar gute Schläge.

»Wen ich heiraten würde, das war immer meine Entscheidung, Ashton. Ich bin sehr zufrieden mit meiner Entscheidung. Wenn du das nicht akzeptieren kannst, dann solltest du vielleicht gehen.« Joanna hob ihr Kinn, nicht auf eine alberne, kindliche Art, sondern auf eine weibliche Art, die Lennox sagte, dass er keine Macht mehr über sie hatte. Brock musste sich auf die Lippe beißen, um nicht zu grinsen. Er hatte eine Kriegerin geheiratet, und sie kämpfte sehr gut gegen ihren Bruder.

»Jo ... ich will nicht gehen.« Lennox' Ton wurde weicher. »Ich möchte sichergehen, dass du glücklich bist und dass es dir gut geht. Ich möchte nicht, dass du dir das Herz brichst, wenn du erfährst, dass Kincade dich nur wegen deines Geldes geheiratet hat.«

Joannas Rücken versteifte sich. Brock konnte es an der plötzlichen starren Haltung ihres Körpers sehen.

»Wie *kannst du es wagen*«, warnte sie in leisem Ton. »Das ist nicht mehr deine Angelegenheit. Das ist eine Angelegenheit zwischen mir und meinem Mann.« Sie sah zu Brock hinüber. »Ich gehe zurück in unser Zimmer und packe unsere Sachen. Wir werden nun doch nicht über Nacht bleiben. Ich möchte sofort aufbrechen und mein neues Zuhause sehen.« Sie stapfte an ihm vorbei, so grimmig wie eine alte Kriegerkönigin, die ihre widerspenstigen Generäle entlässt.

Brock zupfte an seiner Weste und begegnete dann Lennox' spitzem Blick.

»Wenn du mich entschuldigen würdest, ich muss eine Kutsche mieten.« Er hielt inne und räusperte sich. »Bitte mach sie nicht traurig, Lennox. Geh und versöhne dich mit ihr. Sie ist im letzten Zimmer auf der linken Seite.« Dann ging er an der Liga vorbei und wieder in Richtung der Ställe.

Niemand versuchte, ihn aufzuhalten.

Joanna war so wütend und aufgebracht, dass sie zitterte. Das war ihr Hochzeitstag! Sie hätte verzückt sein sollen, in den Armen ihres Mannes, die Intimität ihres Bettes genießen, das Gefühl des Kaminfeuers und den Wein, der Brocks Lippen versüßte, wenn sie sich küssten. Sie sollte sich nicht mit ihrem verdammten sturen Bruder und seinen unsinnigen Vorstellungen darüber, was das Beste für sie war, herumschlagen.

Als sie das Klopfen hörte, dachte sie, es sei Brock, und öffnete hastig die Tür. Ashton stand da, eine Hand flach am Türpfosten. Sie war ein bisschen versucht, ihm die Tür vor der Nase zuzuschlagen. Sie tauschten einen langen Blick aus, und ein Wechselbad der Gefühle ging zwischen ihnen hin und her.

Es hätte ein glückliches Wiedersehen werden sollen, bei dem Ashton sie fest umarmte und ihren

Kuss auf seine Wange akzeptierte, während sie ihm sagte, wie glücklich sie war. Aber das könnte nie der Fall gewesen sein. Stattdessen herrschten Wut, Kummer und Misstrauen zwischen ihnen, die die sonnigen Erinnerungen an ihre gemeinsame Jugend trübten. Sie hatte schon oft gehört, dass sich Geschwister mit der Zeit auseinanderleben können, aber sie hatte nie geglaubt, dass ihnen das passieren würde. Und während sie ihn jetzt ansah, wollte sie einfach nur, dass er von hier wegging, weg aus ihrem Leben. Die Erkenntnis hinterließ einen bitteren Geschmack in ihrem Mund, und sie wollte plötzlich weinen.

»Es tut mir leid, Joanna.« Er verschluckte sich an den Worten, aber dann schlang er seine Arme um sie, bevor sie ihn aufhalten konnte.

Eine Minute lang wehrte sie sich gegen seine Umarmung, weil sie keinen Trost in seinen Armen finden wollte, aber es war unmöglich. Ashton war immer der große Bruder gewesen, der für sie da war. Rafe, so liebevoll er auch sein mochte, war nur selten da, und auf seine Unterstützung konnte man nicht zählen. Sie schauderte, eine Welle von Gefühlen zerrte an ihrem Herzen. Ashton bedeutete Sicherheit, er bedeutete Familie, und sie würde ihn verlassen. Sie hatte einen Mann geheiratet und mit ihm geschlafen, mit einem fast Fremden, und war nun Herrin seines Schlosses. Es war ihr neues Leben, und sie musste ihm mit offenem Geist und offenem Herzen begegnen.

»Ich kann dich immer noch nach Hause bringen. Du

musst nur das Wort sagen«, murmelte Ashton und drückte sie fester an sich.

»Nein. Bitte, du musst einfach verstehen, dass ich *bei ihm bleiben möchte*. Ich habe ihn gewählt.« Sie konnte sich die Komplexität ihrer Gefühle nicht erklären, wie sehr sie ihr altes Leben vermissen würde, ihre Freunde, alles, aber sie musste diesen Weg gehen. Sie wollte lernen, mutig zu sein, mit ihrem Mann die schottische Wildnis zu erkunden und sein Herz zu gewinnen, selbst wenn es ein Leben lang dauern sollte. Es war jedoch beängstigend zu wissen, dass sie noch viele Kämpfe vor sich hatte.

»Er wird ein guter Ehemann sein, Ash. Das ist er bereits. Er war so sanft, so fürsorglich.« Sie löste sich von ihrem Bruder, um ihm in die Augen schauen zu können.

»Ab...«

»Ich weiß, du bist besorgt, dass er sich verändern könnte, aber ich sehe Güte in seinen Augen. Er kümmert sich, er ist freundlich. Es gibt keine Grausamkeit in ihm. Selbst wenn wir ...« Sie errötete und übersprang die peinlichen Worte. »Er hätte hart und kalt sein können, aber es war genau das Gegenteil. Ich liebte es, mit ihm zusammen zu sein, und fühlte mich wertgeschätzt. Bei ihm fühle ich mich so beschützt. Ich *will* bei ihm bleiben.«

Ashton seufzte. Einen langen Moment lang sagte er nichts, dann nickte er und akzeptierte schließlich ihre Entscheidung. »Sehr gut. Mutter wird traurig sein, dass sie deine Hochzeit verpasst hat. Soll ich sie bald zu Besuch bringen?« Er sprach beiläufig, aber ihr entging nicht das Bedauern und die Trauer in seinen Augen.

Joanna nickte. »Bitte. Ihr solltet alle kommen. Gib mir einen Monat Zeit, um mich mit Brock im Schloss einzuleben, und dann bring sie, Rafe und Thomasina mit, wenn sie Zeit hat, uns zu besuchen.«

»Das kann ich tun.« Ashton zog sie in eine weitere Umarmung, und Joanna spürte, wie er zögerte, sie loszulassen.

»Es ist in Ordnung, loszulassen, Ash. Du hast jetzt eine Frau, und ich habe einen Mann. Wir sind keine Kinder mehr. Es ist Zeit, dass wir erwachsen werden.«

Er lächelte, doch sein Lächeln war traurig, als er sie losließ. »Wann bist du so weise geworden?«

»Vor ein paar Tagen«, sagte Joanna und lachte. Sie fühlte sich bereits so ganz anders als die Frau, die sie vor Ashtons Hochzeitstag gewesen war. Es kam ihr wie eine Ewigkeit vor.

»Ihr braucht das Gasthaus nicht zu verlassen«, sagte Ashton. »Du kannst hier bleiben mit ...«, Ashton schien sich an den nächsten Worten zu verschlucken. »Mit deinem Ehemann.«

»Wir sollten gehen. Ich glaube, Brock hat auf der Burg viel zu tun, und ich freue mich darauf, ihm dabei zu helfen.«

Ashton nickte. »Ich bin stolz auf dich, Jo. Du gehst jetzt deinen eigenen Weg in der Welt. Ich wünschte nur, du hättest es auf eine weniger ... dramatische Weise tun können.«

»Es scheint, als würde das Drama in unseren Adern fließen, meinst du nicht? Oder hast du etwa schon vergessen, dass deine eigene Frau mitten im Regen vor deiner Tür stand, weil du sie in den Bankrott getrieben hattest? Ich wage zu behaupten, dass ein Rennen nach Gretna Green weit weniger dramatisch war.«

»Da hast du wohl Recht.« Er küsste sie auf die Stirn und lächelte. »Lass mich Kincade aufspüren und ihm sagen, dass alles in Ordnung ist.«

Joanna sah ihrem Bruder hinterher und biss sich auf die Lippe, um die Tränen zurückzuhalten, die ihr in die Augen stachen. Alles würde gut werden, das musste sie glauben. Sie packte den Rest ihrer Habseligkeiten in ihre Satteltasche und wartete auf Brocks Rückkehr. Als er wieder vor ihr stand, fuhr er sich mit der Hand durch die Haare und beobachtete sie aufmerksam.

»Ihr habt die Dinge geklärt, du und Lennox?«, fragte er.

»Ja, ich glaube schon.«

»Aber willst du trotzdem aufbrechen?« Die offensichtliche Enttäuschung auf seinem Gesicht war ihr nicht entgangen. Dachte er, sie wolle keine weitere Nacht mit ihm verbringen?

»Ich bin nervös wegen deines Zuhauses, und meine Brüder haben mich immer gelehrt, mich meinen Ängsten zu stellen. Ich denke, wir sollten direkt zur Burg Kincade weiterreisen.«

»Du fürchtest mein Haus?« Die Enttäuschung in seinen Augen verwandelte sich in Besorgnis.

»Nein!« Sie stürzte auf ihn zu, blieb aber nur wenige Zentimeter von ihm entfernt stehen. Sie wollte ihn festhalten, seinen Herzschlag an ihrem Ohr spüren, aber wie konnte sie das? Sie waren in vielerlei Hinsicht noch so neu füreinander, dass sie nicht wusste, was sie sonst tun sollte. Sie griff nach seinem Gesicht und berührte sanft seinen geprellten Kiefer. Die Seite seines Gesichts war bereits angeschwollen.

»Ich habe keine Angst vor deinem Zuhause. Es ist mir einfach unbekannt.« Sie fuhr mit ihren Fingern über seine Lippen, und er ergriff ihr Handgelenk und hielt ihre Finger an seinen Mund. Er küsste ihre Fingerkuppen, und sie erschauerte, als eine langsame, köstliche Welle der Erregung sie durchfuhr.

»Ich will nicht, dass du dich vor irgendetwas fürchtest.« Brock legte einen Arm um ihre Taille und drückte sie an sich. Sie wollte ihn wieder, aber sie hatte ein wenig Angst. Sie war noch wund vom ersten Mal.

»Ich weiß. Du bist wunderbar. Hast du das gewusst?« Sie lächelte zu ihm hoch und stellte sich auf die Zehenspitzen, um ihn zu küssen. Sie spürte, wie sich seine Lippen auf die ihren legten, und aus irgendeinem Grund war sie wahnsinnig glücklich. Ihm so nah zu sein, war wie eine Droge, die sie in eine süße Euphorie versetzte, die sie nicht mehr loslassen wollte. Plötzlich hob er sie in seine Arme und trug sie zum Bett. Er setzte sich darauf und wiegte sie in seinem Schoß. Sie liebte es, sich so zu fühlen, warm und sicher in seinen Armen, während er sie küsste. Er eroberte ihre Lippen und drückte sie an sich. Sie erwiderte seine Küsse mit einem Hunger, der ihre äußere Ruhe Lügen strafte. Vielleicht war sie ja doch nicht zu wund, um ...

»Wir sollten gehen, Mädel. Wenn ich dich noch länger so halte, kann ich mich nicht davon abhalten, dich wieder zu nehmen, und ich weiß, dass es dir wehtut.« Er knabberte an ihrem Nacken, und sie umklammerte seufzend seine Schultern.

»Also gut. Gehen wir und finden unsere Kutsche.«

Er stand auf und setzte sie sanft auf ihre Füße. Sie packten ihre Sachen zusammen und gingen zurück in den Schankraum. Ashton und seine Freunde saßen trinkend an einem der Tische, und eine Bardame brachte ihnen Teller mit Essen.

»Wollt ihr mit uns zu Mittag essen, bevor ihr aufbrecht?«, fragte Ashton, als sie zu ihnen an den Tisch traten.

Brock blickte unsicher zu Joanna. »Ich habe nichts dagegen, mit ihnen zu essen, wenn du das willst.«

Joanna entschied sich dafür, da sie Ashton mindestens einen Monat lang nicht wiedersehen würde. »Ja, wenn es dir nichts ausmacht, würde ich das gerne tun.«

»Sehr gut. Ich bringe unser Gepäck zur Kutsche und sage dem Fahrer, dass wir nach dem Mittagessen abreisen werden.«

Die Männer standen auf, als Joanna sich zu ihnen gesellte. Charles zwinkerte ihr zu, als sie ihren Bruder und seine Freunde ansah. »Endlich verheiratet, ja? Nun, das steht dir, Jo.« Cedric stieß Charles mit dem Ellbogen in die Rippen, woraufhin dieser grunzte und eine Entschuldigung murmelte.

»Lady Kincade, schön, dass Sie uns Gesellschaft leisten.« Godric, der Herzog von Essex, verneigte sich tief, und sie errötete. In nur zwei Tagen war sie von Ashtons kleiner Schwester zu *Lady* Kincade geworden. Sie musste zugeben, dass ihr das ziemlich gut gefiel, vor allem, wenn ein solcher Titel es einfacher machte, Männer wie diese in Schach zu halten.

Ashton zog ihr einen Stuhl heran, und die anderen Männer warteten, bis sie sich gesetzt hatte, bevor sie ihre Plätze wieder einnahmen. Ashton reichte ihr seinen Teller und lächelte auf eine Weise, die sie so sehr an ihre Kindheit erinnerte. Als Brock zurückkam, aßen sie gemeinsam, und die Stimmung war viel entspannter.

Eine Stunde später umarmte sie Ashton erneut, winkte mit einem falschen, fröhlichen Lächeln zum Abschied und stieg mit Brock in die gemietete Kutsche. Es tat weh, ihren Bruder und ihre Vergangenheit zurückzulassen. In ihrer Brust herrschte eine Enge, die sich erst zu lösen schien, als sie sich an Brock kuschelte. Sie saß neben ihm, lehnte sich an seine Seite, und es schien ihn nicht zu stören.

Sie war glücklich, bei ihm zu sein, das bezweifelte sie nicht, aber es war traurig zu wissen, dass sie nie wieder wirklich nach Hause ins Lennox House zurückkehren würde. Sie würde natürlich von Zeit zu Zeit dort hinreisen, aber nur zu Besuch. Es hatte etwas unbestreitbar Trauriges, zu wissen, dass eine Person nie wieder ein Kind in ihrem Elternhaus sein würde, dass sie diesen Teil ihres Lebens hinter sich gelassen hatte. Sie erinnerte sich daran, dass sie jetzt ein neues Zuhause hatte, das sie zusammen mit Brock mit Fröhlichkeit und Liebe füllen würde.

KAPITEL 16

Joanna und Brock fuhren eine ganze Weile schweigend, bevor sie sprach.

»Wie ist Castle Kincade?«

Brock grinste, und seine Stimmung hellte sich auf. »Es steht auf einem Hügel, der ist nicht besonders hoch, aber an seinem Fuß befindet sich ein See, dessen Wasser so blau wie der Sommerhimmel ist. Meine Mutter ließ einige Gärten anlegen, die aber in den Jahren nach ihrem Tod verfallen sind. Ich habe kein Talent dafür, aber vielleicht kannst du sie ja wieder zum Leben erwecken.«

»Das würde ich sehr gerne«, stimmte Joanna zu. Die Aussicht, die Gärten, die seine Mutter einst angelegt hatte, wiederherzustellen, schien eine schöne Idee zu sein. Sie war auch erleichtert, dass sie dort etwas zu tun haben würde. Joanna war noch nie die Art von Frau gewesen, die tatenlos herumsitzen würde, wenn sie etwas in die Hand nehmen konnte.

»Wie war sie? Deine Mutter, meine ich.«

Brock versteifte sich leicht, und Joanna fragte sich einen langen Moment lang, ob er überhaupt antworten würde.

»Meine Mutter hatte ein gutes Herz. Es gab kein verletztes Tier und keinen verwundeten Menschen, dem sie nicht zu helfen versuchte. In ihren Augen leuchtete ein Licht, das ich auch in dir sehen kann. Es erinnert mich so sehr an sie.« Seine Stimme wurde rau, und Joanna drückte seinen Arm, um ihm ihre Unterstützung zu zeigen. Brock holte tief Luft, bevor er fortfuhr.

»Brodie nannte sie einen Engel, als wir klein waren. Er dachte, sie sei von den Wolken herabgestiegen, um unsere Mutter zu sein. Und Aiden ... er ist ihr im Geiste so ähnlich - liebevoll und leicht zu verletzen.«

»Bist du wie deine Mutter?«, fragte sie.

Brock schüttelte den Kopf. »Ich weiß, dass ich es nicht bin.«

Joanna war besorgt, dass er sagen würde, er sei wie sein Vater, aber zum Glück tat er das nicht.

»Ich glaube, dass du es doch bist«, sagte Joanna leise. Manchmal war das Aussprechen der Wahrheit, die jemand mehr brauchte, als er zugeben konnte, eine Art, Liebe zu zeigen. Und sie wollte, dass Brock ihr Verlangen, ihn zu lieben, spürte. Das tat sie noch nicht, aber sie würde ihn eines Tages lieben. Es war wie die Art, wie sie immer einen aufkommenden Sturm spüren konnte - sie wusste, dass sie diesen Mann mehr lieben würde als ihr eigenes Leben. Sie hoffte, dass sie, wenn dieser Tag irgendwann kam, feststellen würde, dass auch er sie liebte.

Sie lösten sich in ein weiteres Schweigen auf, das länger und nachdenklicher war, aber nicht weniger friedlich. Das gefiel ihr an ihm. Mit ihm zusammen zu sein war erholsam, zumindest, wenn sie sich nicht küssten. Er unterschied sich so sehr von den Männern in London und Bath, die verzweifelt nach Konversation suchten, aber die Tiefe und der Wert dieser Konversation war oft oberflächlich. Wenn Brock sprach, dann um etwas zu bewirken, um einen Teil von sich mit ihr zu teilen.

»Würdest du mir noch ein Lied singen?«, fragte sie und schloss die Augen.

Brock gluckste. »Soll ich dein schottischer Singvogel sein, Mädchen?«

»Ja«, kicherte sie. Sie legte ihren Kopf auf seine Schulter, während er ihr sanft ins Ohr sang.

Frae that sweet hour her name I'd breathe.

Wi' nocht but clouds and hills to hear me,

And when the world to rest was laid

I'd watch for dawn and wish her near me,

Till one by one the stars were gone,

The moor-cock to his mate called clearly,

And daylight glinted on the burn

Where red-deer cross at mornin' early.

Der süße, fast schwermütige Klang rührte Joannas Herz.

The years are long, the work is sair,

And life is aftimes wae and wearie,

Yet Foyer's flood shall cease to fall
Ere my love fail until my dearie.
I'd loved her then, I loved her now,
And could the world wad be without her.

Die Töne verstummten, doch Joanna spürte, wie die Melodie auf wunderbare Weise tief unter ihrer Haut summte. Sie war nie musikalisch begabt gewesen, sondern eher im Zeichnen und Aquarellieren, die auch zu den vielen Interessen und Talenten gehörten, auf die sich junge Damen konzentrieren sollten, statt die Dinge auszusprechen, die ihnen wirklich am Herzen lagen. Sie hatte Glück, dass Ashton ihr Bruder war, denn er hatte sie ermutigt, etwas über Wirtschaft und Unternehmen sowie über die Verwaltung von Investitionen zu lernen. Sie war nicht so begabt wie er, aber sie hatte ein Händchen dafür.

»Brock?«, flüsterte sie.

»Hmm?« Seine Antwort fühlte sich auf eine Weise intim an, die sie erröten ließ.

»Ich liebe es, wenn du für mich singst.«

Seine Arme legten sich um ihren Körper, als er sie näher an sich zog.

»Dann werde ich oft singen«, versprach er.

Sie verbrachten den restlichen Abend und den folgenden Tag in der Kutsche. Sie legten Pausen ein, um die Pferde auszuruhen, sich um ihre Bedürfnisse zu kümmern und schnelle Mahlzeiten einzunehmen. Als die Kutsche ein letztes Mal anhielt, erwachte Joanna aus einem leichten Schlaf, von dem sie gar nicht wusste, dass sie in ihn hineingedriftet war. Brock öffnete die Wagentür, reichte ihr die Hand und half ihr beim Aussteigen. Sie blickte nach oben und starrte auf das steinerne Gebäude, das sie überragte. Es war atemberaubend. Die grimmigen grauen Steine in den gezackten Kanten der Brüstungen entlang des Daches waren wie ein Wolf, der seine Zähne fletscht. Dennoch hatte der Bau etwas Weiches an sich, die Art, wie die Steine von jahrelangem Regen geglättet worden waren, statt zerklüftet und zerbrochen zu sein. Derjenige, der diese Burg gebaut hatte, hatte sie mit Liebe und Bedacht erbaut und nicht in Eile, um sich gegen Feinde zu verteidigen.

»Wie findest du es?«, fragte Brock und trat unbehaglich von einem Fuß auf den anderen.

»Es ist wunderbar«, rief sie aus und ließ ihren Blick über ihr neues Zuhause schweifen.

Das ist jetzt meine Welt. Die wogenden Wolken und das stille Wasser des Sees jenseits des einsamen Schlosses, das wie ein uralter Ring aus Steinen inmitten der fernen Hügel steht.

»Komm, ich zeige dir das Innere.« Brock bot ihr seinen Arm an, und sie raffte ihre Röcke, als sie die geschotterte Straße überquerten und das hohe Rundbogentor erreichten.

Das robuste Eichenholz war kunstvoll geschnitzt und durch Jahrhunderte harter schottischer Winter verwittert. Brock drückte auf den verrosteten Riegel, und die schwere Tür schwang in ihren alten Angeln auf. Sie betrat mit Brock das schummrige Innere und fühlte sich wie eine Frau, die in ein dunkles Feenreich entführt wurde. Sie erblickte geschwungene Treppen, Wandteppiche, die an den Steinen hingen, während Lichtstrahlen aus hohen Fenstern die Dunkelheit durchdrangen. Die staubige, alte Atmosphäre des Schlosses hätte viele englische Bräute abgeschreckt, aber nicht sie. Joanna war sofort verzaubert von den Spinnweben, die an den Kronleuchtern hingen und im Sonnenlicht wie Seidenfäden glitzerten. Es war ein bisschen so, wie sie sich die Schlösser in ihren Gothic-Romanen vorgestellt hatte, aber zumindest würden hier keine Geister oder Gespenster lauern, die sie um Mitternacht ins Moor flüchten ließen.

Brock lächelte nervös und wedelte mit einer Hand im Eingangsbereich herum. »Willkommen auf Schloss Kincade. So wie es ist.«

»Oh, Brock«, sagte sie seufzend und lief zu ihm, um ihn zu umarmen. »Es ist großartig.«

»Und meinst du das wirklich so?« Er hob ihr Kinn an und musterte sie genau, als ob er ein Zeichen der Täuschung finden wollte. Aber er würde keines finden. Dies war ein Ort der Magie, ein Ort, zu dem sie sich hingezogen fühlte, mit dem sie sich auf eine Weise verbunden fühlte, die sich jeder Erklärung entzog, die sie geben konnte.

»Gefällt es dir also wirklich?«, fragte Brock.

»Oh ja. Jetzt zeig mir *alles*.«

Brock führte sie durch einen Korridor mit mehr als einem Dutzend Schlafzimmern und dann in den Innenhof mit einem kleinen Kräuter- und einem Rosengarten. Er führte sie zu den Fenstern des Turms, durch die er auf die Gärten draußen zeigte. Sie erinnerten sie ein wenig an Vauxhall in London, aber er hatte recht, sie würden eine Menge Aufmerksamkeit erfordern. Dann führte er sie hinunter in die großen Küchen. Sie waren dunkel, nur von Feuer beleuchtet. Eine untersetzte Frau mit rotem Gesicht saß am Feuer und röstete einen Topf mit Kartoffeln über den Flammen.

Die Frau sprang auf, als sie Brock sah. »Mylord!«

»Mrs. Tate, das ist meine Frau Joanna, die neue Herrin von Castle Kincade.«

Mrs. Tates Augen weiteten sich, als sie Joanna ansah und einen hastigen Knicks machte.

»Es ist mir eine Freude, Sie kennenzulernen, Mrs. Tate.« Joanna lächelte die Frau an, aber sie sah ein Aufblitzen von Abneigung in den Augen der Frau, als diese Joannas englischen Akzent hörte, bevor der dunkle Blick unter einer höflichen Maske verschwand.

»Ich gratuliere Ihnen zur Hochzeit, Mylord«, sagte die Köchin. »Ich hoffe, Sie werden ebenso glücklich sein, wie der Master es mit Ihrer Mutter war.«

Brock verkrampfte sich bei der Erwähnung seiner Eltern, und Joanna drückte sanft seinen Arm als stille Unterstützung.

»Danke«, murmelte Brock. »Ich bin mir sicher, dass Sie und Lady Kincade viel zu besprechen haben werden, was den Betrieb der Küchen, die Menüs für das Abendessen und die anderen Haushaltsgeschäfte betrifft. Joanna, ihr Bruder hat sich ebenfalls um einen Großteil der Arbeit gekümmert, während ich mich auf die Pachtbetriebe und die Tierhaltung konzentriert habe. Ich bin sicher, dass er sich die Arbeit gerne mit dir teilen wird. Es ist an der Zeit, dass wir die Art und Weise, wie mein

Vater die Dinge gehandhabt hat, ändern. Meinen Sie nicht auch, Mrs. Tate?«

»Ich fand eigentlich, der alte Master hatte alles gut im Griff«, murmelte sie und wölbte skeptisch eine Braue. Joanna schluckte einen bitteren Geschmack hinunter. Das würde nicht einfach werden; sie würde die Köchin überzeugen müssen, ihr zu vertrauen.

»Mrs. Tate, haben Sie Mr. Tate gesehen? Er hat uns nicht begrüßt, als wir ankamen«, fragte Brock mit leiser Stimme.

»Oh! Mr. Tate hat sich um die Bücher in Ihrem Arbeitszimmer gekümmert, Mylord.«

»Ach, gut.« Brock begleitete Joanna aus der Küche. Als sie gingen, warf sie noch einmal einen Blick über ihre Schulter und sah, dass Mrs. Tate immer noch die Stirn runzelte.

Oh je. Sie freute sich nicht auf den Umgang mit Mrs. Tate, aber sie vermutete, dass es daran lag, dass sie Engländerin war. Die Schlacht von Culloden war vielen, vor allem den Schotten, noch frisch im Gedächtnis.

Sie und Brock kehrten in die Haupthalle zurück, und er führte sie durch einen schmalen Korridor.

»Das ist mein Arbeitszimmer. Du darfst mich jederzeit hier besuchen. Im Gegensatz zu manchen Männern werde ich dir nichts von meinem Haus verwehren. Jeder Raum gehört dir genauso wie mir.« Er öffnete die Tür, und sie folgte ihm in das Arbeitszimmer. Ein Mann saß an einem großen Schreibtisch und stöberte in den Geschäftsbüchern.

»Ah, Tate, da sind Sie ja. Erlauben Sie mir, Ihnen Joanna, meine Frau, vorzustellen.«

»Ehefrau?« Tate erhob sich von seinem Stuhl und sah Joanna mit einem leichten Stirnrunzeln an. »Sie haben geheiratet, Mylord? Ich habe keinen Brief über so etwas erhalten.«

Joanna starrte Mr. Tate an und war schockiert, dass der Verwalter des Anwesens in einem solchen Ton mit seinem Herrn sprach.

»Es tut mir leid, ich hatte keine Zeit, Sie zu informieren.« Brock starrte Tate an. »Joanna ist die Schwägerin von Rosalind, und jetzt ist sie meine Frau. Joanna, Mr. Tate ist der Bruder der Köchin, Mrs. Tate. Mrs. Tate ist nicht verheiratet, aber wir haben sie immer Missus genannt, so lange ich mich erinnern kann«, erklärte er Joanna, bevor er sich wieder seinem Steward zuwandte. »Mr. Tate, bitte sorgen Sie dafür, dass Joanna alles hat, was sie braucht.«

Tate schloss die Geschäftsbücher und verbeugte sich förmlich vor Joanna.

»Ich bitte um Entschuldigung, Mylady. Ich war schockiert, als ich von der plötzlichen Hochzeit hörte, das ist alles. Er schenkte ihr ein Lächeln, aber es war nicht so warm, wie sie gehofft hatte.

»Vielen Dank, Mr. Tate.« Joanna lächelte ihn an und versuchte, freundlich zu sein.

»Warum zeige ich dir nicht dein Zimmer«, sagte Brock, und sie verließen Mr. Tate mit den Büchern in Brocks Arbeitszimmer allein.

Sie gingen die elegante Wendeltreppe hinauf und

einen der Korridore hinunter. Joanna starrte auf die schönen Wandteppiche an den Wänden. Einer davon zeigte ein Einhorn, das hinter einem kleinen runden Zaun gefangen war. Die Szene hatte etwas, das ruhige, unsterbliche Wesen, das sich gefangen nehmen ließ, während um es herum Blumen blühten und die Tiere im Wald das schneeweiße Tier fasziniert und ehrfürchtig betrachteten.

»Meine Mutter liebte diesen Wandteppich.« Brocks satte Stimme dröhnte hinter ihr und riss sie für einen Moment aus dem Bann des kunstvoll gewebten Wandteppichs.

»Er ist wunderschön.« Joanna starrte auf die fast schimmernden Stränge des weißen Fadens. Das Einhorn schien in dem Licht, das aus den gegenüberliegenden Fenstern kam, fast zu atmen. Sie war sich nicht sicher, warum, aber sie empfand bei diesem Anblick eine plötzliche Mischung aus Freude und Traurigkeit.

Brock legte ihr eine Hand auf die Taille, und die beruhigende Berührung versetzte ihr einen Stich ins Herz. Sie drehte sich so, dass sie sein Gesicht sehen konnte. Seine dunklen Brauen wölbten sich über seinen sturmumtosten Augen. Sie erinnerten sie an die Sommerstürme, die über Felder mit geknickten Bäumen fegten und in denen Blitze zuckten. Schön, beängstigend und doch so voller Leben und Energie.

Sie griff nach oben, packte seine Weste im Nacken und zog seinen Kopf zu sich herunter. Sie musste ihn küssen. Auf eine seltsame Art und Weise schien es, dass sie sich mit kleinen Dingen wie Küssen ausdrücken konnte, wenn ihr die Worte fehlten.

Er erwiderte den Kuss, seine Zunge glitt zwischen ihre Lippen, während er sie nach hinten schob und sie gegen den Einhornteppich drückte. Der von der Sonne erwärmte Stoff wärmte ihren Rücken, und sie fühlte sich zwischen ihm und Brocks Körper wie eingehüllt. Er beherrschte ihren Mund mit verruchten Küssen, die sie gleichermaßen mit Hitze und Hunger erfüllten. Es schien nie genug zu sein. Ein Kuss von ihm war ein Funke in einem Feuerwerkskörper. Sie leuchtete auf, als ob ein Blitz in heftigen, kraftvollen Explosionen durch sie hindurchfuhr. Und das alles mit einem Kuss.

Als sie sich nach langen Minuten voneinander trennten, atmete Brock schwer. Er schloss die Augen, als sich ihre Gesichter berührten. Seine Finger hielten sich an ihren Hüften fest und gruben sich ein, während er wieder zu Atem kam.

»Ist das immer so?«, fragte sie und umklammerte immer noch den Kragen seiner Weste.

»Ich ...« Er zögerte. »Ich war schon mit ein paar Frauen zusammen - nicht mit vielen, aber doch mit ein paar - und es war nie annähernd so wie mit dir, Mädchen. Nicht so, wie es mit dir ist.« Seine Lippen verzogen sich zu einem verführerischen Lächeln, das in seinem Charme fast jungenhaft wirkte. Ihr Herz hüpfte in ihrer Brust.

»Wahrhaftig?« Sie kam sich dumm vor, weil sie wollte, dass er sie beruhigte, aber sie verliebte sich Stück für Stück in ihn, so wie man im Frühling einen regen-

nassen Hügel hinunterrutscht. Bald würde sie hoff-
nungslos in ihn verliebt sein, und der Gedanke, dass sie
die Einzige sein würde, die so empfand, machte ihr
Angst.

»Aye. Du bist anders als alle anderen.« Er schmiegte
sich an sie, bevor er ihr einen weiteren leichten Kuss
gab, und der geisterhafte Druck seines Mundes auf ihren
spürte sie bis ins Innerste. Es war kein Kuss, um zu
verführen oder um Verlangen zu entfachen. Es war ein
Ausdruck der Zuneigung, der wie ein süßer Traum
nachklingt.

»Komm.« Er führte sie den Korridor entlang und
blieb vor einer geschlossenen Tür stehen.

»Dies sind deine Privatgemächer, wann immer du
allein sein willst. Ich verstehe, dass die adlige Damen
ihre heimlichen Zufluchtsorte brauchen.« Er öffnete ihr
die Tür und führte sie hinein. Der Raum war rund und
sehr ungewöhnlich. Auf der rechten Seite befand sich
ein Kamin und auf der linken Seite ein Himmelbett. Es
gab zwei große Fenster, eines in der Nähe des Kamins
und eines in der Nähe des Bettes.

»Sind wir im Turm?«, fragte sie und versuchte, sich in
dem großen runden Raum zurechtzufinden.

»Aye. Es gibt einige große Räume wie diese. Meine
Mutter baute sie zu Gästezimmern um, als sie meinen
Vater daran erinnerte, dass wir nicht mehr gegen die
Engländer kämpften und keinen Bedarf an Waffenkam-
mern und dergleichen hatten.«

Joanna blickte verwundert in den Raum. Vielleicht
war es einmal eine mittelalterliche Waffenkammer gewe-

sen, aber alles, was sie jetzt sah, war ein Ort des Friedens, dekoriert mit weiblichen Akzenten. Die Bettdecke war in einem hübschen Smaragdton mit goldenen Fransen gehalten, und der Waschtisch war aus schönem Rosenholz mit einem eingearbeiteten Spiegel. Alles im Zimmer war elegant.

»Was meinst du? Reicht das?«, fragte Brock in einem so hoffnungsvollen Ton, dass sie sich umdrehte und ihn ansah, während ihre Fingerspitzen noch immer über die staubige Oberfläche des Frisiertisches fuhren.

»Es ist perfekt, aber ...« Sie spürte, wie ihr die Röte in die Wangen stieg.

»Aber?« Er klammerte sich an das eine Wort, und seine Augen trübten sich vor Sorge.

»Aber teile ich denn nicht das Gemach mit dir?«, fragte sie. Es war bekannt, dass die meisten Ehemänner und Ehefrauen nur in seltenen Fällen ein gemeinsames Schlafgemach hatten. Paare, die sich sehr liebten, teilten sich oft eine Kammer. Joanna wünschte sich das sehnlichst, ihn jede Nacht an ihrer Seite zu spüren. Sie sehnte sich nach der stillen Intimität zweier Menschen, die eng genug beieinander schlafen, um ihre Träume in der Dunkelheit zu teilen.

»Möchtest du denn eine Kammer mit mir teilen?«, fragte Brock unsicher.

Sie nickte. »Ja, das möchte ich. Das heißt, wenn du es auch willst. Wenn nicht, dann kann ich ...«

Er durchquerte den Raum, bevor sie etwas sagen konnte, und küsste sie heftig, so dass die Leidenschaft zwischen ihnen wieder aufflammte.

Sie kicherte, als sie sich trennten. »Ist das ein Ja?«

Er grinste. »Das ist es. Ich hätte nicht gedacht, dass du das willst, also habe ich nicht daran gedacht zu fragen.«

»Hab keine Angst zu fragen, Brock«, sagte sie sanft. »Ich möchte, dass wir offen miteinander umgehen und uns nicht scheuen, über solche Dinge zu sprechen.«

Er strich mit seinen Händen über ihren Rücken und seufzte. »Ich bin es so gewohnt, meine Gedanken für mich zu behalten. Mein Vater ...« Brocks Blick wurde distanziert. »Er wollte nie reden, und wenn er es tat, wollte ich meist nicht hören, was er zu sagen hatte. Der Mann war grausam. Es war eine einsame Kindheit, sogar mit meinen Brüdern und meiner Schwester.«

»Ihr wart alle vom Schmerz gefangen. Ich verstehe das.« Sie und ihre Geschwister waren in ähnlicher Weise aufgewachsen, aber wenigstens hatten sie immer ihre Mutter gehabt.

»Gib mich niemals auf, Mädchen. Lass niemals zu, dass ich beginne, dich auszuschließen.« Brocks Stimme war rau vor Emotionen.

»Das werde ich nicht«, versprach sie.

Dann quietschte sie auf, als sich etwas unter der Decke des Bettes neben ihnen bewegte.

Brock wirbelte herum, griff an den Rand der Bettdecke und zog den grünen Stoff zurück. Ein graues Tier von der Größe eines kleinen Hundes trudelte auf sie zu. Sein Gesicht war schwarz mit einem breiten, schneeweißen Streifen in der Mitte.

»Ach, Freya! Was machst du hier, Kleine?« Brock hob die Kreatur auf und setzte sie auf dem Boden ab.

»Ist das ... ein Dachs?« Joanna starrte auf das Tier hinunter und wusste, dass es tatsächlich ein Dachs war, aber sie konnte nicht glauben, dass sie einen im Schloss beobachtete, in *ihrem* Bett.

»*Husch!* Weg mit dir, Freya.« Brock schubste den Dachs mit seinem Stiefel in den Korridor. Der Dachs schnaufte, hob den Kopf und trottete mit überraschender Geschwindigkeit den Flur hinunter und außer Sichtweite.

»Sie gehört zu Aiden. Ich fürchte, du wirst überall im Haus kleine Biester finden. Wir haben Eulen, die über der Bibliothek nisten, einen Fuchs in der Küche und mindestens ein halbes Dutzend anderer Kreaturen, die durch die Gänge streifen. Ich hoffe, das wird dich nicht verärgern.«

»Nein«, sagte Joanna lächelnd. »Ich finde es charmant. Sie hat mich nur erschreckt. Man erwartet keinen Dachs in seinem Bett.«

Daraufhin lachte Brock herzhaft. »Ach, Mädel, du hast doch einen Dachs in deinem Bett. Oder hast du das vergessen?« Er fletschte spielerisch wie ein Dachs mit den Zähnen, woraufhin sie zu kichern anfing und leicht gegen seine Brust stieß. Er packte sie an der Taille.

»Ich liebe dein Haus«, sagte sie, als sie endlich aufhörte zu lachen.

»*Unser* Haus. Es gehört jetzt auch dir.«

»Unser Zuhause«, wiederholte sie, und ihr Gesicht

erhitzte sich erneut. »Warum zeigst du mir nicht dein Zimmer?«

»Das würde ich gerne tun.« Er begleitete sie aus dem Turm, und sie gingen zu seinen Gemächern. Joanna konnte nicht aufhören zu lächeln.

Ich nehme an, ich habe tatsächlich einen Dachs in meinem Bett.

KAPITEL 17

Brock hielt den Atem an, als er Joanna in sein Schlafgemach führte. Es war nicht das offizielle Zimmer des Gutsherrn von Castle Kincade. Das war die Kammer seines Vaters gewesen, und Brock würde niemals in diesem Zimmer schlafen. Es war, als ob die Anwesenheit seines Vaters immer noch dort verweilte. Aber dieses Zimmer, das mit den zwei großen Fenstern zum See hin, war sein Lieblingszimmer. Es hatte hohe Gewölbedecken und ein großes Himmelbett mit dunkelblauen Bettvorhängen. Zwei gepolsterte Sessel standen vor dem Kamin. Joanna ging direkt zu ihnen und berührte den warmen Stoff mit einem Lächeln.

»Das ist sehr einladend«, sagte sie und warf einen Blick über ihre Schulter zu ihm. Gott, es fiel ihm schwer, die Finger von ihr zu lassen, aber er musste es. Er musste ihr noch Zeit geben, nach dem ersten Mal, als sie zusammen gewesen waren, zu heilen.

»Ich bin froh, dass es dir gefällt. Wenn du das willst, kannst du jederzeit in deinem eigenen Gemach schlafen, aber ich hoffe, dass du jede Nacht hier bei mir bleiben wirst. Hast du Lust, vor dem Abendessen noch einen Ausritt zu machen?«, bot er an. Wenn sie einen Ausritt in die Umgebung machten, würde er nicht so leicht in Versuchung kommen, sie wieder ins Bett zu bringen. Er reichte ihr die Hand.

»Das würde ich sehr gerne.« Als sie ihre Hand in die seine legte und ihn anlächelte, schlug seine Erregung mit Macht zu. Vielleicht war er zu voreilig gewesen, vermeiden zu wollen, so bald wieder mit ihr zu schlafen. Schroff führte er sie hinunter in den Schlosshof und wies sie auf verschiedene Nischen des Geländes hin, die ihn an die besseren Zeiten seiner Jugend erinnerten. Er kämpfte tapfer, um der süßen Wärme ihrer Haut zu widerstehen, während sie sich an den Händen hielten. Zum ersten Mal in seinem Leben betrachtete er seine Ländereien als ein Mittel der Verführung und nicht als eine Quelle der Scham über ihren Zustand. In welche Hecke könnte er sie drängen? Zu welchem Gartenweg konnte er sie führen und sicher sein, dass sie allein sein würden?

Bevor sie die Ställe betraten, zog er sie an sich, legte den anderen Arm um sie und schloss sie in seine Umarmung ein, damit er sie innig küssen konnte. Ihre Zärtlichkeit legte sich in seine Seele und summte durch sein Blut, was ihm die Kraft gab, sich von ihr zu lösen und sie zu den frischen Pferden zu führen, die für sie bereitstanden, während ihre anderen Pferde sich von der Reise ausruhten.

»Oh, Joanna.« Brock lächelte plötzlich, seine Hände legten sich um ihre Taille, als er sich anschickte, sie auf ihr Reittier zu heben. »Ich fürchte, ich habe hier keinen Damensattel, Liebes.« Und mit dieser Warnung hob er sie hoch und setzte sie sanft auf das Pferd. Die Röcke ihres Reisekleides rutschten ihr bis über die Knie hoch, und sie errötete, als er ihr einen kleinen Kuss auf den Strumpf gab.

»Ich werde wohl neue Reitkleider aus London oder Edinburgh bestellen müssen«, überlegte sie und folgte Brock mit den Augen, als er zu seinem eigenen Pferd trat. »Solche, die zum Reiten im Männersattel geeignet sind.«

Brock seufzte über die Ungerechtigkeit, diese Knie zu verstecken, aber er nickte. »Aye, das wirst du wohl. Oder du könntest Reithosen tragen.«

»Reithosen?«, keuchte sie, der Skandal einer solchen Vorstellung erhitzte ihr Gesicht. »Wärst du nicht wütend? Es verbieten? Ich kann mir nicht vorstellen, dass ein Mann seine Frau in Männerkleidung herumlaufen lässt.«

Ihr Mann gluckste. »Diese Männer wären dumm. Ich würde nichts lieber tun, als deinen hübschen Hintern in engen Hosen zu sehen.« Er betrachtete ihren Hintern, während er dies sagte, und eine neue Hitze, dieses Mal eher aus Verlangen als aus Verlegenheit, durchströmte sie.

»Vielleicht ... Vielleicht werde ich mir ein paar Hosen machen lassen.« Sie grinste ihn an.

Er bestieg sein Pferd, und sie ritten durch die Vorburg und unter dem offenen Fallgitter hindurch, das sich hinter dem Haupttor befand. Dann gab er seinem Pferd einen Tritt in die Flanken, und sie galoppierten den Abhang hinunter zum stillen Wasser des Sees.

Es fühlte sich gut an, zu Hause zu sein, den Wind auf seinem Gesicht zu spüren, das Heidekraut auf den Hügeln zu sehen und die Sonne, die die Wipfel der Wälder in Gold tauchte. Bath hatte ihm nichts ausgemacht, aber die Ballsäle und Stadthäuser waren auf eine Weise beengend, wie es sein Schloss und die Hügel nie sein konnten.

»Brock, hier ist es wunderschön.« Joanna seufzte wehmütig und ließ ihren Blick über die Landschaft schweifen.

»Diese Ländereien sind seit mehr als vierhundert Jahren im Besitz meiner Familie«, erklärte er ihr voller Stolz.

Der Wind spielte mit Joannas Haaren, zerrte an ihnen, und sie sah mehr so aus, als gehöre sie hierher, als jeder andere Mensch, den er je gesehen hatte. Sie passte in das Land, wie eine Dryade in die schattigen Täler passen würde.

»Dürfen wir das Seeufer sehen?«, fragte sie, und ihre blauen Augen leuchteten wie Feuer. Die Aufregung und das Staunen in ihrer Stimme weckten in ihm ein Gefühl der Sehnsucht, vor dem er sich schon viel zu lange gefürchtet hatte. Je mehr Zeit er mit ihr verbrachte, desto mehr glaubte er, dass er sich doch in sie verlieben könnte. Aber durfte er jemanden so lieben, wie seine Mutter geliebt hatte? Über jeden Zweifel, jede Vernunft und jeden gesunden Menschenverstand hinweg zu lieben? Zu lieben bis ans Ende seiner Tage und noch länger? Durfte er das überhaupt wagen? Am Ende hatte es seiner Mutter nichts genützt. Aber Joanna war ja auch kein Ungeheuer. Sie würde ihn nicht so behandeln, wie sein Vater seine Mutter behandelt hatte. Aber der Gedanke, die steinerne Mauer um sein Herz einzureißen, war zu schrecklich.

»Aye, das können wir.« Er wollte ihr alles zeigen, und der See war bei weitem einer der schönsten Teile des Kincade-Landes. Sie grinste ihn an, und dieses Mal sah er weniger Ashton in ihr und mehr Rafes schelmisches Temperament. Das war eine Seite, die er gerne erkunden wollte. Eine verspielte Frau war eine glückliche Frau, und er wollte, dass Joanna immer glücklich war.

Er führte sie am See vorbei, durch den Wald, der an sein Land grenzte, und sie hielten tief im Wald an. Die Lichtung war vor Tausenden von Jahren von den Männern und Frauen angelegt worden, die auf diesem Land gelebt hatten, bevor es zu Schottland wurde. Eine Gruppe von grauen Steinen bildete ein seltsames Muster, das auf einen Steinhaufen in der Mitte hinwies. In den Sommermonaten brach das Sonnenlicht in Schlieren durch das Baumdach herunter und beleuchtete die Stellen, an denen die Steine standen, was dem Ort noch mehr Mystik verlieh.

Seine Mutter hatte ihm erzählt, dass der Steinhaufen

möglicherweise die Grabkammer eines alten Häuptlings war. Immer wenn Brock diesen Ort besuchte, hatte er das Gefühl, die Steine der Grabkammer atmen zu hören, so wie es in der Natur oft der Fall ist. Ein zartes, aber irgendwie tiefes Einatmen, das direkt zum Kern seiner selbst ging. Seine Mutter hatte ihm und seinen Geschwistern immer erzählt, dass hier Magie, *alte* Magie, wohnte, tief im Kreis dieser Steine, die die ewige Ruhe eines alten Häuptlings bewachten, der bei der Verteidigung dieses Landes umgekommen war.

»Was ist das für ein Ort?«, flüsterte Joanna, als sie von den Pferden glitten. Er nahm ihre Hand wieder, als sie durch die gedämpften goldenen Lichtstrahlen gingen. Sie hielten vor einem der höheren Steine inne, der wie ein flaches Rechteck in den Himmel ragte.

»Das sind die Steine von Kincade, aber viele nennen diese hohen Stücke *fir bhreige*, oder falsche Männer.« Er zog sie näher an sich heran und umarmte sie von hinten, sodass sie sich an ihn lehnte, während er ihr die Geschichten seiner Familie ins Ohr flüsterte.

»Als die Bäume noch jünger waren, zeigten die Steine auf die Sonne und den Mond. Sie zeigten den Männern auch den Weg nach Hause während der Jahreszeiten. Sie reisten weit von zu Hause weg, um zu jagen, und der Anblick dieser Steine auf entfernten Bergkuppen war die einzige Möglichkeit, den Weg zurück zu ihren Stämmen zu finden.«

Sie gingen auf den höchsten Stein zu, der ihnen am nächsten war. Er legte seine Handfläche auf den großen flachen Stein. Der Fels war rau. Brock hätte schwören können, dass er, wenn er die Augen schloss, die Menschen der Vergangenheit - seiner Vergangenheit - unter seinen Fingerspitzen summen spürte, wie das Murmeln von tausend flüsternden Seelen.

Joanna legte ihre Handfläche über seine Finger.

»Es ist so friedlich hier.«

»Ja«, stimmte er zu.

Schottland war ein Ort des tiefen Friedens und der Schönheit, ein Land, das von Gott geschaffen worden war, um vollkommen zu sein. Er könnte nirgendwo anders leben als hier. Sein Blut würde sich immer danach sehnen, auf schottischem Boden zu sein. Er fragte sich, ob Joanna eines Tages dasselbe fühlen würde. Was, wenn sie ihre Meinung änderte und beschloss, dass sie England, ihre Freunde und Familie und das Leben, das sie dort geführt hatte, vermisste? Er würde nicht wollen, dass sie unglücklich war oder dass sie sich gezwungen fühlte, hier zu bleiben. Der Gedanke fühlte sich an wie ein scharfes Messer, das sich in seiner Brust herumdrehte.

»Wird England dir fehlen?«, fragte er und zwang seine Stimme, ruhig zu klingen, damit sie die Besorgnis in seinen Worten nicht hörte.

Sie schwieg einen langen Moment, während sie die Steine umkreiste. Wieder konnte er nicht anders, als sie sich als eine Dryade vorzustellen, die einen Mann in den Wald lockt, damit er versuchen würde, sie einzufangen und zu küssen, nur um dann zusehen zu müssen, wie sie sich in einen wunderschönen Baum verwandelte. Sie spähte um den Rand eines der Steine herum und blickte ihn an. Der Wind zerrte spielerisch an ihrem offenen Haar, und die blonden Strähnen tanzten über die grob behauenen Felsen.

»Ich nehme an, das werde ich, aber das hier ... ich kann es nicht ganz erklären, aber ich habe das Gefühl, dass ich dazu bestimmt bin, hier zu sein.« Sie schüttelte den Kopf. »Ich weiß, es klingt albern.«

»Nein, tut es nicht.« Er umkreiste den Stein, umfasste ihre Taille von hinten und zog sie mit dem Rücken an sich, während er den blumigen Duft ihres Haares einatmete. Er legte seine Hände auf ihren Bauch und drückte sie an sich. Sie bedeckte seine Hände mit den ihren und lehnte sich an ihn, während sie beobachteten, wie Licht und Schatten auf den Steinen tanzten, so wie sie es seit Tausenden von Jahren getan hatten. Zum ersten Mal in seinem Leben war die Stille um ihn herum friedlich und nicht von einer schrecklichen Vorahnung geprägt, die ihn mit Furcht erfüllte. Als er seine Frau im Arm hielt und zwischen den Steinen stand, spürte er, wie seine Seele, die so oft verwundet worden war, zu heilen begann. Dieser Moment mit dieser Frau war ein Geschenk, das er nie ganz verdienen würde.

Er drückte seine Lippen auf ihr Ohr. »Danke, dass du mich geheiratet hast, Joanna«, flüsterte er. »Ich weiß, dass du alles aufgegeben hast, als du mit mir hierher gekommen bist.«

Sie drehte sich in seinen Armen, ihre Augen waren voller Hoffnung.

»Ich dachte, ich würde vor England und den Enttäuschungen dort weglaufen, aber jetzt ...« Sie zitterte und lehnte sich näher an ihn. »Jetzt weiß ich, dass ich auf etwas Besseres zusteuerte.«

Brock beugte sich hinunter und stahl einen langsamen, süßen Kuss, der die Steinmauer um sein Herz in Flammen setzte und sie zum Zerbröckeln brachte. Der Schmerz in seiner Brust setzte wieder ein, als ihr Blick den seinen suchte, und er wusste, bevor sie sprach, was sie fragen wollte, nur fürchtete er sich davor, wahrheitsgemäß zu antworten.

»Liebst du mich?«, fragte sie.

Liebe? Er wagte nicht zu lieben. Er ließ sie langsam los und entfernte sich, er hasste den Abstand, aber er brauchte etwas Klarheit zum Nachdenken, bevor er antwortete. Das gab ihm auch Zeit, seine Abwehrkräfte gegen ihre Zärtlichkeit zu stärken.

»Du bist mir wichtig, Mädchen«, antwortete er schließlich. Sie hatte einen so verletzten Blick, dass es ihm vorkam, als ob er tatsächlich geschlagen worden wäre.

»Ich wusste, dass es Zeit brauchen würde, bis wir uns ineinander verlieben. Ich hatte nur gehofft, dass es früher sein würde.« Sie atmete aus und wandte sich von ihm ab. Nicht einmal der Bann der Steine konnte sie zu ihm zurückbringen. Sie ging zurück zu dem Ort, an dem sie ihre Pferde zurückgelassen hatten. Sie wartete wortlos, als er zu ihr kam und ihr in den Sattel half.

Er wollte seine Worte zurücknehmen, um sich zu erklären. Aber was könnte ein Mann sagen? *Du bist ein hübsches Mädchen und das Größte in meinem Leben, aber ich bin nicht fähig zu lieben, und ich habe verdammte Angst davor?*

Nein, das würde bei ihr überhaupt nicht gut ankommen. Am besten lenkte er sie stattdessen davon ab.

»Möchtest du einige meiner Pächter auf dem Land kennenlernen, bevor wir zum Schloss zurückkehren?«

»Wenn du das möchtest, dann würde ich das gerne tun.« Ihr Tonfall war sanft, aber auch ein wenig flach, als würde sie ihm nicht mehr die volle Aufmerksamkeit schenken, als hätte sie sich in ihren eigenen Gedanken verschlossen.

Brock runzelte die Stirn über ihre niedergedrückte, fast abwesende Antwort. Er wollte keine niedergedrückte, gehorsame Frau. Ihm wäre es lieber, wenn sie wie ein wütender Iltis spucken würde, als dass sie still und zurückgezogen lebte. Er beschloss, einen Weg zu finden, ihr zu zeigen, wieviel sie ihm bedeutete, auch wenn er sie am Ende nicht lieben konnte. Er konnte sich nicht selbst belügen – wenn er mutig genug wäre, würde er sie wie verrückt lieben, aber er war ein Feigling, weil er Angst davor hatte, was die Liebe ihn kosten würde.

Sie nahmen den Weg zurück zum Schloss, und er führte sie am Rande seiner Ländereien entlang zu den Wohnhäusern seiner Pächter. Diese Menschen züchteten Schafe, und ein großer Teil seiner Exporte bestand aus Lammfleischprodukten, die nach Südengland geliefert wurden. Sein Vater hatte, wie einige andere Gutsherren auch, die Pächter als bloße Rädchen in einem großen Räderwerk gesehen, um aus den Ländereien Profit zu schlagen, aber Brock weigerte sich, seine Leute so zu sehen. Jetzt, wo er für sie verantwortlich war, wollte er, dass sich die Dinge änderten. Er wollte sicherstellen, dass sie die Mittel hatten, um ihre Familien gut zu versorgen und in stabilen Häusern zu leben. Viele Gutsherren in den Lowlands ermutigten ihre Pächter, die gälische Sprache aufzugeben, aber Brock hatte solche Beschränkungen aufgehoben, nachdem sein Vater vor mehr als einem Monat verstorben war.

Sein Blick schweifte über die fernen Hügel, die langsam von den aufsteigenden Schatten der Abenddämmerung verschluckt wurden. In Schottland hatte sich so viel verändert, nachdem die Engländer den Geist der Schotten zerstört und ihr Land durch den Bankrott vieler Clanoberhäupter zerrüttet hatten. Diese Männer hatten ihre Häuser, ihre Schlösser, all das verkauft. Sein Vater war einer der wenigen Männer gewesen, denen es gelungen war, seine Ländereien intakt zu halten.

Natürlich kannte Brock jetzt die dunklere Wahrheit darüber, was sein Vater getan hatte, dass er seine Landsleute an einen englischen Spion verraten hatte und dafür belohnt worden war. Bei dem Gedanken daran drehte sich Brock der Magen um, und sein Mund füllte sich mit einem üblen Geschmack.

In seiner Kindheit und Jugend hatte er Gerüchte gehört, dass sein Vater ein Verräter sei. Die Männer, von denen er immer geglaubt hatte, sie seien seine engsten Freunde aus den anderen schottischen Clans - die Campbells, die MacLeods, die Stewarts, die MacKenzies - hatten alle vor Jahren bei einem versuchten Aufstand Väter und Brüder verloren. Nur wenige Tage vor ihrer geplanten Reise nach Edinburgh, wo sie für ihre Sache werben wollten, waren sie in der Nacht verschwunden, jeder Einzelne von ihnen. Nur sein Vater hatte überlebt, und da er allein war, gab er seinen Kampf bald auf.

Brock seufzte und blickte über sein Land. Die Engländer kauften mit wachsender Begeisterung das Land auf und bauten neue Schlösser. Er wollte nicht, dass die Kincade-Ländereien auf diese Weise an die Engländer fielen. Es wäre besser, das Haus niederzubrennen, als es mit dem Geldbeutel zu strangulieren. Das war ein Teil von Brocks verzweifeltem Wunsch, zu heiraten, gewesen. Er musste das Leben seiner Pächter über seine eigenen Interessen stellen.

Aber er würde Joanna nicht dazu zwingen, sich von ihrem Vermögen zu trennen, es sei denn, sie wollte es tun. Er hoffte, dass sich ihr Herz öffnen würde, sobald sie sein Volk und dessen Bedürfnisse sah, und dass sie sich bereit erklären würde, zu helfen. Die meisten Schotten hier lebten in vergleichsweise großer Armut und mussten sich in einem rauen und schwierigen Klima von der kargen Erde ernähren.

Jeden Tag lasteten die Pflichten, die er den Männern und Frauen, die auf seinem Land arbeiteten, aufbürdete, schwer auf seinem Herzen. Wie in Irland waren Kartoffeln eine wichtige Grundlage für die Ernährung der weniger Begüterten, aber Krankheiten und Hungersnöte waren häufig und verheerend, wenn sie auftraten. Er hatte schon viel zu viele an Hunger sterben sehen. Allein im letzten Jahr hatten seine Pächter in den Wintermonaten kleine Kinder verloren, weil sie nicht genug zu essen bekamen. Das Wehklagen der Mütter, die ihre Kinder in den Armen hielten, bevor sie sie in kleine

Särge legen mussten, hatte Brock das Herz gebrochen. So etwas würde er nicht noch einmal zulassen, nicht auf seinem Land.

Brock wollte, dass Joanna ihm dabei helfen würde, neue landwirtschaftliche Geräte zu beschaffen, damit sie besser anbauen und ernten konnten, um seinen Pächtern eine Chance zu geben, nicht nur zu überleben, sondern auch zu gedeihen.

»Wir sind da«, sagte er zu Joanna, als sie in ein kleines Dorf ritten. Es gab zwei Reihen mit alten Steinhäusern. Ihre dunklen Innenräume waren weniger angenehm als die neueren Strukturen, die so genannten weißen Häuser, die viele Pächter in anderen Siedlungen bauten. Er hielt sein Pferd beim ersten Haus an und ließ sich zu Boden gleiten. Dann half er Joanna herunter und begleitete sie zur Tür. Die Tür öffnete sich, bevor er klopfen konnte.

»Mylord!« begrüßte ihn einer seiner besten Bauern. Dougal Ramsey war ein großer, schlanker, aber kräftiger Mann in den Vierzigern mit stechend blauen Augen. Seine junge Frau Annis stand hinter ihm, eine Hand auf dem Rücken, während sie sich über einen Topf beugte, der über dem Feuer im Kamin hing, und ihr schwangerer Bauch verhinderte, dass sie leicht in die Nischen des Kamins greifen konnte.

»Guten Abend, Mr. Ramsey. Ich bin aus Bath zurückgekehrt und habe meine frischgebackene Frau mitgebracht, um Sie und die anderen Pächter kennenzulernen.«

»Verheiratet? Meine herzlichen Glückwünsche an Sie

beide!« Ramsey grinste und winkte die beiden herein. »Annis, setz den Kessel für seine Lordschaft auf.«

Annis errötete schüchtern, als Brock und Joanna eintraten. Zwei kleine barfüßige Kinder hüpften umher, das Mädchen mit einer Strohpuppe, der ältere Junge mit einem Holzschwert, das er gegen unsichtbare Gegner schwang.

»Elsbeth, Camden, seine Lordschaft ist hier. Geht und wascht euch«, befahl Annis und machte sich daran, den Wasserkessel aufzusetzen. Brock warf einen Blick auf Joanna und fragte sich, was sie von all dem hielt. Es musste so anders sein, als sie es gewohnt war. Diese Hütten waren innen kahl, und die Böden bestanden lediglich aus der Erde, auf die die Wände gebaut waren. Die Steinmauern waren düster und vom Ruß dunkel gefärbt, und die Strohdächer boten im Winter und in der Regenzeit nur wenig Komfort.

Brock hatte im Winter einige Nächte in diesen Cottages verbracht, wenn die eisigen Winde des Atlantiks ihre Krallen über die Hügel und Täler des größten Teils von Schottland schlugen. Der baufällige Zustand vieler dieser schwarzen Häuser wurde noch dadurch verschlimmert, dass die einzige Lichtquelle aus der Tür und dem kleinen Loch im Dach bestand, durch das der Rauch abzog. Es war keine einfache Art zu leben.

Joannas Blick wanderte durch das düstere Haus von Dougal und Annis, und er sah Kummer in ihren Augen aufblitzen.

»Es ist wunderbar, Ihre hübsche Braut kennenzulernen, Mylord.« Dougal verbeugte sich vor Joanna, und Annis tat ihr Bestes, um einen Knicks zu machen.

»Bitte, nennen Sie mich Joanna. Sind das Ihre lieben Kinder?« Sie nickte Camden und Elsbeth zu, die aufgehört hatten zu spielen und nun feierlich an der Seite ihrer Eltern standen, die Puppe und das Holzschwert schlaff in der Hand.

»Das ist Camden. Er ist acht Jahre alt. Und Elsbeth hier ist fünf.«

Joanna beugte sich zu den Kindern hinunter, und ein warmes Lächeln erhellte ihr Gesicht, als sie das Mädchen ansah.

»Das ist eine schöne Puppe, die du da hast.«

Elsbeth errötete schüchtern und hielt die Puppe in der Hand, als würde von ihr erwartet, dass sie sie hergeben sollte, um Joanna zu gefallen. Brock vermutete, dass sein Vater dies den Pächtern schon in jungen Jahren beigebracht hatte. Er hatte Brock nie viel Zeit mit den Pächtern verbringen lassen; seine Söhne waren mit anderen Dingen beschäftigt, wie zum Beispiel nach Edinburgh zu fahren, um Märkte für den Export des von ihnen produzierten Lamms zu finden. Joanna nahm dem kleinen Mädchen die Puppe ab, umarmte sie und gab sie an das Kind zurück.

»Danke, dass ich sie mit dir teilen durfte. Sie ist reizend.« Joanna strahlte das Mädchen an, und das Kind lächelte zögernd zurück.

»Der Tee ist fertig.« Annis holte vier schlichte weiße Keramiktassen vom Regal und schenkte allen Tee ein.

Brock und Joanna nahmen ihre Tassen und nippten daran.

»Also, Dougal, wie sieht es bei den Pächtern aus? Ich hoffe, dass ich hier bald einige Änderungen vornehmen kann.

Dougal sah seine Frau unsicher an. »Veränderungen, Mylord?«

Brock stellte seine Tasse auf dem Tisch ab. »Ja, ich möchte die Löhne, die Sie für Ihre Arbeit erhalten, anheben, und ich möchte die Möglichkeit prüfen, bessere Häuser zu bauen.«

Dougal blinzelte, und Annis Augen leuchteten plötzlich überdeutlich.

»Ich glaube, das würde uns gefallen, Mylord.« Dougals Lächeln wurde wieder breiter.

Brock fühlte sich plötzlich schüchtern. Nach dem Tod seines Vaters genoss Brock die Freiheit, Zeit mit seinen Pächtern zu verbringen, wenn er konnte, aber er war sich bewusst, dass er für sie immer ein Gutsherr sein würde. Dass er eine englische Frau in ihre Mitte brachte, befürchtete er, könnte sie auch noch verärgern. Doch als er sah, wie leicht und sanft Joanna mit den Pächtern umging, schöpfte er Hoffnung. Sie war jetzt nicht mehr so distanziert zu ihm, wie sie es nach dem Besuch der Steine gewesen war. Hierher zu kommen, war eine gute Ablenkung von diesem verstörenden Gespräch gewesen.

»Nun, ich habe versprochen, meine Frau zum Abendessen nach Hause zu bringen. Ich werde in ein paar Tagen zurückkommen, um die Einzelheiten meiner Pläne zu besprechen.«

Brock stand auf, und Joanna bedankte sich bei Annis für den Tee und winkte den Kindern zu, bevor sie ihm nach draußen folgte. Ihr Blick schweifte über die anderen Bauernhäuser, sah die *gille-wee-foots*, die barfüßigen Kinder, die herumliefen, während ihre Eltern auf den Feldern arbeiteten.

Nachdem sie ihre Pferde bestiegen hatten, lenkte Joanna ihres dicht an seines heran. »Brock, diese Häuser müssen im Winter so kalt sein. Wie halten sie sich warm?«

»Nun, die Häuser sind an Hängen gebaut, siehst du? Und sie halten die Kühe am unteren Ende der Häuser auf der Rückseite, wo es eine Trennwand gibt. Das erleichtert die Abfallbeseitigung, und die Kühe sorgen für Wärme, weil sie den Torf und die Steine erwärmen, aus denen die Wände der Hütte bestehen.«

»Aber die Küche war kahl. Was essen sie?« Joannas Augen waren groß vor Sorge. *Mein Gott, sie hat wirklich ein großes Herz.*

»Wenn die Zeiten schlecht sind, können sie das Vieh ausbluten lassen. Sie töten sie zwar nicht, aber sie können eine Flanke oder Seite aufschneiden und Blut in Schalen auffangen. Es lässt sich gut mit Haferflocken und Milch mischen, um kleine Kekse zu backen. Schmeckt furchtbar, aber es macht satt.«

»Blut? Oh, Brock, es muss doch einen besseren Weg geben.«

»Schottland ist ein schönes Land, aber es kann auch rau sein. Wir haben gelernt, wie man jede Notlage übersteht. Das hat uns zu dem gemacht, was wir sind. Aber wie ich Mr. Ramsey schon sagte, ich würde gerne bessere Möglichkeiten erkunden. Wir müssen mit der Zeit gehen, oder wir riskieren, dass die Zeit uns zurücklässt.« Das schien Joanna etwas zu beruhigen. Brock fand, dies sei ein guter Zeitpunkt, um das Thema Geld anzusprechen. Er räusperte sich. »Darüber wollte ich ohnehin mit dir sprechen.«

»Was meinst du?« Sie studierte ihn in der zunehmenden Dunkelheit.

»Es ist dein Geld, Mädchen. Ich würde es zu keinem Zweck einsetzen, nicht ohne deine Zustimmung, egal, was dein Bruder dir gesagt hat. Ich werde dich nicht auf diese Weise benutzen. Aber wenn du dem Anwesen helfen möchtest, würde ich vorschlagen, dass du dich zuerst um die Pächter kümmern könntest Das Schloss kann warten.« Er konnte nur hoffen, verzweifelt, dass sie es selbst nutzen wollte, um seinem Volk zu helfen.

»Oh ...« Sie schwieg einen langen Moment. »Und wenn ich ihnen helfen will, können wir das?«

»Aye. Ganz sicher. Wir können mit Nahrungsmitteln beginnen, indem wir Saatgut kaufen, das sie anbauen können, und dann können wir neue Häuser bauen - richtige, stabile Hütten, nicht diese schwarzen Häuser.«

»Und die Kinder? Können wir ihnen auch Dinge kaufen? Spielzeug und richtige Schuhe ...« Joanna brach verlegen ab.

»Das können wir«, versicherte er ihr. »Solange du das willst.«

Den Rest des Weges ritten sie schweigend, und als

sie das Schloss erreichten, trennten sie sich von ihren Pferden, die der Pferdepfleger in die Ställe brachte.

»Wir werden auch mehr Personal brauchen«, sagte Joanna leise. »Könnten wir das im Dorf arrangieren? Ich muss auch einen Brief aufgeben, um Julia, mein Dienstmädchen, nachzuholen.«

»Aye, wir können morgen gehen. Ich vermute, dass auch unsere Speisekammer gefüllt werden muss. Die Küchen sahen kahl aus.« Er hatte schon gesehen, dass die Köchin die Vorräte nicht sehr gut aufgefüllt hatte, seit er mit seinen Brüdern nach Bath gegangen war. Er wies mit einer Geste auf das untere Ende der Treppe. »Warum treffen wir uns nicht in einer halben Stunde wieder hier, und ich begleite dich zum Abendessen?«

»In Ordnung.«

Er sah zu, wie sie die Treppe hinaufstieg, und es tat ihm in der Brust weh. Er wollte ihr alles geben, wovon sie jemals geträumt hatte, und jetzt musste es für sie so aussehen, als ob er sie nur wegen ihres Geldes wollte, trotz allem, was er gesagt hatte. Und alles, was sie wollte, war sein Herz.

Aber das konnte er ihr nicht geben. Er wagte es nicht, zu lieben. Vielleicht war er ja doch wie sein Vater. Es war möglich, dass er der Bösewicht war, weil er ihr die Liebe verweigerte, die sie so verzweifelt brauchte, nur weil er Angst hatte. Der Gedanke daran erfüllte ihn mit Furcht und Schrecken. Sein Wunsch, sich selbst zu schützen, hatte dazu geführt, dass er in der Falle saß und seine eigene Frau leiden musste - genau wie seine Mutter.

Ich bin wie er. Ein Ungeheuer.

Ein Teil von ihm glaubte, dass Joanna, wenn sie seine Liebe nicht hätte, jederzeit zu ihrer Familie zurückkehren und in Sicherheit sein könnte. Aber wenn sie sich verliebten und er eines Tages grausam wurde, würde sie ihn nicht verlassen. Ihr Herz war zu offen, zu vertrauensvoll. Das, was er am meisten an ihr bewunderte, würde ihr Schicksal besiegeln. Das gleiche Schicksal wie seine Mutter - ein Schicksal, das er befürchtet hatte.

Er ließ die Schultern hängen, als er die Treppe hinaufstieg und den westlichen Flügel des Schlosses betrat. Vor dem Zimmer seiner Mutter blieb er stehen. Seit ihrem Tod war es verschlossen. Erst nach dem Tod seines Vaters hatten er, Brodie und Aiden den Schlüssel gefunden und zum ersten Mal seit Jahren das Zimmer ihrer Mutter gesehen.

Es war ein wunderschönes Grab geworden, in dem nur der Körper der Mutter fehlte, der edel auf dem Bett in ewiger Ruhe lag. Durch die großen Fenster war das Mondlicht in den Raum gedrungen und hatte die sanften Farben der rotkehlchenblauen Wände fast weiß erscheinen lassen. Das aus Birkenholz geschnitzte Himmelbett war noch da, und im Mondlicht wirbelten Staubkörner umher. Er schritt leicht und respektvoll in den Raum. Es fühlte sich fast so an, als wäre seine Mutter noch da, ein Hauch ihres Parfüms, das Echo eines fröhlichen Lachens, als wäre sie nur für einen Moment aus dem Zimmer gegangen und würde bald zurückkehren.

Brock schluckte schwer, als er sich ihrem großen

Kleiderschrank in der Ecke näherte, aber er öffnete ihn nicht. Stattdessen stellte er sich auf die Zehenspitzen und strich mit der Hand über den oberen Rand des Schrankes. Seine Finger fuhren durch eine dicke Staubschicht, bevor sie gegen eine kleine Holzkiste stießen.

Er nahm das Kistchen vorsichtig in die Hand, um es genauer anzusehen. Das Kästchen war mit grün bemalten Ranken verziert. Die Kiste war so gut verarbeitet, dass er fast erwartete, die Ranken würden sich um seine Finger winden. Er hatte es als Junge oft gesehen, wenn seine Mutter sich auf einen schönen Abend auf einem Ball oder ein Abendessen mit Gästen hier im Schloss vorbereitete.

Er stellte die Schachtel auf dem Waschtisch seiner Mutter ab und öffnete den Deckel. Das Innere des Kästchens enthielt ein Dutzend Schmuckstücke. Er durchsuchte die verschiedenen Teile darin. Eine Perlenkette, jede einzelne schimmernd wie ein Tropfen kondensierten Mondlichts, der intensiv glitzernde Diamantring, den sie so oft getragen hatte, das Paar Saphirohrringe und schließlich das Stück, nach dem er gesucht hatte. Ein einfacher goldener Ring mit einem türkisfarbenen Edelstein.

Es war der Verlobungsring seiner Mutter. Der Türkis sollte Glück bringen; die Pharaonen Ägyptens hatten daran geglaubt und ihre Gräber damit gefüllt. Sein Vater war tatsächlich in Ägypten gewesen, als er jünger gewesen war, und dort hatte er auch den Ring erworben. Normalerweise würde Brock nichts anfassen wollen, was sein Vater je gekauft hatte, aber dieser Ring trug den

Geist seiner Mutter. Als sie krank geworden war, hatte sie Brock angewiesen, ihren Schmuck zu sammeln und die Stücke in dieses Kästchen zu legen und es oben auf dem Schrank zu verstecken. Zum Glück hatte sein Vater es nie gefunden.

Brock wollte, dass Joanna etwas von seiner Mutter besaß. Das Türkis passte fast zu ihren Augen. Er würde an ihrem Finger wunderschön aussehen. Er schloss die Schachtel und stellte sie sicher auf den Schrank zurück. Dann blickte er sich noch einmal im Raum um und verließ ihn, wobei er die Tür unverschlossen ließ. Der Raum musste, wie jeder andere Teil des Schlosses, atmen. Es würde lange dauern, bis er lernen würde, darauf zu vertrauen, dass das Schloss vor seinem Vater sicher war, aber dies war ein Anfang. Keine verschlossenen Türen mehr, keine versteckten Schätze mehr.

JOANNA KEHRTE VOR DEM ABENDESSEN IN BROCKS Arbeitszimmer zurück und stellte erleichtert fest, dass Mr. Tate nicht mehr anwesend war. Sie hatte gespürt, dass er gar nicht erfreut war, dass sie hier war. Vielleicht gefiel ihm nicht, dass sie Engländerin war, oder er befürchtete, dass sie ihm einige seiner Aufgaben im Schloss abnehmen würde. Viele Männer hätten die Möglichkeit ergriffen, für weniger Arbeit den gleichen Lohn zu erhalten, aber vielleicht war es auch eine Frage des Stolzes. Oder vielleicht sah er es als Beleidigung an, dass seine Aufgaben an eine Frau gingen. Sie würde ihr

Bestes tun, um ihn zu beruhigen und ihn wissen zu lassen, dass er nicht ersetzt werden würde.

Ich will helfen, das ist alles, und eine gute Frau weiß, wie man einen großen Haushalt führt.

Ihre Mutter hatte ihr beigebracht, wie man einen Haushalt führte, und ihr Bruder hatte ihr beigebracht, wie man ein Unternehmen führte, wie man Investitionen analysierte und andere wichtige finanzielle Angelegenheiten. Brocks Schwester Rosalind war Bankerin geworden, was zwar selten, aber nicht unüblich war. Joanna hoffte, dass sie dasselbe tun würde, wenn sie und Brock erst einmal verheiratet waren.

Sie betrachtete das Arbeitszimmer, den großen Eichenholzschreibtisch, der mit Papieren übersät war, und den Kamin mit dem gemütlich aussehenden gepolsterten Sessel daneben. Joanna lächelte und strich mit den Fingerspitzen über den verblichenen Stoff des Sessels, während sie sich Nächte vorstellte, in denen sie hierher kam und Brock heißen Tee brachte und sie sich mit einem Buch einrollte und las, während er ihre Arbeit an der Haushaltsbuchführung überprüfte. Dann könnte er hier auf dem Stuhl sitzen, und sie könnte ...

Joanna errötete bei dem verruchten Gedanken. Sie stellte sich vor, auf seinem Schoß zu sitzen, und nach einer lebhaften Diskussion würde Brock sie mit einem Kuss zum Schweigen bringen, oder sie würde ihn zum Schweigen bringen - je nachdem, wer es am nötigsten hatte. Der Herr wusste, dass sie ihn ebenso begehrte wie er sie, und sie fühlte sich dreist genug, ihm ihr Verlangen zu zeigen.

Ja, die Abende hier mit ihrem Mann zu verbringen, wäre ein Vergnügen. Joanna trat an den Schreibtisch heran und setzte sich auf den Stuhl. Die Papiere raschelten, als sie begann, die Dokumente durchzusehen. Die Geschäftsbücher konnte sie nicht finden, aber diese Papiere waren zumindest ein Anfang.

Bei den meisten handelte es sich um Kontoauszüge von Banken, Briefe von Gläubigern und gelegentlich Dokumente über Zahlungen an die Pächter für ihre Arbeit und die Tierhaltung. Es schien ganz normal zu sein, nur dass es das nicht war. Die an die Pächter gezahlten Beträge waren geringer als erwartet, und die Schulden der Gläubiger waren beträchtlich, aber bei weitem nicht so hoch, dass sie Brocks Nachlass in eine so schwierige Lage gebracht hätten. Hatte er sie angelogen?

Nein. Sie weigerte sich, das zu glauben. Sie grübelte fast eine halbe Stunde lang über den Auszügen, bevor ihre Augen müde wurden und sie sich zum Abendessen umziehen musste. Vielleicht hatte ja auch Mr. Tate kein Händchen für die Buchhaltung. Wenn das der Fall war, würde sie diese Aufgabe gerne übernehmen.

Sie war sehr gut in Mathematik - dafür hatte Ashton gesorgt. Er hatte Joanna schon vor langer Zeit gesagt, dass eine Frau sich so hübsch kleiden könne, wie sie wolle, aber wenn sie wirklich wahrgenommen und respektiert werden wolle, dann täte sie gut daran, sich in Fragen der Wirtschaft, Politik und Literatur zu bilden. Als sie dreizehn gewesen war, wollte sie nicht in einem verstaubten alten Schulzimmer sitzen, während ihre

Gouvernante die ganze Zeit über Zahlen schwadronierte, aber sie hatte es getan, und jetzt würde es sich auszahlen.

Brock hatte sich eine gute Frau ausgesucht, er wusste es nur noch nicht. Sie lächelte in sich hinein und dachte daran, wie froh er sein würde, wenn sie sein Anwesen nicht nur durch ihr Vermögen, sondern auch durch ihre Verwaltung rentabel machen würde.

Joanna ordnete die Papiere auf dem Schreibtisch, um mehr Ordnung in das Chaos zu bringen. Morgen würde sie Mr. Tate aufsuchen, und sie würden ihre Aufgaben regeln. Sie würde ihn fragen, wo er die Geschäftsbücher hingelegt hatte, da sie sie zwischen den Stapeln von Papieren nicht gefunden hatte.

Als sie den Eindruck hatte, dass das Arbeitszimmer in einem guten Zustand war, blies sie die Kerzen auf dem Schreibtisch aus und machte sich auf den Weg in ihr Schlafgemach. Doch als sie den Raum verließ, erstarrte sie. Das beunruhigende Gefühl, beobachtet zu werden, richtete die feinen Härchen in ihrem Nacken auf. Sie blickte sich im Korridor um und sah niemanden, doch das Gefühl, beobachtet zu werden, verfolgte sie den ganzen Weg zurück zu ihren Zimmern.

❦

BROCK MACHTE SICH AUF DEN WEG ZU SEINEN Gemächern und wusch sich das Gesicht. Er probierte eine seiner farbenfroheren Westen an, eine burgunderfarbene, die mit einem Muster aus Goldfäden bestickt war. Dann faltete er sein Halstuch sorgfältig zusammen. Er hatte es vor Jahren selbst gelernt, als ihr Vater den größten Teil des Personals weggeschickt hatte. Er musste allerdings zugeben, dass es ihm gefiel, einen Diener zu haben, der ihm half, auch wenn es seiner Natur widersprach, sich auf andere zu verlassen. Das Schloss brauchte mehr Diener, und er brauchte Hilfe. Mr. Tate jonglierte mit seinen Aufgaben als Steward und Butler, da der vorherige Butler zusammen mit dem Großteil des Personals vor langer Zeit gegangen war.

Er kleidete sich fertig an und nahm den Ring in die Hand, wobei er sich ein wenig dumm vorkam, weil er hoffte, dass er Joanna gefallen würde, als würde er zum ersten Mal versuchen, ein Dienstmädchen zu beeindrucken. Er wartete am Fuß der Treppe und drehte sich um, als er Schritte hörte. Joanna stand oben, ihr Abendkleid war auffallend bischofsblau. Es war das einzige Abendkleid, das ihre Zofe in ihre lederne Reisetasche gesteckt hatte. Das Licht der Wandlampen verlieh ihr einen leichten violetten Schimmer, wenn sie sich bewegte. Es war fast schillernd und hob das Kornblumenblau ihrer Augen hervor.

Sie schaute ihn sehnsüchtig an, als sie die Treppe herunterkam, und er spürte den gleichen Sog zu ihr. Sie hielt auf der untersten Stufe inne, so dass sie fast auf gleicher Höhe mit seinem Gesicht war. Ihr Atem hob und senkte ihre Brüste in ihrem engen Mieder, und er konnte nicht widerstehen, einen Blick auf den tiefen Ausschnitt zu werfen, in der Hoffnung, einen rosigen Nippel zu erblicken. Aber das Kleid war gerade so bescheiden, dass er mit seiner Vorstellungskraft auskommen musste.

»Ich habe ein Geschenk für dich«, sagte er. »Ich wünschte, ich hätte es dir an unserem Hochzeitstag geben können.« Er holte den Ring aus seiner Hosentasche und hielt ihn ihr hin.

Sie blinzelte erschrocken und streckte ihm ihre Hand entgegen, als er ihr den Ring an den Finger steckte. Der Ring lehnte sich an dem einfachen Silberring, den er ihr in der Schmiede geschenkt hatte, und passte perfekt.

»Er gehörte meiner Mutter. Ihr Verlobungsring.« Er hielt ihre Hand noch ein wenig länger fest, wollte sie nicht loslassen. Etwas Intensives und Mächtiges flammte zwischen ihnen auf.

Joanna sah ihn an, ihre Augen waren sanft wie eine Liebkosung. »Er ist wunderschön, Brock. Ich werde ihn immer in Ehren halten.«

Er strich mit den Fingern über ihr Handgelenk, er wollte sie berühren, sich mit ihr verbinden. »Man sagt, Türkis bringt Glück.«

»Dann hoffe ich, dass er mir das Glück bringt, an das ich gerade denke.« Das Lächeln, das sie ihm schenkte, ließ keinen Zweifel daran, was das war.

Er war nicht blind für seine Begierden. Er hatte Joanna von dem Moment an gewollt und begehrt, als er ihr vor mehr als einem Monat den ersten Kuss gestohlen hatte, aber jetzt rang er mit dem Problem, wie er mit seiner Frau Liebe machen konnte, ohne sich *zu verlieben*.

»Ich wünschte, ich könnte dir etwas zurückgeben.«

Sie biss sich auf die Unterlippe, und sein Körper glühte vor Erregung.

Er berührte ihre Wange. »Das hast du, Mädel. Du hast mir *dich* gegeben.«

Ihre Wangen wurden pink, und sie senkte schüchtern den Kopf. Er hob ihren Blick wieder an, und sie lächelte ihn an. Es war, als würde man mitten im Frühling den Sonnenaufgang über den Hügeln von Torrington beobachten.

»Lass uns essen gehen.«

»Ja. Das würde mir gefallen.«

Er bot ihr seinen Arm an und begleitete sie in den Speisesaal. Heute Abend würde er sie ins Bett bringen. Sie war einfach zu unwiderstehlich.

Joanna spürte das Gewicht des Verlobungsrings an ihrem Finger, aber es war nicht unwillkommen. Vielmehr war es beruhigend, den Druck des Goldreifs neben ihrem Ehering zu spüren. Sie konnte nicht glauben, dass er ihr einen Ring geschenkt hatte, der seiner Mutter gehört hatte. Freude machte sich in ihr breit, als sie darüber nachdachte, was das bedeutete. Er konnte versuchen, auf Distanz zu bleiben, aber sie sah die Hitze und die Sehnsucht in seinen Augen. Für ihn war es nicht nur körperlich - zumindest hatte sie das Gefühl, dass es nicht so war. Sie musste daran glauben, dass sie sein Herz gewinnen und ihm helfen konnte, zu erkennen, dass er nicht wie sein Vater war.

Wir werden eine glückliche Ehe führen, ein glückliches Leben. Ich weigere mich, etwas anderes zu glauben.

Als sie das Esszimmer betraten, keuchte sie auf. Es

war atemberaubend. Der obere Teil des Raumes war mit roter Satintapete verziert, die untere Hälfte war dunkel mit Eichenholz vertäfelt. Porträts von Adligen in Schottenröcken und Frauen, die Kleider in karierten Stoffen trugen, waren zwischen präparierten Hirschköpfen und Elchgeweihen zu sehen. Es sah zu gleichen Teilen wie ein Jagdschloss und ein elegantes Esszimmer aus, wie es sie überall in England gab.

»Ich mag dieses Zimmer.« Er grinste und zeigte auf einen großen, schönen Kopf eines Rehbocks. »Ich jage zwar nicht zum Spaß, aber ich war stolz, als ich ihn letzten Herbst gefangen habe. Im letzten Jahr hat er eine Reihe von Familien ernährt, darunter auch Dougal und Annis. Ich jage, wenn die Herden in den mageren Wintermonaten zu groß werden. Manchmal gibt es nicht genug Vegetation, damit sie alle satt werden, sobald der Schnee fällt.

Er begleitete sie zu einem Stuhl nahe dem großen Kamin. Er war fast so hoch wie sie selbst. Sie fragte sich, ob dies vor einigen hundert Jahren ein Teil der großen Halle gewesen sein könnte. Brock schob ihr den Stuhl zu, und als sie sich setzte, winkte er einem Lakaien, der höflich in der Ecke des Raumes stand.

Der junge Mann holte eine Suppenterrine, trat vor und schöpfte die Suppe in die Schüsseln der beiden, bevor er sich wieder in die Ecke stellte.

»Schildkrötensuppe«, sagte Brock. »Eines meiner Lieblingsgerichte. Die gibt es sonst nie. Mrs. Tate muss sich heute Abend sehr für uns angestrengt haben.«

»Ich muss mich bei ihr bedanken. Ich mag diese

Suppe auch«, gab sie grinsend zu und tauchte ihren Löffel in die Schüssel. Sie aßen schweigend, das Feuer knisterte hinter ihnen. Selbst im Sommer war es in Schottland spürbar kühler als in Bath. Als sie fertig waren, brachte der Diener eine Platte mit Lachs und dann Roastbeef. Dann teilten sie sich eine Torte mit Baiser und lachten, als ihre Gabeln zusammenstießen, als sie nach demselben Stück griffen.

Aber sie sprachen nicht viel, außer über die Pächter und die Bücher, die sie als Kinder gelesen hatten. Zu ihrer Freude stellte sie fest, dass sie beide viele der gleichen Geschichten gerne lasen. Bücher mit Abenteuern, Bücher, die Geschichte und Philosophie behandelten. Brock war sehr belesen, viel belesener als sie erwartet hatte. Deshalb kam sie sich etwas dumm vor, denn sie hatte angenommen, er sei eher ein Barbar. So etwas hätte Ashton bei ihm vermutet, und sie hasste sich dafür.

»Morgen werden wir in die Stadt reiten und uns nach neuen Bediensteten erkundigen. Ich werde deinen Brief an dein Dienstmädchen abschicken, und wir werden dir neue Kleider anpassen lassen, es sei denn, du willst lieber, dass dein Dienstmädchen deine alten Kleider mitbringt?«, fragte Brock.

»Ich werde vielleicht ein oder zwei Kleider im schottischen Stil bestellen, aber Julia kann mehr von mir mitbringen. Möchtest du ...« Sie hielt inne und wählte ihre Worte sorgfältig aus. »Möchtest du, dass ich neue Kleider bekomme?«

Brock spielte mit dem Stiel seines Weinglases und

dachte über ihre Frage nach. »Ja, das würde ich, aber noch nicht. Es gibt wichtigere Dinge, die wir brauchen, wie Saatgut und landwirtschaftliche Geräte für die Pächter.«

»Ja«, stimmte sie zu. »Aber denkst du, wir könnten sie verärgern? Wie würden sie auf unsere Großzügigkeit reagieren? Ich möchte niemanden in seinem Stolz verletzen.«

»Aye, das ist ein gutes Argument. Ich werde zuerst die Zahlungen an sie erhöhen, und dann werden wir einen Architekten aus Edinburgh mit der Ausarbeitung von Plänen für bessere Unterkünfte beauftragen und sehen, wie hoch die Kosten sein werden. Ich würde gerne noch vor dem Winter ein paar Häuser bauen lassen, wenn das möglich ist.«

»Das wäre gut. Ich kann nicht aufhören, an die Menschen zu denken, die in den dunklen Wintertagen in diesen trostlosen Häusern leben.«

»Ich fürchte, mein Vater hat sich nicht um solche Dinge gekümmert, aber wir werden ihnen helfen.« Er griff über den Tisch und legte seine Hand auf ihre. Fast hätte sie ihre Finger zurückgezogen, nicht weil sie nicht wollte, dass er sie berührte, sondern weil es sich wunderbar anfühlte und sie befürchtete, dass es für ihn nicht die gleiche Bedeutung hatte wie für sie.

»Ich denke, es ist Zeit für mich, mich zurückzuziehen. Es war ein langer Tag.« Sie erhob sich vom Tisch, und auch Brock stand auf. Sie sprachen nicht miteinander, als er sie zur Treppe begleitete.

»Joanna, ich hatte angenommen, dass du heute Nacht vielleicht lieber allein schlafen möchtest, aber ...« Brock packte sie an der Taille. »Darf ich heute Nacht in dein Bett kommen?« Die Frage war ein leises, heiseres Flüstern in diesem schweren Akzent, der sie immer schwach werden ließ.

Ja. Das Wort lag ihr auf der Zunge, aber sie wagte es nicht auszusprechen. Solange sie nicht einen Weg gefunden hatte, ihn dazu zu bringen, sich in sie zu verlieben, war sie sich nicht sicher, ob sie ihr eigenes Herz auf diese Weise riskieren konnte. Wenn sie zusammen waren, war es, als ob alles wegfiele und es nur sie beide zusammen in einer Welt der Hitze und der Lust gab.

»Ich ... ich weiß nicht, ob ich schon wieder bereit bin.« Sie verschluckte sich an den Worten, als sie die Treppe hinaufflüchtete. Sie hatte sich ihre Ehe ganz anders vorgestellt, zumindest was ihren Mann betraf. Sie hatte geglaubt, dass sie sich unsterblich ineinander verliebt hätten und dass nichts zwischen sie kommen würde, schon gar nicht ihr eigenes Herz.

Ich habe Angst, den Mann zu lieben, der Angst hat, mich zu lieben.

Es lag eine grausame Ironie in ihren Ängsten, aber sie wusste, dass sie der Liebe näher war als er. Sie spürte, wie diese Liebe um ihr Herz flatterte, wie Tauben auf der Suche nach einem Nistplatz.

Als sie in ihr Zimmer trat, von dem Brock gesagt hatte, dass es ihr ruhiger Zufluchtsort sein könnte, hielt sie inne und bemerkte das Feuer im Kamin und die

Kanne Tee auf einem Tablett, das auf dem Beistelltisch neben ihrem Bett stand. Das junge Dienstmädchen Maura, das ihr heute Abend beim Anziehen geholfen hatte, musste wohl beides für sie hochgebracht haben. Sie schenkte sich eine Tasse ein, und als sie sich in den Sessel am Feuer setzen wollte, zuckte sie zusammen, als sich etwas bewegte.

Sie starrte auf den Dachs hinunter, der sich schlafend auf dem Stuhl zusammengerollt hatte. »Freya?«

Der Dachs hob den Kopf und blinzelte sie schläfrig an. So viel zum Sitzen am Feuer. Sie war nicht so dumm, zu versuchen, einen Dachs zu vertreiben, wenn er sich irgendwo niedergelassen hatte, und das Zimmer hatte nur diesen einen Stuhl.

Sie trank ihren Tee aus und ging dann wieder nach unten, in der Hoffnung, die Bibliothek zu finden. Da Brock Bücher liebte, hoffte sie, dass er eine umfangreiche Sammlung besaß. Joanna schlich auf Zehenspitzen den Flur entlang und begann, eine Tür nach der anderen zu öffnen. Die meisten waren Salons oder Stuben. Schließlich öffnete sich eine Tür, die sie ausprobierte, und gab den Blick auf die Bibliothek frei.

Zweistöckige Bücherregale bedeckten die Wände und reichten bis zur Decke. Mehrere hohe Fenster ließen Mondlicht herein, und sie erschrak, als sie sah, dass die meisten Regale tragischerweise leer waren. Es standen nur noch wenige Bücher darin. Sie ging tiefer in die Bibliothek, ihr Herz sank zu Boden. Es gab kaum Bücher, vielleicht nur ein Dutzend, in einem Raum, der

Tausende hätte fassen können. Sie erblickte eine hochgewachsene Gestalt, die vor dem Feuer stand und mit einer Hand auf dem Kaminsims ruhte, während sie in die Flammen starrte. Brock. Joanna überlegte, ob sie sich wieder aus dem Zimmer schleichen sollte, aber er muss sie gehört haben, denn er sprach.

»Ich wollte dir die Bibliothek erst zeigen, wenn ich die Gelegenheit hatte, weitere Bücher zu kaufen.« Scham färbte seine Stimme, und ihr Herz schmerzte für ihn.

Joanna seufzte, trat hinter ihn und schlang ihre Arme von hinten um ihn. Sie legte ihre Wange an seine Schulter. Seine Wärme drang in sie ein, und sie spürte, wie sich die starken Muskeln seines Unterleibs unter ihren Händen zusammenzogen, obwohl er noch Hemd und Weste trug. Er drehte den Kopf und schaute sie über die Schulter hinweg an.

Er nickte den leeren Regalen zu. »Tut mir leid, dass du das sehen musstest, Mädchen.«

»Nein«, antwortete sie. »Und willst du wissen, warum?«

Er nickte.

»Weil es bedeutet, dass du und ich das Vergnügen haben werden, gemeinsam Buchhandlungen zu besuchen, jeden Titel auszuwählen, den wir lesen wollen, und ihn mit nach Hause zu nehmen. Dies wird *unsere* Bibliothek sein, die wir gemeinsam aufbauen werden.« Sie rieb ihre Wange an seiner Schulter, in der Hoffnung, ihm etwas Trost spenden zu können.

»Die Regale waren einst so voll. Jedes einzelne Buch enthielt die Magie, die meine Mutter mir und meinen Geschwistern zu lieben gelehrt hat. Sie liebte es zu lesen und verbrachte die schönen Tage am See im Schatten eines alten Baumes. An kalten oder regnerischen Tagen saß sie hier am Feuer und ließ sich von jedem Buch, das ihr in die Hände fiel, in den Bann ziehen. Sie lehrte mich die Macht der Worte, wie man sich weit weg von seinen Sorgen bringen kann.« Brock legte seine Hände auf ihre. »Als mein Vater grausam wurde, halfen mir diese Bücher, die blauen Flecken und die anhaltenden Schmerzen zu vergessen.« Sein Elend war so heftig, dass ihr die Kehle schmerzte, wenn sie daran dachte, was er erlitten haben musste.

»Als sie starb, begann er, Dinge zu verkaufen - Möbel, Schmuck. Und dann bemerkte ich, dass die Bücher aus den unteren Regalfächern verschwanden, wo man sie nicht so leicht übersehen konnte. Das Haus schien von Tag zu Tag dünner zu werden, und dann erwischte ich ihn eines Tages hier in der Bibliothek. Die Hälfte der Bücher war in Holzkisten verpackt.« Seine Stimme war leise, gequält, jedes Wort war ein Kampf. »Ich fragte ihn, was er da tue, und er schlug mich mit seinem Stock, *hart*. Ich bin gestürzt, genau da.« Er zeigte auf einen Platz neben dem Kamin. »Da war ein Schürhaken, und ich habe mir den Kopf daran gestoßen. Ich wurde auf dem Boden ohnmächtig. Er ließ mich dort zurück, blutend und bewusstlos. Rosalind war diejenige, die mich gefunden und mir geholfen hat.« Brock berührte seine Schläfe. »Ich habe dort immer noch eine kleine Narbe.«

Ihr wachsender Kummer um ihn brachte ihre zerbrechliche Selbstbeherrschung schließlich zum Einsturz. »Oh, Brock, es tut mir so leid.« Sie trat um ihn herum, stellte sich vor ihn hin, umarmte ihn erneut und vergrub ihr Gesicht an seiner harten, muskulösen Brust. Er drückte ihren Körper fest an seinen, seine Hände umklammerten ihren unteren Rücken. Und während sie ihn, ihren Hochlandkrieger mit dem gebrochenen Herzen, so im Arm hielt, wurde ihr klar, dass es unmöglich war, sich nicht in ihn zu verlieben. Sie wollte ihm all die Liebe geben, die ihm seit dem Tod seiner Mutter versagt geblieben war.

Ich habe mich an ihn verloren.

Sie griff nach den Knöpfen seiner Weste und öffnete sie einen nach dem anderen. Er hielt sie weder auf, noch mischte er sich ein oder versuchte, die Kontrolle zu übernehmen. Als sie fertig war, schob sie ihm die Weste von den Schultern und ließ sie auf den Boden fallen. Als sie ihm das Hemd aus der Hose zog, half er ihr schließlich doch und zog es aus. Er hielt still, während sie ihre Handflächen auf seine Brust legte und seine glatte Haut und den Fleck mit dem dunklen Haar in der Mitte seiner Brust erkundete. Dann entdeckte sie die dünne Linie dunkler Haare von seinem Bauchnabel bis unter die Hose. Sie hatte es nicht bemerkt, als sie sich das erste Mal beieinander gelegen hatten.

Sie fuhr mit einer Fingerspitze um seine flache Brustwarze, und sein Atem stockte. Waren Männer hier genauso sensibel wie Frauen? Sie schämte sich nicht für ihre Wollust, beugte sich vor und küsste ihn dort, wobei sie mit ihrer Zunge über seine Brustwarze strich. Er holte scharf Luft, und sie lächelte in stillem Triumph, als sie sich auf die andere Seite bewegte und den verruchten kleinen Kuss wiederholte. Er blieb still und schweigsam, bis auf seine Antworten und das Geräusch seines Atems, während sie ihn erforschte.

Was würde er tun, wenn sie aufhörte, sich abwandte und jetzt ins Bett ging? Sie war nicht grausam, also würde sie ihm das nicht antun, aber sie wollte wissen, was nötig wäre, um seine Selbstbeherrschung zu brechen. Sie griff nach den Knöpfen ihres Kleides, blieb dicht bei ihm, während sie das Mieder lockerte und dann das Abendkleid zu Boden fallen ließ. Er schimmerte im Mondlicht zu ihren Füßen wie ein Feenteich. Sie begann, die Bänder ihres Korsetts zu lösen, und er sah zu, stumm, hungrig, unbeweglich. In seinen Augen lag ein grüblerischer Blick, aber er rührte sich nicht, als sie auch das Korsett zu Boden fallen ließ. Dann zog sie ihre Unterkleider aus. Müsste sie erst ganz nackt sein, damit er losließe? Sie löste die Bänder an der Vorderseite ihres Unterhemdes und streifte es erst über die eine, dann die andere Schulter herunter, bevor auch das Hemd zu Boden flatterte. Sie stand nun völlig nackt vor ihm.

»Ich dachte, du wolltest nicht, dass ich heute Nacht in dein Bett komme, Mädchen.« Die Worte waren leise und heiser, und sie jagten ihr einen Schauer über den Rücken.

»Das ist nicht mein Bett ... und ich habe meine

Meinung geändert.« Sie leckte sich über die Lippen, fühlte sich wild und gierig, als sie ihn herausforderte. Sie hatte versprochen, sein Bett mit ihm zu teilen, aber nachdem sie sich an diesem Nachmittag so verletzlich gefühlt hatte, hatte sie sich nach der Privatsphäre ihres eigenen Schlafzimmers gesehnt. Aber sie hatte es sich wieder anders überlegt, ihr Verlangen war zu stark, um sie von ihm fernzuhalten. »Was wirst du jetzt tun, Ehemann?«

Seine Finger ballten sich zu Fäusten, und seine Nasenflügel flatterten. »Ich habe Angst, dass ich nicht sanft sein kann, Mädchen. Nicht, wenn ich mich so ...« Er sprach den Satz nicht zu Ende. »Ich will dir nicht wehtun.«

Sie legte den Kopf schief. »Können sich ein Mann und eine Frau nicht grob lieben, ohne dass es weh tut?«

»Aye, das ist möglich.«

»Dann lass es uns versuchen.« Sie drückte ihren Körper an seinen, ihre Brustwarzen kratzten an seiner muskulösen Brust und fühlten sich so gut an. Sie stöhnte auf, als er ihren Hintern umfasste, seine großen Hände waren immer so fähig in jeder Situation.

»Mädel, du bist ...« Der Rest seiner Worte versiegte, als sie ihn küsste. Seine Lippen öffneten sich überrascht, und sie ließ ihre Zunge hinein gleiten. Das Gefühl, diejenige zu sein, die attackierte, war neu und erregend für sie.

»Nimm mich. Mach mich zu deinem Eigentum«, flüsterte sie. »Wir brauchen das beide.« Nur grobes

Vergnügen würde sie beide jetzt befriedigen. Sie sehnte sich ebenso sehr danach wie er.

Er hob sie hoch, und ihre Beine schlossen sich um seine Taille, als er sie zum nächstgelegenen Bücherregal trug, aus dem ein Lesetisch herausragte. Er setzte sie darauf ab und fummelte an seiner Hose herum. Sie küsste ihn auf die Brust und den Hals, während er seinen Schwanz befreite. Sie hatte nur einen Moment Zeit, sich vorzubereiten, als er ihre Schenkel mit seinen Handflächen spreizte und dann in sie eindrang. Es spannte ein wenig, aber sie war feucht und bereit, und er stieß mit wenig Anstrengung gnadenlos in sie hinein. Ihre Brüste wippten, als er tief in sie eindrang, und dann hielt er inne und beobachtete ihr Gesicht. Sie wusste, dass er sehen musste, dass sie es so wollte. Sie begegnete seinem Blick und nickte. Die Entschlossenheit, an der er festgehalten hatte, schien sich aufzulösen. Der wilde Hochland-Lord, den sie sich in ihren dunkelsten Fantasien ausgemalt hatte, war endlich da.

Ihr Atem vermischte sich mit seinem, und seine Augen waren nun blind vor dem gleichen Verlangen, das auch sie empfand. Es gab nichts anderes als die Verschmelzung ihrer Körper, den uralten Rhythmus von Fleisch, Atem und Lust, der wie Blätter im Herbstwind tanzte. Unendlich, natürlich.

Er ballte seine Finger zu einer Faust in ihrem Haar und zog ihren Kopf zurück, während sie sich gegen das Holz der Regale lehnte. Das Holz grub sich in sie, aber der Schmerz wurde von den herrlichen, erderschütternden Stößen, die er in ihren Körper trieb, in den

Hintergrund gedrängt. Brock liebte sie wie ein Feuersturm, ganz Wind und Flammen, völlig verzehrend. Sie pochte um ihn herum und empfing ihn in ihrem Inneren mit einem scharfen Schmerz des Hungers. Joanna grub ihre Nägel in seine Schultern und trieb ihn an, tiefer und härter.

Lass deine Angst los, versuchte sie ihm mit ihren Augen zu sagen. *Lass los und sei, wer du wirklich bist. Du wirst mir nicht wehtun.*

Er stieß immer wieder in sie hinein, sein Schaft war riesig, aber sie sehnte sich nach dem leichten Schmerz, den er ihr bereitete, denn sie wusste, wenn sie das aushalten und genießen konnte, würde sie nie Angst haben, dass er ihr wehtun würde. Brock war nicht sein Vater. Er sprach freundlich, berührte sie freundlich, und selbst dieses wilde Liebesspiel enthielt noch eine gewisse Zärtlichkeit, die sie tief empfand, ohne sie ganz erklären zu können. Weißglühende Lust explodierte in ihr, und sie schrie auf. Brock bedeckte ihren Mund mit seinem und erstickte den Laut. Sie erschlaffte vor lauter Lust, die in ihr widerhallte. Brock, der immer noch vor wilder Energie strotzte, stieß weiter zu und küsste sie. Seine Hände krallten sich in ihrem Haar und an ihrer Hüfte fest, bis er schließlich tief und leise stöhnte, als er sich versteifte.

Joanna war sich vage bewusst, wie er Erlösung fand, dass er einen Teil von sich selbst an sie abgab, und sie erwiderte es mit süßen Küssen, während er nach Atem rang. Er blieb in ihr, ihre Körper waren noch immer vereint. Es war das Intimste, was sie sich je hätte vorstellen können, und so wunderbar.

»Ach, Mädchen«, seufzte er, sein Blick war schwer, als er mit den Fingerknöcheln über ihre Wange strich. »Habe ich dir wehgetan?«

»Das hast du nicht«, antwortete sie und lehnte sich an ihn, um seine Brust zu küssen. Sie hoffte, dass er einen gewissen Frieden gefunden hatte, so wie sie auch.

Er zog sich langsam aus ihr zurück, und ihr Gesicht glühte vor Verlegenheit bei seinem Anblick, aber er lachte nur leise und richtete seine Hose. Dann hob er ihr Unterhemd auf, und sie stand auf, um es über ihren Körper gleiten zu lassen. Doch bevor sie den Rest ihrer Kleidung aufheben konnte, fing er sie auf und nahm sie in seine Arme.

»Lass es liegen, Mädchen. Ich möchte dich in mein Bett nehmen und dich in meinen Armen halten.«

»Das will ich dir auch gar nicht verwehren. Vielleicht liegt Freya ja schon in meinem Bett. Und ich würde viel lieber mit dir kuscheln als mit ihr.« Sie konnte nicht sagen, dass sie sich dumm gefühlt hätte, weil sie ihrem Wunsch, jede Nacht mit ihm das Bett zu teilen, nun doch noch nachgegeben hatte. Aber vielleicht würde er jetzt verstehen, dass sie an ihrem Wunsch festhielt, ein gemeinsames Ehebett zu haben und nicht zwei.

Er kicherte und küsste sie, während er sie zurück in seine Gemächer trug.

»Ich kann laufen.«

»Ich weiß. Aber lass einen Mann sich wie ein Eroberer fühlen, Mädchen. Manchmal ist es schön, seine

Frau mit sich herumzutragen, vor allem, wenn ein Mann auf dem Weg ins Bett ist.«

Dem würde sie definitiv nicht widersprechen.

Sie betraten sein Schlafgemach, und er stellte sie auf ihre Füße, bevor er die Decke zurückzog, damit sie darunter kriechen konnte. Sie rollte sich auf den Rücken und schloss die Augen, während sie zuhörte, wie er den Rest seiner Kleidung ablegte. Sie lächelte, als sie das Geräusch seiner Stiefel auf dem Boden hörte. Sie spürte, wie sich das Bett senkte, und dann wurde sie von seinem großen, warmen Körper umhüllt. Er küsste ihre Ohrmuschel, während sie sich auf der Seite an ihn schmiegte.

»Ich habe dir wirklich nicht wehgetan?«, fragte er im Flüsterton.

»Nein, es war spektakulär.« Sie drehte sich auf die Seite und sah ihn an. Sie teilten sich ein Kissen, während sie ihren Kopf unter sein Kinn schmiegte. In den letzten beiden Tagen hatte sie sich ausgiebig ausgeruht, während sie mit der Kutsche zu seinem Schloss gefahren waren, und dieses Mal fühlte sie sich entspannt und bereit für ihn. Und der Schmerz über den Verlust ihrer Jungfräulichkeit war dieses Mal nicht vorhanden gewesen. Es war nur ein intensives Vergnügen gewesen.

Dies würde für sie einer der schönsten Aspekte ihrer Ehe werden. Neben Brock zu schlafen, zu spüren, wie sein Atem die feinen Haare über ihrer Stirn aufwirbelte, wie sich ihre Beine ineinander verschlangen und seine Arme sich um sie schlangen und sie festhielten. Es war unmöglich, sich in einem solchen Moment nicht wertgeschätzt ... nicht *geliebt* zu fühlen.

Wenn Brock nichts fühlen würde, so glaubte sie, dann würde er das nicht tun. Das war die Hoffnung, an die sie sich klammerte, als der Schlaf sie übermannte. Sie würde einen Weg finden, ihn dazu zu bringen, sich in sie zu verlieben.

Sie schlief mit dem Gefühl ein, dass er ihr das Haar aus dem Gesicht strich, während das Mondlicht und die Schatten durch den Raum tanzten. Das war süßes Eheglück.

KAPITEL 19

Es war noch Stunden vor der Morgendämmerung, als etwas Brock aus dem Schlaf rüttelte. Einen Moment lang rang er mit sich, der Traum vom Ritt durch die Wälder mit Joanna an seiner Seite ging ihm nicht aus dem Kopf, bis ein ersticktes Keuchen seine Aufmerksamkeit erregte und ihn wach werden ließ.

Joanna!

Er drehte sich zu seiner Frau um, und Panik erfasste ihn. Sie krümmte sich vor Schmerzen. Schweißperlen standen auf ihrer Stirn, und sie umklammerte ihren Bauch, während sie sich zusammenrollte.

»Mädchen, was ist los?« Er zog das Bettzeug zurück, weil er befürchtete, Blut oder irgendeinen Beweis dafür zu sehen, dass er sie während ihres Liebesspiels verletzt hatte, aber er sah nichts außer ihren Beinen, die in einem Zustand des Schmerzes angewinkelt waren. Er versuchte, zu Atem zu kommen, während sein Herz einen sichtbaren Puls unter seiner Haut schlug, laut wie ein Donnerschlag. Sie durfte nicht krank sein. Nein, das konnte sie nicht sein.

»Ich ... fühle mich ziemlich ... daneben.« Sie lehnte sich über die Bettkante und musste sich plötzlich übergeben. Brock hielt sie fest und ließ sie sich erleichtern, während er ihr das Haar aus dem Gesicht strich und ihren Rücken streichelte und seine Gedanken wild umherflogen. Was war geschehen? Warum?

»Atme, Joanna. Du musst deinen Körper beruhigen, sonst wirst du nie aufhören.«

Sie sog einen wimmernden, gequälten Atem ein und begann zu weinen.

Es brach ihm das Herz und erschütterte ihn. Er musste den Arzt holen, aber er konnte Joanna nicht allein lassen, bis sie sich ein wenig beruhigt hatte.

Es dauerte fast zehn Minuten, bis sie aufhörte zu hecheln und schlaff und erschöpft auf dem Bett lag, den Kopf noch immer zur Kante geneigt. Er bewegte sie behutsam ein wenig zurück, um es ihr bequemer zu machen.

»Kommst du einen Moment allein klar, Mädchen? Ich muss Tate wecken und den Arzt holen.«

»Ja. Ich glaube nicht ... dass ich noch etwas in mir habe, um ...« Sie zuckte zusammen und legte eine Hand auf ihren Bauch. Brock streichelte ihr Haar und murmelte eine Entschuldigung, bevor er sich Hose und Stiefel überwarf und aus dem Zimmer rannte. Er eilte zum Ostflügel, wo sich die Zimmer der Bediensteten befanden, und klopfte an Tates Tür.

»Tate!«, brüllte er und schlug erneut zu. »Tate, wachen Sie auf! Joanna ist krank.«

Einen Moment später öffnete Tate seine Tür und blinzelte eulenhaft zu ihm hoch. »Die Lady ist krank?«

»Ja. Es ist sehr schlimm. Holen Sie bitte Dr. McKenzie auf der Stelle.«

Tate griff nach seinem Hausmantel und zog seine Stiefel an. Brock ging, um die Köchin zu wecken, Mrs. Tate. Es gefiel ihr überhaupt nicht, aus dem Bett gezerrt zu werden, und sie schimpfte über zarte englische Frauen, während sie in die Küche ging, um Tee zu kochen. Brock eilte zurück in sein Zimmer und fand Joanna in der gleichen Position, auf der Bettkante liegend.

»Mr. Tate ist unterwegs, um Dr. McKenzie zu holen, und Mrs. Tate bringt dir einen Tee. Wie geht es deinem Magen?«

»Ich ... mir geht es besser, glaube ich. Mein Magen krampft immer noch, aber ich habe nicht mehr das Gefühl, dass mir schlecht wird.« Sie versuchte, sich aufzusetzen, sackte aber wieder in sich zusammen. Ihr Gesicht war aschfahl, und ihre Lippen waren blass, fast weiß. Die Angst grub sich in Brocks Brust, als er sie vorsichtig wieder auf das Kissen zurücklegte. Er stützte ihren Körper mit mehreren Kissen ab.

»Ist das in Ordnung?«, fragte er und strich ihr das Haar hinter die Ohren.

»Ja, danke.« Sie griff nach seiner Hand, aber ihr Arm

zitterte und fiel wieder herunter. »Bei Gott«, flüsterte sie. »Ich fühle mich so schwach wie ein neugeborenes Kätzchen.«

»Vielleicht hast du dir etwas eingefangen, als wir die Pächter besucht haben. Ich habe von meinem Lakaien gehört, dass die Grippe umgeht.«

Joanna wimmerte ein wenig, ihr Körper spannte sich an, als sie fast wieder erbrechen musste. »Vielleicht«, flüsterte sie schließlich.

»Bleib liegen und ruh dich aus. Möchtest du einen Schluck Wasser trinken? Ein bisschen Tee?« Er holte einen Lappen und wischte den Boden neben dem Bett sauber.

»Vielleicht etwas Wasser«, sagte Joanna schließlich. Ihre Stimme war so schwach, jedes Wort ein Kampf. Er nahm einen Krug mit Wasser, goss etwas in ein Glas und brachte es Joanna. Er hielt ihr das Glas an die Lippen, und sie brachte ein paar kostbare Schlucke hinunter, was ihn mit Erleichterung erfüllte. Er stellte das Glas auf dem Beistelltisch ab und setzte sich zu ihr aufs Bett, um ihre Hand zu halten.

»Es tut mir so leid, Brock«, murmelte sie und schloss die Augen. Sein Herz blieb stehen, als er hektisch ihren Puls überprüfte. Sie war noch am Leben. Seine Muskeln entspannten sich, aber nur gerade so. Sie war eingeschlafen. Während er wartete, summte er ein altes, namenloses Lied und hoffte, dass sie es im Schlaf hören konnte und dass es sie beruhigte. Es schien Stunden zu dauern, bis Tate zurückkehrte, aber die Uhr auf dem Kaminsims zeigte an, dass nur eine Stunde vergangen war. Als Tate eintraf, war Dr. McKenzie ihm auf den Fersen, und Brock hätte sie beide umarmen können.

»Mylord«, grüßte Dr. McKenzie ihn ernst. »Wie ich höre, fühlt sich die neue Gräfin von Kincade nicht wohl?«

»Aye, es geht ihr sehr schlecht.« Brock winkte ihn zum Bett hinüber, und der Arzt, ein Mann in den späten Vierzigern, runzelte die Stirn, als er seine Brille aufsetzte. Er hob Joannas Kopf an und untersuchte ihr Gesicht. Der Arzt griff nach ihrem Handgelenk und zog seine Taschenuhr aus der Weste. Er blieb stumm und hielt die Uhr und ihr Handgelenk fest. Dann schürzte er seine Lippen.

»Ihr Herzschlag ist langsam, viel zu langsam für jemanden, der so jung ist. Ist sie von Natur aus kränklich, Mylord?«

»Nein, sie war ein kräftiges und gesundes Mädel, bis wir vor einer Stunde zu Bett gingen.« Was hatte sich geändert? Was war ihr heute Abend zugestoßen, um eine solche Krankheit zu verursachen? Vielleicht hatte sie sich bei einem der Pächter mit der Grippe angesteckt? Aber Annis, Dougal und die Kinder sahen gesund aus. Was war also geschehen?

»Ah ...« Dr. McKenzie schürzte seine Lippen nachdenklich. »Hat sie irgendwelche Gewohnheiten geändert, etwas Neues gemacht?«

Brock rieb sich den Nacken, während sein Gesicht rot wurde. »Nun, wir sind frisch verheiratet und ...«

»Sind Sie Ihren ehelichen Pflichten nachgekommen?« Die Augen des Arztes funkelten ein wenig.

»Aye, genau.«

»Nun, diese Art von Aktivität würde das nicht verursachen, es sei denn ... Sie haben sich ein paar Monate lang nicht um Ihre Pflichten gekümmert? Sie könnte schwanger sein. In manchen Fällen kann eine Frau in den ersten Monaten ohnmächtig werden.«

»Nein, sie war bis vor ein paar Tagen noch Jungfrau.«

»Nun, dann schließen wir ein Kind aus. Hat sie ihre Ernährung drastisch geändert oder etwas Ungewöhnliches gegessen?«

»Nein, nicht dass ich wüsste. Sie hat dasselbe Abendessen gegessen wie ich.«

Der Diener Duncan, der sich in der Nähe der Tür aufgehalten hatte, ergriff das Wort. »Sie hat nach dem Essen in ihrer Kammer Tee getrunken, Mylord.«

»Tee?« Brock konnte nicht erkennen, was das mit irgendetwas zu tun haben sollte.

Dr. McKenzie schwieg einen langen Moment, strich sich über das Kinn und runzelte die Stirn, bevor er sprach.

»Junge, könntest du mir ihre Tasse bringen, wenn sie noch nicht gespült wurde?«, fragte der Arzt.

Duncan sah erschrocken aus. »Tut mir leid, Doktor, das Tablett wurde bereits in die Küche geschickt.«

Der Arzt wandte sich wieder Joanna zu und holte ein kleines dunkelblaues Fläschchen mit Riechsalz hervor, das er entkorkte und ihr unter die Nase hielt. Sie wachte ruckartig auf und blickte mit müden Augen zu ihnen auf.

»Mylady, ich bin Dr. Joseph McKenzie. Ich muss

Ihnen einige Fragen stellen. Ist Ihr Mund taub? Spüren Sie ein Brennen oder Kribbeln?«

»Mein Mund fühlt sich etwas taub an. Es kribbelt schon seit ein paar Stunden, schon bevor Lord Kincade und ich eingeschlafen sind.«

»Was?« Brock schnappte nach Luft. »Warum hast du nichts gesagt, Mädchen?«

»Ich weiß es nicht«, sagte sie ausweichend. Ihm war klar, dass sie nicht in Gegenwart mehrerer Männer zugeben wollte, dass sie sich auf ihn und ihr Liebesspiel konzentriert hatte.

Dr. McKenzie schwieg einen langen Moment, bevor er Brock ein Zeichen gab, ihm zum Fenster zu folgen, wo sie unter vier Augen sprechen konnten.

»Mylord, als ich zum Haus kam, sah ich einige Pflanzen am Eingang wachsen, Pflanzen, die dort nicht hingehören.«

»Pflanzen?« Brock hatte nicht die geringste Ahnung, worauf der Arzt hinauswollte.

»Wolfswurz.«

»Was?« Er würde sie zwar nicht selbst erkennen, aber er wusste, dass es sich um eine gefährliche Pflanze handelte.

»Ja, Wolfswurz oder Eisenhut. Ich habe sie in Gruppen vor den Schlosstoren wachsen gesehen. Ich zögere, es auszusprechen, aber jemand in diesem Schloss könnte versucht haben, Ihre Frau zu vergiften.«

Brocks Kehle schnürte sich zu. Er spürte die Blicke von Mr. Tate und dem jungen Duncan in seinem

Rücken, aber er sprach leise. Wer hätte versuchen sollen, sie zu vergiften?

»Können Sie ihr helfen?« Das war im Moment das Wichtigste. Er konnte die Person finden, die versucht hatte, Joanna etwas anzutun, sobald er wusste, dass sie in Sicherheit war.

»Vielleicht war die Dosis nicht stark genug, um sie zu töten. Einige intelligente Möchtegern-Mörder beginnen mit kleineren Dosen, um keinen Verdacht zu erregen. Wenn das ihre erste Reaktion ist, hat sie gute Chancen.« McKenzie blickte zum Bett, ebenso wie Brock. Joanna beobachtete sie jetzt ganz genau, obwohl sie immer noch müde zu sein schien.

»Aye?« Brock drängte den Arzt, weiterzusprechen.

»Ich kann Atropin und Digitalis verabreichen. Das könnte dem Gift entgegenwirken.«

Brock fuhr sich mit den Fingern durch sein Haar. »Versuchen wir's.«

Der Arzt nickte, und sie kehrten zu Joanna zurück. Dr. McKenzie öffnete seine schwarze Ledertasche und holte zwei Ampullen und Nadeln heraus. Er füllte sie jeweils mit einer großen Dosis Atropin und einer Dosis Digitalis. Dann sah er Joanna an.

»Mylady, ich muss Ihnen das in den Magen spritzen. Ich werde Ihr Hemd anheben müssen.«

Brock hob das Betttuch an und schützte ihre Scham, obwohl Tate und Duncan in den Flur getreten waren. Der Arzt schaute auf ihre Taille. Er drückte ihr sanft in den Bauch und injizierte die Nadel. Joanna schloss die Augen und zuckte ein bisschen zusammen, gab aber keinen Laut von sich. Dann injizierte der Arzt die zweite Nadel. Sie war so tapfer, sein zartes Mädchen.

Der Arzt zog ihr das Hemd herunter und schob sie wieder unter die Bettdecke. »Sie sollte viel Wasser trinken. Kochen Sie es zunächst ab und geben Sie es ihr persönlich.« Den letzten Satz flüsterte der Arzt. »Sie sollte Hühnerbrühe und Toast essen.« Der Arzt sah Brock an. »Keine anstrengenden Aktivitäten für mindestens eine Woche, es sei denn, sie fühlt sich völlig gesund. Ich würde gerne in ein paar Tagen nach ihr sehen. Und Sie müssen mich sofort holen lassen, wenn es ihr schlechter geht.«

»Danke, Doktor.« Brock schüttelte McKenzie die Hand und nickte Tate zu, der wieder in den Raum getreten war. »Bitte führen Sie den Arzt hinaus.«

»Natürlich, Mylord.« Tates Blick schoss zu Joanna im Bett, sein Gesicht verzog sich vor Sorge. Der Arzt ging, und Brock warf einen Blick auf Duncan und winkte ihm zu.

»Mylord?« Die Brauen des jungen Mannes hoben sich.

Er konnte Duncan vertrauen. Der Junge war ein unschuldiges Kind, und er war einer der Söhne eines Pächters, dem Brock vertraute. »Nur du und ich werden uns von nun an um die Bedürfnisse meiner Frau kümmern. Der Arzt vermutet, dass sie vergiftet wurde.«

»Vergiftet?« Joanna und Duncan keuchten beide auf.

»Wolfswurz«, erklärte Brock. »Duncan, ich möchte, dass du ein Auge auf die anderen in diesem Haus hast.

Ich möchte wissen, wann der Tee zubereitet wurde und wer ihn in ihr Zimmer gebracht hat.«

»Das war ich selbst, Mylord. Aber ...« Ein Schatten zog über Duncans Gesicht.

»Aber was?«, drängte Brock.

»Aber ich bin an Mr. Tate in der Halle auf dem Rückweg vorbeigekommen, nachdem ich den Tee in ihrem Schlafgemach abgestellt hatte.«

»Er wollte in das Zimmer meiner Frau gehen?« Sein Verdacht verstärkte sich, ebenso wie seine Wut. Wenn Mr. Tate Joanna etwas antun wollte, würde er sich dem Zorn des Gutsherrn der Kincades stellen müssen.

Duncan nickte.

»Warum sollte Tate ihr etwas antun wollen? Hat er etwas zu dir gesagt, Junge?« Brock strich sich über den Kiefer und blickte seine Frau an. Sie war inzwischen wieder am Einschlafen, und er brachte es nicht übers Herz, sie zu wecken.

»Nein, Mylord. Ich habe gehört, wie er sich darüber beschwert hat, dass sie in deinem Arbeitszimmer herumgeschnüffelt hat, aber sonst nicht.«

Sein Arbeitszimmer? Warum sollte Tate darüber verärgert sein? Viele Ehefrauen großer Häuser waren stark in die Führung der Bücher eingebunden. Das war nichts Ungewöhnliches. Es sei denn ...

Es sei denn, Tate hatte etwas zu verbergen.

Brock hielt sich selbst davon ab, zu knurren und seine Hände zu Fäusten zu ballen. »Duncan, du sollst deine anderen Pflichten vergessen, bis es meiner Frau besser geht. Du und ich werden in den nächsten Tagen in Schichten auf sie aufpassen. Sie darf nie allein sein.«

»Ich verstehe, Mylord.« Duncan straffte die Schultern, und Brock nickte zustimmend.

»Und jetzt ab mit dir. Bring etwas Hühnerbrühe und abgekochtes Wasser. Und behalte auch Mrs. Tate im Auge. Wenn sie dich herausfordert, sagst du, es war mein Befehl.«

Duncan eilte los, um seinen Auftrag zu erfüllen. Brock gesellte sich zu Joanna auf sein Bett und nahm sie vorsichtig in seine Arme, um sicherzustellen, dass sie es warm und bequem hatte. Sie murmelte etwas, bevor sie sich an ihn schmiegte, und er schlang seine Arme um sie.

Meine arme englische Blume. Ich werde herausfinden, wer das getan hat, und er wird dafür teuer bezahlen.

KAPITEL 20

Brock verbrachte drei Tage damit, Joanna mit Hühnerbrühe zu füttern und sie Wasser trinken zu lassen, das unter Duncans Aufsicht abgekocht worden war. Die Köchin war nicht sehr erfreut, aber sie würde sich an seine Anweisungen halten, bis er herausgefunden hatte, wer seiner Frau etwas antun wollte. Es bestand die Möglichkeit, dass Mrs. Tate selbst darin verwickelt war, oder das Hausmädchen. Wie war ihr Name? Maura? Ja, das war es. Er hatte das Mädchen nur selten gesehen; sie war ruhig und blieb für sich. Sobald er den Verantwortlichen ausfindig gemacht hatte, würde er sich als örtlicher Richter selbst um die Angelegenheit kümmern.

Am vierten Tag schlief er unruhig neben ihr und wachte auf, als er spürte, wie sie seine Stirn küsste. Er blinzelte und fragte sich, ob er glauben konnte, was er da sah. Joanna saß aufrecht, ihr Gesicht war nicht mehr totenblass und ihre Augen weder trüb noch überstrahlt.

»Mädel?« Das Wort kam ihm heiser über die Zunge, da er seit Tagen kaum gesprochen hatte, abgesehen von kurzen Worten mit Duncan.

»Ich fühle mich besser, so viel besser.« Sie strich ihm das Haar aus den Augen, und seine Kehle schnürte sich schmerzhaft zu, als ihm bewusst wurde, wie leicht er sie hätte verlieren können, wie leicht er auf dem Friedhof jenseits des Sees ein Grab neben dem seiner Mutter hätte schaufeln können. Der Gedanke daran ließ seine Augen brennen, und eine Flut gefährlicher Gefühle stieg in ihm auf und drohte ihn zu ersticken.

»Ich bin erleichtert«, flüsterte er. Er setzte sich neben ihr auf und zog sie vorsichtig in seine Arme. Es gab tausend Dinge, die er sagen wollte. Stattdessen sagte er: »Mehr Brühe?«

»Bitte, nicht mehr«, flehte sie. »Ich könnte keine weitere Schüssel mehr ertragen.«

»Der Arzt hat gesagt, du sollst essen. Das ist wichtig, damit du deine Widerstandskraft erhältst.«

»Dann bring mir etwas anderes als Brühe.« Sie fuhr mit ihren Fingern auf seiner Brust auf und ab, spielte mit dem weißen Hemd und der flaschengrünen Weste, die er gerade trug.

»Wenn du das Gefühl hast, dass du es drin behalten wirst, bringe ich dir etwas Herzhafteres.« Er suchte nach irgendeiner Andeutung von Unsicherheit oder Anzeichen dafür, dass sie noch krank war. Aber er sah nichts außer einem strahlenden Lächeln und einer rosigen Röte auf ihren Wangen.

»Lasst mich Duncan herbeirufen.«

Sie entfernte sich von ihm und kletterte vom Bett, bevor er sie aufhalten konnte. Sie nahm ihren Morgenmantel vom nächstgelegenen Stuhl und zog ihn sich an. Ihr langes blondes Haar floss in einer Kaskade über ihren Rücken. Sie sah ihn über ihre Schulter an.

»Ich kann gut laufen, Ehemann. Jetzt lass uns schon gehen. Der Spaziergang wird mir gut tun.«

Er rutschte von seinem Bett und kam zu ihr, als sie die Tür erreichte, bereit, sie aufzufangen, falls sie plötzlich in Ohnmacht fallen sollte.

»Und nach dem Essen könnten wir mit der Kutsche ins Dorf fahren.«

»Nein, Mädchen, noch nicht. Ich möchte, dass Dr. McKenzie erst noch einmal nach dir sieht.«

»Aber ...«

»Keine Widerrede, Mädchen. Ich werde ein Machtwort sprechen, und diese Art von Ehemann möchte ich nicht sein. Ich bin nicht abgeneigt, meine hübsche Frau ans Bett zu fesseln, wenn das bedeutet, dass sie in Sicherheit ist.«

Anstatt sich über ihn zu ärgern, lachte sie. »Mich festbinden? Wie komme ich nur darauf, dass das etwas sein könnte, das dir Spaß macht?«

Er grinste. »Das könnte es tatsächlich.«

Lautstarke Stimmen begrüßten sie, als sie die Küche erreichten. Duncan und Mrs. Tate waren in einen heftigen

Streit verwickelt, einen schweren Eichentisch zwischen ihnen. Die Köchin wurde rot im Gesicht, als sie sagte, der Junge solle sich um seine eigenen Angelegenheiten und Aufgaben kümmern. Duncan blieb standhaft, und seine Wangen waren heiß, während er Mrs. Tate immer wieder widersprach. Die Köchin stemmte die Hände in die Hüften und schrie den Jungen an, er solle gehen.

Joanna beobachtete, wie Brock die Situation in die Hand nahm. Er ragte über Mrs. Tate auf, nicht auf eine imposante Art und Weise, sondern auf eine Art und Weise, die sie von Duncan ablenkte.

»Mylord, sagen Sie diesem Jungen, er soll mich in Ruhe lassen!«

»Es ist alles in Ordnung, Duncan. Geh und erledige deine Aufgaben. Der Lady geht es heute besser, und wir werden uns selbst um das Mittagessen kümmern.«

Brock nahm einen Weidenkorb und begann, ihn mit Roastbeef, einigen Äpfeln, frischen Erdbeeren, ein paar Käsestücken und einem Laib warmem Brot zu füllen. Dann schnappte er sich eine Flasche Wein und zwei Gläser.

»Wirklich, Mylord, ich sollte das für Sie einpacken. Das ist schließlich meine Aufgabe hier.«

»Nein, es ist alles in Ordnung, Mrs. Tate.« Er legte einen Arm um Joannas Taille, und sie gingen in die Bibliothek, wo sie sich auf zwei Stühlen am Feuer niederließen. Die Nachmittagssonne fiel durch die Fenster, aber er war sich nicht sicher, ob sie warm genug sein würde.

»Soll ich ein Feuer machen?«

»Nein, danke. Ich fühle mich gut.« Sie hatte sich den Morgenmantel um die Mitte gebunden, und er hoffte, dass sie dadurch ausreichend gewärmt wurde.

Er bereitete für jeden von ihnen einen Teller vor, und nachdem er mit dem Essen fertig war, suchte er sich aus einem der wenigen Bücher, die in der Bibliothek noch vorhanden waren, ein Buch mit Gedichten aus und las Joanna vor.

Ihr Gesicht erhellte sich, während er ihr vorlas, und er schwor sich, dass sie dies oft tun würden. In die Bibliothek kommen und einander gegenseitig vorlesen. Es machte sie glücklich, und das machte auch ihn glücklich. Es war besonders gut, sie eine Zeit lang in Ruhe zu lassen. Für seinen Geschmack war sie immer noch zu blass.

»Ich möchte heute ins Dorf gehen und weitere Bücher bestellen. Diese leeren Regale machen mich traurig. Wäre das für dich in Ordnung?«

»Aye, es wäre schön, wenn die Regale wieder voll mit Büchern wären.«

»Ich bin überrascht, dass es hier überhaupt so viele Regale gibt, angesichts dessen, dass dein Vater sich so leicht von allem getrennt hat. Ich hätte angenommen, dass das Schloss keine große Bibliothek hat.«

»Mein Vater hat sich nach dem Tod meiner Mutter sehr verändert. Mr. Tate und seine Schwester kannten ihn schon lange. Sie hielten ihm immer noch die Treue, wahrscheinlich weil er sie lieber bei sich behielt, als sie zu entlassen. Es war ein schwieriger Übergang, als ich von ihm übernahm.«

»Brock, das erinnert mich daran, dass ich versucht habe, die Konten zu bereinigen, und ...« Sie biss sich auf die Unterlippe. »Ich glaube, dass Mr. Tate die Zahlen manipuliert haben könnte. Die Kosten sind nicht so hoch, wie ich glaube, dass man es dir gesagt hat. Glaubst du, dass er einen Teil des Geldes einstecken könnte? Ich möchte einen Mann, der deiner Familie so viele Jahre gedient hat, nicht beschuldigen, aber vielleicht sollten wir in Erwägung ziehen, mit Mr. Tate über die Konten zu sprechen?«

Er dachte an die Auseinandersetzungen mit Tate zurück, der darauf bestanden hatte, den Großteil des Papierkrams und der Buchhaltung zu erledigen, genau wie sein Vater. Brock wollte nicht zugeben, dass das möglich war. Tates Verhalten in letzter Zeit war kalt und verschlossen gewesen.

»Ich frage mich ...« Er strich sich nachdenklich über den Kiefer.

»Wir müssen die Bücher finden, um ganz sicher zu sein. Sie waren nicht in deinem Arbeitszimmer.« Joanna wollte aufstehen, aber Brock hielt sie am Handgelenk fest und zog sie wieder herunter.

»Iss zuerst, Mädchen. Dann können wir nach-forschen.«

Sie musste wieder zu Kräften kommen, und das würde sie ohne Essen nicht schaffen. Erst als Joanna ihm frech mit ihrem leeren Teller zuwinkte, ließ er sie aufstehen.

»Kannst du dich selbst anziehen? Oder brauchst du Hilfe?« Er meinte die Frage unschuldig, aber als sie ihn von unter ihren Wimpern anfunkelte, hatte er plötzlich andere Gedanken.

»Wenn das bedeutet, dass du mir helfen willst, werde ich wohl am Ende ganz ohne Kleidung dastehen.« Sie lachte süß, und es zog ihm die Brust zusammen, und er lächelte zum ersten Mal seit Tagen.

»Warum ziehst du dich nicht um? Ich möchte mich mit Mr. Tate unterhalten. Dann werde ich die Kutsche anspannen lassen.«

Die Hitze in ihren Augen ließ ein wenig nach, und sie nickte verständnisvoll. Er machte sich auf den Weg in sein Arbeitszimmer und war nicht überrascht, dass Tate bereits dort war.

»Mylord?« Der ältere Mann stand auf und blickte über Brocks Schulter, als ob er jemanden erwartete. Joanna, vielleicht? Brock hatte sein Temperament und seine Gefühle fest im Griff. Er musste Tate in dem Glauben lassen, dass er keiner Sache verdächtigt wurde. Noch nicht. Es hatte keine weiteren Anschläge auf Joanna gegeben, aber er musste Tate erst irgendwohin schicken, damit er sicher sein konnte, während er die Geschäftsbücher des Anwesens untersuchte.

»Tate, meine Frau hat Konten bei einigen schottischen Banken. Ich möchte, dass Sie für mich ein paar Abhebungen vornehmen. Ich glaube, Sie müssen einige unterschriebene Briefe nach Edinburgh bringen, um den Prozess zu beginnen. Ich werde sie heute Abend fertig haben. Wäre das in Ordnung?«

Tate schluckte hörbar. »Sie möchten, dass ich gehe?«

»Um einen Teil des Geldes meiner Frau von der Bank

zu holen, ja. Sie hat ein Treuhandvermögen, verstehen Sie, und Sie brauchen einen Brief von ihr, in dem sie die Abhebungen gestattet.«

»Aber sollte ich nicht bleiben und Ihnen hier helfen? Da Lady Kincade erkrankt ist ...« Tates Zögern ließ seine Schuld nur noch wahrscheinlicher erscheinen, aber Brock blieb ruhig.

»Wir werden ein paar Tage ohne Sie zurechtkommen. Sie können eine Kutsche mieten und in einem Gasthaus auf dem Weg übernachten.« Brock öffnete eine Schublade in seinem Schreibtisch und holte ein Bündel Geldscheine heraus, die er für Notfälle und Notwendigkeiten dort aufbewahrte. Er hob die obersten Scheine vom Stapel, mindestens fünfzig Pfund, weit mehr als nötig, und gab Tate das Geld. Tates Hände falteten sich über die schmalen Geldscheine.

»Sehr wohl, Mylord. Wann soll ich aufbrechen?«

»Heute Abend sollte reichen. Wenn Sie wieder da sind, werden wir viel zu tun haben.« Brock klopfte ihm auf die Schulter, vielleicht ein bisschen zu fest.

»Danke«, sagte Tate, bevor Brock sich umdrehte und ging. Er ging zu den Ställen und rief den Stallknecht, damit er seine Kutsche bereit machte. Der Wagen musste zwar gewartet werden, aber es würde noch gehen. Er würde Joanna auf keinen Fall von der Seite weichen, bis er sicher war, dass sie sich wieder wie sie selbst fühlte.

Und in der Zwischenzeit würde er herausfinden, was genau Tate vorhatte und warum.

KAPITEL 21

Joanna kletterte aus der Kutsche und sah sich im Dorf um. Es war nur drei Meilen von Schloss Kincade entfernt und größer, als sie erwartet hatte. Es gab eine Hutmacherin, eine Modistin, eine Schmiede, eine Buchhandlung und einen Markt mit mehreren Gasthäusern. Unter jedem Fenster standen Kästen voller bunter Blumen. Die violetten Blüten der schottischen Disteln mischten sich mit den roten Sumpfmyrten, den schottischen Blauglöckchen und den leuchtend gelben Ginsterblüten.

Brock bemerkte, wie sie die Blumenkästen betrachtete, als sie an einem Fenster vorbeikamen, das voll von deren wohlriechenden Düften war.

»Sie halten die Mücken fern.« Er kicherte und nickte der Sumpfmyrte zu.

»Mücken?« Joanna hatte diesen Begriff noch nie gehört.

»Aye, du hattest Glück, dass du gestern beim Reiten keine Wolke von ihnen gesehen hast. Kleine bissige Biester.«

»Es sind Insekten?« Sie zuckte zusammen, denn die Vorstellung, von einer Wolke winziger Insekten umschwärmt zu werden, gefiel ihr ganz und gar nicht.

»Sie sind nicht überall zu finden, aber vor allem in der Nähe der Viehbestände und auf den Feldern fernab der Städte. Die Weibchen sind diejenigen, die dich beißen. Die Sumpfmyrte hat einen honigartigen Duft, der sie verwirrt. Sie können einen Menschen nicht riechen, wenn er sich in der Nähe dieser Pflanze befindet. Die Kincade-Gärten sind voll davon, also brauchst du dir keine Sorgen um das Füttern der Mücken zu machen, Mädchen.« Er zwinkerte, und Joanna stieß ihm sanft einen Finger in die Rippen, um ihn zu necken.

»Dies ist eine lebendige Stadt«, gab sie zu und war überrascht über das rege Treiben der Menschen und die relative Qualität der Gebäude. Sie hatte erwartet, dass es rustikaler sein würde, aber es glich eher einer kleinen Stadt als einem Dorf.

»Die Bauern kommen hierher, um Vieh zu verkaufen, Zuchtabsprachen für Pferde zu treffen oder alles andere zu kaufen, was sie brauchen. Und da es in der Nähe einer Handelsstraße liegt, kommen andere auf ihrem Weg nach Norden oder Süden vorbei.« Brock bot ihr seinen Arm an, als sie zu ihm hochblickte. Er war größer als die meisten Männer und machte unter den Männern und Frauen, die die Ladenzeile entlanggingen, eine gute Figur.

»Es ist ein wunderschöner Ort.« Sie lächelte einem kleinen Mädchen zu, das die Hand seiner Mutter hielt, als sie an Brock und Joanna vorbeikamen. Das kleine Mädchen winkte ihr mit einem pummeligen Arm zu.

»Ich nehme an, es ist klein und rustikal im Vergleich zu dem, was du gewöhnt bist«, sagte er mit einem Hauch von Sorge.

»Das gefällt mir sehr. Um ehrlich zu sein, mochte ich den Trubel in London oder Bath nie besonders«, sagte Joanna leise. »Mir war Hampshire viel lieber, aber wir waren selten auf dem Lande.«

»Oh?« Brock blieb vor dem Hutmacherladen stehen, und sie gesellte sich zu ihm ans Fenster und betrachtete die ausgefallenen Hüte, die auf Sockeln im Schaufenster standen. Die Häubchen mit zarter Spitze, die glänzenden Satinbänder, die aufwändigen Stickereien. Sie waren genauso gut gemacht wie die englischen.

»Nun, ich habe mich nie wirklich für die Bälle und die Abendessen interessiert - oder für den Klatsch.« Sie gingen weiter und hielten erst inne, als sie die Buchhandlung erreichten. »Ich vermisse das Tanzen, nehme ich an. Aber hier zu sein ... Die Dinge fühlen sich real an.« Sie lachte ein wenig, weil sie wusste, dass sie wie eine Närrin klang. »Das klingt nicht sehr vernünftig, oder?«

Brock lehnte sich von hinten an sie, als sie die Tür der Buchhandlung öffnete, und der Druck seines warmen Körpers ließ sie vor Hunger brennen. Doch sie sehnte sich auch nach anderen, tieferen Dingen.

Sie betraten den Laden gemeinsam, und der muffige

Geruch der Bücher war ein Trost, den sie vermisst hatte. Der Duft weckte Erinnerungen an sie, wie sie bis spät in die Nacht bei Kerzenschein im Bett lag und las, oder an die sonnigen Nachmittage im Garten, wenn sie auf einer Decke unter einem Baum las, bis sie einschlief, um dann zu erwachen, wenn sie das stetige Summen einer dicken Hummel hörte, die eine Blume in der Nähe erforschte. Das Lesen war für sie zu einer Möglichkeit geworden, sich zu verlieren und die Sorgen und Nöte des Tages zu vergessen. Aber jetzt war das Lesen eine Brücke zwischen ihr und ihrem Mann. Auf diese Weise konnten sie zueinander finden.

»Ich denke, es ergibt absolut Sinn«, sagte Brock, als sie einen Gang entlanggingen. »Aber du musst das Tanzen nicht aufgeben. Ich mag es auch sehr.« Er schenkte ihr ein freches Grinsen. »Ich bringe dir sogar den Cèilidh-Tanz bei.«

Sie blickte zu ihm auf und wollte ihm eine Frage stellen, die sie seit ihrem Tanz vor über einer Woche beschäftigte. »Wie bist du ein so guter Tänzer geworden?«

Seine Lippen zuckten. »Bist du schockiert, dass ein barbarischer Schotte mehr kann als diese englischen Dandys?«

»Nun, ja, genau. Obwohl ich dich niemals als barbarisch bezeichnen würde«, antwortete sie mit einem Lächeln.

»Ach nein? Wie würdest du mich denn nennen?« Er drückte sie gegen das nächste Bücherregal, und ihr Körper glühte vor Verlangen. Was hatte es mit Bücherregalen auf sich, das sie und Brock in primitive Wesen zu verwandeln schien, die nur darauf aus waren, Liebe zu machen?

»Äh ...« Sie tippte mit dem Zeigefinger auf ihr Kinn und tat so, als würde sie nachdenken. Er schlang eine Hand um ihre Taille und beugte sich vor, senkte den Kopf und küsste sie fast. »Exquisit, intensiv, grüblerisch ... süß, beschützend, nachdenklich.« Es gab ein Dutzend Worte, die sie ihm sagen konnte, die beschrieben, was für ein Mann er war. Aber selbst diese Worte waren nur der Anfang.

»Ist das alles?«

»Ich habe gerade erst angefangen ...«

Er kam um Haaresbreite näher, und sie wusste, dass der unvermeidliche Kuss das Warten wert sein würde. Die Anziehungskraft zwischen ihnen in diesem atemlosen Augenblick, bevor sich ihre Münder trafen, war magnetisch, eine uralte Kraft, so alt wie der Mond und die Gezeiten. Ihr Puls raste, und sie schloss die Augen. Das berauschende Gefühl seiner suchenden Lippen ließ sie in stiller Freude ausatmen. Wenn er sie so küsste, fühlte es sich an wie die ersten Streicheleinheiten der Morgensonne, wenn sie nach einer langen, dunklen Nacht im Bett die Vorhänge zurückzog.

Der Kuss verbrannte sie langsam an den Rändern und ließ sie sich lebendig fühlen. Die Wärme seines Mundes empfing ihre Zunge, als er den Kuss vertiefte. Seine Hand an ihrer Taille wurde fester, doch er tat nichts weiter, als sie zu küssen, wenn auch höchst sündhaft. Hätte sie das in London oder Bath gewagt, sogar mit ihrem Mann, hätte sich der Skandal innerhalb von Stunden verbreitet, aber hier in diesem schönen, ländlichen Dorf in einer muffigen kleinen Buchhandlung, warm von der Sommersonne ... schien es richtig zu sein.

Es war perfekt. *Er* war perfekt. Und er gehörte ganz ihr. Die Welle der Freude in Joanna war nicht mehr aufzuhalten. Sie lächelte gegen seine Lippen, ihre Lungen füllten sich mit Lachen, und es brachte auch ihn zum Lächeln, als sich ihre Lippen voneinander lösten.

»Was ist denn?«, fragte er, immer noch lächelnd, während er seine Stirn an ihre drückte.

»Du ... das hier ... Ich bin so glücklich, Brock. Ich wünschte ... ich wünschte, du könntest meine Freude spüren.« Das meinte sie mit jedem Atemzug in ihrem Inneren. Sie hätte alles dafür gegeben, dass er fühlen könnte, was sie fühlte.

Er spielte mit einer losen Strähne ihres Haares um einen seiner Finger. »Ich spüre es auch, Mädchen. Ich war besorgt darüber, eine englische Lady zu mir nach Hause zu holen. Es ist nicht wie das Leben, an das du gewöhnt bist. Ich fürchtete, du würdest es hassen - und mich.« Er flüsterte sein Geständnis, und es zerbrach ihr Herz mit feinen, splitternden Rissen.

Diesen Mann hassen? Ihren Krieger? Ihren Beschützer? Ihren schottischen Lord? Sie sah in ihm so viel von der Vergangenheit seines Volkes, den Adel der Seele, der den Männern und Frauen in den englischen Ballsälen so oft fehlte. Hier bei ihm sah sie das schottische Volk und die Geister von Culloden in seinem Blick. Doch er hegte keinen Hass gegen sie, keine

Wut, nur die Bitte, dass sie sehen möge. Dass sie verstehen möge. Dass sie lieben möge. Den Mann zu lieben, der er war, und den Ort, den er sein Zuhause nannte.

Ich liebe ihn. Ich liebe ihn, und es kann nicht rückgängig gemacht werden. Komme was wolle, mein Herz gehört ihm, jetzt und immer.

»Ich liebe diesen Ort ... und ...« Sie hielt den Atem an, bevor sie hinzufügte: »Und ich liebe dich, Brock, mein grimmiger Dachs.«

Sein Blick wurde weicher, auf eine Weise, dass sie geradezu mit ihm verschmolz. Es gab ein Lächeln, das an einem geheimen Ort im Herzen existierte, ein Lächeln, das nur in Momenten der reinsten Freude an die Oberfläche kam. In diesem Moment hatte sie Brock genau dieses Lächeln abgerungen, ein Lächeln, das sie für immer in ihr Gedächtnis einbrennen wollte.

»Oh, mein süßes Mädchen. Ich wünschte, ich könnte jedes Buch im Laden für dich kaufen.«

Er hatte es nicht gesagt, hatte ihr nicht gesagt, dass er sie liebte, aber er hatte sich nicht gewehrt, hatte ihre Gefühle nicht verleugnet. Das war zumindest ein Anfang.

»Lass mich stattdessen *dir* Bücher kaufen.« Sie griff nach dem ersten Titel, den sie hinter ihm finden konnte. Als sie es hochhob, blitzten die vergoldeten Buchstaben auf dem Buchrücken im Sonnenlicht auf.

»*The Lady of the Lake* von Sir Walter Scott. Er ist einer von uns«, erklärte Brock stolz.

»Kennst du es?«, fragte sie.

»Das tue ich.« Sein Blick wurde distanziert, als er begann, aus dem Gedächtnis zu rezitieren.

Aloft, the ash and warrior oak,
Cast anchor in the rifted rock;
And, higher yet, the pine tree hung
His shattered trunk, and frequent flung,
Where seem'd the cliffs to meet on high,
His boughs athwart the narrowed sky.
Highest of all, where white peaks glanced,
Where glistening streamers waved and danced,
The wanderer's eye could barely view
The summer heaven's delicious blue,
So wondrous and wild, the whole might seem
The scenery of a fairy dream.

Er beendete seine Worte, indem er mit den Fingerknöcheln über ihre Wange strich, und sie zitterte vor Zuneigung zu ihm, die so stark war, dass ihr die Knie schlotterten.

Wenn sie nicht schon so verliebt in ihn gewesen wäre, hätte sein Gedichtvortrag dafür gesorgt. Sie war unsterblich in ihren Schotten verliebt. Dieser Mann, der sie immer nur liebevoll und leidenschaftlich berührte. Seine Zärtlichkeit war unendlich, und sie erfüllte sie mit unendlicher Verwunderung und Faszination.

»Dann müssen wir das hier mitnehmen«, antwortete sie und wurde rot. Er wich ein wenig zurück und nahm das Buch an sich, wobei er mit bewunderndem Blick auf den Buchrücken starrte.

»Welches noch?«, fragte Joanna ihn.

»Bücher? Ich habe sie fast alle gelesen.« Er lachte, und der Klang umspülte sie wie ein reichhaltiger Brandy.

»Deine Favoriten also? Die müssen wir haben.«

»Ach, aber ich möchte viel lieber wissen, was deine Lieblingsbücher sind«, sagte er ernsthaft. »Du wählst das nächste aus. Und dann werde ich das nächste machen. Wir werden eine Bibliothek haben, die auf unseren Lieblingen aufbaut.«

In der nächsten Stunde tauschten sie und Brock Bücher und Geschichten aus, während sie einen riesigen Stapel auf dem Tresen auftürmten, den der Besitzer einpacken sollte. Die Bücher würden nicht alle in die Kutsche passen, so dass sie in ein paar Tagen zum Schloss geliefert werden müssten. Joanna schmuggelte ein paar ihrer Lieblingsbücher in ein kleines Päckchen und verstaute es in der Kutsche, bevor sie ihren Einkauf fortsetzten.

Nach der Buchhandlung kauften sie bei einer Modistin ein paar Kleider. Brock bestand darauf, dass sie mehrere Kleider anprobierte, und es dauerte eine Stunde, bis sie merkte, dass es ihm gefiel, ihr Gesicht erröten zu sehen, wenn sie in einem neuen Kleid hinter dem Vorhang hervorkam. Er bestand darauf, dass sie einige Kleider von der Stange kaufte und einige weitere anfertigen lassen sollte, insbesondere ein Reitkleid. Einmal sah sie, wie er leise mit der Modistin sprach, einer Schottin mittleren Alters namens Agnes, die heftig errötete.

»Was hast du zu ihr gesagt?«, fragte Joanna, als sie die Bestellung auf sein Konto anschreiben ließen.

»Dass du auch ein Paar Hosen brauchst. Es wird viel besser für dich sein, so zu reiten.«

»Reithosen?« Joanna lachte und erinnerte sich an seine frühere Bemerkung, dass er sie gerne darin sehen würde.

»Ich kann nicht zulassen, dass meine Frau allen Männern ihre hübschen nackten Beine zeigt, während wir herumreiten, und ich werde meine Frau nicht auf einem verdammten Damensattel reiten lassen. Es macht keinen Spaß zu reiten, wenn die Wirbelsäule verdreht ist und man sich kaum oben halten kann.«

Darin konnte sie ihm nicht widersprechen. In den letzten Tagen hatte sie sich beim Reiten so wohl gefühlt, sowohl durch ihn als auch durch das Reiten rittlings, dass es ihr schwer gefallen wäre, zum Reiten im Damensattel zurückzukehren. Sie würde niemals galoppieren oder springen oder irgendetwas Lustiges tun können.

»Wohin möchtest du jetzt gehen?«

Sie sah sich die Geschäfte um sie herum an und entdeckte eines, das Spielzeug im Schaufenster ausstellte.

»Das da!«

Brock folgte ihr in den Laden, in dem eine Mischung aus Spielzeug, hübsch gewebten Schottenkaroschals und Schmuck verkauft wurde. Sie betrachtete die Puppen genau und versuchte sich vorzustellen, dass die kleine Elsbeth etwas Neues und Schönes in der Hand hielt und nicht den Lumpen, den sie herumgetragen hatte. Dann fand sie einen Satz Spielzeugsoldaten für Camden und

einige für die anderen Jungen aus den anderen Pächter-
familien.

»Glaubst du, sie werden ihnen gefallen?« Sie deutete
auf den großen Stapel von Puppen und anderem Spielzeug. Sie hatte sich im Laden vielleicht ein bisschen
ausgetobt, aber der Gedanke, dass die Kinder der
Pächter neues Spielzeug zum Spielen haben würden, war
unglaublich wichtig. Das würde ihnen ein wenig Freude
bereiten, während sie die harten Zeiten vor sich hatten,
bis sie und Brock für bessere Unterkünfte sorgen und
die Ernteerträge steigern konnten.

»Aye, Mädchen, du hast ein zu großes Herz.« Seine
raue Stimme passte zu dem süßen Feuer in seinen
Augen, als er sie zu einem Kuss an sich zog, der den
Ladenbesitzer dazu brachte, zu murren und wegzusehen.

Bei Einbruch der Dunkelheit beendeten sie ihre
Einkäufe und kehrten in einem Gasthaus zum Abend-
essen ein. Der Schankraum des Gasthauses war voll mit
Männern und einigen Damen. Als Brock sie zu einem
der leeren Tische führte, wurde es still in der Menge.
Joanna spürte, wie eine plötzliche Spannung die Luft um
sie herum verdichtete. Harte Blicke und düsteres
Gemurmel von einigen der gemeiner aussehenden
Männer ließen ihr die Nackenhaare zu Berge stehen.

»Beachte sie nicht, Mädchen«, sagte Brock und warf
den Männern einen grimmigen Blick zu.

Sie konnte nicht umhin, sich zu fragen, was da vor
sich ging. Während ihrer Einkäufe hatte keiner der
Leute den Eindruck gemacht, dass irgendwas nicht
stimmte, aber jetzt waren sie hier. Warum?

Eine Schankmagd brachte ihnen zwei Gläser Wein und zwei Teller mit Rindereintopf und Brot. Joanna genoss die einfache Kost, obwohl sie sich wegen der Spannung um sie herum Sorgen machte. Brock aß schweigend, seine gute Laune war dahin, und das beunruhigte sie nur noch mehr. Sie bezahlten ihr Essen und gingen nach draußen, wo sie wartete, während er die Kutsche vorfahren ließ.

Ein großer Mann, etwas schlanker als Brock, kam hinter ihr heraus und ging an der Seite des Gasthauses entlang. Er warf ihr noch einen Blick zu, bevor er um die Ecke verschwand. Eine Stimme erhob sich in ihr und flüsterte ihr zu, sie solle aufpassen. Sie hatte immer auf diesen Instinkt gehört, wenn er sich meldete.

Sie beobachtete wachsam, wie ein Dutzend weiterer Männer das Gasthaus verließ und dem ersten Mann um die Ecke folgte. Alle sahen sie ganz deutlich an - das war kein beiläufiger Blick. Es bahnte sich Ärger an. Sie wusste nur noch nicht, wie sich das äußern würde.

Als Brock mit der Kutsche zurückkam, erwähnte sie die Männer und ihre Bedenken. Er zog sie in der Kutsche auf seinen Schoß und küsste sie.

»Mach dir keine Sorgen, Mädchen. Es ist nichts, da bin ich mir sicher.« Als er sie auf dem Sitz neben sich absetzte, sah sie, wie er seinen Stiefel berührte, und sie erinnerte sich nach so vielen Tagen, die sie mit ihm gereist war, daran, dass er dort einen schlanken Dolch aufbewahrte.

Sie waren auf halbem Weg nach Hause, als Joanna ein

Donnergrollen hörte. Nur war es kein richtiger Donner, sondern eine Pferdeherde. Jemand verfolgte sie.

Brock knurrte: »Mädel, du musst ruhig bleiben und darfst die Kutsche nicht verlassen. Verstehst du mich?«

»Ja«, flüsterte sie, aber ihre Stimme verriet sie und brach bei dem einen Wort.

Draußen rief jemand etwas auf Gälisch, und die Kutsche kam ruckartig zum Stehen. Wäre Joanna nicht darauf vorbereitet gewesen, wäre sie nach vorne gegen die Wand gegenüber geschleudert worden. Brock zog das Messer aus seinem Stiefel, die Klinge glänzte im Mondlicht, als er die Kutschentür öffnete, hinaussprang und sie allein ließ. Sie hörte den Kutscher etwas rufen, und eine Sekunde später war das Geräusch gedämpft. Die Angst zerrte an ihren Nerven, und sie biss sich auf die Lippe und lauschte in die Dunkelheit.

»Ewan, du verdammter Feigling!« Brocks Brüllen prallte an der Kutsche ab.

»*Ich* bin der Feigling?«, rief der Mann zurück. »Du und deine Familie sind die Feiglinge. Aye, wir kennen jetzt die Wahrheit. Mein Vater starb im Kampf für ein freies Schottland, verraten von *deinem* Vater.« Die Rufe lösten sich in Flüche und Geräusche von Schlägereien auf.

Joanna schob den Vorhang der Tür zurück und spähte hinaus. Sie konnte sehen, wie etwa ein Dutzend Männer im schwindenden Licht, während die Sonne hinter den Bäumen versank, darum kämpften, Brock zu fassen zu bekommen. Er schwang seine Klinge mit Präzision und schnitt jedem, der ihm zu nahe kam, in den Arm. Sie hatte noch nie Gewalt gesehen, nicht in dieser Form, aber sie hatte Recht gehabt mit Brock. Er war tatsächlich der Krieger, für den sie ihn hielt. Keiner der anderen Männer war ihm ebenbürtig, aber er konnte nicht gegen alle kämpfen, nicht unendlich lange. Bald verschwand er unter einem Haufen von Körpern, und Joanna presste eine Faust in den Mund, um einen entsetzten Schrei zu unterdrücken.

Bleib in der Kutsche, das hat er gesagt. Aber sie konnte es nicht.

Sie öffnete die Tür, die am weitesten von den Kämpfern entfernt war, und schlich um den hinteren Teil des Wagens herum. Die Männer hatten Brock auf die Beine gezerrt, und ein Mann, den sie als den ersten Mann erkannte, der das Gasthaus verlassen hatte, schlug Brock brutal ins Gesicht und in den Magen.

Brock spuckte Blut und lachte. »Du schlägst wie ein kleines Kind, Ewan!«

Dummer Mann! Joanna wollte weinen, aber sie musste sich etwas einfallen lassen, um ihn zu retten.

»Dein Vater hat meinen Vater und die anderen an einen englischen Spion verraten. Sie wurden seinetwegen getötet, und du ... *du* sitzt in diesem Schloss und genießt die Ländereien und das Geld, die mit dem Blut guter Menschen gekauft wurden.«

Der Mann, Ewan, hob Brocks Klinge vom Boden auf, und die Klinge blitzte erneut bedrohlich auf.

»Mein Vater war ein Monster«, sagte Brock, und der grimmige Humor verschwand aus seinem Gesicht. »Darüber werde ich nicht mit dir streiten. Aber ich war damals noch ein Kind, genau wie du. Ich habe nicht die Absicht, die Sünden meines Vaters mit mir zu tragen. Ich habe die Absicht, die Sache zu bereinigen.«

Joanna hörte verwirrt zu. Brocks Vater hatte Männer verraten und sie in den Tod geschickt? Warum hatte er es ihr nicht gesagt?

»Manche Sünden sitzen zu tief im Blut, um jemals ausgewaschen zu werden«, antwortete Ewan.

»Du willst mir also die Kehle aufschlitzen, ja?«, forderte Brock ihn heraus.

»Du und deine hübsche *Lady Sassenach,* ihr werdet einen unglücklichen Unfall haben. Die Kutsche wird in der Dunkelheit der Nacht umstürzen, und hinterher wird niemand gehört haben, wie ihr zu Tode gekommen seid.«

Brocks Augen weiteten sich. »Nicht meine Frau - sie hat damit nichts zu tun.«

»Sie ist Engländerin. Du hast sie geheiratet, was dich in meinen Augen genauso zum Verräter macht, wie dein Vater einer war.«

»Bitte, Ewan«, flehte Brock, und Joannas Herz zerriss. Er hatte schon einmal so gefleht, als er geglaubt hatte, ihr Leben sei durch einen Wegelagerer in Gefahr. Er hatte seinen Stolz jedes Mal für ihr Leben zurückgestellt. Trotz der eisigen Angst, die sich in ihrem Bauch ausbreitete, wusste sie, dass das etwas bedeutete, dass er seinen Stolz für ihre Sicherheit beiseite schieben würde. Ein Mann tat das nur für jemanden, den er liebte.

Sein Stolz ... Plötzlich blühte eine Idee in ihr auf, und sie trat mutig hinter der Kutsche hervor.

KAPITEL 22

»**H**ören Sie sofort damit auf!«, rief Joanna mit tiefer, wütender Stimme. Ihre Mutter wäre stolz darauf gewesen, wie die hochgewachsenen Schotten alle innehielten und sie anstarrten.

»Na also, da ist ja das Mädel! Das hat mir die Mühe erspart, dich da rauszuholen.« Ewan lachte, der Ton war kalt und schneidend. Ein Flackern der Besorgnis durchlief sie, als sie ihn anstarrte. »Schnappt sie euch.«

Zwei Männer traten einen Schritt vor. Joanna musste schnell arbeiten. »Ich habe nicht die Absicht zu fliehen, also können Sie bleiben, wo Sie sind.«

Die Männer blieben stehen und sahen Ewan unsicher an. Ewan musterte Joanna und nickte den Männern zu, zurückzutreten. »Du hast Mut, Mädchen. Das muss ich dir lassen.«

»Und Sie haben einen Ehrenkodex, nicht wahr?«

Ewan warf einen Blick auf seine Männer, bevor er ihrem Blick begegnete. »Aye. Was ist damit?«

»Ich möchte diese Ehre anfechten.«

Ewan warf den Kopf zurück und lachte. »Du?«

»Ja, ich.« Joanna war nicht dazu erzogen worden, sich zu ducken, egal wie sehr sie innerlich vor Angst bebte.

»Also, was soll es sein?«, sagte Ewan mit einem sarkastischen Grinsen. »Pistolen im Morgengrauen?«

»Ich werde gegen dich kämpfen. Wenn du auch nur einmal in die Knie gehst, hast du verloren. Mein Mann und ich werden freigelassen, und die Angelegenheit zwischen dir und ihm wird als abgeschlossen betrachtet.«

Die Schotten fingen alle an, wild zu lachen.

»Ein kleines Mädchen wie du will gegen mich kämpfen? Oh, aye, das wäre mal was.«

»Ich weiß, dass du denkst, ich hätte keine Fähigkeiten, aber ich könnte dich überraschen.«

Ewan zuckte mit den Schultern. »'Es wird ein schneller Kampf sein. Ein einziger Schlag wird dich umwerfen. Was dann? Bist du dann damit einverstanden, dass ich und meine Männer uns deiner mal annehmen?«

Joanna schmeckte die Bitterkeit der Angst auf ihrer Zunge, und sie versuchte, nicht daran zu denken, dass die Niederlage ihren und Brocks Tod bedeutete. Aber sie spürte – nein, sie *wusste* –, dass sie das schaffen konnte. Ashton war ein hervorragender Boxer und Fechter, aber Rafe ... Der Gauner, der zum Wegelagerer geworden war, hatte ihr vor ihrer ersten Saison weitaus wertvollere Fähigkeiten beigebracht, zum Beispiel, wie man einen Mann davon abhalten konnte, eine Dame auszunutzen.

»Joanna, nein«, sagte Brock. »Ich verbiete es.« Einer der Männer, die ihm am nächsten standen, versetzte ihm einen Schlag, woraufhin er vor Schmerz aufstöhnte.

»Knebelt ihn. Ich werde mir sein Gejammer nicht anhören, während ich mich um sie kümmere«, schnauzte Ewan. Brocks Mund wurde aufgedrückt und er wurde mit einem Tuch geknebelt, das fest über seinen Mund gebunden wurde. Seine Hände waren gefesselt, und er wurde hart auf die Knie gezwungen.

»Ich würde mir gerne das Messer leihen ... wenn Sie so nett wären.« Joanna streckte die Hand nach Ewan aus.

Er kicherte, als er ihr die Klinge reichte. »Willst du mir damit in die Finger stechen, *Sassenach*?«

Sie zog eine Augenbraue hoch, und sein Lachen erstarb. Dann bückte sie sich und schnitt ihre Röcke und Unterröcke vorne und hinten auf, ohne die Pfiffe der Männer zu beachten. Sie brauchte Bewegungsfreiheit, und ihre Röcke würden ihr nur im Weg sein. Dann stieß sie die Klinge zurück in den Boden und trat davon weg.

»Bist du bereit?«, fragte sie Ewan. Er starrte sie an.

»Beim Blut Gottes. Willst du wirklich gegen mich kämpfen, *Sassenach*?«

Sie kräuselte herausfordernd die Lippen und antwortete in spöttischem Tonfall: »Aye.« Dann ging sie in die Hocke, die Beine gespreizt. Der Nachtwind wehte ihr die geteilten Röcke um die Knöchel, aber anstatt sie zu bremsen, fühlte es sich gut an. Sie sah jetzt seine Handlungen voraus, so wie Rafe es ihr beigebracht hatte. Wenn sie dies gut machte, könnte sie den Kampf fast sofort beenden.

Ewan winkte ihr mit einem selbstgefälligen Lächeln zu. »Komm zu mir, Engländerin«, sagte er spöttisch.

Joanna war dankbar, dass sie Stiefel und nicht ihre Pantöffelchen trug, als sie sich ihm näherte. Als sie noch knapp außerhalb der Reichweite war, wartete sie. Das tat er auch. Dann schwang er eine Faust. Joanna duckte sich unter seiner Faust weg und kam schnell wieder hoch, öffnete ihre Handfläche und schlug sie ihm auf den Nasenrücken. Sofort sprudelte das Blut, und Ewan brüllte auf und hielt sich das Gesicht.

Joanna hielt aber noch nicht inne. Sie verpasste ihm einen Schlag auf eines seiner Augen, der hart traf. Er knurrte und holte aus, traf sie am Kopf, und sie stolperte. Ihre Ohren klingelten, aber sie hielt das Gleichgewicht und holte zu einem weiteren Schlag aus. Sie packte ihn an der Schulter und zog ihn zu Boden. Die aggressive Bewegung überraschte ihn, und er beugte sich vor. Sie rammte ihm ihr Knie hart in die Leistengegend.

Ein hohes Kreischen kam über Ewans Lippen. Sie rannte hinter ihn und sprang auf seinen Rücken, von wo aus sie seinen Hals fest umklammerte. Zwischen den Schmerzen in seiner Leiste, der blutigen gebrochenen Nase, dem Ersticken und ihrem vollen Gewicht auf seinem Rücken hatte er Schwierigkeiten, sich darauf zu konzentrieren, wie er sich verteidigen sollte. Er krallte nach ihren Händen, aber sie ignorierte ihn und drückte seinen Hals mit aller Kraft zu, die sie hatte. Er stolperte, fiel auf die Knie und ging schließlich zu Boden. Sie hielt ihn noch einen Moment fest und ließ ihn dann los. Er brach mit dem Gesicht nach unten zusammen und schnappte nach Luft.

Die Männer um sie herum starrten sie an, aber keiner von ihnen bewegte sich auf sie zu.

Sie wischte sich ein wenig Blut von den Lippen und keuchte schwer. Sie hatte ihren Körper im letzten Jahr etwas zu sehr entspannen lassen und war nicht mehr so stark wie zu der Zeit, als Rafe sie zum ersten Mal trainiert hatte. Ihre Zähne hatten sich in die Innenseite ihrer Wange gegraben, als Ewans Schlag sie getroffen hatte. Sie sah Brock an, dessen Augen weit aufgerissen waren. Er war genauso unbeweglich wie die Männer, die ihn immer noch festhielten.

»Ich habe die Herausforderung gewonnen«, erklärte sie. »Dein Streit mit meinem Mann ist vorbei. Die Sünden, die sein Vater begangen hat, sind nicht die von Brock. Er ist ein guter und loyaler Schotte, und ihr solltet euch schämen, ihn wie einen Verräter zu behandeln. Sein Vater missbrauchte ihn. Er liebte diesen Mann nicht und hatte auch keine Kontrolle über dessen Handeln. In der Tat ist er schottischer als jeder von euch hier. Ihr sollt ehrenhafte Männer und gute Krieger sein. Beschützer. Keine Tyrannen, keine Männer, die in der Nacht morden. Das ist Feigheit.«

Sie wartete, bis Ewan aufgestanden war, holte das Messer ihres Mannes und verstaute es in ihrem eigenen Stiefel. In diesem Moment fühlte sie sich so wild wie der

Wind auf den Hügeln, als wäre sie selbst eine Schottin. Was sie daran erinnerte ...

»Und noch etwas. Ich bin eine Lennox. Schottland liegt mir im Blut. Denkt darüber nach, bevor ihr mich das nächste Mal einen Außenseiter nennt.«

Es hatte ihr nichts ausgemacht, dass Brock sie *Sassenach* nannte, aber sie wollte nicht zulassen, dass diese Männer es zu einer Beleidigung machten.

»Ewan?«, flüsterte einer der Männer laut.

Ewan schmierte sich Blut übers Gesicht, als er sich mit dem Handrücken unter die Nase fuhr. Er zuckte zusammen und atmete tief ein.

»Lass sie gehen. Es ist vorbei, alles. Wir werden nicht mehr über die Sünden von Montgomery Kincade sprechen.«

Brock wurde mit einem Ruck auf die Beine gestellt und dann losgelassen. Der Kutscher wurde ebenfalls freigelassen und gesellte sich zu ihnen, seine Augen noch immer vor Angst geweitet. Ewan begegnete Brocks Blick und nickte feierlich, bevor er und seine Männer ihre Pferde bestiegen und in Richtung des Dorfes zurückritten.

»Es tut mir leid, Mylord«, sagte der Kutscher, als die anderen weg waren. »Ich konnte sie nicht aufhalten.«

»Es ist alles in Ordnung, Hamish. Zum Glück hatten wir einen Schutzengel bei uns.« Brock wandte sich an Joanna. »Mein Gott«, flüsterte er, zog sie zurück in seine Arme und drückte sie so fest an sich, dass sie Mühe hatte, zu atmen.

»Mir geht es gut«, versicherte sie ihm.

»Gut? Nein, Mädel. Du warst brillant, wundervoll, kämpferisch.« Er nahm ihr Gesicht in seine Hände und küsste sie auf die Stirn. »Bringen wir dich nach Hause. Ich muss mich selbst vergewissern, dass es dir gut geht.«

Joanna machte sich mehr Sorgen um ihn, weil er blutete und Prellungen hatte, aber das sagte sie ihm nicht. Sie musste ihn fragen, was sie von Ewan über seinen Vater gehört hatte. Er war ihr die Wahrheit schuldig.

Der Kutscher kletterte wieder auf seine Sitzstange. Sie und Brock stiegen wieder in den Wagen ein.

»Wo hast du das gelernt, Mädchen? Das Kämpfen, meine ich?«

»Rafe hat es mir beigebracht.«

»Ich verstehe. Ich nehme an, wenn einer aus deiner Familie es getan haben könnte, dann er.«

»Er war besorgt, dass ich auf irgendeinem Balkon oder in einem Garten ausgenutzt werden könnte, als ich mein Debüt in der Gesellschaft hatte. Ich habe die Bewegungen nicht mehr geübt, seit ich siebzehn war. Ich hatte solche Angst, dass ich es nicht richtig machen würde.« Erst jetzt wurde ihr klar, dass sie zusammen mit Brock hätte getötet werden können, wenn sie versagt hätte. Sie hatte nur Glück gehabt, dass Ewan sie unterschätzt hatte und sie zuschlagen konnte, bevor er die Chance hatte, wieder auf die Beine zu kommen.

»Aber du hast es getan, bei Gott, du hast es getan. Ich habe eine Kriegerin geheiratet.« Er zog sie wieder auf seinen Schoß und vergrub sein Gesicht in ihrem Haar.

»Warum ... Warum hast du nicht härter gekämpft?«, fragte sie. Sie hatte fast Angst, den Grund dafür zu erfahren, aber sie hatte ihn schon so oft in einem Kampf zurückhaltend erlebt, auch heute Abend. Er hatte sich immer nur verteidigt und nicht angegriffen, als er es hätte tun können. Sie wusste, dass er kein Feigling war, aber sein Handeln war nicht wirklich sinnvoll.

Brock stockte der Atem, und eine Sekunde lang fürchtete sie, er würde ihr nicht antworten.

»Mein ganzes Leben lang lebte ich in Angst vor der Wut meines Vaters. An dem Tag, an dem meine Mutter zu Grabe getragen wurde, warf ich Dreck auf ihren Sarg, und mein Vater sprach grausam über ihre schwache Natur, wegen derer sie an einem gebrochenen Herzen sterben musste.« Ihr süßer, starker Mann zitterte, als er sprach. »Ich konnte mich nicht zurückhalten. Es war, als ob ein weißer Dunst, wie der Nebel am frühen Morgen, der sich über die Hügel legte, meine Augen erfüllte. Ich schlug auf meinen Vater ein, traf ihn so hart, dass er stürzte und sich die Nase brach. Meine Brüder konnten mich kaum zurückhalten. Ich hatte vor, ihn zu töten. Ich wollte spüren, wie das Blut aus seinen Adern rann und an meinen Händen kalt wurde.« Brocks Hände legten sich leicht auf ihren Rücken, und er drückte sie enger an seine Brust.

»Als ich mich endlich beruhigt hatte«, sagte Brock und holte zitternd Luft, »lachte mein Vater über mich. *Er lachte.* Er sagte, er habe endlich einen Sohn, der seiner würdig sei, einen mit demselben Blutdurst wie er. Es machte mich krank, das zu hören. Ich habe am Grab meiner Mutter geschworen, niemanden zu verletzen, es sei denn, ich hätte keine andere Wahl. Und heute Abend, als ich es brauchte, hat die Wut nicht geholfen. Ewan und seine verdammten Idioten haben es trotzdem geschafft, mir eine Falle zu stellen.«

Plötzlich ergab so vieles an Brock einen Sinn. Er fürchtete sich vor seinem Temperament, fürchtete, er würde Menschen verletzen, vor allem diejenigen, die ihm wichtig waren. War das der Grund, warum er sich ihren Liebeserklärungen widersetzte? Hatte er Angst, sie zu lieben, falls er ihr versehentlich etwas antun würde?

Sie begegnete seinem Blick in der schummrigen Kutsche, blickte in Augen, die jetzt so dunkel und endlos schienen, wie das Meer, das von einem Hauch Mondlicht erhellt wurde.

»Du bist nicht dein Vater, Brock. Du darfst dich nicht fürchten, dass du Wutausbrüche erleben wirst. Du hast immer das Richtige getan, auch wenn es dich fast das Leben gekostet hätte. Versprich mir, dass du versuchen wirst, deine Angst loszulassen.«

»Ich habe keine Angst«, antwortete er ein wenig unwirsch.

»Hast du nicht? Hast du keine Angst, wie dein Vater zu sein? Du bist nicht der erste Mensch, der mit dieser Angst konfrontiert ist. Ashton hatte so lange Angst, so zu werden wie unser Vater, dass er das Gegenteil wurde, was kaum besser war. Aber die Begegnung mit deiner Schwester, die Liebe zu ihr, hat ihn verändert. Das hat ihn zu einem besseren Menschen gemacht.«

Brock gluckste ironisch. »Ein besserer Mann mit einer Vorliebe für das Schlagen von Schotten.«

»Ja, nun.« Sie lächelte. »Du *hast* mich in die Nacht entführt, geheiratet und entjungfert.«

»Alles mit deiner Erlaubnis«, erinnerte er sie und grinste wie ein freches Kind.

»Aye«, neckte sie ihn mit schottischem Tonfall. »Aber wirklich, Brock, du bist nicht wie dein Vater, du bist *alles,* was er nicht gewesen ist.«

»Du hast ihn nie getroffen, Mädchen. Wie kannst du das sagen?«

Sie fuhr mit einer Fingerspitze über seine Lippen. »Weil ich dich *kenne*, und du bist *alles* für mich.« Als sie ihn dieses Mal küsste, ließ sie ihn spüren, wie ihre ganze Liebe zu ihm aus ihr herausströmte. Sie wollte ihn auswendig lernen, jeden Winkel seines Körpers spüren und ihn in ihr Gedächtnis einprägen.

»Ich kann nicht glauben, dass du deine Röcke so zerschnitten hast«, sinnierte er und hob ihr zerfetztes Kleid hoch, als sie sich auf der Kutschenbank rittlings auf ihn setzte.

»Hör auf zu reden und küss mich, Ehemann«, sagte Joanna und verschloss seinen Mund mit ihrem. Er stöhnte auf, als sie sich gegen ihn stemmte und den Kuss vertiefte. Für ein Gespräch würde später noch genug Zeit sein. Jetzt aber musste sie ihm erst einmal zeigen, wie viel er ihr bedeutete. Und wenn sie ganz ehrlich war, hatte es sie unglaublich erregt, dass sie Ewan überwältigt und ihren Mann gerettet hatte. Sie wusste nicht, ob es richtig oder falsch war, so zu sein, aber sie wollte das

Beste daraus machen. Sie wölbte sich gegen ihn und flüsterte in sein Ohr: »Mach Liebe mit mir, *hier*.«

Sein leises Antwortknurren vibrierte in ihr, als er ihre Hüften anhob und dann nach seiner Hose griff. Sie knabberte an seinem Ohrläppchen und seinem Hals, küsste ihn und reizte ihn. Er fluchte, als er sich zu befreien versuchte, und dann zog er sie mit aller Kraft an seinem Schaft herunter. Das unerwartete Gefühl, von ihm ausgefüllt zu werden, war herrlich, wenn auch ein wenig unbequem in dieser Position. Sie war noch nie oben gewesen, aber es war aufregend.

»Reite mich, Mädchen. So wie du es schon einmal gemacht hast.« Er hob ihre Hüften an und zeigte ihr, wie sie sich gegen ihn stemmen konnte.

»So?« Sie ließ ihre Hüften kreisen, während sie sich auf ihm auf und ab bewegte. Er nickte, seine Augen waren dunkel vor Hunger, während er sie beobachtete. Es hatte etwas absolut Sündhaftes an sich, ihn wie ein wertvolles Zuchtpferd zu reiten, ausgerechnet in einer Kutsche, während sich ihre Blicke trafen. Es war einfach wild und hart, und sie hatte nicht die Illusion, dass sie ihn dabei dominierte, auch wenn sie sich durch ihren Sieg über Ewan gestärkt fühlte. Brock hatte sie unter Kontrolle, wie ein Zauberer, der eine Schlange aus einem Korb locken kann. Sie war in seinem Bann.

Ihr Herz pochte in ihren Ohren, und sie genoss die reine, sinnliche Erfahrung. Sie schrie auf, als die Lust ihre Sicht verdunkelte, und sie fiel schlaff gegen ihn. Aber Brock war noch lange nicht fertig. Er stieß immer wieder von unter ihr in sie hinein, benutzte sie jetzt zu seinem eigenen Vergnügen, und das verstärkte nur die bebenden Nachwirkungen ihrer eigenen Erlösung. Er keuchte schwer, als er kam, und drückte sie fest an sich. Sie legte ihren Kopf auf seine Brust und spürte das schnelle Schlagen seines Herzens, als er von dem süßen Rausch ihres Liebesspiels herunterkam.

Joanna spürte, wie ihr das Blut von den Fingerspitzen bis in die Zehen rauschte. Er strich mit dem Daumen über ihre Lippen und seufzte zufrieden.

»Lassie, du wirst mein Tod sein, und was für ein süßer Tod es sein wird.«

Sie gluckste und ließ die letzte Anspannung in ihrem Inneren los. Sie würde ihn noch früh genug nach dem Verrat seines Vaters fragen. Aber im Moment wollte sie in den Armen ihres Mannes einschlafen und sich um nichts anderes kümmern.

KAPITEL 23

Brock lächelte, als er spürte, wie Joanna in seiner Umarmung einschlief. Er bewegte sie nur einmal, um seine Hose und ihr Kleid zu richten, bevor er sie wieder in seine Arme zog. Er hatte geprellte Rippen und einen schmerzenden Kiefer, aber das alles war es wert gewesen. Sein englisches Mädchen hatte ihn gerettet, und obwohl er nicht gerne daran dachte, dass er sie nicht hatte beschützen können, war er froh, dass er eine Frau mit dem Herzen einer Kriegerin geheiratet hatte. Niemals würde er den Anblick von Ewan Campbell vergessen, wie der am Boden lag und seine Eier umklammerte.

Meine süße Johanna, du bist wirklich vom Himmel gesandt.

Er hielt sie fest, bis die Kutsche am Eingang des Schlosses hielt. Er trug sie hinaus und flüsterte dem Kutscher seinen Dank zu, bevor der die Kutsche und die Pferde zu den Ställen brachte. Brock trug seine schlafende Frau hinein. Duncan hielt ihnen die Tür auf, und die Augenbrauen des Jungen hoben sich, als er Joannas zerrissene Röcke und Brocks zerschrammtes Gesicht sah, aber er stellte keine Fragen.

»Ruh dich aus, Duncan. Wir sehen uns dann morgen früh.«

»Aye, Mylord.« Der junge Mann ging in den Bedienstetentrakt.

Die Köchin, Mrs. Tate, stand in der großen Halle an der Treppe. Als sie ihre Herrschaften sah, runzelte sie die Stirn.

»Ist Ihr Bruder nach Edinburgh aufgebrochen?«, fragte Brock.

»Aye.« Sie runzelte besorgt die Stirn, sowohl zu ihm als auch zu Joanna, bevor sie zu ihm aufsah: »Geht es Ihnen beiden gut? Soll ich den Arzt holen lassen?«

»Nein, nein, uns geht es gut, Mrs. Tate. Wir hatten nur ein paar kleine Probleme unterwegs. Aber es ist alles in Ordnung. Sie dürfen sich zu Bett begeben.« Er ließ sie am Fuß der Treppe stehen, während er seine Frau in seine Gemächer hinauftrug.

Er legte Joanna auf das Bett und zog ihr das ruinierte Kleid vom Körper. Sie regte sich, als er ihr Korsett löste, und murmelte etwas liebenswert Mürrisches darüber, dass sie nicht atmen könne. Dann zog er ihr Korsett, Strümpfe und Stiefel aus und entfernte die Haarnadeln, ohne sie zu wecken.

Armes Mädchen, sie war erschöpft. Sie war durch den Eisenhut todkrank gewesen, dann hatte sie einen Großteil des Tages auf den Beinen im Dorf verbracht, dann hatte sie gegen Ewan gekämpft, und, na ja, dann war da noch die gemeinsame Zeit in der Kutsche ...

Herr, sie hatte ihn mit wilder Hingabe geritten, so wie er sich vorstellte, dass ein schottisches Mädchen ihren Mann reiten würde. Hier gab es keine schüchterne, errötende englische Braut, und dafür war er dankbar. Er wollte, dass Joanna sich frei fühlte, seinen Körper zu verlangen, wenn sie ihn wollte. Er war mehr als glücklich, jeder Bitte nachzukommen, bei der er sich am Ende in ihr wiederfand.

Wenn er mit ihr zusammen war, fühlte es sich an, als hätten sich die Wolken geteilt und ihn direkt zu jedem süßen, schönen Traum getragen, den er je gehabt hatte. Wenn sie ihn küsste, wurde ihm schwindelig vor Verlangen, doch darin verbarg sich auch ein sanfteres Verlangen, das Bedürfnis, ihren Namen wie ein inbrünstiges Gebet zu flüstern. Wie würde es in einigen Jahren sein, wenn sie beide einander und ihre tiefsten Wünsche genau kennen würden?

Er freute sich darauf, alles über sie herauszufinden. Seine Frau. Seine Partnerin. Zum ersten Mal war er nicht mehr einsam. Als ältestes Kind hatte er so viele Lasten allein auf seinen Schultern getragen. Brodie, Aiden und Rosalind hatten nie wirklich erfahren, wie schwer es für ihn gewesen war, der nächste Earl of Kincade zu sein, zu wissen, dass ihr Vater ihre Ländereien mit verschüttetem schottischen Blut bewirtschaftet hatte, und die Last des Urteils von Männern wie Ewan zu spüren.

Brock zündete eine Kerze neben seinem Bett an und zog sich aus. Jetzt, wo er zu Hause war, würde er wieder den Kincade-Kilt tragen. In England hatte er es nie gewagt, den anzulegen. Das Kleidungsgesetz von 1746, das Kilts verboten hatte, war 1782 aufgehoben worden, und viel zu viele Engländer waren immer noch der Meinung, dass es Gesetz sein sollte. Er wollte Rosalind keinen Ärger machen, deshalb hatte er in London und Bath Hosen getragen. Aber das würde sich jetzt, wo er wieder zu Hause war, ändern.

Er konnte sich ein Grinsen nicht verkneifen, als er versuchte, sich ihre Reaktion auf die Veränderung auszumalen. Schockiert, skandalisiert vielleicht, dann fasziniert. Was würde sie denken, wenn er ihr zeigte, wie viel einfacher es sein würde, sie zu nehmen, wenn er sich nicht mit lästigen Dingen wie Hosen herumschlagen müsste?

Als er neben ihr ins Bett kletterte, zog er seine Frau in seine Arme.

Er gluckste und küsste die Ohrmuschel. »Mein schottisches Mädchen.«

Sie seufzte verträumt, und der Klang war so süß, dass sein Körper vor Hunger hart wurde, aber sie waren beide erschöpft, und sie schlief bereits. Morgen würde auch noch genug Zeit sein, um noch mehr von *allem* mit ihr zu machen.

Er drehte sich um und blies die Kerze aus, dann zog er Joanna fest an sich, so dass sie sich wie Löffel in einer silbernen Schublade aneinander schmiegten.

»Gute Nacht, Frau«, hauchte er und fühlte einen so tiefen Frieden, dass es ihn verblüfft hätte, wenn er nicht so erschöpft gewesen wäre.

Minuten oder vielleicht auch Stunden später wachte er mit einem Schrecken auf, sein Herz raste und sein Kopf schmerzte. Ihm war heiß ... zu heiß. Er wischte sich eine Schweißschicht von der Stirn. *Was zum Teufel?* Er beugte sich vor, um nach Joanna zu sehen, und auch sie war schweißgebadet. Wenn er ein Fenster öffnen würde, könnte er vielleicht eine Brise hereinlassen.

Brock schlüpfte aus seinem Bett und war auf halbem Weg durch den Raum, als er einen Lichtschein unter der Kante seiner Schlafzimmertür sah. Hatte jemand die Wandfackeln im Korridor draußen wieder angezündet? Er änderte die Richtung und ging auf die Tür zu. Als er den Knauf berührte, war er erstaunlich warm.

Er öffnete die Tür und keuchte auf. Dichter, dunkler Rauch strömte in den Raum. Durch den Dunst hindurch sah er Flammen am Ende des Korridors, wo sich das Schlafgemach seines Vaters befunden hatte. Das Schloss stand in *Flammen*.

Er eilte zurück zum Bett, holte eilig ihren Morgenmantel und ihre Stiefel und rüttelte sie wach. »Joanna!«

»Was ist denn los?«, fragte sie schläfrig.

»Es brennt. Du musst hier raus. Zieh die hier an - mach dir nicht die Mühe, die Schnürsenkel zu binden. Du musst nur deine Füße vor der brennenden Glut schützen.« Er zeigte auf die Stiefel.

»Feuer?« Sie verstand sofort den Ernst der Lage. Wenn sie sich nicht schnell bewegten, könnten sie sterben. Joanna schlüpfte in ihre Stiefel, und Brock zog schnell seinen Kilt und seine Stiefel und dann ein Hemd an.

»Folge mir«, befahl er, als sie in den Korridor traten. Die Flammen bewegten sich schnell und verzehrten die alten Teppiche auf dem Boden. Durch den Feuerschein glaubte er einen Moment lang, das Gesicht seines Vaters zu sehen. Aber das war unmöglich. Der Mann lag tot und kalt in der Erde.

»Brock!« Joanna zeigte auf das Dach über ihnen. Das Feuer schlängelte sich durch die Balken. Zum Glück bedeutete die hohe Decke auch, dass der Rauch sie nicht erdrücken würde.

»Lauf!« Er schob Joanna in die entgegengesetzte Richtung des Feuers. Als er sich umdrehte, um ihr zu folgen, stolperte er in ihren Rücken und musste sich wieder aufrichten.

»Was zum ...?« Die Worte erstarben auf seinen Lippen, als er sah, was seine Frau zum Stehen gebracht hatte. Mrs. Tate stand mit großen Augen da, ihr Haar war aus einem winzigen Dutt gelöst, und sie hielt ein langes Messer in der Hand.

»Was machen Sie denn da? Sehen Sie nicht, dass ...?«

Ihr raues Lachen unterbrach ihn. »Das Schloss brennt, Mylord«, spottete sie. »Aber Sie sind nicht *mein* Lord, sind es nie gewesen.« Der verschlagene Blick mit den großen Augen verwandelte sich in einen Blick des Wahnsinns.

»Mrs. Tate!«, schnappte er, trat vor Joanna und stellte sich zwischen sie und die Köchin.

»Ich musste mir anhören, wie Sie mir Befehle erteilten, und habe versucht, Sie an seiner Stelle zu sehen.

Aber Sie sind nicht er - Sie könnten *niemals* auch nur halb der Mann sein, der er war.«

Brocks Blick huschte über sie hinweg, als funkensprühende Glut wie schwarze Nachtfalter mit brennenden Flügeln herabflatterte.

»Sie sind ein armseliger Narr, wenn Sie glauben, Sie könnten jemals so sein wie Ihr Vater«, kreischte Mrs. Tate. »Sie sind alle die Bälger Ihrer Mutter, Sie und die anderen.« Die Augen der Köchin wurden fast schwarz, und sie fing an, wild zu lachen.

»Sie waren es, die Joanna vergiftet hat.«

Sie knurrte. »Ein bisschen Eisenhut für den Anfang - ich wollte mir Zeit damit lassen. Aber Sie haben nach Dr. McKenzie geschickt, und er wusste ...« Sie verzog die Lippen zu beißendem Spott. »Nicht, dass es jetzt wichtig wäre.« Sie lachte wieder. »Sie haben meinen Bruder weggeschickt. Er konnte mich nicht aufhalten, nicht heute Nacht.«

Brock ergriff Joannas Hand und hielt sie hinter sich. Sie versuchten, sich an Mrs. Tate vorbeizuschieben. Sie stürzte sich auf ihn und schlug mit dem Messer zu. Brock stieß Joanna an, und sie stolperte hinter ihm her in Richtung des offenen Korridors. Dann ertönte ein plötzliches Krachen, und er drehte sich um. Ein Teil der Decke war eingestürzt, nur ein halbes Dutzend Meter hinter seiner Frau. Joanna sah zwischen ihm und den Flammen hin und her. Sie saßen in der Falle.

»Jo...« Schmerz zerrte an seinem Rücken, und er krachte gegen die Wand. Er griff nach den Rändern des geliebten Einhornteppichs seiner Mutter, dessen silberne und weiße Fäden in dem lodernden Feuer schimmerten. Alles schien sich zu verlangsamen und wie ein schrecklicher Traum abzulaufen. Mrs. Tate trat vor ihn hin, das nun blutige Messer in der Hand. Sie musste ihn tief geschnitten haben, wenn sein plötzliches Schwindelgefühl ein Hinweis darauf war.

Die wahnsinnige Köchin spuckte ihn an. »*Dreck!* Schwachmütige Göre! Du bist des Blutes deines Vaters nicht würdig!«

Brock starrte sie an, immer noch fassungslos. Er hatte immer gewusst, dass Mrs. Tate seinen Vater gemocht hatte, aber die Besessenheit dieser Frau mit dem brutalen Mann ergab so wenig Sinn.

»Brock!«, rief Joanna aus. »Es gibt keinen Ausweg. Hier kommen wir nicht weiter.«

Mrs. Tate drehte sich zu Joannas Stimme um, und Brock wusste, dass er sie von seiner Frau ablenken musste.

»Ich will nicht *das Blut* meines Vaters sein. Er war ein mieser Bastard, ein grausames Monster. Ein Verräter an seinem Volk!« Seine Rufe lenkten die Aufmerksamkeit der Köchin wieder auf sich.

»Er war ein Fürst unter undankbaren Schweinen!« Mrs. Tate stürzte sich auf ihn. Brock bereitete sich auf den Schlag vor, aber Mrs. Tate kreischte und verschwand aus seinem Blickfeld, als sie an ihm vorbeiflog und in das Feuer dahinter stolperte. Brock blinzelte. Joanna stand da und keuchte. Sie hatte Mrs. Tate in die Flammen am anderen Ende des Korridors geschubst. Ihr Körper krümmte sich auf den umgestürzten Holzbalken, und ihre Kleidung fing Feuer. Sie taumelte hinaus und stürzte über das Geländer tief hinunter ins Schwarze. Joanna wandte sich ab und hielt sich den Mund zu.

»Komm, Mädchen.« Brock ergriff ihre Hand, als sie zurück in seine Gemächer eilten. Sie schlossen die Tür, um die Flammen und den Rauch so lange wie möglich fernzuhalten.

»Ich habe eine Idee.« Joanna zog das Laken vom Bett und tränkte es im Wasser aus der Schüssel auf dem Nachttisch, dann rollte sie es der Länge nach zusammen und schob es unter der Tür hindurch, wo der Rauch sich seinen Weg herein bahnte.

»Gute Idee, Mädchen«, sagte er. »Das verschafft uns ein wenig Zeit.« Er zuckte zusammen, als er spürte, wie sein Rücken vor Schmerz in zwei Teile zerbrach.

Joanna sah sich um und versuchte, einen Fluchtweg zu finden, aber da war keine Möglichkeit. Sie waren zu hoch oben, um aus dem Fenster zu springen. »Brock. Wir können nirgendwo hingehen. Wir ...« Sie kam zu ihm herüber und zitterte heftig, als sie ihn umarmte. Er schluckte den Schmerzensschrei hinunter, und sie vergrub ihr Gesicht in seinem Nacken.

»Es tut mir leid.« Er hatte sie im Stich gelassen. Er hatte geschworen, sie zu beschützen und ihr ein glückliches Leben hier in den Highlands zu ermöglichen. Aber alles, was er getan hatte, war, ihr Leben viel zu früh zu Ende gehen zu lassen. Tränen trübten seine Augen, und er blinzelte schnell, ohne sich darum zu kümmern, wie sie über seine Wangen liefen. Das Mondlicht fiel durch das offene Fenster und erregte seine Aufmerksamkeit.

»Warte, ich habe eine Idee.« Er stieß sie weg, während er die Bettvorhänge vom Bett riss und begann, sie zu einer Art Seil zu verknoten. Wenn er sie hinunterlassen konnte, konnte sie sich wenigstens in Sicherheit bringen. Und vielleicht könnte er einen Weg finden, das Ende irgendwo zu befestigen, damit er ihr nachklettern könnte.

Als sie erkannte, was er vorhatte, arbeiteten sie zusammen. Ein entferntes Krachen außerhalb der Kammer ließ sie beide zusammenzucken. Seine Hände zitterten, als er das behelfsmäßige Seil zum Fenster trug und den Rahmen aufstieß. Die Fallhöhe betrug gut acht Meter, aber wenn er sie den größten Teil des Weges hinunterlassen konnte, würde sie es schaffen. Er warf das Seil hinaus und hielt das Ende fest.

»Fang an zu klettern«, befahl er. Joanna starrte ihn an.

»Du musst das andere Ende am Bett festbinden.«

»Nein, wir brauchen so viel Seil wie möglich. Jetzt klettere.« Er konnte ihren Blick nicht erwidern. Wenn er das täte, würde das seine Entschlossenheit für immer zerstören.

»Brock, du kommst doch mit mir, oder?« Ihre Worte zitterten in der Luft zwischen ihnen.

»Das werde ich, Mädchen, aber erst, wenn du in Sicherheit bist.« Mehr konnte er nicht sagen, weil er befürchtete, seine Stimme würde brechen, genau wie sein Herz. Sie war sein schöner Traum, das Geschenk, das er nie verdient hatte, und jetzt würde er sie für immer verlieren. Aber zumindest würde er sie retten.

»Dann werde ich nicht gehen. Wir werden gemeinsam einen Ausweg finden. Wir ...«

Er zog sie zu sich und küsste sie kurz und heftig, bevor er sie zurückstieß und ihre Hände um das Seil drückte.

»Du wirst gehen, weil du vielleicht unser Kind in dir trägst. Hast du mich verstanden? Das Leben, das wir vielleicht zwischen uns geschaffen haben. Ich werde nicht zulassen, dass du das zerstörst, nur weil du mit mir sterben willst.«

Ihre Lippen bebten, und ihre Augen füllten sich mit Tränen. »Aber ich liebe dich, Brock.« Sie flüsterte die Worte fast.

»Und weil du mich liebst, musst du mir jetzt gehorchen. Verstehst du?« Er zerrte sie zum Fenster, wickelte das Seil um seine Arme und stützte sich ab.

»Klettern. *Jetzt*.«

Ihr Blick traf seinen, als sie über das Fensterbrett kletterte. »Finde einen Ausweg. Hörst du mich? Ich werde dich nicht begraben«, schrie sie ihn an, während sie am Seil hinunterkletterte. Schmerz durchzog seinen Rücken, als er das Seil festhielt, während sie hinunterkletterte. Als der Druck endlich nachließ, trat er an den Rand des Fensters und spähte hinunter. Sie stand im Gras und sah zu ihm auf, ihr Gesicht beleuchtet vom Schein des Feuers, der von hinten und vom Dach des Schlosses weit über ihm kam.

»Brock!«, schrie sie. Er trat vom Fenster zurück, trug das Seil zum Bett und versuchte, es um einen Bettpfosten zu knoten. Der Knoten hielt, aber er konnte das schwere Himmelbett nicht näher ans Fenster ziehen, nicht mit dieser Verletzung im Rücken. Er konnte nicht einmal einen Teil des Weges klettern und dann springen, weil der Abstand zu groß war. Die Niederlage war wie Rauch und erstickte ihn, als er am Fenstersims zusammensackte.

Der Rauch füllte nun den Raum und erstickte ihn langsam. Sein einziger Trost war die Gewissheit, dass er tot sein würde, bevor das Feuer ihn erreichen konnte. Er schloss die Augen und stellte sich nur Joannas Gesicht vor. Dann stupste etwas sein Bein an, und er öffnete ruckartig die Augen. Freya lag an seinem Fußgelenk, der Dachs winselte leise und stupste ihn mit seiner gestreiften Schnauze an.

»Ach, tut mir leid, Kleines.« Er riskierte, von ihr gebissen zu werden, und hob den Dachs in seine Arme. Die Tür zu seiner Kammer knackte und ächzte, als die Flammen in den Raum schlugen. Er vergrub sein Gesicht im Fell des Dachses und hielt sich daran fest, während er seine Augen wieder schloss. Der Rauch verdichtete sich, und sein Kopf wurde schwer. Seine Gedanken zerstreuten sich, als die Hitze um ihn herum unerträglich wurde. Ein leises Summen begann in seinem Kopf zu entstehen, wie Musik, die Noten einer längst vergessenen Melodie, die ihm seine Mutter immer vorgesungen hatte.

Vertraust du mir?

Ihre Stimme, diese Frage, die sie so oft gestellt hatte, als er noch ein kleiner Junge gewesen war und sie sich um ein aufgeschürftes Knie oder einen Splitter in seinem Finger kümmerte.

»Aye, Mutter.« Selbst jetzt, im Angesicht des Todes, vertraute er auf sie, wie sie in seiner Erinnerung vor ihm auftauchte.

Dann spring.

»Springen?«

Los ... jetzt!

Er öffnete die Augen und sah nur Feuer, nicht den Geist, den er zu sehen wünschte. Der Tod nahte, und er konnte nicht bleiben, um zu verbrennen. Er blickte zum Fenster und hielt den Dachs fest. Unter sich konnte er nichts sehen, nur Rauch und Flammen. Wenn er sprang, würde der Tod vielleicht schnell eintreten. Freya bewegte sich in seinen Armen, und er wusste, wenn er auf dem Rücken landete, konnte er vielleicht zumindest ihr Leben retten.

»Halte durch, meine Süße.« Er machte ein paar Schritte und sprang durch das offene Fenster. Der Rauch verschluckte ihn, und er fiel in die Dunkelheit.

KAPITEL 24

In dem Moment, als Joanna merkte, dass Brock nicht mehr herauskommen würde, schrie sie seinen Namen. Duncan fand sie, als sie versuchte, sich die Steinmauern wieder hochzukämpfen. Die Hitze des Feuers war heftig, und das Schloss schien durch die Hitze unter ihren Händen anzuschwellen, aber das hielt sie nicht auf. Ihr Mann würde sterben, wenn sie nicht einen Weg finden würde, ihn zu retten.

»Mylady! Seien Sie vorsichtig!«, rief Duncan. Holz- und Steinbrocken fielen von den Zinnen und landeten mit einem dumpfen Aufprall auf dem Gras um sie herum.

»Duncan! Gott sei Dank! Brock ist dort oben gefangen. Wir müssen einen Weg finden, ihn zu retten!«

»Wie? Wir können nicht wieder rein.« Duncan starrte mit aschfahlem Gesicht auf die Rauchwolke, die aus dem Fenster über ihnen quoll. Joanna sah mit Schrecken zu, wie die Flammen an den Steinen leckten. Sie hätte nie gedacht, dass Steine brennen konnten, aber die Menge an Holz im Inneren des Schlosses nährte das Feuer.

Wenn ihnen nur nicht das Seil ausgegangen wäre. Wenn er doch nur aus dem Fenster hätte springen können. Aber das lag viel zu hoch. Wenn doch nur … Eine plötzliche Eingebung kam ihr, und sie ergriff Duncans Arm, um seine Aufmerksamkeit wieder auf sich zu lenken.

»Der Wagen! Hol den Heuwagen aus den Ställen! Vielleicht kann er dort hineinspringen.«

»Aye. Ich komme gleich wieder.« Der Junge sprintete in die Dunkelheit davon.

Joanna suchte im rauchigen Dunst nach dem Fenster zu Brocks Gemächern. Die Rauchschwaden waren jetzt so dicht, dass sie sich mit den aufziehenden Gewitterwolken vermischten, die den Mond und die Sterne über dem Himmel verschluckten.

»Brock! Halt durch!«, rief sie und hoffte, dass er sie hören konnte. Duncan kam um den Rand des hintersten Turms der Burg herumgeritten, mit einem Pferdegespann und einem mit Heu beladenen Wagen.

»Unter das Fenster!« Sie zeigte auf die Stelle, an der sie das Gespann haben wollte, und er hielt den Wagen direkt darunter an.

»Was nun, Mylady?«, fragte Duncan.

»Ich weiß es nicht.« Sie sah nach oben. »Brock! Wenn du mich hören kannst, spring! Es ist deine einzige Chance!«

Eine Gestalt flog durch den aufsteigenden Rauch und stürzte ins Heu. Joanna und Duncan eilten zum Rand des Wagens und spähten auf das Heu hinunter. Brock lag auf dem Rücken, die Augen geschlossen, und ein betäubter Dachs rollte sich in seinen Armen zusammen. Eine Sekunde lang konnte Joanna nicht sprechen, konnte nicht einmal denken. Der Schock elektrisierte jede Zelle in ihrem Körper, als pure Freude mit purem Schrecken kollidierte. Wurde sie von ihren eigenen Augen belogen? Sah sie ihren Mann tatsächlich lebendig und gesund, oder träumte sie das?

»Brock?« Kaum war der Name über ihre Lippen gekommen, öffnete sich der Himmel, und ein sintflutartiger Regen setzte ein.

Brock rüttelte sich im Wagen auf und fluchte. Der Dachs befreite sich und grub sich tief in das Heu ein.

Duncan kletterte auf den Wagen und nahm die Zügel der Pferde in die Hand. »Wir sollten uns in den Ställen in Sicherheit bringen.«

Joanna sprang auf das offene Ende des Wagens und hielt sich fest, während Duncan sie in Sicherheit brachte, und starrte ihren Mann sprachlos an. Er starrte sie an, ebenso wortlos. Da sie nicht länger warten konnte, kroch sie über das Heu zu ihm und berührte mit zitternder Hand seine aschebedeckte Wange, um sich zu vergewissern, dass er wirklich da war. In dem Moment, in dem ihre Fingerspitzen seine Haut berührten, öffnete er seine Arme, und sie warf sich ihm entgegen. Er fing sie auf, als sie zurück ins Heu fielen.

»Ah!« Er zuckte zusammen. »Vergiss meinen Rücken nicht, Frau.«

»Es tut mir leid«, sagte sie, unfähig, ihn loszulassen. Sie ignorierte das Stechen und Knistern des Heus auf ihrer Haut, das durch ihr dünnes Hemd drang. Nichts auf der Welt war wichtig, außer dass ihr Mann neben ihr lag und in Sicherheit war. *Lebendig.*

»Entschuldige dich niemals dafür. Ich würde jeden Schmerz der Welt auf mich nehmen, um dich in meinen Armen zu halten.« Seine Stimme war tief und rau. Seine graublauen Augen wirkten jetzt noch intensiver, da sie von der Hitze und dem Rauch rot gerändert waren. Er hustete heftig. Ascheflocken klebten in seinem Haar, und eine Rußschicht bedeckte seine Haut. Und doch sah er aus wie der schönste Mann der Welt.

Joanna dachte an all die Dinge, die sie nie gesagt hatte, bevor sie aus dem Fenster geklettert war. Aber sie hatte ihm das Einzige gesagt, worauf es ankam.

»Ich liebe dich«, sagte sie noch einmal und hielt den Atem an, in der Hoffnung, dass er es ihr endlich auch sagen würde.

Er hielt ihren Blick fest, als der Wagen in die Scheune einfuhr, aber gerade als er den Mund öffnete, um zu sprechen, versammelten sich Mr. Tate, der Stallknecht, der Fahrer und das Dienstmädchen um sie herum. Brocks Bedienstete waren in Sicherheit.

»Mylord!« Mr. Tate kletterte auf die Ladefläche des Wagens. »Ich kehrte auf meinem Weg nach Edinburgh um. Ich hatte ein furchtbares Gefühl ...«

»Es tut mir leid, Tate«, sagte Brock mit einem Seufzer, der so sehr nach Weltschmerz klang. »Ihre Schwester ist tot.«

Mr. Tates Miene verfinsterte sich, und er blickte auf das brennende Schloss. »Da drin?«

Brock nickte. »Sie ... Sie wurde wahnsinnig. Sie hat versucht, uns alle zu töten.«

Mr. Tate schaute zu Boden. »Dann war es noch schlimmer, als ich befürchtet hatte.«

»Sie wussten es?«

»Ich hatte einen Verdacht. Sie ist nie über den Tod von Lord Kincade hinweggekommen, verstehen Sie? Sie war immer sehr angetan von ihm, und ... nun ja ...« Tate seufzte. »Er *benutzte* sie, spielte mit dieser Zuneigung. Er stieß sie weg und warb sie dann aus einer Laune heraus zurück. Ich wusste nicht, dass sie immer noch so sehr auf ihn fixiert war, dass sie versuchen würde, Sie und Mylady zu töten. Als ich im Dorf war, entdeckte ich, dass sie das Anwesen bestahl und die Geschäftsbücher änderte.«

»Warum?«, fragte Brock.

»Ich glaube, sie hatte das Gefühl, dass man ihr das schuldete. Sie hasste ihn so sehr, wie sie ihn liebte. Ich lernte, dass es am besten war, nicht über den Mann zu sprechen, wenn sie dabei war. Ich befürchtete, dass jemand den Diebstahl entdecken würde, und ich versuchte, die Sache wieder in Ordnung zu bringen. Dann haben Sie mich nach Edinburgh geschickt, bevor ich es erklären konnte.« Tate warf ihnen beiden einen entschuldigenden Blick zu. »Ich habe um Sie gefürchtet, Mylady. Ich dachte, sie könnte versucht haben, Ihnen etwas anzutun. Ich suchte in Ihren Gemächern nach ihr und fürchtete, was sie tun würde, wenn sie jemals mit Ihnen allein wäre. Ich habe nicht an den Tee gedacht, den sie zubereitet hat. Es ist meine Schuld, dass Sie krank wurden ... und jetzt ist es meine Schuld, dass das Schloss brennt.«

Brock legte ihm sanft eine Hand auf die Schulter. »Es ist die Schuld meines Vaters, nicht Ihre.«

»Der Regen löscht das Feuer!«, rief Duncan aus.

Sie standen alle am Rand des Scheunentors und beobachteten eine Zeit lang das Schloss. Im Moment konnten sie nur wenig tun. Sie hatten nicht genug Leute, um das Feuer selbst zu bekämpfen. Die Natur würde über das Schicksal des Gebäudes entscheiden.

Brock ließ sich langsam ins Heu zurückfallen und zog Joanna mit sich, so dass sie an seiner Seite lag. Keiner von ihnen hatte im Moment genug Energie, um sich zu bewegen, und wenn das Schloss weiter brannte, war das etwas, das sie nicht aufhalten konnten.

»Das mit deinem Zuhause tut mir leid«, sagte sie. Der Regen prasselte gegen das Holzdach der Ställe über ihnen. Das Geräusch war beruhigend, und sie war sehr müde. Wenn sie es wagte, die Augen zu schließen, könnte sie in den Schlaf fallen, und das wollte sie nicht, nicht, solange sie auf Brock aufpassen und sicherstellen wollte, dass es ihm gut ging.

»Mir nicht«, sagte er nach einer Weile. »Es war mit so vielen schlechten Erinnerungen verbunden. Jetzt habe ich die Möglichkeit, etwas Neues aufzubauen.«

»*Wir* haben die Möglichkeit«, korrigierte sie sanft.

»Aye. Das tun wir«, stimmte er zu, und sie lauschten dem Regen und warteten auf den Sonnenaufgang.

AM NÄCHSTEN MORGEN ERWACHTE BROCK DURCH DAS Rufen von Männern. Er setzte sich im Heu auf und hatte Schmerzen am ganzen Körper. Die Schnittwunde auf seinem Rücken war mit einem sauberen Tuch umwickelt, was bedeutete, dass Joanna versucht haben musste, ihn zu versorgen. Er war allein. Von seiner Frau und seinen wenigen Bediensteten war nichts zu sehen. Er stolperte aus dem Wagen, um das Scheunentor aufzustoßen.

Bei dem Anblick, der sich ihm bot, blieb ihm der Mund offen stehen. Überall waren Männer und Frauen damit beschäftigt, die Trümmer des Schlosses zu beseitigen. Der größte Teil der steinernen Struktur stand noch, aber alles, was aus Holz gebaut worden war, hatte sich in Asche aufgelöst. Joanna rief Anweisungen, die Mr. Tate dann für die Männer wiederholte, die sich zwischen den Steinen des Schlosses befanden, und Duncan gab Anweisungen an die Frauen weiter, die für den Abtransport der Möbel zuständig waren. Brock erkannte ihre Gesichter. Leute aus dem Dorf, seine Pächter und sogar die Kinder waren da. Joanna bemerkte ihn und lächelte. Sie gab noch ein paar Anweisungen, bevor sie zu ihm herüberkam.

»Dr. McKenzie ist gerade angekommen. Ich wollte

dich nicht wecken, bevor er hier war. Du sahst so müde aus, Ehemann.«

Er versuchte, den Stich der Scham zu ignorieren, dass er das alles verschlafen hatte. Gestern Abend hatte er seine Frau nicht beschützen können, und nun kam er heute Morgen zu spät, um beim Aufräumen zu helfen.

»Sag Dr. McKenzie, ich werde ihn später sehen. Ich sollte helfen, die Steine zu bewegen.«

»Das wirst du nicht tun«, knurrte Joanna ihn an, ihr Gesicht plötzlich grimmig wie das eines Hochlandwolfs. »Jedes schwere Heben könnte deinen Rücken schädigen, und ich werde es nicht erlauben, bis der Arzt dich untersucht hat.« Sie verschränkte die Arme vor der Brust und warf ihm einen finsteren Blick zu. Er war sich nicht sicher, ob er lachen oder sie anknurren sollte.

»Ach, na gut, Frau. Dann bring mich eben zum Arzt«, brummte er. Aber insgeheim gefiel es ihm, dass sie ihn herumkommandierte und sich um ihn kümmerte. Es war neu, dieses Gefühl, umsorgt zu werden, und obwohl er sich nicht gerne schwach fühlte, gefiel es ihm sehr, sich *geliebt* zu fühlen.

Joanna grinste über sein Einverständnis und begleitete ihn zu Dr. McKenzie.

Eine halbe Stunde später stand er da, genäht und bandagiert, einen Arm in einer Schlinge, damit sich die Schulter nicht bewegen konnte, während die Wunden auf seinem Rücken heilten. Er durfte überhaupt nicht helfen. Das bedeutete, dass er zusehen musste, wie die anderen die Trümmer seines Hauses wegräumten. Aber wenigstens konnte er sehen, wie Joanna die Verantwortung übernahm. Sie war so kämpferisch wie jedes Kincade-Oberhaupt jemals gewesen war, der seinen Clan in der langen Geschichte seiner Familie beschützt hatte. Seine Mutter hätte sie geliebt.

Er verstummte, als ein Erinnerungsblitz von der vergangenen Nacht zurückkam. Er hatte die Stimme seiner Mutter gehört, die ihm sagte, er solle springen. Und Joanna hatte unten mit dem Wagen gewartet. Er hatte gedacht, er sei verrückt geworden, aber vielleicht hatte er nur gehört, wie sie ihm vom Fenster aus zurief, er solle springen?

Oder vielleicht ...

Vielleicht war er dem Tod so nahe gewesen, dass er irgendwie den unsichtbaren Vorhang zwischen den Lebenden und den Toten gestreift hatte, und seine Mutter war ihm zu Hilfe gekommen. Sie hatte ihn aus dem Jenseits gerettet, so wie Joanna ihn vor dem sicheren Tod bewahrt hatte.

Ein leichtes Kribbeln in seinem Nacken ließ ihn erschaudern. Vielleicht waren die Geister seiner Eltern endlich von diesem Ort losgelöst worden. Er wollte es glauben. Die Ruinen seines Hauses fühlten sich bereits anders an. Es gab keine Dunkelheit mehr, die aus den Schatten zu treten schien. Alles war nun dem Sonnenlicht ausgesetzt, und die Dunkelheit war verschwunden.

Wir können neu anfangen. Wir alle.

»Brock! Komm und schau!« Joanna stand bei einer Gruppe von Frauen. Sie alle betrachteten mehrere Porträts, die aus dem Schloss geholt worden waren.

»Diese waren in einem schweren Eichenschrank

verstaut, der vom Regen durchnässt war. Das Holz hat sich nicht entzündet, aber es ist auch kein Wasser eingedrungen.« Joanna winkte ihm, näher zu kommen. Es waren drei Porträts. Das seiner Mutter und zwei weitere. Eines, das er seit vielen Jahren nicht mehr gesehen hatte. Seine Vorfahren mütterlicherseits, Ramsey und Torin, Zwillingsbrüder, die in Culloden gekämpft hatten, posierten beide neben ihren Ehefrauen. Der ältere, Ramsey, war Lord Kincade gewesen. Dann, als seine Familie glauben musste, er sei in Culloden getötet worden, hatte der jüngere Bruder Torin das Amt des Lord Kincade übernommen.

»Wer sind sie?«, fragte Joanna. »Die Gemälde sind sehr alt.«

»Aye, fast neunzig Jahre alt. Sie waren die Familie meiner Mutter, die letzten wahren Kincades, die über dieses Land herrschten. Meine Mutter war die letzte ihres Blutes. Da sie nicht als Sohn geboren wurde, suchten sie einen Ehemann für sie, jemanden mit etwas Kincade-Blut, wie schwach auch immer. So lernte sie meinen Vater kennen. Er war ein entfernter Cousin.«

Brock starrte die beiden Männer und ihre Frauen an. Stolz, edel, mit reinem Herzen. Sie waren beide nach Culloden gefangen genommen und zum Tode verurteilt worden. Aber ein freundlicher englischer Soldat hatte das Leben des einen Bruders verschont und ihm erlaubt, als Diener auf seinem Gut zu arbeiten, bis es sicher war, in die Highlands zurückzukehren. Es war eine Geschichte, die er eines Tages Joanna erzählen würde, während sie am Feuer saßen. Es war schließlich eine romantische Geschichte, die sie gerne hören würde. Er drehte sich wieder zu seiner Frau um, die ihn mit einem besorgten Blick beobachtete.

»Brock, wir hatten gestern Abend keine Gelegenheit, über deinen Vater und Ewan zu sprechen. Ich möchte die Wahrheit wissen. Was ist passiert?«

Er bedeutete ihr, ein Stück von seinen Leuten wegzugehen, damit sie unter vier Augen sprechen konnten. Sie legte ihren Arm in seinen, und sie entfernten sich fünfzig Meter von den Arbeitern, damit sie allein sein konnten. Erst dann hat er begann er zu sprechen.

»Mein Vater war immer von Habgier getrieben. Als ich jünger war, erfuhr ich, dass er seine Freunde verraten hatte, die eine Rebellion gegen die Krone anzettelten. Er arbeitete mit einem englischen Spion zusammen und verriet sie an diesen Mann. Sie wurden alle getötet. Große Männer, die Anführer ihrer Clans - jedenfalls das, was nach Culloden von uns übrig geblieben war.«

»Und Ewans Vater war einer der getöteten Männer?«

Brock nickte, mit einem bitteren Geschmack im Mund, als er daran dachte, wie Ewan sich fühlen musste, weil er wusste, dass die Kincades seine Familie verraten hatten.

»Als wir Rosalind vor deinem Bruder retten wollten, überzeugte mich derselbe englische Spion, der mit meinem Vater zusammengearbeitet hatte, dass Lennox meiner Schwester etwas antun würde. Er hat mich zum Narren gehalten.«

»Wer ist er? Dieser englische Spion?«

»Ein Mann namens Hugo Waverly. Ich wollte ihn

töten, aber dein Bruder hat mir versichert, dass er sich um ihn kümmern würde. Ich vertraue ihm. Dein Bruder und seine Freunde haben einen tieferen Grund dafür, dass sie sich um diesen Mann kümmern müssen, und ich bin froh, dass ich ihnen diese Verantwortung übertragen kann. Ich will kein Blut mehr an meinen Händen.«

Er blickte auf Joanna hinab und zog die Brauen zusammen, als er sie ansah. Wie konnte er ihr sagen, dass er jetzt nur noch ein Leben voller Liebe und Freude mit ihr wollte? Der letzte Rest der Dunkelheit, die ihm gefolgt war, war im Schloss verbrannt, und eine neue Familie Kincade erhob sich aus der Asche. Er und Joanna wären der Anfang von allem.

»Geht es dir gut?«, fragte sie, da sie ihn nicht vor seinen Leuten in Verlegenheit bringen wollte.

»Aye. Sehr gut sogar.« Er krümmte einen Zeigefingern, um ihr anzudeuten, dass sie ein wenig näher kommen sollte. Als sie das tat, umfasste er ihr Gesicht mit einer Hand und küsste sie. Es war ein Kuss, den er nie vergessen würde, denn es war ein Kuss, bei dem es nicht nur um körperliche Leidenschaft ging. Es ging um weit mehr als das.

»Ich liebe dich, Mädchen«, sagte er, und ihre leuchtend blauen Augen weiteten sich zur Belohnung.

»Wahrhaftig?«, fragte sie, und das Wort zitterte vor Hoffnung.

»Aye. Ich glaube, ich habe dich vom ersten Moment an geliebt, als ich dich geküsst habe. Aber ich hatte bis jetzt zu viel Angst, es zu sagen.« Er wusste jetzt, dass er nicht sein Vater war, dass er kein Monster in sich trug.

Er war schließlich doch nach seiner Mutter geraten, aber im Gegensatz zu ihr würde er nicht an einem gebrochenen Herzen sterben. Er vertraute darauf, dass Joanna ihn ebenso sehr liebte wie er sie. Es gab keinen Raum für weitere Zweifel. Es gab nur unendliche Liebe, genau wie seine Mutter gesagt hatte.

Wenn du jemanden liebst, ihn wirklich liebst, dann ist in deinem Herzen kein Platz mehr für etwas anderes, nicht einmal für deine Feinde. Und Joannas Lächeln war wie eine brennende Flamme in der Dunkelheit, die ihn rief und ihn nach Hause führte.

EPILOG

Zwei Monate später ...

»Sie sind da!«, brüllte Brock zu ihr herauf.

Der Wiederaufbau des Schlosses war fast abgeschlossen. Es war keine verfallende Ruine mehr, so wie es vor dem Brand gewesen war. Seine Pächter hatten hart gearbeitet, und Joanna hatte viele weitere einheimische Männer als Helfer eingestellt. Die Aussicht auf anständige Löhne sowie Mittag- und Abendmahlzeiten hatte die Männer von weit her angelockt.

Jetzt war das Schloss eine Quelle des Stolzes, nicht etwas, das ihn in Schuld und Scham ertränkte. Jede Nacht waren er und Joanna bis spät in die Nacht wach geblieben und hatten in der neuen Bibliothek gesessen, die sich schnell mit Büchern füllte, und hatten einander vorgelesen, gemeinsam gegessen und gelächelt, bevor sie sich in sein ... *ihr gemeinsames* Schlafgemach zurückzogen, um miteinander zu schlafen.

Joanna eilte die Treppe hinunter und trug ein dunkelblaues Kleid, das mit einer Schärpe mit dem rot-grünen Muster seiner Familie verziert war. »Sie sind schon da?« Sie hatte sich angewöhnt, die Farben seiner Familie zu tragen, wann immer sie die Gelegenheit dazu hatte. Er lächelte, als sie ihm in die Arme flog. Er fing sie auf, und sie küsste ihn heftig und lachte, als er sie herumwirbelte.

»Ich gebe zu, dich in Kincade-Farben zu sehen ...« Er lächelte und stahl sich einen Kuss. »Habe ich dir jemals erzählt, dass der zentrale Sitz der Kincade-Ländereien mit dem schottischen Lennox-Clan verbunden ist?«

»Meine Familie, meinst du?«

»Aye. Seit vielen Jahrhunderten kommen unsere Familien zusammen. Kincade und Lennox. Ich denke, wir setzen eine große Tradition fort.« Er senkte seinen Kopf auf den ihren und beanspruchte ihre Lippen auf eine Weise, die ihn vergessen ließ, worauf sie sich eigentlich vorbereiten sollten.

»Hm.« Als sich jemand räusperte, wurden sie getrennt. Er entdeckte Ashton und Rosalind, die in der Eingangshalle standen und sie beobachteten.

»Schwester!« Brock winkte Rosalind zu sich, die ihn und Joanna in die Arme schloss.

»War die Reise angenehm?«, fragte Joanna.

»Das war sie«, sagte Rosalind. »Deine Mutter und Rafe sollten in Kürze eintreffen. Auch Aiden ist mit uns zurückgekehrt. Brodie hat beschlossen, noch ein paar Wochen in England zu bleiben.«

Ashton nickte in Richtung der großen Familienkutsche, die draußen stand. Rafe und Aiden unterhielten sich leise, und Rafe sagte etwas, das Aiden zum Lachen brachte.

Brock klopfte Ashton auf die Schulter. »Brodie ist zurückgeblieben, sagst du?«, fragte Brock ein wenig besorgt. Brodie hatte die Angewohnheit, Ärger auf sich zu ziehen, wenn er sich selbst überlassen war, vor allem, wenn es sich um Frauen handelte. »Hat er zufällig gesagt, warum?«

Ashton schüttelte den Kopf. »Nur, dass er sehen wollte, was England zu bieten hat.«

Brock stöhnte. Wenn er das sagte, ging es nie gut aus. »Er trifft sich nicht zufällig mit jemandem in Bath, oder? Oder zeigt jemand Interesse an ihm?«

Ashton zuckte mit den Schultern. »Nun, es war die Rede von einer jungen Dame, die wohl ein Auge auf ihn geworfen hat, Miss Portia Hunt ...«

»Portia?« Joanna kreischte fast. »Oh nein, Brock, du musst ihn sofort holen lassen. Portia ist das schrecklichste, fadeste und grausamste kleine Geschöpf, das mir je begegnet ist. Ich möchte nicht, dass sie zu dieser Familie gehört. Ihre Schwester Lydia ist ganz wunderbar, aber immer so schüchtern, aber Portia ...«, stöhnte Joanna. »Herr, rette uns, wenn er sich mit ihr einlässt. Wenn wir ihm vielleicht erlauben könnten, Lydia kennenzulernen ...«

Ashton und Brock starrten sie an, und dann brach Ashton in Gelächter aus. »Du bist erst seit zwei Monaten verheiratet und willst schon deinen Schwager verkuppeln? Gott helfe dem Mann.« Er und Brock grinsten einander an, bevor Brock seine Frau beruhigte.

»Mach dir keine Sorgen, Mädchen. Ich sorge dafür, dass Brodie nach Hause kommt ... *ohne* eine Frau, es sei denn, es ist eine, die du gutheißt.«

Joanna atmete erleichtert auf, und Brock musste sich ein Lächeln verkneifen. Er wandte sich wieder an Ashton. »Wir sind froh, dass du gekommen bist, Bruder.«

Ashtons blassblonde Brauen hoben sich. »Bruder?«

»Aye, du gehörst jetzt zur Familie, ob du es willst oder nicht.«

Schmunzelnd betrachtete Ashton das Schloss. »Nun, wir haben ein bisschen Schottland in uns, also akzeptiere ich es. Ihr habt das Schloss gut repariert. Es ist nicht länger ...«

»... eine verfallende Ruine, untauglich für Joanna?«

Ashtons Gesicht rötete sich. »Ähm ... ja. Es ist jetzt ganz passend.«

»Nun, das Mädchen ist diejenige, die das alles getan hat. Sie ist in vielen Dingen sehr begabt.«

Joannas Mutter stürmte mit einem Anflug von Ungeduld herein. »Wo ist mein Kind?« Als sie ihre Tochter erblickte, streckte sie ihre Arme aus. Joanna näherte sich ihrer Mutter sittsam, so wie es eine feine Dame des Hauses tun würde.

»Joanna«, sagte Regina unsicher. »Ich hoffe, du verzeihst mir, dass ich dir nicht zugehört habe, meine Liebe. Ich hatte keine Ahnung, wie unglücklich du zu Hause gewesen bist. Es tut mir so leid.«

Joanna umarmte sie fest. »Es ist in Ordnung, Mama. Ich bin jetzt sehr glücklich. *Wahnsinnig* glücklich.« Sie schenkte Brock ein Lächeln, und er erwiderte es.

»Es läuft also gut?«, fragte Ashton Brock.

»Sehr gut. Sie ist der beste Teil meines Lebens. Ich hoffe, du wirst sehen, wie glücklich sie ist, während du hier bist.«

»Das sehe ich schon jetzt«, sagte Ashton. »So wie sie dich gerade angesehen hat ... so fühle ich mich, wenn ich Rosalind sehe.« Er blickte zu Brocks Schwester, die Joanna für die Verbesserungen am Schloss lobte.

»Wenn man jemanden liebt, bedeutet derjenige einem die Welt«, sagte Brock.

Ashton nickte. »Darin sind wir uns einig. *Die Welt* und noch mehr.«

Brock stand stolz im Eingangsbereich seines Hauses, die Sonne schien durch die neuen, hohen Fenster herein. Joanna hatte das alte mittelalterliche Gebäude umgestaltet und ihm ein moderneres Aussehen verliehen. Der Effekt war unglaublich - mehr Licht, mehr Raum, mehr *alles*.

Aber die Wahrheit war, dass ihn das alles nur vergleichsweise wenig interessierte. Er hätte alles aufgegeben und noch mehr, wenn das bedeutete, sie noch einen Moment länger kennen und lieben zu dürfen.

Seine Mutter hatte Recht gehabt. Die Liebe ließ keinen Raum für Hass. Und Joanna erfüllte ihn mit unendlicher Liebe.

. . .

Vielen Dank für das Lesen von *Küsse niemals einen Schotten*. Bitte blättern Sie um, um das erste Kapitel des nächsten Buches der Liga der Schurken-Reihe zu lesen, *Der Earl of Kent*!

DER EARL OF KENT
PROLOG

London, Dezember 1816

Die fünfzehnjährige Ella Humphrey war in einem Traum gefangen, als sie sich über das hölzerne Geländer lehnte, das die Eingangshalle ihres Hauses überragte. Zwei junge Männer waren zur Tür hereingekommen, schüttelten den Schnee von ihren Reitstiefeln und nahmen ihre Hüte ab, während sie sich fröhlich unterhielten. Der eine war ihr älterer Bruder Graham, und der andere... der andere war ein Mann, den sie noch nie gesehen hatte. Groß, dunkelhaarig, mit einem tiefen, satten Lachen, das Schmetterlinge in ihrem Bauch zum Flattern brachte.

„Das ist ziemlich tragisch, findest du nicht?"

Ella schreckte auf und drehte sich um, um ihre Mutter – Violet, die verwitwete Countess of Lonsdale – hinter sich zu sehen. Sie sah traurig aus, als sie ebenfalls auf die beiden jungen Männer hinunterblickte.

„Was ist tragisch?", fragte Ella.

„Grahams Freund, Lord Kent. Seine Eltern sind beide vor einem Monat an Typhus gestorben, wie ich gehört habe, als sie Verwandte in Schottland besuchten. Er ist erst dreiundzwanzig, viel zu jung, um ein Waisenkind zu sein." Violet streichelte Ellas blondes Haar, während Ella auf den gutaussehenden Mann in der Eingangshalle hinunterblickte.

Kent war groß, wie ihre beiden Brüder Charles und Graham, aber während sie Haare wie poliertes Gold hatten, waren die Haare dieses Mannes dunkel. Als er sich in ihre Richtung drehte, erhaschte sie einen flüchtigen Blick auf seine blauen Augen. Er warf den Kopf zurück und lachte über etwas, das Graham gesagt hatte, aber sein Lachen drang nicht bis zu diesen traurigen Augen vor. Sie sah nur Schmerz, einen Schmerz, von dem sie wusste, dass er ihn zu verbergen versuchte.

„Warum gehst du nicht in die Bibliothek und suchst dir ein Buch aus, das du heute Abend lesen kannst? Ich muss dafür sorgen, dass Kent für die Nacht versorgt ist."

Ella wurde rot. „Er soll hierbleiben? Bei uns?"

Violet nickte. „Aber natürlich wird er das. Graham sagte, er wolle nicht auf seinem Familienanwesen auf dem Land bleiben. Es muss schmerzhaft sein, die Erinnerungen an seine Eltern ständig vor sich zu haben. Er wird über Weihnachten bei uns bleiben."

Ella blieb an Ort und Stelle, als ihre Mutter die Treppe hinunterging und sich Kent vorstellte. Sie verschränkte ihre Hände in ihren Rockfalten, denn eine seltsame, fast wilde Sehnsucht ließ ihre Brust schmerzen, wann immer sie Lord Kent ansah.

„Was hast du vor, Kleines?", neckte ihr ältester Bruder Charles, der derzeitige Earl of Lonsdale, sie, als er sich ihr von hinten näherte. Sie deutete wortlos auf Kent hinunter.

„Ah... Netter Kerl, dieser Kent. Schade um seine Eltern."

Sie errötete erneut und sah Charles an. Er war viel älter als sie, elf Jahre, dass es ihr oft vorkam, als läge ein ganzes Leben zwischen ihnen. Ihr Vater war gestorben, als sie noch klein war, und Ella war von Charles und ihrer Mutter aufgezogen worden. Ihr ältester Bruder war in vielerlei Hinsicht ein Ersatzvater für sie.

„Warum wirst du so rot, Kleines?", neckte er sie, und seine grauen Augen funkelten. „Du findest ihn anziehend, nicht wahr?"

Ella biss sich auf die Unterlippe, zu schüchtern, um zuzugeben, dass Kent nun ihre ganze Aufmerksamkeit beanspruchte.

„Nun, er ist nichts für dich, Liebes. Du bist viel zu jung und zu süß zum Heiraten. Und jeder Mann, der dir den Hof machen will, muss sich erst vor mir verantworten." Charles kicherte, als ob seine Bemerkung amüsant wäre, aber Ella sah nichts Lustiges darin. Ein überfürsorgliches Brüderpaar zu haben, würde zu einem Problem für sie werden, sobald sie in die Gesellschaft eingeführt würde und sich auf die Suche nach einem Ehemann machte.

Ella wich Charles' Hand aus, als er versuchte, ihre Locken zu zerzausen. Sie war kein kleines Mädchen mehr, und sie mochte es nicht, wenn er ihre sorgfältig gestalteten Frisuren ruinierte.

„Werde niemals erwachsen", mahnte Charles in einem plötzlich ernsten Ton. „Ich glaube, es würde mir das Herz brechen." Er ging den Korridor entlang zurück zu seinen Gemächern und ließ sie wieder allein. Als sie unten in der Halle nach Lord Kent suchte, war er nicht mehr zu sehen. Kent, Graham und ihre Mutter waren alle verschwunden.

Mit einem enttäuschten Seufzer ging Ella hinunter in die Bibliothek, wo sie ein Buch über die Geschichte von Pompeji holte. Die dem Untergang geweihte Stadt, die von Feuer und Asche verschlungen worden war, war immer ein gutes Mittel, wenn sie eine Ablenkung brauchte. Aber sie blieb zum Lesen nicht in der Bibliothek, sondern ging in den Billardraum und machte es sich in einem großen Ledersessel vor dem Kamin bequem.

Die Wärme des Feuers hielt die Winterkälte draußen in Schach. Charles hatte gesagt, dass dieser Sessel der Lieblingssessel ihres Vaters gewesen war. Sie wünschte, sie könnte sich besser an ihn erinnern. Alles, was sie sich von Guy Humphrey vor Augen führen konnte, war ein lächelnder Mann mit blondem Haar und grauen Augen, der von einem Ölporträt in der Hauptgalerie auf sie herabblickte, ein Mann, der Charles sehr ähnlich sah, aber ihre Erinnerungen an ihn waren verschwommen. Während sie hier in diesem Sessel saß, fühlte sie sich zumindest mit ihm verbunden, und doch war ihr bewusst, wie albern das klang. Als sie noch jünger gewesen war, hatte sie sich oft vorgestellt, er säße mit ihr auf dem Sessel und würde sie mit unsichtbaren Armen halten. Inzwischen war sie über solche Fantastereien hinausgewachsen, aber sie konnte dennoch nicht widerstehen, jeden Abend beim Lesen den Sessel für sich zu beanspruchen.

Sie schlug ihr Buch auf und blätterte zur ersten Seite, obwohl sie dieses Buch schon zweimal gelesen hatte. Eine Viertelstunde später, als sie das erste Kapitel fast beendet hatte, öffnete sich die Tür zum Billardzimmer und jemand trat ein. Ella spähte um die Sessellehne herum, um zu sehen, wer es war, und erstarrte, als sie Lord Kent erblickte. Er war allein und wusste nicht, dass sie da war. Er ging zum Billardtisch hinüber und legte seine Hände auf den glänzenden, aus Nussbaum gefertigten Rahmen des Spieltisches. Dann ließ er den Kopf nach vorne zwischen die Schultern fallen und stieß einen tiefen Seufzer aus. Es war klar, dass er hergekommen war, um allein zu sein.

Ella klappte ihr Buch zu und verstaute es neben sich auf dem Sitz, während sie den Atem anhielt. Sie konnte das Zimmer nicht verlassen, ohne dass er es bemerkte, aber sie sollte auch nicht im Verborgenen bleiben. Schließlich nahm sie ihren ganzen Mut zusammen und hustete zurückhaltend.

Kent drehte sich zu ihr um, und seine blauen Augen weiteten sich, als er sie auf dem Sessel entdeckte.

„Oh... ich bitte um Verzeihung. Ich dachte, ich wäre

allein." Sein Gesicht wurde rötlich, während er seinen Blick abwandte. Eine Sekunde lang dachte Ella, er würde gleich weinen. Männer weinten nicht. Zumindest hatte sie ihre Brüder noch nie weinen sehen. Nein, das stimmte nicht. Sie erinnerte sich vage, dass Graham nach dem Tod ihres Vaters geweint hatte. Deshalb war Kent wohl so aufgeregt. Er hatte vor Kurzem seine Eltern verloren.

„Es tut mir leid. Ich wollte Euch nicht stören", erwiderte sie, und ihr Herz raste, als sie ihren Sessel verließ und zur Tür ging.

„Wartet. Bitte geht nicht. Vielleicht brauche ich doch jemanden, der mir Gesellschaft leistet." Er kicherte trocken, und das Geräusch zerrte an ihrem Herzen. Sie hatte das seltsame Bedürfnis, ihre Arme um seinen Oberkörper zu legen und ihn zu umarmen. Doch sie wagte es nicht, denn das wäre höchst unpassend.

„Wir könnten Billard spielen", schlug sie vor. Spiele lenkten sie oft ab, wenn sie unglücklich war.

„Das ist eine ausgezeichnete Idee." Er lächelte breit, während er die Elfenbeinkugeln auf dem Tisch ausrichtete. Ella holte zwei Billardqueues hervor und reichte ihm einen.

„Ihr müsst..." Er tippte sich ans Kinn und tat so, als würde er nachdenken, bevor er sprach. „Ella sein, oder? Die jüngere Schwester von Graham und Charles?"

Sie nickte eifrig. „Ich bin fünfzehn", platzte sie heraus und errötete, weil sie sich dumm vorkam, das so stolz zu sagen. Nur ein Kind würde mit seinem Alter angeben.

„Das ist ein schönes Alter. Ihr seid fast erwachsen. In drei Jahren werdet Ihr Euer Debüt machen." Kents charmantes Lächeln ließ eine weitere Schar von Schmetterlingen in ihrem Bauch aufsteigen. Warum hatte dieser Mann eine solche Wirkung auf sie? Sie hatte schon viele von Grahams Freunden kennengelernt, aber so etwas hatte sie noch nie erlebt.

„Ihr seid in Grahams Alter, nicht wahr? Dreiundzwanzig?", erkundigte sie sich.

„In der Tat. Geradezu uralt, was?" Er wackelte mit den Augenbrauen, und Ella lachte, auch wenn es ihr den Atem raubte. Sie hustete plötzlich, während sie versuchte, wieder zu Atem zu kommen.

Kent streckte die Hand nach ihr aus. „Geht es Euch gut? Euer Gesicht ist ganz rot."

„Ja." Sie keuchte ein wenig. „Ich wurde früh geboren. Mama sagt, ich sei empfindlich. Aber das bin ich nicht", beteuerte sie. Sie hasste es, *empfindlich* oder *zart* genannt zu werden. Alle behandelten sie wie ein neugeborenes Baby. Aber sie war nicht schwach oder hilflos.

„Nun, es hört sich so an, als ob Ihr atemlos werdet, wenn Ihr ein bisschen aufgeregt seid. Wir müssen uns also bemühen, Euch zu Tode zu langweilen", meinte Kent neckend. Mit einer Handbewegung deutete er auf den Billardtisch. „Warum beginnt Ihr nicht mit dem ersten Stoß?"

Sie kam wieder zu Atem und sah zu, wie er eine rote und zwei weiße Kugeln auf dem Tisch positionierte. Die eine weiße Kugel hatte einen schwarzen Fleck, um sie von der anderen weißen Kugel zu unterscheiden. Ella zielte vorsichtig auf die rote Kugel. Sie traf sie, und die rote Kugel stieß auf die andere weiße Kugel, und alle drei Kugeln rollten ziellos auf der grünen Tischbespannung herum.

Kent pfiff anerkennend, als die rote Zielkugel beinahe in einer Ledertasche an der Seite des Tisches fiel.

„Sollen wir Life Pool spielen?", schlug Kent vor und lehnte sich mit der Hüfte an den Billardtisch. Ella konnte nicht anders, als seine hochgewachsene Gestalt zu bewundern, seine schlanken Beine, die sich in der beigefarbenen Hose abzeichneten, und die Art, wie sich seine burgunderrote Weste an seine Brust schmiegte. Ein weiteres Flattern in ihrem Magen machte sich bemerkbar. Sie strich mit den Händen über den blassrosa Musselin ihres Kleides und hoffte, dass sie so hübsch aussah wie die Damen, mit denen er wahrscheinlich seine Zeit zu verbringen pflegte. Sie trug ein hochgeschlossenes Kleid, wie es sich für eine junge Frau gehörte, die noch nicht in der Gesellschaft eingeführt worden war, und ihr Haar fiel ihr, bis auf eine Partie, die sie aus dem Gesicht gezogen und mit einer dunkelrosa Schleife zurückgebunden hatte, offen über die Schultern. Ella versuchte, nicht daran zu denken, wie mädchenhaft sie auf ihn wirken musste.

„Wie spielt man Life Pool?", wollte sie wissen und versuchte, seine entspannte Haltung nachzuahmen. In einem Kleid war das etwas schwieriger, und beim ersten Versuch rutschte ihre Hüfte von der Tischkante ab.

„Jeder von uns hat drei Leben. Ihr verliert jeweils ein Leben, wenn die andere Person Eure Zielkugel in die Tasche versenkt." Er ging zum Ständer, nahm eine zweite Kugel, diesmal eine hellgrüne, und legte sie auf dem Tisch ab. „Das wird meine Zielkugel sein. Eure ist die rote."

„Und nach diesen drei Leben?", fragte sie.

„Ihr könnt Euch mehr Leben kaufen und weiterspielen. Das nennt man *Starring*. Aber das kann man kann nur einmal pro Spiel tun."

„Ich glaube, ich verstehe." Sie streckte ihre Hand aus. „Sollen wir uns die Hand drauf geben, Lord Kent?"

Lord Kents Augen funkelten vor Vergnügen. „Nennt mich Phillip, bitte." Er ergriff ihre Hand und schüttelte sie kräftig. Ella fühlte sich ein wenig schwindlig von der Kraft und der Wärme zwischen ihren Handflächen. Sein dunkles Haar, das ein wenig zu lang war, fiel ihm in die Augen, während er auf sie herabblickte.

Sie hatte plötzlich ein wenig Angst und war unglaublich aufgeregt, mit ihm allein eine Partie Billard zu spielen. So mussten sich erwachsene Damen fühlen. Sie hatte Charles und Graham oft genug dabei beobachtet, wie sie Frauen von den Bällen auf dem Anwesen der Familie Lonsdale weggelockt hatten. Sie wusste, dass Männer und Frauen sich oft küssten und umarmten, wenn sie allein waren. Allein mit einem Mann erwischt zu werden, konnte eine Dame ruinieren, das wusste sie auch, aber Phillip war ein so gutaussehender Mann, und außerdem ein Freund ihres Bruders. Sie konnte ihm vertrauen. Sie würde endlich eine Frau sein und kein Kind mehr.

„Ihr seid dran, Phillip", erklärte sie gebieterisch. Er kicherte als Antwort, dann legte er zum Schlag an und traf ihre rote Kugel, die er mühelos in der Tasche versenkte. Erst da merkte sie, dass er geschummelt hatte.

„Wartet einen Moment! Ich habe zuerst gespielt, bevor wir uns für das Spiel mit drei Leben entschieden haben. Meine Kugel war schon nahe beim Loch. Das war zu einfach für Euch." Sie wölbte eine Augenbraue und wartete herausfordernd darauf, dass er ihr widersprach.

Phillip schenkte ihr ein neckisches Lächeln und zupfte dann spielerisch an einer ihrer sorgfältig frisierten goldenen Locken.

„In Ordnung, Ihr habt mich erwischt. Betrachtet den Punkt als nichtig. Besser?" Seine Lippen verzogen sich, als er sich ein Lächeln zu verkneifen versuchte.

„Ja. Jetzt bin ich dran." Sie zielte auf seine grüne Kugel und quiekte, als sie ihn in einer Ecktasche versenkte.

„Ich glaube, Graham hat Euch bereits beigebracht, wie man dieses Spiel spielt", murmelte Kent, während er den Tisch umrundete und die Vorteile der Position ihrer Zielkugel betrachtete. Dann zielte er auf ihre rote Kugel und versenkte sie.

Bei den nächsten Stößen verloren sie gleichermaßen Leben, aber Kent verlor zuerst.

„Heißt das, ich habe gewonnen?", fragte sie und hüpfte neben ihm her. Sie hatte noch nie gewonnen, wenn sie gegen ihre Brüder spielte. Sie war überzeugt, dass sie schummelten, aber sie hatte es nie beweisen können.

„Ich möchte drei weitere Leben kaufen", verkündete Phillip. „Was wollt Ihr als Bezahlung, schöne Frau?"

„Bezahlung?" Sie hielt in ihrem Hüpfen inne, um nachzudenken. Sie fühlte sich in diesem Moment furchtbar schwindlig, und der Schwindel hörte nicht auf, als sie sprach. „Einen Kuss."

Kents Augen weiteten sich, während er sich auf seinen Queue stützte und fast davon abrutschte. „Einen Kuss?"

„Ähm – ja." Was hatte sie sich nur dabei gedacht? Sie hatte gerade einen Kuss von ihm verlangt. Wenn ihre Brüder das jemals herausfänden...

Kent setzte seinen Queue ab und kam auf sie zu, bis sich ihre Körper fast berührten. Sie konnte die Wärme spüren, die von ihm ausging. Es fühlte sich gut an in dem kühlen Raum.

„Ihr seid ein bisschen zu jung für Küsse", bemerkte er leise.

„Ich bin *nicht mehr* jung", widersprach sie und hoffte, dass er den Ton der Verzweiflung in ihrer Stimme nicht hörte.

„Nun gut. Ein Kuss." Er umfasste ihr Gesicht mit einer Hand, und ihr Körper schien Feuer zu fangen, als er auf sie herabblickte. Sie schloss die Augen und wagte kaum zu atmen. Alles schien sich zu drehen, als sie auf den Kuss wartete, der ihr Leben verändern würde.

Aber als er sie küsste, drückte er seine Lippen auf

ihre Stirn, nicht auf ihre Lippen. Die sanfte Wärme des Kusses jagte ihr einen Schauer über den Rücken, und sie streckte ihre Arme aus, um ihn zu berühren, um ihn zu halten, aber er war schon weg. Als sie die Augen öffnete, war er gerade dabei, seinen Queue zu holen. Alles, was sie noch hatte, war der anhaltende Duft seines Körpers und die langsam schwindende Hitze an der Stelle, an der er sich an sie gedrückt hatte.

„Ihr seid dran, glaube ich", sagte er höflich.

Sie spürte ein leichtes Zögern, eine Distanz, die er jetzt zwischen sie legte, die ihre Augen brennen ließ. Er hatte sie nicht küssen wollen – er schien es nicht einmal genossen zu haben. Das weibliche Selbstvertrauen, das sie noch vor wenigen Augenblicken empfunden hatte, war erschüttert worden. Ein kalter Knoten wuchs in ihrem Magen, und sie spürte, wie ihr die Tränen kamen. Aber das Letzte, was sie wollte, war, vor ihm zu weinen.

„Es tut mir leid, ich möchte nicht mehr spielen." Sie ließ ihren Queue fallen und floh rennend aus dem Billardzimmer, bis sie ihr Schlafzimmer erreicht hatte. Nachdem sie die Tür zugeknallt hatte, warf sie sich auf ihr Bett und weinte, wobei sie sich zunehmend wie das Kind fühlte, das sie immer noch war. Ein gutaussehender, weltgewandter Mann wie Lord Kent würde sie niemals als Frau sehen. Und das zu wissen, brach ihr das Herz.

***

Phillip Wilkes starrte auf die offene Tür, durch die Ella geflohen war. Er fluchte leise, als er sich bückte, um ihren Queue aufzuheben und die Kugeln wegzuräumen.

Es schien, als hätte er etwas falsch gemacht. Allerdings war er sich nicht sicher, was die richtige Art und Weise gewesen wäre, mit ihrer Forderung umzugehen. Ein paar Tage hier zu verbringen, hätte ihn entlasten sollen, nicht noch mehr Schmerz verursachen. Er hatte im letzten Monat genug zu tun gehabt, in dem sein Familienanwalt ihm geholfen hatte, seine Eltern zu beerdigen und sich um den Besitz seiner Familie zu kümmern. Er konnte immer noch nicht glauben, dass er jetzt der Earl of Kent war. Das war sein Vater gewesen und würde es immer sein. Doch der Titel war nun Phillip aufgedrängt worden.

Er hatte genug Zeit aufgewendet, den Tod seiner Eltern zu betrauern. Er wollte im Moment nur Freude, nur Glück, und doch hatte er gerade eine junge Dame zum Weinen gebracht..., weil er ehrenhaft sein musste. Er gab zu, zumindest in seinem Kopf, dass die kleine Kreatur verführerisch war. All das dunkelgoldene Haar, das ihr über die Schultern fiel, und die Art, wie ihre Augen in den Winkeln leicht geneigt waren, verliehen ihr einen neugierigen, exotischen Ausdruck. Sie hatte seine Aufmerksamkeit erregt. Mehr noch, sie hatte ihn für kurze Zeit die Welt vergessen lassen. Aber sie war noch ein Mädchen, gerade einmal fünfzehn. Ein ganzes Leben trennte sie voneinander, er hätte sie zwar liebend gerne geküsst, aber sie war viel zu jung.

„Ah, Kent, da bist du ja." Graham stand in der Tür des Billardzimmers. „Ich dachte, du hättest dich vielleicht verlaufen und wärst irgendwie in Soho gelandet."

Kent lachte, aber in seiner Stimme lag keine Fröhlichkeit. Mit Graham herzureisen, war sehr angenehm gewesen, aber hin und wieder war sein Kummer zu groß, und er brauchte einen Moment für sich allein, um ihn wieder zu begraben.

Deshalb hatte er sich in dieses Zimmer zurückgezogen, aber er hatte nicht damit gerechnet, Grahams kleiner Schwester zu begegnen. Sie hatte dagestanden mit diesen großen blaugrauen Augen, wie Wintersturmwolken. So jung, süß und unschuldig.

Aber er war kein Schurke. Er würde sie nicht küssen, nicht so, wie ihre Augen es erbeten hatten. Aber vielleicht eines Tages, wenn sie im gesellschaftlichen Leben war, wenn sie älter war. Gott möge ihm dann beistehen, denn er hatte das Gefühl, dass er in Schwierigkeiten geraten würde, wenn er jemals wieder mit ihr allein wäre.

„Geht es dir gut?", erkundigte sich Graham.

„Nein", seufzte Kent und lehnte sich gegen den Billardtisch. „Aber da kann man nicht viel machen."

„Deine Eltern?", hakte Graham nach.

Phillip nickte. Graham sagte zu seiner Ehre nichts weiter. Er setzte sich auf einen Sessel beim Billardtisch und lehnte sich neben Phillip zurück. Ein guter Freund wusste, wann er besser nichts sagen und einfach seine Gesellschaft anbieten sollte. Er hatte verdammt viel Glück, Graham als Freund zu haben. Und das war ein weiterer Grund, warum er sich in Zukunft nicht mehr allein mit Ella erwischen lassen sollte. Er bezweifelte, dass Graham ihm verzeihen würde, wenn er mehr tat, als das Mädchen zu küssen, wenn sie älter war.

Ella, du wirst vielen Männern das Herz brechen, aber ich fürchte, ich werde nicht dazugehören.

Phillip hatte genug von gebrochenen Herzen, vor allem von seinem eigenen.

ÜBER DEN AUTOR

Lauren Smith ist tagsüber eine amerikanische Anwältin. Bei Nacht schreibt die Autorin abenteuerliche Liebesgeschichten im Lichte ihrer Smartphone-Taschenlampe. Sie wusste, dass sie dazu bestimmt war, eine Romanautorin zu sein, als sie versuchte, den gesamten Titanic-Film neu zu schreiben, nur um Jack vor dem Ertrinken zu bewahren. Sich mit ihren Lesern zu verbinden, indem Sie emotional bewegende, realistische und sexy Romanzen schreibt – egal in welchem Zeitraum diese spielen – ist ihre Leidenschaft. Lauren hat mehrere Preise in verschiedenen Romantik-Subgenres gewonnen.

Um mit Lauren in Verbindung zu treten, besuchen Sie sie unter:

www.laurensmithbooks.com

lauren@laurensmithbooks.com

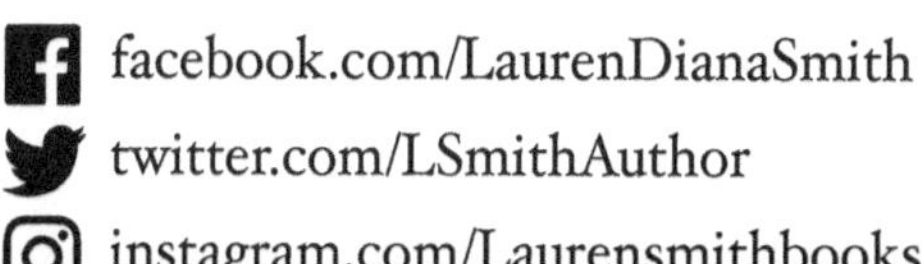

facebook.com/LaurenDianaSmith

twitter.com/LSmithAuthor

instagram.com/Laurensmithbooks